El sello HCBS identifica los títulos que en su edición original figuraron en las listas de best-sellers de los Estados Unidos y que por lo tanto:

- Las ventas se sitúan en un rango de entre 100.000 y 2.000.000 de ejemplares.

- El presupuesto de publicidad puede llegar hasta los u$s 150.000.

- Son seleccionados por un Club del libro para su catálogo.

- Los derechos de autor para la edición de bolsillo pueden llegar hasta los u$s 2.000.000.

- Se traducen a varios idiomas.

UN VERANO, UNA MUJER

LaVyrle Spencer

UN VERANO, UNA MUJER

Traducción:
LUCÍA DE STOIA

Editorial Atlantida
BUENOS AIRES • MEXICO • SANTIAGO DE CHILE

Título original: THAT CAMDEN SUMMER
Copyright © by LaVyrle Spencer
Copyright © Editorial Atlántida, 1998
Derechos reservados. Primera edición publicada por
EDITORIAL ATLÁNTIDA S.A., Azopardo 579, Buenos Aires, Argentina.
Hecho depósito que marca la Ley 11.723.
Libro de edición argentina.
Impreso en España. Printed in Spain. Esta edición se terminó de imprimir el mes de julio de 1998
en los talleres gráficos Rivadeneyra S.A., Madrid, España

I.S.B.N. 950-08-1978-3

A nuestros amados
Amy y Shannon.
Cuando empiecen sus años como padres...
que sean los mejores años de sus vidas.

Y a nuestro primer nieto,
Spencer McCoy Kimball...
para que crezcas como los niños de esta historia,
conociendo el amor y las ilimitadas posibilidades
y la libertad de ser tú mismo.

Capítulo 1

*R*oberta Jewett había alimentado esperanzas de que reinara buen tiempo el día que se mudó con sus hijas a Camden, Maine. En lugar de eso, una mezcla de lluvia punzante como agujas y de niebla densa había acompañado al barco de Boston durante todo el trayecto a lo largo de la costa. El agua, convertida en un oleaje furioso por un viento persistente del sudoeste, contribuyó a que el viaje fuese un verdadero infierno. La pobre Lydia vomitó durante toda la noche.

La niña de diez años estaba tendida sobre el duro banco de madera con la cabeza en el regazo de Roberta, los ojos cerrados, la piel cetrina, las trenzas deshechas en las puntas como pedazos viejos de soga.

—¿Cuánto falta, madre? —preguntó con los ojos en blanco y voz quejumbrosa.

Roberta miró a su hija menor y le apartó de la cara los cabellos desgreñados. Lydia nunca había sido una buena marinera, como las otras dos.

—Ahora, no mucho.

—¿Qué hora es?

Roberta consultó su reloj de solapa.

—Van a ser las siete.

—¿Crees que llegaremos a horario?

—Déjame ver si puedo decirte dónde nos encontramos.

Con suavidad, bajó la cabeza de Lydia de su regazo y la apoyó sobre un abrigo enrollado a modo de almohada.

—En seguida vuelvo.

Echó una mirada a sus otras dos hijas, Susan y Rebecca, dormidas cerca de ellas, con las mejillas y los brazos apoyados sobre la tapa barnizada de una mesa. Alrededor de ellas, otros pasajeros dormitaban en los incómodos asientos provistos para los poseedores de los pasajes más baratos. Algunos roncaban. A algunos les colgaban hilos de saliva de las comisuras de los labios. Otros se despertaban, ahora que estaba por despuntar el alba y se acercaba el final del viaje. Si aquél hubiese sido un viaje transoceánico que llevaba inmigrantes a América, esa cabina se habría denominado "cubierta de bodega". Pero como se trataba de la muy distinguida Eastern Steamship Line que hacía el trayecto costero diario de Boston a Bangor, el folleto evitaba términos tan degradantes y prefería utilizar el pomposo nombre de "salón de tercera clase". Pero en el mismo momento en que las relegaron a ese lugar, cualquier madre que hubiese amontonado a sus tres hijas allí y las viese pasar trece horas torturantes en esa decoración más que espartana, sin siquiera un cojín como detalle de confort, habría sabido que el nombre correcto era "cubierta de bodega".

Allí no había vistas panorámicas, sino sólo unas minúsculas portillas.

Roberta se encaminó hacia una de ellas y vio que las ráfagas de lluvia golpeaban contra los vidrios como si arrojaran baldazos desde la popa. El cristal estaba empañado. Lo limpió con la manga de su abrigo y miró al otro lado.

Eran poco menos de las siete de la mañana y el cielo empezaba a ponerse claro, pero sombrío. Calculó que ya debían de haber rodeado la punta Beauchamp por fuera de la bahía Rockport. Con la frente apoyada en el vidrio helado, espió hacia fuera pero sólo pudo ver una línea de playa, oscura y tosca, tan borrosa por el mal tiempo, que podía haber sido, o no, ese lugar. En ese momento sonó la campana de una boya y Roberta miró en la otra dirección. Sí, allí estaba la boya luminosa de la Isla Negra. Estaban casi en casa.

Cuando pasaron entre la boya y la punta de Sherman, el sonido de la boya dejó de ser una pregunta distante para convertirse en una afirmación cercana, y la vio mecerse entre las olas. Más allá de ella, el aguacero desdibujaba la silueta del caserío que se alzaba frente al puerto, pero aun así resultaba visible. Lo examinó con sentido práctico, animada menos por la nostalgia que por un instinto de defensa.

Dentro del amparo del puerto, las aguas estaban más calmas y el vapor enderezó el rumbo. La masa sin rasgos característicos que se extendía a lo largo de la costa empezó a adquirir identidad: el monte Battie, que se elevaba detrás de Camden como una enorme ballena negra en el momento de saltar; el muelle donde iba a amarrar el *Belfast*; el entramado de calles que ascendían por la ladera oriental de la montaña; las agujas de las iglesias conocidas, la episcopal, la bautista y la congregacional, a la que había asistido hasta que se mudó de allí; la omnipresente chimenea humeante de la hilandería de lana Knox, que daba sustento a la mayor parte de la ciudad y donde era muy probable que ella misma siguiera trabajando todavía, si su madre se hubiese salido con la suya.

En algún lugar, ahí afuera, los obreros del turno de mañana se dirigirían a la fábrica para transformar la lana en los uniformes destinados a los muchachos "del frente de batalla". Otros obreros se dirigirían a las caleras en Rockport. Grace le había escrito que Camden tenía ahora una línea de tranvía y que los trabajadores viajaban en él hasta Rockport.

Roberta supuso que conocía a algunos de esos hombres, o los había conocido cuando eran sus compañeros de clase en la escuela. También a algunas de sus esposas. ¿Qué pensarían ahora de ella, que volvía como una mujer divorciada? Era muy probable que lo mismo que su madre. ¡Cómo la había decepcionado su madre con sus conceptos tan duros y lapidarios! "Ninguna mujer decente rompe con un matrimonio, Roberta. Estoy segura que te das cuenta de eso."

"¡Al diablo con todos ellos! —pensó—. ¡Déjalos que piensen lo que quieran! Si las mujeres pueden ir como enfermeras al frente de batalla, también pueden divorciarse."

Su madre no podría bajar hasta el muelle a horas tan tempranas, el lumbago o algún otro achaque oportuno la obligaría a permanecer en cama. Pero la hermana de Roberta, Grace, estaría esperándola a la llegada del vapor, junto con Elfred, su esposo, de quien Roberta sólo conservaba un vago recuerdo.

Las luces del pequeño pueblo marítimo asomaron a través de la bruma y entonces volvió hacia donde estaban sus hijas.

—¡Rebecca, Susan! ¡Despierten!

Las sacudió por los hombros y después fue hasta el banco para ayudar a Lydia a incorporarse. Se sentó y pasó un brazo por debajo del cuerpo de su hija menor.

—Ya casi hemos llegado. Estamos entrando en el puerto de Camden. ¿Cómo te sientes?

—Terrible.

Junto a la mesa, Rebecca, la hija de dieciséis años, se enderezó de golpe. Bostezó y se desperezó al mismo tiempo, lo que le distorsionó la voz.

—¿Lydia está descompuesta todavía?

—Ni un perro ha estado nunca más descompuesto —respondió la misma Lydia.

Roberta le pasó una mano por la trenza deshecha.

—No será por mucho tiempo. Una vez que estemos en tierra firme se sentirá mejor.

—No quiero cabalgar nunca más sobre este caparazón de tortuga.

Lydia hundió la cabeza en el hueco de los hombros de su madre.

—No creo que sea necesario. Esta vez nos quedamos. Ya compramos la casa y el empleo es mío, así que nada, con excepción de un huracán, nos obligará a mudarnos otra vez. ¿De acuerdo?

Nadie contestó. Roberta miró a las otras dos chicas, pero todavía se caían de sueño y la larga noche en el mar les había hecho perder el entusiasmo.

—Niñas, vengan aquí —ordenó a las dos mayores.

Se levantaron con perezosa resignación y se sentaron a la derecha de su madre. Mientras Roberta les hablaba, Susan, la de catorce años, apoyó la cabeza contra el brazo de su madre.

—Ahora escúchenme bien, las tres… Lamento mucho no haber podido pagar un camarote. Sé que ha sido un viaje espantoso, pero necesitamos cada centavo para la casa y para nuestros primeros pasos aquí. Me entienden, ¿verdad?

—Está todo bien, madre —la tranquilizó Rebecca.

Becky nunca se quejaba de nada. En cambio, cuando lo hacían las dos menores, las reprendía. Lydia lo intentó ahora con un ligero gimoteo en la voz.

—Pero yo quería ver los camarotes. El folleto decía que tienen literas individuales y jofainas de bronce auténtico.

—Madre hace lo mejor que puede —la increpó Rebecca—. Y además, ¿qué diferencia hay en vomitar en una palangana de bronce o en ese cubo galvanizado? Vómito es vómito.

—Madre, dile que se calle.

Ya más lúcida, esta vez fue Susan la que habló.

—Suficiente, Becky. Ahora escuchen. —Se dirigió a las tres. —Arréglense las faldas, pongan un poco de orden en el pelo y recojan todas sus cosas, porque pronto estaremos en el desembarcadero. ¿Sientes eso, Lydie? El mar está más quieto. Quiere decir que nos acercamos a la costa.

Se pusieron de pie, se sacudieron las faldas y se abotonaron los abrigos, pero fue poco lo que hicieron por arreglarse el pelo. Y su madre ni se los reprochó ni se los recordó otra vez. Cuando el primer toque del silbato del vapor estremeció las cubiertas bajas, lucían tan desaliñadas como si nunca hubiesen tenido en sus manos un peine o una plancha.

El golpe de las máquinas se hizo más pausado; ellas se afirmaron con los pies abiertos.

—Asegúrense de que tienen todo —dijo Roberta—, en especial los paraguas. Y ahora vayamos hacia adelante.

Recogieron sus pertenencias y caminaron hacia la parte del salón, donde se encontraba una escalera que desembocaba en la cubierta del primer piso. Las ventanas eran más amplias allí y otros pasajeros ya se apiñaban junto a ellas para mirar hacia afuera mientras esperaban el momento de desembarcar. Las niñas estiraron el cuello para ver por encima de las cabezas que tenían delante.

—Ésa es la torre de la iglesia bautista, ¿ven? Y la chimenea de la fábrica. ¿Recuerdan que les conté que mi madre quería que yo trabajara allí? ¿La ven?

—Sí, madre, la vemos —respondió Becky por las tres.

—Me pregunto si las niñas estarán con Grace y Elfred.

—¿Cuántos años tienen? —preguntó Lydia.

—Casi los mismos que ustedes tres. Marcelyn, dieciséis; Trudy, trece, y Corinda, creo, diez años.

—Espero que no sean tan horripilantes como sus nombres. Y espero que no sean unas presumidas y no se crean superiores sólo porque vivieron toda la vida aquí y nosotras no.

Por lo general, siempre era Lydia la más negativa.

Y, como de costumbre, Rebecca hacía de pacificadora.

—Por lo que sabemos, ellas también opinan que nuestros nombres son horripilantes. Además, creo que sus nombres son dramáticos.

—Tú piensas que todo es dramático.

—Todo menos tú. Lo único que sabes hacer es decir que no a todo.

—Niñas…

Bastó esa sola palabra de Roberta para que se calmaran y esperaran entre los otros pasajeros, andrajosos y sucios, con ojos que mostraban signos de haber dormido poco y dientes que necesitaban con urgencia un buen cepillado. Un hombre parado detrás de ellas lo demostró cuando abrió la boca en un gran bostezo y apestó el aire con olor a ajo.

Susan se apretó la nariz y atrajo la mirada de Rebecca.

—Creo que los botones de la espalda de mi vestido están podridos —murmuró.

Rebecca rió entre dientes y recibió un fuerte codazo en la espalda.

—¡Ay, madre!

—Cuiden los modales, ustedes dos —las amonestó Roberta en voz baja, aunque con una contracción nerviosa en la comisura de los labios.

—Él debería cuidar los suyos —susurró Rebecca por encima del hombro.

—Sí, debería —coincidió Roberta—. O bien deberíamos darnos vuelta todas juntas y bostezarle en la cara…

Roberta, Rebecca y Susan empezaron a reír por lo bajo y la risa de una alimentó la de las otras y llamó la atención de los pasajeros que se hallaban cerca, hasta que Lydia levantó la mirada y tiró fuerte de la mano de su madre.

—¿De qué se ríen ustedes tres?

Roberta se inclinó y le susurró al oído.

—Te lo diré después, conejita. Ahora reserva tu mejor comportamiento para la tía Grace y el tío Elfred.

—Madre, si me lo dices una vez más, voy a esconderme en algún lugar y volveré a Boston como polizón. ¿Y tienes que llamarme conejita, como si fuese un lactante en pañales? Ya tengo diez años, ¿sabías?

Roberta sonrió y apoyó con mucho afecto una mano sobre los cabellos desordenados de Lydia. Después volvió su atención al grupo de personas paradas en el muelle, que empezaba a deslizarse ante su vista.

Tenía sentimientos ambivalentes sobre su regreso a aquel lugar, pero las niñas necesitaban estabilidad, y tampoco les vendría mal una pequeña inyección de familia. Nunca habían conocido a su abuela, su tía, su tío o sus primos, y ya era hora de que lo hicieran. "Ojalá que mi familia sea tolerante —pensó—. Que se muestren tolerantes; es todo lo que pido. Yo me ocuparé de mantener a mis hijas y procuraré que lleguen a la edad adulta con un hogar y amor y tolerancia. Pero cuando yo ya no esté con ellas, necesitaré que esté mi familia.

El silbato del barco volvió a sonar y el *Belfast* se lanzó contra el muelle. Las vibraciones ascendieron desde las cubiertas inferiores y a través de las suelas de los zapatos de Roberta hasta su corazón, como un aviso de que, para bien o para mal, después de dieciocho años se encontraba otra vez en su casa.

Apretujadas bajo dos paraguas negros, las cuatro Jewett descendieron por la escalerilla acanalada y antes de llegar a la mitad ya tenían empapados los costados de las faldas. Un hombre muy bien vestido, protegido debajo de su paraguas negro, se separó del gentío que esperaba en el muelle y corrió hacia ellas. Con la mano libre se sujetaba el bombín sobre la cabeza, mientras los faldones de su abrigo aleteaban.

—¿Birdy? —gritó por encima del ruido del viento.

—¿Elfred? —contestó Roberta a gritos—. ¿Eres tú?

—Sí, soy yo. Y éstas deben de ser tus hijas.

Se acercó tanto que sus paraguas chocaron, y ella vio que era el hombre que recordaba, aunque ahora ostentaba un bigote.

—Sí, estas tres. Niñas, éste es el tío Elfred.

—Vengan adentro. Grace las espera donde está más seco.

Las llevó en fila hasta la oficina de la compañía naviera, una estructura baja y alargada, azotada por la tormenta, con bancos empapados a lo largo de las paredes exteriores y una moderna iluminación eléctrica que enviaba sus reflejos a través de las ventanas. Adentro, una mujer fornida, que llevaba un sombrero alto adornado con frutas, abrió los brazos y corrió hacia ellas.

—¡Birdy! ¡Oh, Birdy, de veras estás aquí!

—¡Grace, es tan bueno volver a verte!

Se confundieron en un fuerte abrazo y bloquearon la entrada a los otros pasajeros que se apretujaban alrededor de ellas.

—¡Nuestra pequeña Birdy volvió por fin al hogar!

—¡Cielos! Hacía tanto tiempo que no me llamaban así…

Durante los primeros años de su matrimonio, Roberta había vuelto de vez en cuando a casa, siempre sin su marido. Pero en los diez últimos años, cuando se acentuó la vida de tenorio de su esposo, no había regresado más, para no tener que enfrentar preguntas.

Terminó por fin el abrazo y las dos mujeres dieron un paso atrás para estudiarse una a la otra. Grace era apenas una sombra de lo que había sido, con su poco más de un metro cincuenta de estatura, una matrona empaquetada con la forma de un barril de galletas, con una cara regordeta y un enorme y repugnante lunar en el lado derecho del labio superior. Su pelo estaba peinado con pulcritud y sus ropas eran caras. Detrás de los lentes con aros de metal había lágrimas en sus ojos azules.

Por contraste, los ojos azul-grisáceo de Roberta estaban secos y firmes; tal vez un rasgo de reserva. Ella era una cabeza más alta que su hermana mayor. Sus ropas eran baratas y estaban arrugadas. Se burlaba de los convencionalismos no usando sombrero, y su abundante cabellera color caoba —recogida en un rodete mal hecho la tarde anterior, bastante antes de abordar el vapor— no había sido tocada desde entonces. En los ángulos de los ojos se le formaban pequeñas arrugas, y su talle mostraba alguna adiposidad. Todo en ella decía: "Me encamino a los cuarenta años y no me avergüenza. Y aquí están mis tres razones para que así sea".

—Vamos, Gracie, ven a conocer a mis hijas —propuso con inocultable orgullo en su voz—. Niñas, preséntense a la tía Grace.

Lo hicieron con tono declamatorio y modales solemnes, como si no tuvieran la más mínima idea de su pobre aspecto. Durante las presentaciones, Grace las abrazó a las tres y Elfred se quitó el sombrero y, a su turno, se inclinó para darles la mano. Pronunció sus nombres y se cercioró de la edad de cada una. Entonces se volvió por fin hacia la madre, para compensar el saludo precipitado que habían intercambiado afuera, bajo la lluvia.

—Bueno, Birdy, hola… ¡Caramba, cómo has cambiado!

—¿No hemos cambiado todos, Elfred?

Él estaba vestido con elegancia; su ropa lucía cepillada, y sus mejillas bien afeitadas destacaban el vistoso bigote plateado que se levantaba en las puntas como una sonrisa. La lluvia liberó de su piel un aroma a ron con esencia de laurel, que envolvió el aire por encima de su cabeza bien peinada, como perfume suspendido sobre un cantero de petunias color púrpura. Se había vuelto algo más fornido y tenía también algunas hebras plateadas en las sienes, pero la edad madura, cuarenta o un poco más, le quedaba bien. Él parecía saberlo, lo cual arruinaba todo el efecto. Su sonrisa dejaba ver el poder de un sorprendente par de hoyuelos y de unos ojos castaños de larguísimas pestañas que eran en verdad estremecedores.

Algún sexto sentido le advirtió a Roberta que él los usaba con ese propósito cada vez que le convenía, y aguantó la mano enguantada sobre su hombro por un rato más largo del necesario.

—Bienvenida a Camden —dijo el hombre.

—Gracias. ¿Está lista la casa?

Elfred vendía propiedades y se había ocupado de la compra de la casa de Roberta.

—Bueno, Roberta, "lista" es un término relativo. Te advertí que necesita de algunos trabajos.

—Estoy acostumbrada a trabajar. Además, cuento con tres ayudantes voluntarias. ¿Cuándo puedo verla?

—En cuanto quieras, pero Grace esperaba que primero pasaras por nuestra casa para desayunar. A menos, por supuesto, que hayan comido en el barco.

—Lo único que comimos en el barco fueron unos sándwiches de queso, ayer, alrededor de las seis de la tarde. Las cuatro estamos famélicas.

Grace se puso radiante.

—¡Entonces vienen a casa! ¡Magnífico! Les dimos permiso a las niñas para que vayan un poco más tarde a la escuela, así pueden conocer a tus hijas. A esta hora deben de estar vestidas y nos esperan. Elfred, ¿qué hay de los baúles de Roberta? ¿Quieres ocuparte de hablar con el despachante de la estación marítima y preguntarle por ellos? Me imagino que ella querrá…

—Yo misma hablaré con el despachante marítimo —la interrumpió Roberta.

—Ah… bueno… sí, por supuesto —tartamudeó Grace.

Sus ojos lanzaron una mirada fugaz a su esposo, como si esperara que le dijese por quién tenía que tomar partido.

—Sí, por supuesto… me imagino que lo harás —agregó vacilante—. Entonces nosotros…

—Buenos días Elfred, señora Spear…

El saludo provino de un hombre que pasaba junto a ellos camino hacia adentro.

Vestía un impermeable de hule marrón que chorreaba agua, botas Wellington y una gorra de lana a cuadros, ladeada sobre la oreja izquierda como la usan los vendedores de diarios. Su cara estaba curtida por el viento, sus cabellos castaños hirsutos sobresalían por debajo de la gorra. Parecía tener más o menos la misma edad que Elfred.

—¡Eh, Gabriel, no tan rápido! —lo llamó Elfred—. Ven a conocer a la hermana de Grace, Roberta. Acaba de llegar de Boston con sus tres hijas. Puede que hasta la recuerdes. Fue a la escuela aquí, pero ahora su apellido es Jewett. Birdy, ¿recuerdas a Gabriel Farley?

—No, creo que no. Mucho gusto, señor Farley.

Él se llevó la mano a la gorra a modo de saludo.

—Señora Jewett —dijo—. Según oí, se muda otra vez aquí, y esta vez, para quedarse.

—Sí, así es —respondió Roberta, sorprendida de que lo supiera.

—A la casa de Breckenridge —aclaró Elfred.

—¡La casa de Breckenridge!

Farley levantó una ceja del color de una soga vieja. Tenía cejas muy tupidas y rebeldes que le daban un aspecto gruñón cuando fruncía la frente.

—¿Ella sabe en qué se mete?

—No la asustes, Gabe. Todavía no la ha visto.

Farley se inclinó un poco más cerca de Roberta, como si fuera a revelarle la mayor de las confidencias.

—Tiene que vigilar a este individuo —murmuró.

Sin entrar en detalles, dirigió una mueca burlona a Elfred y se despidió de ellos.

—Bueno, ¡que tenga suerte! Me dio mucho gusto conocerla. Tengo que bajar algunos suministros del barco, así que es mejor que vaya a ver al agente. Señoras… —concluyó con un último y rápido toque a su gorra.

Cuando el hombre se había retirado, Roberta encaró a su cuñado.

—Muy bien, Elfred, ¿quieres decirme exactamente en qué me estás metiendo?

—En la mejor casa que pude conseguir, dado que las propiedades son tan escasas como los dientes de una gallina, en estos tiempos. Desde que llegó la línea de tranvía y con la producción de lana en continuo aumento por causa de la guerra, la ciudad está en pleno crecimiento. Ahora, ¿seguro que no quieres que hable con el despachante de la estación marítima por tus baúles?

—Por supuesto. He pasado dieciocho años de mi vida con un esposo negligente que rara vez estaba en casa, y a estas alturas no tengo ninguna intención de empezar a confiar en un hombre. Lo único que necesito es la dirección, la calle y el número.

—Sólo dile que es la vieja casa Breckenridge. Él sabe que está en la calle Alden.

Cuando Roberta se alejó para cumplir con el trámite, los ojos de Grace giraron hacia Elfred con una expresión que decía con toda claridad: "¿Ves? ¡Yo te dije cómo era!".

Una vez que le sellaron los baúles reclamados y que contrató unos carros de tiro para que transportaran la carga hasta la vivienda de la calle Alden, toda la tropa se dispuso a ir a la casa de Elfred y Grace para desayunar.

Para gran asombro de las Jewett, Elfred las hizo subir a un reluciente automóvil negro de paseo.

—¿De veras es tuyo? —exclamó Becky con ojos desorbitados de admiración.

Elfred se echó a reír.

—Sí, es mío.

—¡Cielos! Nunca he viajado en uno de éstos.

Tampoco Roberta, pero de inmediato lo prefirió al traqueteo de un carruaje y al olor de un caballo.

Elfred las condujo a una bellísima casa de tres pisos, estilo Reina Ana, sobre la calle Elm. Era evidente que a Elfred le iba muy bien con la venta de propiedades. También resultaba obvio que Elm era la mejor calle para vivir en Camden, con casas magníficas que se alzaban lejos de la acera, detrás de amplios parques de césped. La casa de Elfred y Grace era majestuosa, enorme, pintada en un intenso color vino con cuatro diferentes colores de adorno en las escamas del techo y en la decoración. Adentro, estaba engalanada con un exceso de madera lustrada, cristales y empapelado muy elaborado. Los muebles eran suntuosos y estaban dispuestos con gran solemnidad; las alfombras, importadas; las lámparas, ya convertidas para luz eléctrica. "Pero todo es tan perfecto y ordenado —pensó Roberta mientras desde el vestíbulo echaba una mirada al salón— que me pregunto dónde disfrutan de su vida."

—¡Es hermosa, Grace! —exclamó mientras Elfred se ponía detrás de ella para tomarle el abrigo.

"¡Por Dios! ¿Fue su cuerpo que me dio un topetazo desde atrás cuando Grace no miraba?", pensó, echándose hacia adelante.

Roberta se dio vuelta, pero también lo hizo Elfred, que se alejó para colgar su abrigo en un perchero de bronce que había dentro de un pequeño cuarto en la entrada, y también para ocuparse de los abrigos de las niñas.

"Quizá fue accidental", se dijo, y se dirigió a su hermana.

—Insisto en hacer un recorrido completo.

En ese momento regresó Elfred, que la miró desde una respetuosa distancia ya que Grace lo observaba.

—Perdóname, Birdy… Puedo llamarte Birdy, ¿verdad?

Se frotó las palmas de las manos y le dedicó una seductora sonrisa.

—Dado que soy el proveedor de propiedades, ¿puedo sugerir que sea yo quien te lleve a hacer el recorrido, mientras Grace se ocupa del desayuno? De esa manera puedo señalarte algunas de las características que hacen tan atractiva a esta casa.

Roberta estuvo a punto de preguntarle si él quería señalarle los detalles distinguidos de la decoración de su hermana. Tuvo que hacer un gran esfuerzo para tragarse las palabras.

—Mejor déjalo para después del desayuno, Elfred —le aconsejó Grace—. Estoy segura de que Sophie tendrá todo en orden para entonces.

Se reclinó sobre la baranda ornamentada y llamó hacia arriba de las escaleras:

—¿Están allí, niñas?

Enseguida bajaron tres jovencitas remilgadas, todas enfundadas en capas almidonadas y con unos moños descomunales en el cabello. Sus zapatos estaban tan pulidos como lo fueron sus modales cuando les presentaron a las tres primas.

La mayor, Marcelyn, actuó de portavoz de las tres.

—Mucho gusto. Madre preparó una mesa de desayuno especial para nosotras en el solario. ¿Les gustaría verla?

Las tres Jewett la siguieron, hipnotizadas, con los ojos en alto mientras pasaban debajo de las modernas luces eléctricas encendidas hasta en los pasillos interiores. En el solario, una construcción hexagonal ubicada en un ángulo trasero de la casa, en una mesa de hierro blanco filigranado relucía la más fina porcelana. Sobre unos bastidores de metal colocados en hilera crecían frondosos helechos y palmeras y florecían orquídeas, mientras afuera la lluvia helada golpeaba contra las ventanas y retumbaba alguno que otro trueno.

—¡Virgen Santa! —exclamó Rebecca— ¡Esta gente debe de estar podrida en plata!

Las niñas Spear cruzaron un par de miradas dubitativas, seguidas por algunas risitas nerviosas.

—¿Qué es lo gracioso? —preguntó Rebecca.

—¿Siempre dices todo lo que piensas?

Rebecca se encogió de hombros.

—Casi siempre.

—A madre le daría un ataque de dispepsia si hablásemos de esa manera.

—Entonces háganlo cuando ella no pueda oírlas.

Escandalizadas, las primas anfitrionas se cruzaron más miradas rápidas antes de que Marcelyn, con mucha cortesía, invitara a sus huéspedes a tomar asiento.

—¿Es eso lo que haces tú? —inquirió, fascinada a pesar de su buena educación.

Rebecca todavía miraba asombrada a su alrededor.

—¿Hacer qué?

—¿Decir cualquier cosa que te venga en gana a espaldas de tu madre?

—¡Cielos, no! Nosotras podemos decir todo lo que queremos delante de ella. Si a ella no le gusta, lo discutimos y entonces nos da un pequeño discurso sobre las ventajas y desventajas de los buenos modales contra los malos modales, y su impacto sobre la libertad individual. Verás, madre cree que tienes que vivir tu vida de la manera en que mejor te parezca.

—¡Dios mío! —resolló Marcelyn.

—¿Por qué dices eso?

—Bueno… nuestra madre podría… quiero decir… bueno, ¡Dios mío!

—Ah, ya entiendo. A tu madre no le gustaría oír semejante lenguaje de boca de sus hij…

—Shhh… —chistó Marcelyn, con un dedo sobre los labios—. En cualquier momento entrará Sophie con el desayuno, y ella le informa todo a nuestra madre.

Como si respondiese a alguna señal, en ese momento entró una mujer rolliza de cabellos grises que al caminar movía las caderas como un pato. Llevaba una bandeja enorme que le aplastaba el vientre prominente. Las niñas se quedaron quietas mientras la mujer les ponía delante los platos humeantes.

—Aquí tienen, un sabroso *kedgeree* bien caliente.

Lydia miró la albóndiga que tenía en su plato.

—¿Qué es esto?

—¿Qué es eso? ¡Bueno! Es pescado y arroz en salsa de huevos. Cualquier nativo de Maine sabe qué es el *Kedgeree*.

—Nosotras no somos de Maine.

—Pero tu madre sí.

—Sí, pero nuestra madre no cocina mucho.

—¡No cocina mucho! —Sophie se quedó perpleja. —¡Cómo! ¡No puede ser!

Con disimulo, Rebecca pellizcó la pierna de Lydia por debajo de la mesa para que se callara. Sophie sirvió bollos calientes, mantequilla y jalea de arándanos.

—¿Puedes traerme un poco de café, Sophie? —le pidió Marcelyn.

—¡Vaya, Marcelyn Melrose Spear! Sabes muy bien que tu madre me despediría en el acto si yo te permitiera tomar café.

—¿Qué daño hay en probarlo?

Sophie arrugó la cara en un gesto de disgusto, hasta que su papada se convirtió en tres y entonces salió del solario.

—Ahora asegúrense de dejar los platos bien limpios —les ordenó al salir.

En el mismo momento en que la mujer desapareció de la vista, Susan y Lydia se dispusieron a hacer precisamente eso, con unos modales que dejaban mucho que desear. Tomaban grandes bocados, masticaban con la boca abierta y se limpiaban la boca con el dorso de la mano.

Mientras comía, Rebecca hizo una observación con la boca llena.

—Melrose es un segundo nombre bastante extraño.

—Viene de mi tatarabuela paterna —explicó Marcelyn—. Dicen que cuando tenía trece años dio a luz a su primer hijo en la nieve, junto al río

Megunticook, lo envolvió en una manta de pieles y lo llevó hasta la factoría, donde encontró a su esposo, borracho como una cuba, acostado con una mujer india. Acostó al bebé entre los dos, le cortó la oreja izquierda al esposo y le dijo: "Ahí tienes. Ahora las mujeres no te encontrarán tan hermoso y tendrás que quedarte en casa, que es donde debes estar". Tuvieron otros ocho hijos y, por lo que contaban los indios, la mitad nació sin la oreja izquierda. ¿Alguna vez en tu vida has oído alguna historia tan triste y patética y romántica?

—¡Por las campanas del infierno, qué drama se podría hacer! Alguna vez deberíamos escribirlo y representarlo.

Marcelyn estaba otra vez escandalizada por que una niña de dieciséis años usara la palabra "infierno", pero nadie dijo nada sobre ello.

—¿Escribirlo? —se limitó a preguntar.

—Como una obra teatral.

—¿Ustedes escriben obras de teatro?

—Las escribimos todo el tiempo.

—¿Y también las representan?

—¡Oh, sí! Siempre ofrecemos alguna clase de representación.

—¿Para quién?

—Bueno, para nuestra madre, por supuesto. Y para nuestros amigos y maestros… en realidad, para cualquiera que se quede sentado el tiempo suficiente a mirarnos.

—¿Y tu madre se sienta para mirarlas representar esas obras?

—Ah, sí, es la más entusiasta. Dejaría cualquier tarea para mirarnos hacer cualquier cosa… actuar, cantar, tocar el piano, recitar poesías. Y madre ya empezó a enseñarle a Lydia a tocar la flauta dulce. Yo sé tocar unos cuantos instrumentos y armamos tríos, y a veces también cuartetos, cuando podemos convencer a madre de que se una a nosotras. En realidad, cuando ofrecemos una función, primero interpretamos en los instrumentos nuestras propias oberturas, después nos vamos rápido detrás del escenario y desempeñamos nuestros papeles. Entonces volvemos al frente para representar la pieza de cierre. ¿Ustedes nunca representan obras? ¿Nunca?

Rebecca parecía tan perpleja por ese déficit cultural como lo había estado su prima ante la palabra "infierno".

—No, supongo que no —concluyó.

—Nosotras, eh… bueno, no. Es decir, nunca lo hemos pensado.

—¿Tocan instrumentos? ¿Alguna de ustedes?

Becky miraba de una cara pálida a otra y pensó que nunca en su vida había visto un grupo de niñas tan desabridas.

—No.

—Entonces con seguridad recitan poesías.

—No, tampoco.

—Bueno, ¿entonces qué hacen para divertirse?

—Eh…

Marcelyn, todavía en su papel de portavoz de sus hermanas, miró a cada una y después, otra vez, a su inquisitiva prima.

—Nosotras cosemos.

—¡Coser! ¡Yo hablé de diversión!

—Y asistimos a conferencias educativas…

—¡Qué aburrido! Yo preferiría dar una conferencia, antes que tener que escucharla. ¿Qué más?

—Bueno, a veces vamos a remar.

—¿A navegar no?

—¡Válgame Dios, no! Madre nunca nos permitiría navegar. Es demasiado peligroso.

—Entonces imagino que tampoco van a pescar.

—Por Dios, no. Yo no pondría mi mano sobre un hediondo pescado viscoso. Pero una vez hicimos un picnic en la playa de la caleta Sherman. Comimos almejas cocidas sobre piedras calientes.

—¿Una vez?

—Bueno, a madre no le gusta que nos quitemos los zapatos y que se ensucien los bordes de nuestras faldas.

Rebecca lo pensó, mientras masticaba un poco de *kedgeree*, que, según descubrió, era muy sabroso.

—Mi madre no se preocupa mucho por los dobladillos, limpios o sucios. Y ha habido veranos en los que casi vivíamos de almejas y langostas, cualquier cosa que pudiéramos extraer gratis del océano. Ella se preocupa más por nuestras mentes; dice que nunca debemos malgastar un solo minuto en insignificancias que con el tiempo dejarán de importar. Pero insiste en que la imaginación es un don inapreciable que debemos cultivar en toda oportunidad, así como todas y cada una de nuestras capacidades innatas. La próxima vez que pongamos en escena una obra, ¿te gustaría venir e intentarlo con nosotras?

Marcelyn Melrose Spear miró radiante a su recién llegada prima. Había heredado de su madre el cabello castaño claro y, de algún otro desventurado antecesor, una nariz ligeramente bulbosa. Pero de su padre tenía los hermosos ojos castaños, de pestañas muy largas y ángulos levantados. En ese momento centelleaban de entusiasmo.

—¡Ay, Rebecca! —exclamó—. ¿Lo dices en serio?

—Por supuesto que lo digo en serio. Y llámame Becky. Para nuestra primera obra haremos la historia de tu abuela y, si lo deseas, puedes ser el personaje a quien le cortamos la oreja. Así puedes hacer toda la parte de los gritos y contorsiones de dolor y maldiciones. Será una oportunidad magnífica para emocionar. Por supuesto, deberemos resolver qué vamos a usar para simular la sangre, y tendremos que hacer una peluca de trapos negros para la que vaya a representar a la mujer india.

Echó una rápida mirada estimativa a las dos niñas de diez años, Lydia y Corinda.

—No, no, por supuesto que no. Son demasiado grandes, ¿no te parece? Bueno, nos ocuparemos de ese problema cuando llegue el momento. Podríamos usar muñecas, y ustedes, las más pequeñas, pueden llorar desde fuera del escenario. ¡Debemos empezar ya mismo a trabajar en el argumento!

Marcelyn se inclinó hacia adelante en actitud de conspiración.

—Escuchen todas —murmuró—. Debemos hacer un pacto. Nada de lo que se ha dicho aquí esta mañana debe ser informado a madre… ¿entendido? —concluyó, con una severa mirada de advertencia a Trudy y Corinda.

—Pero ella va a preguntar —balbuceó Corinda.

—Entonces dile que tuvimos una charla encantadora. Y ni una palabra más.

—Pero Marcy…

—Tú quieres representar en las obras, ¿no es así?

Y de esa manera, menos de una hora después de haberse conocido, las dos primas mayores establecieron el tono que imperaría en su próxima reunión.

Mientras tanto, en el clima más formal del comedor, los adultos habían terminado de desayunar y disfrutaban de una taza de café caliente. Elfred, echado hacia atrás en su silla, jugaba con un mondadientes y dirigía algunas sonrisas inquietantes a Roberta todas las veces que Grace no miraba. Como a Grace le interesaba más entrar en materia, lo que ella consideraba su deber obligado en su carácter de hermana mayor, no miraba mucho a Elfred.

—Y bien, Birdy —dijo con tono complaciente—, estuve esperando que mencionaras… eso.

—¿Eso?

—El… bueno, ya sabes…

Grace agitó las manos como si estuviera doblando una masa de hojaldre.

—El divorcio —susurró al fin.

—¿Por qué susurras, Grace?

El semblante de Grace se endureció un poco, pero continuó en voz más alta:

—No seas torpe, Roberta. ¿En serio que lo hiciste?

—Sí, lo hice.

—¡Oh, Roberta! ¿Cómo pudiste?

Sin inmutarse, Roberta le hizo eco.

—¡Oh, Grace! ¿Cómo no podría? ¿Te interesaría saber con cuántas mujeres se acostó a través de los años?

Grace se ruborizó y volvió al tono susurrante.

—¡Birdy, por el amor de Dios!

—¡Un momento…! A ver si te entiendo bien… ¿Es correcto que él juegue al eterno amante, pero no es correcto que yo hable de ello en compañía de gente bien educada?

—Yo no dije eso.

—No, pero estaba implícito en tus palabras. Es evidente que desapruebas que haya obtenido el divorcio. Entonces, ¿qué debía haber hecho? ¿Quedarme con él durante otros diecisiete años y a la vez permitirle que saliera a la caza de mujeres durante semanas, y que despilfarrara el poco dinero que ganaba, y que volviera a mí cuando se le agotaran los fondos o cuando su otra mujer se hartara de él y lo echara a la calle? Porque eso es lo que yo hice, Grace, una y otra vez, hasta que ya no pude tolerarlo más. Él no mantuvo viva a mi familia; lo hice yo. Y como no había dudas de que él no haría nada bueno por mi vida o por la vida de mis hijas, tomé la iniciativa. Y me divorcié.

—Pero George era tan seductor…

Roberta apenas pudo frenarse de poner los ojos en blanco.

"¿Como tu propio seductor, Elfred, aquí presente, que en este mismo momento, desde el otro lado de esta misma mesa y frente a tus narices, me envía mensajes galantes?"

Había en él algo solapado, insidioso, cuando adoptaba poses que sugerían una secreta intimidad y después, justo antes de que Grace desviara la mirada hacia él, se enderezaba con un aire circunspecto. En ese preciso momento estaba sentado así, ligeramente reclinado, con un codo junto a la taza de café y acariciándose el bigote con el dedo índice. Pero encima y debajo de ese dedo, sus ojos y sus labios le telegrafiaban una invitación inequívoca.

Roberta hizo caso omiso de su cuñado y respondió a su hermana:

—Tú lo has visto muy pocas veces, pero en eso tienes razón. Sedujo a una mujer detrás de otra… trece, según tengo entendido.

—No obstante, madre y yo estamos totalmente en contra de este divorcio. ¿Qué va a decir la gente, Birdy?

—Me importa un bledo lo que diga la gente. Yo tenía que hacer lo que era justo para mí y para mis hijas. Y lo hice.

—¡Haciendo caso omiso de todos los convencionalismos!

—Sí, de la misma manera que George hizo caso omiso de todos los convencionalismos.

—¿Y en serio te propones aceptar ese empleo como enfermera del condado y andar de un lado a otro por todo el distrito rural?

—Ya lo acepté. Empezaré tan pronto como nos hayamos establecido en nuestra casa.

—¿Y quién se ocupará de tus hijas mientras estés ausente?

—Todavía no resolví ese aspecto, pero lo haré.

—Roberta, no seas escandalosa.

—¿Qué tiene de escandaloso ganarse la vida para mantener a los propios hijos?

—Tú sabes a qué me refiero. Una mujer divorciada que va de una ciudad a otra… Bueno, es algo que no se hace.

—Ah… ya veo.

Roberta examinó a su pobre hermana, que vivía engañada, que no podía, o no quería, reconocer que tenía un marido que parecía pensar que todas las mujeres eran presa fácil. Sin lugar a dudas, ésa era la impresión que le daba a Roberta mientras en todo ese rato se burlaba en silencio de su esposa.

De manera abrupta, Roberta desvió la conversación hacia él.

—Dime, Elfred, ¿tú compartes el bajo concepto que tiene Grace acerca del estado de divorciada?

Elfred se aclaró la garganta, se enderezó en su silla y volvió a llenar su taza de café.

—Debes admitir, Birdy, que no muchas mujeres lo hacen. Y se verá bastante sospechoso que aceptes un empleo que te llevará por todo el distrito rural.

Grace se inclinó hacia adelante con semblante muy serio.

—Escúchame, Birdy. Pon a tus hijas a trabajar en la fábrica y toma tú también un empleo allí. De esa manera puedes estar con ellas y con la gente de la ciudad, y así no tendrán tantas razones para cuestionar tus motivos.

Roberta se puso de pie de un salto.

—¡Cuestionar mis motivos! —estalló—. ¡Por todos los cielos, escúchate, Grace! ¡Me estás diciendo que soy yo quien tiene que exculparse, sólo porque soy la parte femenina en este asunto! ¡Tendrás que esperar a que se congele el infierno antes de oír cualquier justificación de mi parte! ¡Y en cuanto a poner a mis hijas a trabajar en la fábrica, no mientras yo viva! Ellas van a gozar de todas las facilidades culturales que yo pueda brindarles… lecciones de música, viajes a Boston para visitar las galerías de arte, y tiempo para explorar la naturaleza y cualquier cosa que quieran crear, y a usar sus manos y su mente. En primer lugar, para completar su educación. Nada de eso sería posible si las pusiera a trabajar en la hilandería.

Grace se dio aire con las dos manos.

—Está bien… lo lamento. Fue sólo una idea, nada más. Tan sólo pensé que tres salarios extra podrían ayudar, dado que ya no tienes un esposo que te mantenga. Siéntate, Birdy.

—Me cansé de estar sentada. En realidad, estoy impaciente por ver mi casa. Así que, Elfred, si fueses tan amable…

Elfred se limpió el bigote con la servilleta de lino y se puso de pie.

—Cuando tú digas, hermana. ¿Me permitirás primero que te acompañe a hacer ese recorrido por nuestra casa?

—Creo que será mejor que lo dejemos para otra vez. Ha sido una noche muy larga y estoy ansiosa por instalarme.

—Muy bien.

Elfred acomodó su silla debajo de la mesa, sacó un reloj de bolsillo de su chaleco y con un golpe rápido del pulgar levantó la tapa.

—Calculo que para estas horas las carretas ya habrán llegado a tu casa con tus cosas. Busquemos a las niñas y vayamos.

En la puerta, una vez que se pusieron los abrigos, Grace tomó a Birdy de las manos y apretó la mejilla contra la de ella.

—No te enfades conmigo. Pronto iré a visitarte y podremos hablar un poco más.

—Sí, hazlo —respondió Birdy con frialdad.

—Y tú irás sin demora a ver a nuestra madre, ¿verdad?

—Tan pronto como disponga de un minuto libre.

Birdy se soltó de las manos de Grace y se abrochó el último botón del abrigo.

—Me imagino que es inútil esperar que madre se digne a ir a verme.

—Vamos, Birdy, no seas así. Es el deber de una hija. Y después de todo, eres tú quien ha estado lejos todos estos años. Ella debe de estar ansiosa por verte.

"Sin duda, para darme otra conferencia sobre todos los infortunios que acarrea el divorcio."

—Niñas, despídanse de sus primas.

Las niñas intercambiaron amistosos saludos de despedida.

—Y vengan cuando quieran —dijo Grace a sus sobrinas.

En el revuelo de la partida, Elfred se aseguró de mantener su mano oculta a la vista de las demás, cuando tomó de la cintura a Roberta de la manera en que sólo un esposo tomaría la de su esposa, con un sugestivo apretón.

Capítulo 2

—¡Elfred, basta!

Había dejado que las niñas corrieran delante bajo la lluvia, mientras ella y Elfred abrían sus paraguas en lo alto de la escalinata.

—Perdón, ¿qué dices?

¡Tan inocente como si la lluvia no cayera sobre "tú sabes qué"!

—Tócame una vez más y te pongo un ojo negro.

—¿Tocarte? ¡Vaya, hermana Birdy! ¿A qué te refieres?

—¡Sabes perfectamente bien a qué me refiero! ¡Y no me llames hermana Birdy! ¡Yo no soy tu hermana!

—De acuerdo. ¿Birdy está bien?

—Supongo que tendrá que serlo. Ahora, ¿quedamos en claro sobre dónde deben estar tus manos de aquí en adelante?

—¡Oooh! ¡Tú sí que eres quisquillosa!

—Sólo guárdate las manos para ti mismo y nos llevaremos muy bien, Elfred.

Con una sonrisa que hubiera cautivado hasta a una ceñuda matrona cuáquera, se quitó el sombrero hongo y le indicó que caminara delante de él por el sendero.

—Como quieras. ¿Vamos al encuentro de las niñas?

Las llevó en medio de la lluvia en su lujoso automóvil negro de paseo. En el asiento de atrás, las niñas, excitadas, probaron la blandura elástica de los asientos, miraron con curiosidad el jarrón en su soporte entre las puertas y le preguntaron a Elfred si el auto tenía claxon y si él querría tocarlo. Lo hizo una vez, mientras Roberta se mantenía en su rincón del asiento delantero y miraba por la ventanilla.

—Y bien, ¿qué piensas de nuestros eléctricos? —inquirió Elfred.

—¿Eléctricos?

27

—Los tranvías.

—¡Ah! Bueno, seguro que han cambiado la ciudad, ¿no?

—Bastante progreso para una ciudad de este tamaño, ¿no lo crees así?

Ella observó un tranvía que pasó rechinando junto a ellos.

—¿Ya has viajado en uno?

—Claro. Todo el mundo viaja en los eléctricos. Es la manera más rápida para llegar hasta Rockland y Warren.

—¿Más rápido que en tu automóvil?

—Bueno, yo no diría tanto. No.

—Tantos automóviles…

Después de ver pasar uno, se volvió bruscamente hacia su cuñado para hacerle una pregunta:

—¿Te gusta el tuyo, Elfred?

—Sí, pero algunos de mis clientes se rehusan a subir. La gente todavía piensa que el caballo es más confiable.

—¿Tú también?

—No.

Ella podía no haber aprobado a Elfred a nivel personal, pero todo lo que Grace había escrito sobre ese hombre le aseguraba a Roberta que tenía algo más que una bonita cabeza sobre los hombros.

—Entonces, si tú fueses una mujer, ¿adquirirías un automóvil en lugar de un caballo?

—¡Ah, no! ¡Espera un momento, Birdy! ¡No me digas que estás pensando en comprar un automóvil!

—¿Por qué no?

—¡Pero eres una mujer!

Ella soltó un bufido que a Elfred le indicó que no era su servicial esposa con quien estaba hablando.

—Con mis propios planes —replicó Roberta, tajante.

—Ten cuidado, Roberta. La gente va a hablar.

—¿De qué? ¿De que me compre un automóvil?

—Bueno, eres divorciada, Birdy. Tú tienes que ser más cuidadosa que la mayoría.

Había bajado la voz hasta un tono de cuchicheo.

—No tienes ninguna necesidad de susurrar, Elfred. Mis hijas saben que soy divorciada y saben que el mundo mira con malos ojos a las mujeres divorciadas. ¿No es cierto que lo saben, niñas?

—De todos modos nuestro padre no estaba nunca en casa —comentó Lydia.

—Y cuando estaba, lo único que hacía era sacarle dinero a nuestra madre y desaparecer otra vez —agregó Rebecca—. Pero la última vez ella se negó a dárselo.

También Susan intercedió a favor de su madre.

—Nosotras creemos que es bueno que se haya divorciado de él.

Pudo haber parecido que Roberta actuaba con un poco de presunción cuando comentó:

—Ha sido mi experiencia, Elfred, que las personas hablan sobre principios comunes, por lo general porque no tienen suficiente en sus propias vidas que las mantenga ocupadas. Ésa es la razón principal de que la gente meta sus narices en los asuntos de otras personas. Hazme un favor, ¿quieres, Elfred? Llévame hasta la calle Main.

—¿Para qué?

—Quiero ver qué aspecto tiene.

—El mismo de siempre.

—No lo creo. Grace me escribió sobre toda clase de cambios. Quiero recorrerla en toda su extensión y ver todos esos cambios… a menos, por supuesto, que tú sientas que podrías mancillar tu reputación si te ven con una mujer divorciada.

Su sarcasmo, una estocada directa a la tentativa de Elfred de escamotear el asunto, fue tomado como un desafío.

—De acuerdo. Un recorrido rápido y volvemos a subir la cuesta hasta Alden.

—Muy bien, Elfred —respondió ella con fingida sumisión.

Se reclinó en su asiento y se dispuso a disfrutar el paseo por la ciudad en la que había crecido.

Camden era agradable aun en un día de lluvia. Las montañas se elevaban por detrás en curvas suaves; la pequeña aldea se enroscaba como un collar en su garganta. La curva en herradura de la costa rocosa delineaba el contorno de Camden y formaba un puerto natural sereno, mucho más sereno aún por las docenas de islas que salpicaban la línea exterior de la Bahía Penobscot y actuaban como muro de contención contra el embate de hasta los más violentos temporales que amenazaban la costa del Atlántico.

En los años transcurridos desde que Roberta se había ido, muchos entusiastas del *yachting* de las grandes ciudades de Nueva Inglaterra habían descubierto la seguridad del pequeño puerto de Camden y hecho de él su puerto de matrícula. Los mástiles de sus embarcaciones de placer ahora compartían los amarraderos con la propia flota pesquera del lugar, aunque a esa hora del día, la media mañana, faltaban las embarcaciones de trabajo, junto con sus patrones, palos y redes, que en medio de la lluvia habían ido mar adentro para ganarse la vida.

—En Boston vivíamos tierra afuera —comentó Roberta—. Es bueno estar otra vez cerca del agua. Los sonidos y los olores son diferentes junto al mar.

Se quedaron por un momento junto a los muelles de la ciudad, arrullados por el motor del automóvil de Elfred. A través de las ventanillas les llegaba la tocata de martillos de los astilleros, la polifonía de las gaviotas, la nota de contralto del motor de una embarcación solitaria que se dirigía hacia afuera.

—Escuchen —dijo Roberta a las niñas—. Está tocando una composición.

—¿Qué es? —preguntó Elfred.

Pero Roberta agitó una mano para hacerlo callar, mientras ella y las niñas, que entendieron sin hacer preguntas, escuchaban la serenata de la ciudad marítima. El aire salado se adhería con fuerza contra sus rostros, como una tela fría y mojada. El olor a rocas tapizadas de algas marinas que se deslizaban con la marea baja, la madera de los muelles hinchada por años de humedad y el tenue hedor de los hornos de cal viva que subía desde Rockport cada vez que soplaba viento del sudoeste.

Cuando hubieron escuchado suficiente, Roberta se volvió hacia Elfred.

—Vamos, Elfred. Ahora muéstrame la calle Main.

La calle Main serpenteaba como una anguila y ascendía en el extremo norte. Las estructuras de madera blanca del sector comercial, que Roberta recordaba de su infancia, habían desaparecido, destruidas por el fuego en 1892. En su lugar había ahora edificios de dos y tres pisos, de ladrillo colorado de la calle Main. Aunque los edificios eran diferentes, el carácter de la ciudad era el mismo. Fueron los calvinistas, que daban mucho valor al trabajo esforzado, al culto religioso del domingo y a un puerto marítimo abrigado, los que echaron las raíces de ese carácter. Y si ese puerto era de excepcional belleza, tanto mejor. Y si miraba hacia la tierra natal donde los fundadores de la ciudad habían dejado sus afectos, mejor aún.

Roberta, como cualquier viajero que regresa al hogar, buscó los sitios característicos que le eran familiares. Sobre la cúpula blanca de la iglesia bautista, el reloj de la ciudad todavía marcaba el paso de la vida cotidiana. Junto a ella, el Village Green permanecía inalterable. Más abajo, en el astillero Bean, un barco de cuatro mástiles estaba en la plataforma de construcción, a medio terminar, exactamente igual que cuando era una niña. El pequeño río Megunticook caía todavía en cascada por la pendiente a la cabecera del puerto, todavía pasaba por los molinos de lana, todavía hacía funcionar sus máquinas. Y la fábrica todavía reinaba sobre toda la ciudad, era de presumir que con niños en su nómina de personal.

Pero el progreso había llegado a Camden con algunas cosas más que los tranvías eléctricos. Un ómnibus a motor del hotel Elms iba hacia ellos y se dirigía al embarcadero con su carga de turistas. Los postes telefónicos se alineaban a todo lo largo de la calle Main. A los postes les seguían las veredas de hormigón. Había tomas de agua para incendios e iluminación eléctrica y un edificio nuevo y costoso de la Asociación Cristiana de

Jóvenes. Pero el signo que a Roberta le hizo girar de golpe la cabeza colgaba de un edificio en el extremo norte de la calle Main, allí donde doblaba hacia arriba para convertirse en Belfast Road.

—¡Elfred! ¿Ese letrero decía "garaje"?

—Vamos, Roberta, ni siquiera lo pienses.

—¡Pero decía eso! Quiero que des la vuelta y volvamos allí. ¡Insisto, Elfred!

—Roberta, no seas tonta.

—¡Maldito seas, Elfred, obedece! ¡Cuando digo que des la vuelta, hablo en serio!

En el asiento de atrás las niñas empezaron a reírse.

—Creo que habla en serio, tío Elfred —comentó Rebecca.

Con un largo suspiro de resignación, Elfred frenó, cambió de marcha y se dispuso a dar una vuelta en U. Mientras esperaba que pasara un carruaje, le habló a su cuñada.

—Roberta, entiendo que no hayas tenido que responder ante ningún hombre durante mucho tiempo. Pero esta vez tienes que escuchar. Las mujeres no pueden tener automóviles, sencillamente porque no pueden manejarlos.

—¿Y por qué no?

Empezaron a rodar otra vez de regreso al centro de la ciudad.

—Porque puedes romperte el brazo al tratar de maniobrarlo. Y porque es pesado e incómodo ponerle gasolina, y los motores se descomponen con bastante regularidad, y los carburadores necesitan permanentes ajustes, ¡y porque las malditas cosas son frías en el invierno y se han hecho conocidas por prenderse fuego y quemarse hasta el piso! Y los neumáticos necesitan ser emparchados, algunas veces justo en medio del camino. ¿Y qué hay si eso sucede cuando estás completamente sola en algún lugar, sin ningún hombre que te ayude? Por favor, Roberta, sé sensata.

—¿Cuánto cuesta un automóvil, Elfred?

—No me estás escuchando.

—Te escucho. Es sólo que no te daré la razón hasta que explore mejor las posibilidades, porque, verás, he pensado durante mucho tiempo en esto. Ha sido una parte de mi plan. ¿Cuánto cuesta un automóvil?

Elfred se negó a contestar.

—Puedo averiguarlo yo misma, y con bastante facilidad.

—Está bien —respondió exasperado—. Éste cuesta ochocientos cincuenta dólares. Un coche abierto podría costar unos seiscientos dólares, más o menos.

—No dispongo de tanto, pero a pesar de eso pienso comprarme uno. De alguna manera conseguiré el dinero.

—No seas ridícula, Birdy. No puedes.

—¿Por qué no? Tú lo has hecho.

—Sí, pero yo soy hombre. Los hombres pueden manejarlos.

—¡Ah, Elfred —replicó indignada—, cómo me insultas sin el menor esfuerzo!

—¡Birdy, eres la mujer más exasperante que conozco!

—Desvíate hacia la derecha. —Y después de un segundo repitió con más energía: —¡Dije que te desvíes, Elfred!

Él lo hizo, mientras refunfuñaba.

—Que tú y Grace sean hermanas es algo que no puedo entender.

Elfred estacionó y se detuvo frente a la farmacia Boynton. La vereda era flamante y el coche se ladeó un poco hacia ella mientras el motor seguía con su cloqueo y hacía balancear el coche con su ritmo. La lluvia sonaba sobre el techo de cuero como gotas de aceite que rodaban por las ventanillas de mica y convertían la vista de los edificios del otro lado de la calle Main en imágenes borrosas, como una acuarela desteñida.

Roberta entornó los párpados y puso la cara bien cerca de la ventana.

—"Compañía de Automóviles Boynton" —leyó en voz alta—. ¡Alabado sea, Elfred! ¿Lo compraste aquí mismo?

Elfred se negó a contestar. De todos modos, la respuesta era obvia. Debajo de ese letrero colgaba otro: GARAJE CAMDEN. El aguacero hacía ilegible la letra más chica de los dos letreros.

—Niñas, ¿pueden leer eso?

Rebecca lo intentó.

—No muy bien… agencia… guardería… es todo lo que puedo descifrar.

—¿Guardería? ¿Guardan los automóviles aquí, Elfred?

—En el invierno, sí. Cuando hace demasiado frío para echarlos a rodar y los caminos se vuelven intransitables.

—¿Dónde se compra la gasolina?

—Birdy, por favor… Tu hermana se va a enojar mucho conmigo si piensa que yo te ayudé con esta idea loca.

—No te preocupes, Elfred, yo te absolveré de todos los pecados. Me aseguraré de que Grace sepa, sin ninguna duda, que cualquier cosa deshonrosa fue idea mía.

Elfred empezaba a darse cuenta de que esa mujer tenía una lengua tan filosa como un hacha de doble hoja y que disfrutaba mucho azuzándolo, con la esperanza de que él se acobardara. Pero Elfred no era de ésos. Le gustaban las mujeres y ésa en particular estimulaba su interés con su flamante estado de celibato, su descaro, su lenguaje a veces soez y sus costumbres liberales. Ningún hombre en su sano juicio la querría de manera permanente —no era extraño que George Jewett se diera a la fuga—, pero como una distracción de una esposa aburrida y excedida de peso, la señora Birdy Jewett haría muy buen papel. Elfred empezó a anticiparse a los días por venir.

—La gasolina se compra en la quincallería. Y ahora, ¿puedo llevarte a tu casa?

Roberta sonrió con afectación y se echó hacia atrás en su asiento como si ya hubiese tomado una decisión.

—Sí, por favor.

La calle Alden estaba sobre una colina a un tiro de piedra del centro de la ciudad. La casa Breckenridge era tan vieja como la misma Camden y durante las dos últimas décadas estuvo habitada por el último sobreviviente del clan, un tal Sebastian Dougal Breckenridge. Sebastian había pasado sus años productivos en el mar, y el mar había sido su única novia. Se había resignado a pasar allí sus últimos días de reumático a la vista del océano, desde donde podía mirar hacia abajo y ver los vapores que entraban en el puerto, observar a los pescadores que salían todas las mañanas y regresaban todos los atardeceres, oír los chillidos de las gaviotas cuando se resguardaban junto a sus ventanas y recordar el aire salobre de su juventud cuando recorría las rutas comerciales a través de un mar agitado.

La gente de la ciudad recordaba los días en que Sebastian mantenía su casa bien arreglada, cuando las petunias florecían en los macizos del jardín debajo de las ventanas del frente, cuando el ancla clavada en ángulo oblicuo en el terreno del jardín del frente mantenía su resplandeciente pintura blanca. Pero habían pasado muchos años desde que las viejas articulaciones crujientes de Sebastian podían soportar la tortura de arrodillarse para arrancar las malas hierbas del jardín, o desde que sus brazos artríticos podían sostener una brocha, o desde que su voluntad debilitada le recordara que la casa necesitaba de cuidados si no quería que se desplomara por la colina hasta el puerto de Camden.

Roberta miró boquiabierta a la casa y sintió un vuelco en el estómago.

—¿Es ésta?

—Por las sagradas cenizas… —murmuró una de las niñas, seguida por un absoluto silencio de incredulidad desde el asiento trasero.

—Elfred, no puedes hablar en serio. ¡Gastaste mi dinero en "eso"!

—Doscientos dólares no es mucho, Birdy. Yo podría haberte conseguido una casa mucho más bonita sobre la calle Limerock por cuatrocientos dólares, pero tú dijiste que doscientos era tu límite.

Doscientos para la casa, doscientos para el auto. Sí, ése había sido su plan. Ahora poseía una choza en ruinas y podía pagar apenas un tercio de un automóvil y no tenía manera de conseguir pronto el resto.

—¡Oh, Elfred! ¿Cómo pudiste? ¡Por Dios! ¡No es más que un… un despojo!

—Tiene cimientos bien firmes, estufas de leña que funcionan y ventanas que cierran.

—Sin vidrios —señaló ella con los ojos vueltos hacia arriba.

En el segundo piso, el panel de una ventana se veía cubierto con una lámina de madera. No había dudas de que el lugar no había sido pintado en diez años. Excepto por los excrementos de las gaviotas; había grandes cantidades sobre las tejas de pizarra, y debajo de los bordes de las ventanas, y a lo largo del frente de un pórtico bajo, donde una fila de pájaros se alineaba sobre la barandilla de la escalera, cuyos peldaños eran tan irregulares como los dientes de un lobo marino viejo. A través de las ventanas de bajo nivel, Roberta echó un vistazo a los bienes de Sebastian Dougal Breckenridge… sobre todo a algo que parecía ser pilas de diarios viejos y flotadores de vidrio de redes portuguesas de pescar alineados en los antepechos de las ventanas.

—El vidrio se puede volver a poner —afirmó Elfred.

—Yo no puedo. ¡No soy ningún vidriero, Elfred!

La desilusión de Roberta iba en rápido aumento hacia un estallido de cólera.

—Tú dijiste que tenías tres buenas ayudantes, así que confié en tu palabra y en que querías ahorrar dinero con una construcción que pudiera arreglarse. Supuse que habías apartado algún dinero para ese propósito.

—¡Bueno, no lo hice! ¡No tanto! ¡Yo dije "arreglar", Elfred, no "reconstruir"!

Roberta se quedó sentada dentro del auto, mirando con ojos incrédulos su nuevo domicilio.

—¿Quieres entrar y echar una mirada?

—No. Quiero colgarte del árbol más alto que haya en Camden… ¡de los tendones de tus tobillos, Elfred Spear!

—Roberta…

—… y después haré apuestas sobre cuándo te pudrirás por fin y te caerás a pedazos.

Elfred se tapó la boca con una mano y sonrió a sus espaldas, mientras ella hervía de furia con los dientes apretados.

—Oh, vamos, Birdy… al menos entra y echa una mirada.

Ella estaba tan perturbada que bajó del automóvil sin paraguas y avanzó entre la maleza alta del terreno sin esperar a nadie.

—¡Fuera! —les gritó a las gaviotas—. ¡Quiten sus sucios traseros de mi pórtico!

Elfred apagó rápidamente el motor y echó a correr con un paraguas. La alcanzó al pie de los escalones del pórtico, adonde ella acababa de llegar, apretando los dientes para no insultarlo. Al hacer un examen de más cerca, ¡le pareció que el mismo pórtico se iba a pudrir por completo antes de que llegara Elfred! El piso tenía agujeros en todos los lugares por donde se había pisado. Se quedó parada con las manos en las caderas.

—Esto es deplorable. Sencillamente deplorable.

Elfred la apuró a subir los escalones, optó por caminar por las tablas que se hallaban en buen estado y abrió la puerta del frente. Ella entró delante de él en lo que se suponía era una salita de recibo. Milagro de milagros... ¡tenía luz eléctrica! Pero los cables estaban tendidos por fuera de las paredes y las lamparillas colgaban peladas. Había diarios por todas partes, incluso cubriendo las paredes. El viejo los había coleccionado y yacían amontonados en pilas alrededor de la habitación, junto con jarros vacíos de vidrio y más flotadores portugueses. Había grandes manchas de hollín en el techo, encima de la estufa de calefacción, y basura diseminada por todo el piso. El lugar apestaba a orina y podredumbre.

—Quiero que me devuelvan mi dinero —anunció Roberta.

—No puedo recuperarlo —contestó Elfred—. La operación de venta está cerrada.

Roberta caminó hacia él, le quitó el paraguas plegado y se lo clavó en el medio de la panza. Elfred se dobló hacia adelante y soltó un gruñido.

—¡Ay...! Ro... Roberta... qué diablos...

—¿Cómo se supone que viviremos en esto? ¡¿Cómo, Elfred?! ¡¿Quieres explicármelo?! —gritó.

Elfred se abrazó la panza y la miró fijo, estupefacto. Las niñas habían llegado hasta el pórtico y se quedaron mirándolo, dubitativas. Rebecca subió hasta el umbral y las demás la siguieron, atentas a elegir con cuidado el camino. Susan echó una mirada a una escalera destartalada que dividía las dos habitaciones de la planta baja. Rebecca fue hasta una de las paredes y arrancó una tira de papel de diario. Debajo apareció el viejo empapelado manchado de humedad.

—No estará tan mal, madre, una vez que quememos los papeles de diario y pintemos las paredes.

A pesar de todo, Rebecca era siempre la optimista del grupo.

—¡Es inadecuada hasta para una comadreja!

Había una cocina contigua al living. Lydia se aventuró a entrar y las demás la siguieron. Abrió una puerta debajo de un fregadero seco y salió un olor fétido. Algo que parecía ser un cubo de desperdicios, vacío quizá por algún capricho benevolente del destino, había dejado una mancha indeleble en la madera del piso.

—¡Cierra esa puerta, Lydia! —gritó Roberta—. ¡Y no vuelvas a tocar esa cosa inmunda! ¡Por lo que sabemos, es muy probable que haya orinado adentro! —Se volvió brusca hacia Elfred y agregó: —Supongo que no hay cuarto de baño.

35

—No. Sólo un retrete fuera de la casa.

Le volvió la espalda, demasiado enojada para mirarlo de frente.

—Escúchame, Birdy, tú dijiste doscientos dólares. Esto es lo que se consigue por doscientos dólares.

—Yo podría haber gastado doscientos dólares en algo habitable, mientras financiaba el resto con una hipoteca.

—Tú me dijiste que no querías hipoteca, así que imaginé que podrías reparar esta casa con un poco de ayuda.

Giró rárpido hacia él y apuntó hacia una pared.

—¡Entonces repárala tú, Elfred, porque yo no tengo tiempo! ¡Yo tengo que salir a ganar un salario vital para mis hijas! ¿Y mientras yo hago eso, se supone que las deje dentro de esta inmundicia?

A estas alturas gritaba y gesticulaba con furia.

—¡Tú nos metiste en este nido de zorrillos! ¡Tú hazlo habitable! ¡Y mientras estés en eso, tú pagarás por hacerla habitable! ¡Que Dios me ayude, Elfred, yo confié en ti!

Elfred retrocedía, porque Birdy blandía otra vez el paraguas. Extendió las dos manos como si quisiera detenerla.

—Está bien, Birdy, está bien… Lo haré. Yo me ocuparé.

—¡Y hazlo rápido, porque ésta no es una vivienda adecuada para mis hijas!

—Muy bien, ahora mismo iré a ver a Gabriel Farley.

—Sí, señor, lo harás —dijo una voz grave desde la puerta del frente.

Y el mismísimo Gabriel Farley entró en la cocina.

—Hola, otra vez.

—Bueno, ¿de dónde saliste? —preguntó Elfred, sorprendido.

—Imaginé que podrías necesitarme. Si estas damas van a vivir en la cueva del viejo Sebastian, habrá que hacer algunos arreglos.

Cruzó los brazos, hundió las manos debajo de las axilas y repasó las paredes con la mirada.

—No tendría inconveniente en darle un presupuesto.

Roberta se frotó las palmas de las manos y le lanzó una mirada ácida.

—Bueno, eso sí que es velocidad —observó con frialdad.

—Fue una suerte que nos conociéramos en el muelle, o no me hubiera enterado de que este lugar iba a ser habitado otra vez.

Roberta se preguntó qué tanta suerte.

—¿Entonces usted es carpintero, señor Farley?

—Carpintero, pintor, artesano general, todo en uno. Puedo arreglar la mayoría de las cosas.

La mirada de Roberta iba de un hombre al otro.

—Ahora, ¿no podría ser que ustedes dos se hayan confabulado? Como que tal vez Elfred sólo "por casualidad" compró esta ruina para mí,

36

y tal vez el señor Farley sólo "por casualidad" entró en el momento oportuno en la oficina naviera cuando nosotros estábamos allí, y ahora sólo "por casualidad" tiene tiempo para reparar este pedazo de chatarra. ¿A qué clase de precio inflado, si puedo preguntar?

Farley no dijo nada. Se quedó parado como antes, con las manos metidas en las axilas, mientras la estudiaba desde abajo de sus cejas hirsutas. Era corpulento y el impermeable de hule lo hacía parecer más grande. Estaba sereno aún y la postura con las piernas abiertas lo hacían parecer más sereno aún. Tenía pies del tamaño de canoas. Pero ningún imbécil fornido iba a intimidar a Roberta Jewett.

—Bien, señor Farley, ¿tengo razón?

Gabe Farley, siempre sereno, volvió a estudiar con mayor detalle a Roberta Jewett. Era la primera mujer divorciada que conocía en su vida, y no estaba seguro de qué conclusiones sacar. Allí estaba, parada, haciéndoles frente a él y a Elfred con sus sospechas, exactamente igual que lo haría un hombre. ¡Sin temor, sin escrúpulos! Tampoco se preocupaba mucho por su apariencia… Eso resultó evidente desde el primer momento. Estaba parada allí con sus cabellos que parecían un montón de pasto de pantano después de un huracán, y su abrigo todo arrugado que le colgaba sin abrochar. Nada de sombrero, nada de guantes, nada de modales refinados. Se paraba con los pies casi tan abiertos como los de Gabe. Y él pensó: "¡Cielos! ¡Cómo van a hablar de ella las mujeres de la ciudad a sus espaldas!".

Y también los hombres.

Se quitó la gorra y se rascó la cabeza. Volvió a ponérsela inclinada hacia un costado y tiró del borde hasta que le ocultó la ceja derecha.

—Bueno, señora Jewett, usted podría tener razón. Sin embargo, también podría estar equivocada. Así que supongo que es usted quien tiene que decidir si quiere mi ayuda o no.

—Bueno, contésteme con franqueza, señor Farley. ¿Está en combinación con mi cuñado?

—No.

Ella había esperado una negativa más extensa. Sorprendida por su respuesta monosilábica, se dio vuelta y recorrió la habitación.

—Bien, aun si lo estuviera, supongo que no hay ningún problema, porque Elfred acaba de aceptar financiar las reparaciones de esta casa. ¿No es así, Elfred? Verá, señor Farley, yo no tengo dinero. Bueno, eso no es del todo exacto. Tenía cuatrocientos dólares, pero Elfred tomó doscientos para comprar este montón de basura, con lo que me quedaron doscientos, que pienso usar para comprarme un automóvil.

—Un automóvil —repitió Farley, de la manera en que un tío se lo diría a una sobrina de cinco años—. A África…

—¡No se reía de mí, señor Farley!

—No me río de usted, señora Jewett.

—Sí, lo está haciendo. No soy idiota; tampoco estoy incapacitada para tomar decisiones para mí y para mis hijas, y he decidido, contra viento y marea, que tendré un automóvil.

—¡Excelente por usted! Pero no hemos aclarado la cuestión de si quiere o no que repare esta casa.

—Pregúntele a Elfred. Él me metió en este embrollo. Él puede sacarme de esto.

Elfred se aclaró la garganta y se adelantó unos pasos.

—Adelante, Gabe, prepara un presupuesto y tráemelo. De alguna manera lo resolveremos entre Roberta y yo. Ella tiene que vivir en algún lugar, temo que éste es ese lugar.

—Muy bien, veré qué puedo hacer. Y ahora, si me perdonan… —Se dirigió a Roberta, dio un toque ligero a su gorra y salió de la habitación.

Las niñas se habían ido a explorar un poco, y dos de ellas llamaron desde el pórtico de adelante.

—¡Madre, ven aquí!

Roberta salió a reunirse con Rebecca y Susan, que estaban paradas junto a la barandilla del porche y miraban hacia afuera a través de la lluvia.

—¡Mira, madre! —exclamó Becky, entusiasmada—. ¡Desde aquí podremos ver el puerto, y todas las embarcaciones, y las islas! Seguro que cuando deje de llover podremos verlas. ¡Y las salidas de Sol! ¡Oh, madre, será magnífico! Sólo imagínate esta barandilla y el piso arreglados, y nuestros viejos sillones de mimbre aquí afuera, y algo con una deliciosa fragancia que florezca allí, junto a los escalones. —Saltó sobre dos tablas rotas y se paró en el extremo opuesto del pórtico. —Y quizás una hamaca aquí, a la sombra, para las tardes tórridas del verano, y yo escribiré un poema sobre el puerto y me pararé aquí, al final de estos escalones, como si fuese el escenario del teatro de la Ópera, y te lo recitaré mientras tú te acuestas sobre el césped fresco con los pies desnudos y el cuello levantado hacia el cielo.

Se volvió con afecto hacia su madre.

—Sé que ahora se la ve muy mal, pero no te preocupes. A nosotras nos gusta. Queremos quedarnos allí.

Roberta estudió un instante a sus hijas. Si existía alguna fuerza que pudiera hacer parar a Roberta sobre una moneda de diez centavos, esa fuerza eran sus hijas. Ella estaba allí. Ella había comprado esa choza destartalada. Y ellas, ¡bendita fuera su ignorancia!, pensaban que podía ser un hogar. De pronto, se echó a reír.

—¿Quién dice que soy pobre, cuando tengo riquezas como ustedes? Vengan aquí, hijas.

Abrió los brazos y las hijas fueron hacia ella, se refugiaron en su pecho y le rodearon la cintura con los brazos. Allí estaban, como tres nudos de pescadores en la misma soga, mientras observaban el dibujo de encaje que formaba la lluvia que se alzaba al escurrir por el techo del pórtico y picotear la tierra saturada de agua. Del suelo fértil emanaba una fragancia pura y un aire rico y húmedo que prometía un espléndido verdor para el verano. La montaña que se alzaba a sus espaldas las protegía de los vientos preponderantes del sudoeste. A sus pies, la tierra caía en declive y junto con ella las casas y los árboles y los comercios entre ellas y la bahía Penobscot. Abajo y hacia la derecha una parte del techo de la fábrica de lana exhibía una sábana lustrosa de tejas pizarra, y a su lado la chimenea de ladrillos se elevaba como un cuchillo en el cielo encapotado, donde el vaho de la lluvia se confundía con el humo.

Una gaviota pasó junto a ellas en vuelo rasante mientras emitía toda una serie de gritos roncos; después batió las alas mientras se apostaba sobre la veleta del techo de un cobertizo en un terreno más bajo. Roberta la observó durante todo el trayecto, hasta que se posó y se detuvo. En Boston habían vivido muy lejos del mar. Tierra adentro, las gaviotas hablaban un lenguaje diferente del que utilizaban a la vista del océano. La presencia del Atlántico daba a estas gaviotas una impetuosidad que le gustaba mucho a Roberta. Nadie podía decirle a una gaviota de Camden que debía quedarse callada, o ser obediente, o decorosa, o que debía amoldarse, o que no podía volar sola.

Tal vez había tomado sus ideas de las gaviotas.

—Si es que vamos a quedarnos, necesitaré un poco de ayuda de ustedes —dijo Roberta a sus dos hijas mayores.

—Claro, madre.

—Por supuesto, madre.

—Y ya mismo puedo decirles que no tendremos mucho, pero ninguna de ustedes va a trabajar en esa fábrica.

Miró hacia abajo, al techo de pizarra gris oscuro.

—Nosotras no necesitamos mucho —le aseguró Rebecca para infundirle confianza.

—Van a pasar mucho tiempo solas. ¿Les importa?

—¿Quién fue la que nos enseñó que "cuando tienes imaginación nunca estarás sola"?

—¡Ésa es mi hija!

Acompañó la exclamación con un codazo a Rebecca y después a las dos a la vez.

La gaviota volvió, todavía sola, todavía protestando. Roberta observó cómo destellaban sus ojos negros y giraba la cabeza con curiosidad mientras planeaba sobre ellas y las miraba.

—Las casas nunca fueron muy importantes para mí —comentó—. En tanto sean cálidas y secas y tengan una buena cantidad de risas en su interior, y quizás algunos libros y música… Eso es suficiente, ¿de acuerdo?

—De acuerdo —respondieron las niñas al unísono.

—Entonces nos quedamos.

Los puños de Rebecca y Susan se apretaron en su cintura y Roberta decidió que había tomado la decisión correcta. Eso era todo lo que necesitaba, y a partir de ese momento estaría satisfecha con su decisión.

—¿Dónde está Lydia?

—Arriba, explorando.

—¿Vamos a buscarla?

Sonrientes, las tres fueron a hacer lo mismo.

Lydia estaba explorando a fondo la casa. Había leído algunos de los titulares de los diarios pegados a la pared, que se remontaban a treinta años atrás. Había escogido algunos flotadores de vidrio de colores vivos de entre los objetos flotantes de Sebastian Dougal. Eran rojos y azul agua y amarillo azafrán y lucirían magníficos cuando colgaran de la barandilla del porche en verano. Dejó los preferidos al pie de la escalera; después miró hacia arriba, soñando despierta y canturreando "lástima el destino de quien ama demasiado…". A principios de aquel año, en su escuela en Boston, había representado el papel de Josephine en *Pinafore,* y ahora se sentía transportada a un barco en alta mar. Inmersa en el ensueño, con la frente apoyada en el doblez del codo y el brazo extendido sobre la baranda acanalada, volvió a subir, sin dejar de canturrear en todo el camino hasta arriba. "Pesado el dolor que dobla la cabeza…", cantaba mientras entraba en el dormitorio de atrás, el que miraba hacia el monte Mount Battie. El techo seguía la línea empinada del tejado y en un extremo tenía un par de ventanas largas y angostas que llegaban hasta pocos centímetros del piso. Entre ellas, con una rodilla en tierra, el señor Farley examinaba la pared de alrededor de la ventana y silbaba muy por lo bajo entre dientes. Su silbido sonaba como las alas de los patos cuando vuelan bajo.

—Hola… —murmuró ella.

Él dejó de silbar y miró hacia atrás por encima del hombro.

—Ah… hola.

—Yo soy Lydia.

Farley giró en redondo.

—Me da gusto conocerte, Lydia. Yo soy el señor Farley.

—Lo sé. ¿Tú vas a arreglar esta casa para nosotras?

—Creo que sí.

—Es un desastre, ¿no?

Él dejó vagar la mirada como si siguiera la curva de un arco iris.

—Ah, no sé. No está tan mal… Habrá que reemplazar aquella ventana del otro dormitorio. —Señaló con un nudillo mientras mantenía la muñeca apoyada en la rodilla. —Y parece que va a ser necesario hacer casi todo a nuevo el pórtico de entrada, pero el techo está entejado con pizarra y puede durar otros cien años.

—Ésta va a ser mi habitación —afirmó Lydia.

—¿Ah, sí?

—Mía y de Becky y Susan. Madre ocupará aquella otra —aseguró mientras señalaba hacia atrás.

—¿Ya hablaron sobre eso?

—No, pero madre casi siempre nos deja hacer las cosas a nuestra manera.

—Sí, ¿verdad?

—Casi siempre. A menos que pudiera perjudicar a alguien, o que sea malo para nuestra mente. Nosotras queremos quedarnos, así que sé que accederá.

—¿Por qué quieren quedarse?

—Porque aquí tenemos una abuela, y primas, y a la tía Grace y el tío Elfred, y era tiempo de que los conociéramos. Y porque aquí hay un teatro de ópera y madre dice que iremos con frecuencia, y excelentes escuelas, y si asistes aquí a la escuela secundaria, te permiten el ingreso directamente en la universidad sin necesidad de pasar un examen. ¿Sabías eso?

Asombrado por la firmeza de su arenga, Gabriel se aclaró la garganta.

—No, no lo sabía.

—Madre dice que la educación es primordial.

"Madre dice." Gabriel examinó a esa niña precoz. No le llegaba ni a la altura de los hombros y parecía más bien una pobrecita con sus gastados zapatos marrones abotinados, con nudos en lugar de moños en los cordones, y un delantal marrón con forma de bolsa y bolsillos sobrepuestos deformados. Las trenzas color arena estaban desarregladas y se le habían soltado unos mechones, que se apartaba con frecuencia de las sienes. Tenía las uñas sucias, pero sus mejillas eran rosadas, y sus ojos, tan vivaces como los de una golondrina de mar. Además, su vocabulario y su dicción avergonzaban a los de Gabe. La escrutó más a fondo.

—¿Cuántos años tienes?

—Diez.

—Para una niña de diez años, es asombroso lo bien que hablas.

—Madre nos lee mucho y nos alienta a ser inquisitivas sobre el significado de las palabras, y a crear.

—¿Crear qué?

—Lo que sea. Música, poesía, piezas teatrales, ensayos literarios, pinturas, hasta exhibiciones botánicas. Una vez escribimos una ópera.

41

—Una ópera… —repitió Gabe con franca sorpresa.

—En latín.

—¡Virgen santa!

—Bueno, lo intentamos en latín, pero cometimos tantos errores que madre se cansó de corregirlos, así que cambiamos al inglés. ¿Tú tienes hijos?

—Sí. Tengo una hija, Isobel. Tiene catorce años.

—Susan tiene catorce. Quizá nos hagamos todas amigas.

—Estoy seguro de que a Isobel le gustaría.

—Y Rebecca tiene dieciséis años. Susan y Rebecca hacen todo juntas, pero yo soy la menor y a veces no me dejan intervenir. Pero al menos me permiten representar en las piezas de teatro. Bueno, ahora creo que es mejor que me vaya.

Se dio vuelta de golpe y chocó con su tío Elfred, que acababa de llegar a la parte superior de la escalera.

—¡Epa, chiquita! —exclamó y dio un paso al costado.

Ella levantó los ojos.

—Perdóname, tío Elfred, sólo iba a buscar a mi madre.

—Está abajo, en el pórtico de entrada, con tus hermanas.

Lydia bajó ruidosamente las escaleras y Elfred fue al encuentro de su amigo en el dormitorio de atrás. Se detuvo debajo de la lamparilla apagada y buscó un cigarro en el bolsillo de su chaleco.

—Bueno, ¿qué piensas? —preguntó.

Farley se levantó.

—¿Sobre la casa o sobre ella?

Elfred estaba recortando la punta del cigarro con los dientes y al estallar en una carcajada hizo volar las fibras marrones hasta un friso.

—Lo que más te guste —respondió.

Raspó un fósforo con la uña de un pulgar y dio una pitada al cigarro para encenderlo.

En ese momento, Roberta había subido hasta la mitad de la escalera, seguida por sus hijas. Se dio vuelta y con un dedo sobre los labios las llamó a silencio y les indicó que se quedaran quietas. Siempre por el borde de los escalones, donde no crujían, subió en puntas de pie y una vez arriba se apretó contra una pared y aguzó el oído para escuchar todo lo que pudiera.

Farley hablaba en voz baja.

—A ella no le importa mucho lo que dice, ¿verdad?

—O qué aspecto tiene —agregó Elfred.

—O qué aspecto tienen sus hijas.

—Sin embargo, ella tiene lo que le gusta a un hombre para ponerle las manos encima y eso es lo único que importa. ¿No es así, Gabe?

Farley rió entre dientes.

—Bueno, me recuperé bastante rápido. ¡Pero qué diablos!, nunca antes había visto de cerca a una mujer divorciada. Sentí curiosidad.

—También yo. También yo… —farfulló el cuñado

El olor de su cigarro llegaba hasta Roberta.

—¿También tú qué, Elfred?

—Bueno, ya sabes… —dijo con un tono socarrón—. La tanteé un poquito.

—¿La tanteaste? Vaya, Elfred… —aprobó Farley con tono risueño—. Tú… un hombre casado.

—Fue sólo en broma.

—¿Qué hizo ella?

Farley casi susurraba.

Aunque Roberta no oyó ninguna respuesta de parte de Elfred, se imaginó una mueca maliciosa que significaba cualquier cosa que una mente lujuriosa quisiera imaginar, antes de que Farley contestara con tonos alargados:

—Eres un demonio, Elfred…

Y los dos hombres se echaron a reír.

Por el tono con que hablaba, Roberta imaginó que Elfred tenía el cigarro enganchado entre los dientes.

—Sí señor… Ella es ardiente, Gabe. Un poco colérica, tal vez…

Debía haberse quitado el cigarro de la boca, ya que siguió en el tono confidencial de un seductor experimentado que ayuda a otro.

—Acepta un consejo, sin embargo. Primero deja que entre un poco en calor. Tiene una faz beligerante.

—Creí que sólo la habías tanteado.

—Esa faz la mostró con respecto a la casa.

—¿La casa?

—Montó en cólera cuando vio en qué condiciones estaba, y me dio una punzada en la barriga con su propio paraguas. Fue una reacción abominable. Abominable.

—Supongo que te lo merecías. Y no hablo de las condiciones de ninguna casa.

Roberta había escuchado suficiente. Con la cara roja de furia, irrumpió en la habitación y enfrentó a los dos hombres. Durante ese instante de repentina inmovilidad, cuando cada uno de los presentes sabía sobre qué habían versado los susurros y las risitas, Roberta fijó sus ojos glaciales en Farley.

—¿Cuándo podemos empezar a trabajar?

Farley no tuvo ni siquiera la gracia de sonrojarse.

—Mañana.

—Y tú, Elfred… tú pagarás.

Nadie podía equivocarse en cuanto al segundo sentido del tono de sus palabras.

—Y te asegurarás de que Grace lo sepa, de manera que más adelante no haya ningún problema entre ella y yo.

—Me aseguraré de ello.

—Y usted —con un énfasis de desagrado en la palabra, miró a Farley con un cierto desprecio en sus ojos— se asegurará de terminar el trabajo y salir de aquí en el menor tiempo posible. ¿Está claro?

—Sí, señora —respondió—. Lo que usted diga.

Roberta giró en redondo con un aire tan majestuoso como si llevase un miriñaque de tafetán y se dirigió hacia la puerta.

—Ya están aquí los carros con mis pertenencias. ¿Quiere, por favor, ayudar a descargarlas?

Estaba muy lejos de ser un pedido. Era una orden dada en el tono de alguien cuyo disgusto era tan grande, que no podía hacerle frente de ninguna otra manera que no fuese descargándolo sobre los causantes de su enojo.

Cuando se fue, Gabe y Elfred intercambiaron mensajes silenciosos enarcando las cejas, y luego rieron entre dientes una vez más.

Capítulo 3

S us muebles estaban en tan malas condiciones como ella, una colección de piezas deslustradas que podrían servir al propósito de dar cabida a personas o pertenencias, pero que desde el punto de vista estético no harían nada por mejorar sus vidas.

—¡No se preocupen si se mojan! —les gritó a los carreteros— ¡Sólo tráiganlos aquí dentro!

—Tal vez sería mejor que pasaran esta noche con nosotros, Birdy, en nuestra casa —le sugirió Elfred.

—Por nada del mundo. ¿Qué harían ustedes con nosotras cuatro?

Elfred no sabía qué harían con las cuatro. Lo había sugerido por una cuestión de cortesía, pero en realidad se sintió aliviado de que ella no hubiese aceptado su ofrecimiento.

—Ésta es nuestra casa. Éstas son nuestras cosas. Nos arreglaremos. ¡Bueno, no se quede parado allí, Farley, haga algo útil! ¡Tú también, Elfred!

Elfred se empapó hasta los huesos. Fue una pequeña venganza para Roberta cuando lo vio mirarse el traje de lana mojado, preocupado por que pudiera encoger dos talles. Farley, que todavía vestía su impermeable de hule marrón, lo pasaba mucho mejor, así que ella le pidió que ayudara a los carreros a descargar las piezas más pesadas, incluido el piano vertical, que —así esperaba— lo dejaría con una hernia del tamaño de un nabo.

Murmurar. ¿Era eso es lo que hacían?

Maldita raza de puercos. Déjalos que acarreen como bestias de carga. Los hombres podían hacer al menos eso. Pero en el registro de Roberta Jewett eran buenos para muy poco más.

A Elfred le disgustaba bastante verse obligado a realizar semejante esfuerzo físico, y en el momento que consideró oportuno para escaparse, decidió que necesitaba ir hasta su oficina.

Farley también se fue.

Roberta mandó a las niñas arriba, con instrucciones de desempacar algunas cajas de ropa de vestir y de ropa de cama. Ella se dirigió al living y recorrió con la vista la colección de canastos y baúles apilados en un rincón como un rompecabezas chino. Se preguntó dónde podría encontrar los elementos de cocina entre todos aquellos cajones. Era cerca de mediodía y las niñas debían de tener hambre. Sería mejor ir en busca de alguna tienda de comestibles y traer algunos suministros, encender un fuego para quitar el frío del ambiente, intentar desenterrar la tetera y el lavamanos y algunos baldes, trapos y toallas. De repente, le pareció demasiado agobiante para enfrentarlo. Además, el aire que entraba por la puerta abierta del frente, aunque húmedo, le traía el olor del océano y de la tierra que empezaba a verdear y de los capullos de lilas, y el sonido de las gaviotas y de las boyas de campana distantes, que siempre había amado. Así que localizó las patas con forma de garras del taburete del piano, que asomaban de la montaña de canastos, quitó un montón de cajas de delante del piano, levantó la tapa del teclado, se sentó y tocó "Art Is Calling for Me", de *Naughty Marietta*. Atacó la pieza con energía y al oír la décima barra de compás, las niñas empezaron a cantar desde arriba.

"Mamá es una reina… y papá es un rey… así que soy una princesa, y lo sé."

De pronto, Roberta Jewett se sintió inmensamente feliz.

Tenía a sus hijas, y un lugar donde cobijarlas, y un trabajo que la esperaba. No había ningún esposo que le quitara lo que era suyo o que volviera a ponerla en ridículo. Más allá del pórtico del frente la esperaba la vista del puerto para que la disfrutara todas las veces que quisiera apoyarse contra el marco de la puerta y calentarse al sol. Aquél era un nuevo comienzo en su vida, y ella y las niñas iban a ser muy, pero muy felices.

Terminó la canción con un arpegio veloz, giró en redondo sobre el taburete del piano…

Y se encontró cara a cara con Gabriel Farley.

Estaba apoyado contra el marco de la puerta, con las manos metidas debajo de las axilas en posición de descanso, como si llevara un buen rato allí.

Un repentino malhumor se reflejó en el rostro de Roberta.

—Pensé que se había ido.

—Así es. Pero volví.

—Bueno, pudo haber llamado a la puerta.

Giró otra vez hacia el piano, cerró de un golpe la tapa del teclado y se puso de pie de un salto.

—Lo hice, pero usted no me oyó, a causa del alboroto.

46

Ella lo miró de costado, ceñuda.

—¿Alboroto? Bueno, gracias, señor Farley. ¡Qué cortés de su parte!

Farley había estado parado en la puerta durante todo un minuto, mientras observaba y escuchaba y se preguntaba qué clase de mujer dejaba abierta la puerta de entrada con esa lluvia y se sentaba al piano y no hacía caso de la montaña de canastos de mudanza que debían ser desembalados, e ignoraba el hecho de que se había clavado con una ruina de casa que, antes de que resultara adecuada para vivienda humana, necesitaba que la limpiaran y fregaran de arriba abajo.

—En realidad, diría que lo disfruté bastante. Sus niñas cantan muy bien.

Se oyó la voz de Rebecca, desde el piso de arriba.

—¿Madre, quién está allí?

—¡El señor Farley! —respondió Roberta.

—¿Qué desea?

—No lo sé. —Se volvió hacia él. —¿Qué es lo que desea, señor Farley?

Se apartó de la puerta y entró.

—Pensé que le vendría bien un poco de ayuda con los cajones más pesados, o tal vez para echar un vistazo a las tuberías del fogón a la chimenea. Podría ver que no haya nidos de ardillas dentro de ellas.

—No, gracias. Nos arreglaremos.

Se dirigió hacia la montaña, eligió un cajón y lo sopesó para bajarlo.

Él se acercó y se lo levantó de las manos mientras todavía las tenía en el aire. La ventaja que le llevaba en altura hacía que se lo pudiera quitar sin ningún esfuerzo.

Roberta se dio vuelta y le dirigió una mirada despectiva.

—¿No tiene ningún trabajo que hacer en alguna otra parte?

—Sí.

—¿Entonces por qué no está allí?

—Tengo mi propio negocio, mío y de mi hermano. Él está trabajando ahora cerca de Lily Pond y se arreglará muy bien hasta que yo llegue. ¿Dónde quiere esto?

La caja contenía sus cacerolas y sartenes de hierro fundido. Él la sostenía como si no contuviese nada más que un dedal.

—En la cocina.

Farley la llevó hasta allí y ella fue detrás. Lo observó mientras la dejaba sobre el piso junto a la cocina económica de hierro.

—Mire, señor Farley —dijo bajando la voz—, lo oí cuchichear y reírse entre dientes con mi cuñado allá arriba. Creo que tengo una idea bastante aproximada de qué se trataba todo eso, así que ¿por qué no deja para mí y para mis hijas todo este trabajo de desempacar y se despide de una buena vez? Yo no soy la clase de mujer que usted piensa, y no va a sacar ningún provecho si se queda dando vueltas por aquí y actúa como si fuese indispensable. Ya tengo mi piano adentro. Eso es para lo único que necesito, y le doy las gracias.

Él enderezó poco a poco la columna vertebral mientras la miraba con expresión divertida.

—Caramba, señora Jewett, está cometiendo una injusticia conmigo —dijo mientras se frotaba las palmas de las manos.

—No, señor Farley, usted comete una injusticia conmigo. Se lo dije antes: no soy estúpida. Conozco a los hombres y sus costumbres, y sé muy bien qué idea preconcebida despierta en sus mentes la palabra "divorciada". ¿Al menos podemos ponernos de acuerdo en que soy lo bastante inteligente para haberme imaginado sobre qué murmuraban usted y Elfred ahí arriba?

Farley la estudió por algún rato. ¡Por Jehová! Nunca había conocido una mujer como ella. Y sí debía decir la verdad, no sabía con certeza por qué estaba allí. No obstante, decidió que una admisión sincera de su primer error los pondría en términos más amistosos.

—Muy bien. Por favor, acepte mis disculpas.

—No, no lo haré.

Farley no supo si reírse o quedarse con la boca abierta. Como nunca antes le habían rechazado una disculpa en su propia cara, se quedó con la boca abierta. Y echó el mentón hacia adelante como si acabara de tragarse un moscardón.

—¿No lo hará?

—No, no lo haré. Porque lo que usted hizo fue muy grosero. Y como no tengo ningún deseo de fomentar nuestra relación, opto por no aceptar sus disculpas.

Pasaron algunos segundos antes de que él pudiera balbucear:

—Bueno, que me condenen al fuego eterno…

—Bien, eso me dará mucho gusto —concluyó Roberta, tajante.

Y se dio vuelta y se alejó con la nariz levantada.

Desapareció dentro del living y lo dejó otra vez boquiabierto. Se quitó la gorra, se rascó la cabeza aunque no lo necesitaba, echó una mirada a la cocina, sintió curiosidad por la energía acumulada de esa mujer, se caló la gorra, más inclinada que de costumbre sobre la sien, y la siguió.

Desde el vano de la puerta, entre los dos cuartos, observó cómo se encaramaba sobre un canasto de embalaje y estiraba el brazo para alcanzar una caja redonda para sombreros que estaba arriba de una pila. La parte de atrás de su pollera era un montón de arrugas y la parte de atrás de sus cabellos era un desastre. Cuando se inclinó hacia adelante, levantó de la caja los tacos de sus zapatos negros abotinados y éstos, también, estaban tan maltratados y gastados que casi no le quedaban suelas. La examinó mejor y no hizo ningún otro ofrecimiento de ayuda.

—Entonces me voy.

—Sí, hágalo, por favor.

—¿Entonces no quiere que haga los trabajos necesarios en la casa?

—Haga lo que más le guste. Eso es entre usted y Elfred. Pero si lo hace, quiero que quede bien entendido que debe llamar a la puerta antes de entrar y que dejará de mirarme el trasero de la manera en que lo hace en este mismo momento. No estoy interesada, señor Farley. Ni en usted ni en ningún hombre, ¿está claro?

Se bajó con la caja de sombreros y lo miró a la cara.

Otra vez se quitó la gorra y se rascó la cabeza con fuerza. No salía de su asombro.

—¡Buen Dios, mujer, me asusta! Siempre está dispuesta a atacar, ¿no es así?

—Sí, así es. Usted no ha vivido lo que viví yo, señor Farley, así que no me juzgue.

Farley resolvió cambiar de actitud y le apuntó al puente de la nariz.

—Es mejor que entienda bien una cosa. Las mujeres de aquí no hablan de esa manera. Y si quiere tener amigos, ¡es mejor que usted tampoco lo haga!

—¿Hablar cómo?

—¡Usted sabe a qué me refiero! Como… ¡como eso! ¡Como lo hizo!

—Ah, ¿usted quiere decir que las mujeres de aquí hacen de cuenta que los hombres no cuchichean comentarios obscenos sobre ellas, en voz baja y a sus espaldas?

—¡Ya me disculpé por eso!

Le apuntó otra vez con el índice, pero empezó a ponerse colorado.

—Y después agregó ultraje sobre ultraje al quedarse parado en la puerta y mirarme como si yo fuese Lady Godiva. ¡Qué vergüenza, señor Farley! ¿Qué pensaría su esposa?

Se dio vuelta, puso la caja de sombreros sobre el taburete del piano, levantó la tapa y la dejó colgar del cordoncillo de seda. Sacó de adentro un sombrero de paja negra con una rosa rosada, y de más abajo una pila de chalinas y pañuelos de cabeza doblados.

Todo ese tiempo, Farley se quedó parado detrás de ella, de mal humor y desconcertado, molesto por el tono de reprimenda que usó Roberta al preguntarle qué habría pensado su esposa. Cambió el peso del cuerpo de un pie a otro, después otra vez al anterior, antes de defenderse con la excusa más baladí:

—No tengo esposa.

—No me sorprende —replicó ella, seca, parada de espaldas a él mientras se anudaba hacia atrás un pañuelo de cabeza.

Cuando terminó, se dio vuelta y lo vio parado en el mismo lugar donde había estado todo ese tiempo, mirándola con una expresión como si quisiera aplastarla contra la pared de una buena trompada.

—¿Qué hace todavía aquí, señor Farley?

—¡Maldito sea si lo sé! —exclamó él, fuera de sí.

Con paso enérgico atravesó la salita, cruzó el pórtico, bajó los escalones desvencijados y salió a la lluvia. Lo último que Roberta vio de ese tipo fue un faldón de su impermeable marrón cuando giró hacia la izquierda y desapareció de la vista.

—Suerte que me libré de ese tipo —murmuró para sí, y se dispuso a trabajar.

Gabriel Farley era nacido y criado en Maine, acostumbrado a los caprichos del clima, pero ese día la humedad y la lluvia le exasperaban. Bueno, tal vez no sólo la humedad y la lluvia. Era bastante difícil quitarse de la mente a una mujer insolente como aquélla, sobre todo, para empezar, cuando había dado justo en el clavo sobre los motivos que lo llevaron a acechar a su alrededor. En especial cuando había tratado de disculpar sus actos con una observación tan inconsistente como "no tengo esposa".

¡Maldición! ¿Por qué había dicho eso?

Se había pasado casi toda la tarde dando vueltas de un lado a otro, con las mandíbulas apretadas y la frente fruncida antes de que su hermano se animara por fin a hablarle.

—¿Qué mosca te picó hoy?

—Nada.

—¿Pasa algo con Isobel?

—No.

—¿Mamá?

—No.

—Bueno, ¿entonces qué es?

—No te metas en lo que no te importa, Seth.

Seth siguió midiendo un travesaño para las puertas dobles de un garaje cubierto que él y Gabe construían en ese momento para una de las familias ricas que tenían casas en Boston y cabañas de verano allí. Un banco de taller de madera terciada y unos caballetes de aserrar ocupaban el centro de la estructura construida hacía poco. Seth se inclinó sobre el banco, hizo una marca, se clavó el lápiz gordo de carpintero detrás de la oreja y silbó por lo bajo.

Conocía muy bien a Gabriel. La mejor manera de sacar algo de él era dejar de preguntar.

Silbó un rato más mientras Gabe se ocupaba en montar una pequeña ventana, iba afuera en medio de la lluvia y usaba su martillo, después volvía a entrar para hacer más de lo mismo.

Más pronto de lo esperado, se decidió por fin a hablar.

—Mañana voy a empezar un trabajo para Elfred Spear. Así que dejaré que tú termines éste.

—¿Qué va a hacer Elfred?

—Bueno, no es precisamente un trabajo para Elfred. Él es sólo quien me paga para hacerlo.

—¿Cómo?

—Es la vieja casa de Breckenridge.

—¡No hablas en serio! ¿Esa vieja ruina?

—Esta mañana estuve allí y le eché una mirada. Desde el punto de vista de la estructura es bastante sólida. Y tiene techo de pizarra.

—El viejo Sebastian estaba más loco que una cabra cuando murió. Casi puedo imaginar cómo es por dentro.

—De acuerdo, es un desastre. Pero nada que no pueda arreglarse con un poco de agua y jabón y mucha pintura. Necesita un par de entrepaños nuevos de ventana y mucha masilla alrededor de los viejos. En uno que otro lugar hay que reforzar los cimientos con un poco de argamasa entre las piedras, pero puedo hacerlo todo con bastante facilidad. Tiraré abajo todo el pórtico de entrada y levantaré uno nuevo. Puede que te necesite cuando llegue a esa parte.

—Avísame cuándo.

—Sí.

Trabajaron un rato más en silencio, hasta que Seth se animó a preguntar:

—Y bien, ¿con quién está ocupado Elfred en estos días?

—No lo dijo —respondió Gabriel, sin dejar de aserrar.

—Siento lástima por esa esposa que tiene.

—Lo que no sabe no puede lastimarla.

—Presta atención a ti mismo, Gabe. El hombre la engaña, y por añadidura, tiene tres hijas.

—¿Quieres decirme que nunca te fuiste de juerga a espaldas de Aurelia?

—¡Acertaste! Eso es lo que digo. Podremos tener alguna que otra vez nuestras pequeñas peleas, pero nunca le haría eso a Aurelia.

Seth continuó con su trabajo uno o dos minutos más, en silencio. Hasta que preguntó:

—No querrás decirme que tú engañaste a Caroline, ¿verdad?

—¡Por Dios, no! No mientras le quedaba un hálito de vida.

—¿Entonces cómo puedes justificarlo en un libertino como Spear?

Gabriel dejó caer las herramientas, se frotó con fuerza los ojos y suspiró. Durante todo el día se había sentido descontento consigo mismo y muy incómodo por lo que había pasado allá arriba, en la vieja casa Breckenridge.

—Demonios, no lo sé, Seth. Supongo que es porque yo mismo estoy muy nervioso. Estoy angustiado y cansado de esta vida en soledad.

—Tú no vives en soledad. Tienes a Isobel.

Gabe miró a su hermano en silencio, después caminó hasta el vano de la puerta sin terminar y se quedó mirando la lluvia. A Caroline nunca le había molestado la lluvia, como a la mayoría de la gente. Muchas veces había trabajado afuera en medio de un aguacero.

—Sí, lo sé. Yo tengo a Isobel. Y cuanto más grande se hace, tanto más me recuerda a su madre.

Seth dejó el trabajo que tenía en manos y cruzó el cobertizo para pararse junto a su hermano. Puso una mano sobre el hombro de Gabriel y le dio un ligero apretón.

—Se acerca el aniversario de su fallecimiento. ¿Es eso?

—Sí. Cada año es peor por estas fechas.

La lluvia había abierto una canal debajo de los bordes de los aleros nuevos y hacía pequeñas explosiones cuando caía dentro de los charcos. Las cosas olían a almizcle con la renovación del aire: la tierra a los pies de Gabe, la madera recién aserrada sobre su cabeza. Allá afuera, en el pequeño lago conocido como Lily Pond, las ranas cantaban como si amaran ese clima. Tal vez aprovechaban para poner sus huevos allí. Los petirrojos estaban de regreso y ya habían construido sus nidos. El otro día, justo afuera del negocio que tenían en la ciudad, Gabriel había observado a un par de somormujos cuando ejecutaban un espléndido y ondulante ballet sobre la superficie del agua, como dos bailarinas con sus zapatillas de punta. La primavera… cruel primavera, siempre era difícil pasar la primavera sin Caroline.

—¿Quieres saber qué mal estuvo hoy?

Seth dejó caer la mano del hombro de Gabe y esperó. Gabriel deslizó las manos debajo de sus axilas, se apoyó con todo su peso contra la abertura de la puerta sin terminar y siguió mirando la lluvia.

—Me topé con Elfred en el embarcadero y esa mujer estaba con él… bueno, en realidad es su cuñada. Resultó ser divorciada.

—¡Divorciada! ¡Ah, vamos, Gabe! ¡Tú puedes inventar algo mejor!

—Déjame terminar. Resultó que era divorciada y que tiene tres hijas y que se iba a mudar a esa inmundicia que Sebastian Breckenridge dejó cuando se murió. Oí eso y me fui a paso rápido allá arriba para ver si necesitaba un carpintero.

Gabe sacudió la cabeza de un lado a otro, un poco avergonzado ahora que lo había pensado.

—Quiero decir, ahí arriba me mostré más rápido que un ganso cuando se abalanza sobre una chinche de verano. Pero ella me pescó al vuelo y te aseguro, Seth, que me puso en mi lugar. Fue una situación muy embarazosa.

Seth le dio unas palmadas en la espalda y empezó a reír.

—Así que es por eso que estás con este ánimo tan alterado.

Con la punta de su bota, Gabriel empujó dentro del charco un par de astillas de madera del nuevo piso de pino.

—Sí… supongo que sí. La verdad es que me hizo sentir como un tonto.

Seth volvió a su trabajo. Dio unos martillazos en diagonal sobre el travesaño de la puerta y después empezó a buscar una tabla de cedro para otro; encontró una y midió el largo a ojo.

—Bien, ¿qué tal es? —preguntó de repente.

Gabriel se apartó de la puerta, volvió a entrar y también reanudó su trabajo.

—¡Dios, es un desastre. La ropa, el cabello, la casa… lo que se te ocurra nombrarme, todo es un desastre. Ella y las niñas se parecen a una manada de huérfanos vagabundos.

—¿Entonces por qué estás parado aquí, tan exasperado por culpa de ella?

—No sé. Supongo que porque mañana tengo que volver allá y enfrentarla de nuevo.

—Bueno, diablos… tal vez no la encuentres, si la casa está tan mal. Tal vez decida ir a vivir a algún otro lugar.

—Oh, sí que la encontraré. Es muy probable que esté sentada frente a su piano, tocando y cantando como loca en medio de toda esa mugre. Te digo, Seth, que fue lo más increíble que jamás haya visto. Volví a entrar después de que ayudamos a descargar todos los bártulos, y allí estaba sentada, tocando el piano, como si no hubiera una maldita cosa fuera de lugar. ¡Y sus hijas cantaban desde arriba! Podrías haber pensado que viven en el Taj Mahal. ¿Pero sabes qué? Son felices. ¿Y una de esas niñas, la menor de las tres? Bueno, tiene una buena cabeza sobre los hombros. ¡Y qué lenguaje! He leído artículos en los periódicos que no empleaban un lenguaje tan imaginativo. ¿Sabes qué dijo? Que ella y sus hermanas escribieron una ópera. ¡En latín! ¿Qué te parece?

Seth interrumpió el trabajo y lo miró estupefacto.

—¿Qué edad dijiste que tiene esa niña?

—Diez años.

—Diez años. ¿Nada más?

—Sí, diez.

Se quedaron un rato pensativos, imaginándose a los diez años.

—¡Por todos los cielos! —exclamó Seth—. Yo apenas sabía limpiarme el trasero cuando tenía diez años.

Gabriel soltó una carcajada.

—Creo recordarlo. Algunos veces te lo limpié yo.

Era casi cierto. Gabe era cuatro años mayor que Seth, y la madre de ambos había contado a menudo con él para que fuese su mano derecha.

Los pensamientos de Gabe volvieron a la precoz Lydia.

—¿Cómo supones que una niña alcanza una inteligencia tan aguda a los diez años?

—No sé.

—Por la manera en que habló, su madre les enseña mucho.

—Ésa sería la… eh… la mujer con los cabellos y los vestidos tan descuidados.

Gabriel dirigió una mirada torcida a su hermano.

—¿Adónde quieres llegar, Farley?

—Desde que murió Caroline, nunca has hablado tanto de una mujer. ¿Lo sabes?

Gabe emitió un sonido gutural que no era ni un gruñido ni una risita.

—Estás loco, viejo. Ya te dije que tiene una lengua que podría cortar seis filetes de rodaballo de una sola vez, y tampoco es muy femenina.

—Déjame echarle una mirada primero y después te diré si soy un demente. Fuiste tú quien dijo que corriste a curiosear porque oíste que era divorciada.

—Bueno, tal vez lo haya hecho, pero es casi tan atractiva como un mocasín para la lluvia. Así que no empieces a divulgar ningún rumor. ¿Entendiste?

Seth sofocó una risita.

—¡Sí, señor! ¡Entendido!

La lluvia amainó hacia el atardecer. Gabriel depositó la caja de madera de sus herramientas en la parte trasera de su camión Ford C, subió, puso el motor en marcha y dio tres pasos más antes de salir para girar la manivela del camión. El motor tosió al arrancar y Gabriel alzó una mano en señal de despedida mientras volvía a subir.

Al realizar todas esas maniobras para arrancar el camión, le volvió a la memoria la mujer. Ella había dicho que tenía intención de comprar un automóvil. Qué soberana estupidez. Lo primero que haría sería romperse un brazo al tratar de arrancarlo. ¿Y cómo podía recordar todo lo que necesitaba saber antes de siquiera empuñar la manivela?

Además, ¿qué diría la gente? Las damas no hacían esas cosas.

Sin embargo, a pesar de lo mucho que ella protestara, él no creía que fuese una dama.

¿Pero por qué diablos perdía tiempo pensando en ella?

Tendría que pensar en alguna otra cosa.

Era un atardecer muy bonito. Por detrás de la montaña Ragged el cielo estaba aclarando; eso se podía afirmar por el resplandor rosado que iluminaba los bordes de las nubes, a pesar de que todavía tenían un color gris verdoso como el caparazón de una langosta vieja. Pero estaban en movimiento, subían, se disolvían y anticipaban un día claro.

Tomó Chestnut hasta la ciudad y después dobló hacia Bayview, donde se alzaba su negocio, como emparedado entre la calle y la costa rocosa. Dejó el camión en marcha mientras se dirigía adentro. Las puertas estaban cerradas con llave, pero Terrence, el empleado, había dejado algunas notas clavadas con tachuelas en la pared, junto a la caja de madera del teléfono: la señora Harvey había pasado por allí y quería saber cuánto le cobrarían para reemplazar el travesaño roto de una silla; el pastor de la iglesia congregacional quería hablar con él sobre encabezar un comité para la limpieza del cementerio; su hija había pasado por allí después de la escuela y quería saber a qué hora llegaría a casa para la cena; el teatro de la Ópera estaba interesado en algunos bastidores de escenario para una próxima producción.

Tiró las notas sobre un escritorio polvoriento, tomó algunas listas de precios y catálogos y volvió a cerrar con llave antes de subir al camión para dirigirse a su casa.

Vivía en la calle Belmont, en una casa blanca, alta y angosta, con un pequeño galpón en el fondo, al que le había agregado un colgadizo para su camión. Desde el galpón, un sendero de piedras escalonadas conducía a la casa, cubierto por una pérgola blanca justo hasta afuera de la puerta de la cocina. Pasó debajo de la pérgola en su camino a través del patio, mientras echaba una mirada a los tallos de las rosas trepadoras para ver si asomaban algunos retoños. Eran lo único que había conservado de las flores de Caroline, y cada otoño las protegía con mucho cuidado con paja, y durante todo el verano las mantenía podadas y fertilizadas. Hacía mucho que había dejado que el resto del jardín cayera víctima de la maleza, y ahora, al cabo de siete años, ni siquiera podía decir dónde se encontraba el jardín. Esto a veces lo entristecía, porque, cuando pensaba en Caroline, la veía con su cofia para el sol, con las manos enguantadas, doblada sobre uno de los cultivos, cuidando de las flores que había amado tanto.

Entró en la cocina y fue recibido por una niña delgada como un junco, que había heredado de él su estatura y sus pies grandes, pero muy poco más. Era Caroline en todo, desde el cuerpo esmirriado hasta el cabello rojo como pimentón. Aunque no era una niña bella en el sentido clásico, tenía sus toques bonitos. Su cutis era tan terso e inmaculado como una rebanada de patata, pero, a diferencia de la mayoría de las pelirrojas, no tenía una sola peca. Sus ojos verdes, ligeramente levantados en los extremos, estaban enmarcados por cejas y pestañas tan claras que podrían haber sido una ilusión. Por desgracia, las orejas le sobresalían hacia afuera igual que las de Caroline; consciente de ello, las mantenía cubiertas en todo momento.

—Hola, papito. Pensé que no llegarías nunca. Me muero de hambre.

—Tú siempre te mueres de hambre. ¿Qué hay para la cena?

—Bocadillos de pescado y papas hervidas.

Otra vez bocadillos de pescado. ¡Por misericordia! Estaba cansado de los bocadillos de pescado. Pero la chica hacía lo mejor que podía después de la escuela. Más de lo que un padre debería esperar. A menudo se sentía culpable de que tuviera que perder tanto de su precioso tiempo libre en tareas que debería haber cumplido una esposa y madre.

Colgó la ropa de lluvia en unos percheros de pared junto a la puerta.

—¿Cómo estuvo la escuela? —inquirió.

—Aburrida. Las mismas cosas de siempre… las lecciones de la señorita Tripton, los regaños de la señora Lohmer, y la señorita Bisbee que nos trata como a niños en quienes no se puede confiar ni por un minuto mientras ella está fuera del aula. ¡En serio, hasta nombra un monitor de la clase cuando sale!

—Bueno, ahora no falta mucho para el final del período.

Gabriel volcó agua de una marmita y se lavó las manos mientras la niña ponía los bocadillos de pescado en dos platos, las patatas hervidas en un cuenco, servía leche para ella y café para él. Se secó las manos con una toalla, las restregó bien y se paró junto a la mesa mientras ella le llenaba su taza.

—Hoy conocí a unas chicas nuevas.

—¿Chicas? ¿Quieres decir de mi edad?

—Una de ellas.

Arrojó la toalla a un costado y los dos se sentaron, empezaron a aplastar las patatas y a untarlas con mantequilla.

—Las otras dos eran de dieciséis y diez años.

—Bueno, ¿quiénes eran? ¿Cómo es que no van a la escuela?

—Lo harán dentro de muy poco. Acaban de mudarse a la ciudad y son primas de las niñas Spear.

—¿Cómo son?

—La más chica es más lista que una anguila. Es con la que más hablé. Creo que las tres son bastante aficionadas a la música. Aparte de eso, no sé mucho sobre ellas, excepto que parecen unas andrajosas.

—¿Dónde las conociste?

—En la oficina de la compañía naviera, en realidad. Después me enteré de que se iban a mudar a la vieja casa Breckenridge, así que fui hasta allí para ver si podía concretar algún pequeño negocio.

—¡Oh, cielos! Nadie me miraría si viviera en esa cueva de cerdos. Deben de ser muy pobres si tienen que vivir allí.

—Creo que lo son.

—¿El papá va a trabajar en la fábrica?

Gabriel tomó un sorbo de café para darse tiempo para pensar.

—Eh, no… En realidad… no hay ningún papá. Sólo una mamá.

—Ah…

Isobel se quedó en silencio, pensativa. Como había sido criada casi exclusivamente por Gabriel y recordaba muy poco de su madre, le resultaba difícil imaginar que se podía crecer sin papá.

—Pobres niñas.

—Creo que lo hacen bastante bien. Por cierto que no les falta imaginación y parecen ser una pandilla bastante feliz… Cantan, tocan el piano, escriben óperas.

—¡Escriben óperas!

—Eso es lo que dijo… la más chica. Se llama Lydia. Me dijo que ella y sus hermanas escribieron una ópera en latín.

—¡Mi Dios! ¡Deben de ser muy inteligentes!

—Es lo que yo pensé. Bueno, de todos modos, es posible que las conozcas pronto. —Apartó el plato. —Gracias por hacer los bocadillos de pescado, mi amor. ¿Tienes que estudiar esta noche?

Isobel se puso seria.

—Ortografía y gobierno civil. Mañana nos tomarán examen de esas dos materias.

Gabriel se puso de pie y levantó los platos y tazas.

—Entonces déjame los platos a mí. Los lavaré más tarde, pero primero tengo que trabajar en un presupuesto para las Jewett.

—¿Las Jewett?

—Así se llaman, las niñas nuevas. Rebecca, Susan y Lydia Jewett.

Isobel encogió los hombros y se dio vuelta.

—Es probable que las conozca tan pronto vayan a la escuela. Entonces veré si me gustan o no.

—Ajá. Bueno, yo tengo que trabajar en ese presupuesto. Así que ve a buscar tus libros y te dejaré libre la mitad de la mesa.

Pasaron las dos horas siguientes sentados debajo de la nueva luz eléctrica en su cocina pintada de blanco, mientras la marmita silbaba una suave canción. Era un lugar confortable, con techo de cinc prensado, revestimientos de madera y una curiosa combinación de artefactos anticuados y modernizados, evidencia de la habilidad del propietario para mejorar y remodelar la casa él solo. Las luces eran eléctricas; la cocina, de leña. El fregadero tenía una tubería de desagüe pero ningún grifo, sólo una bomba. La mesa y las sillas de roble, que Gabriel había hecho con sus propias manos, se remontaban al año de su casamiento, pero los armarios con puertas de vidrio eran un agregado reciente y a pedido de Isobel los había adornado con perillas de vidrio transparente.

Entró una gata lanuda color caramelo, se acomodó hecha un ovillo sobre un tercer asiento debajo de la mesa, recogió las patas y miró de soslayo mientras bostezaba. El sonido de su ronroneo se unió a la música de la marmita mientras la noche apretaba su cara oscura contra las ventanas. Gabriel se levantó tres veces para volver a llenar su taza de café. Isobel se levantó una sola vez, a buscar dos pastelillos de miel. Cuando terminó de comerlos y de estudiar, cerró su libro y alzó los ojos. Entonces vio que su padre miraba fijo el vacío y el lápiz colgaba ocioso de su mano.

—¿Papá?

—¿Hum?

Gabriel salió de su ensueño. Por alguna extraña razón había estado pensando en esa mujer, la señora Jewett.

—¿Qué?

—Tal vez deberías dejarlo e irte a la cama. Tienes la mirada perdida.

—¿Sí? Bueno, no estoy cansado. Sólo distraído. Escucha, ya casi he terminado con este presupuesto y tengo que entregárselo a Elfred Spear. ¿Te importaría si se lo llevo ahora?

—¿Esta noche? —preguntó sorprendida—. Es algo tarde, ¿no?

Gabriel miró su reloj de bolsillo.

—Las nueve. No es tan tarde.

Volvió a guardar el reloj, empujó la silla hacia atrás, juntó las hojas del presupuesto y fue en busca de un saco liviano.

—Ya paró de llover; supongo que no necesito mi impermeable. No me demoraré mucho.

Isobel se echó hacia atrás en su silla y se desperezó.

—De acuerdo. Buenas noches, papá.

—Te veo en la mañana.

Se fue sin tocarla o besarla. Sólo pensaba en lo agradecido que estaba por tenerla y se preguntaba qué sería de él en dos, o cuatro, o seis años, cuando su hija se casara y dejara su casa.

Perturbado por la perspectiva de soledad, apartó la idea de su mente.

Afuera, el pasto estaba aplastado entre las piedras del sendero y el cielo había aclarado. Los alfileres de estrellas hacían agujeros brillantes en el terciopelo azul profundo sobre su cabeza, y en algún lugar piaban los pichones de primavera. Al pasar debajo de la pérgola de rosas, pensó, como lo hacía a menudo: "Te extraño, Caroline".

Debajo del cobertizo olía a petróleo y a la tierra mojada del piso. Lo rodeaba la oscuridad cuando tanteó el camino a lo largo del borde izquierdo hasta el frente del camión, donde echó las gotas de agua en los cristales de carburo de los faroles del frente. Abrió los cristales y encendió los faroles. Después hizo lo mismo para las luces laterales. Dentro del camión ejecutó todo el régimen de ajustes —palanca de cambio en punto muerto, válvula reguladora, freno de emergencia, cable del carburador y llave de encendido—, antes de salir para girar la manivela de arranque del motor. De regreso en el asiento del conductor, bajó la palanca de cambio a posición de marcha, cerró la válvula reguladora, tiró un poco hacia arriba el freno de emergencia y maniobró los pedales hasta que por fin rodó hacia adelante, fuera de la abertura del cobertizo.

"¡Ridículo pensar que esa mujer Jewett pueda hacer todo eso!"

¿Qué era lo que volvía a ponerla en su mente? Había estado pensando en ella cuando Isobel lo sacó de su ensimismamiento, y ahora otra vez, aunque no conseguía entender por qué. Tal vez sólo por la cuestión del automóvil, pensó. La osadía de una mujer que creía que podía tener uno, cuando había pasado por todo eso sólo para hacer que la cosa arranque. ¡Por no decir nada sobre manejarlo y mantenerlo en buenas condiciones!

No… no. Debía de estar loca para comprar un automóvil.

Pero si alguna vez en su vida había conocido a una mujer que haría tal locura, era muy probable que esa mujer fuera Roberta.

Estacionó en el patio de Elfred y dejó el motor en marcha mientras cruzaba por delante de los rayos de las luces de carburo y se acercaba a la puerta del frente.

El mismo Elfred respondió al llamador, vestido con un pantalón y un saco de fumar.

—¡Bueno, por Dios, Gabe! ¿Qué haces aquí a esta hora?

—Te traje ese presupuesto.

Elfred se quitó el cigarro de la boca y miró los papeles con algo de sorpresa.

—¿A las nueve de la noche?

Un ligero destello apareció en sus ojos mientras aceptaba las hojas.

—Parece que llevas prisa, ¿eh, Gabe? —comentó con una risita conspiradora.

Gabriel bajó el mentón y se rascó la patilla izquierda.

—Bueno… pensé que debía ocuparme de esto ahora mismo. Me viene bien el trabajo.

—Seguro, Gabe.

Elfred echó una mirada rápida al presupuesto.

—Ni siquiera sé por qué te molesté pidiéndotelo por escrito. Ella no es la clase de mujer a la que un hombre le dice no, ¿verdad?

Gabriel puso la mano sobre el picaporte de la puerta, ansioso por marcharse. No tenía ningún sentido ocultar motivos ulteriores al apurarse con el presupuesto, después de los chistes malintencionados que él y Elfred habían hecho a expensas de la mujer.

Con una sonrisa maliciosa, Elfred le dio unas palmaditas en la mejilla como si le aplicara una loción con esencia de laurel.

—Adelante, Gabe. Vuélvela loca.

Gabe volvió a grandes zancadas a su camión.

"¡Que el cielo me condene, pero odio a ese Elfred! Es un hombre de lo más repugnante!", pensó.

Manejó en medio de la noche primaveral. Los árboles estaban brotados y el agua de la lluvia del día corría a lo largo de los bordes de la calle hasta el puerto, allá abajo. Una vez más oyó el croar de las ranas y olió la tierra mojada.

Primavera sin Caroline… qué dulce amargura.

Ya en su casa, estacionó debajo del cobertizo y apagó el vehículo. Después caminó despacio a lo largo del sendero de piedras, debajo de la pérgola, y entró en la cocina, donde Isobel había dejado encendida la nueva luz eléctrica.

Con gesto de cansancio se quitó la chaqueta, la colgó y se volvió para mirar el lugar donde se había hecho cargo de tantas tareas domésticas desde la muerte de Caroline. Isobel hacía su parte, pero él también. A menudo tan tarde como aquella noche, aunque se sintiera cansado y hubiera preferido irse a la cama.

Había agua en la cisterna de reserva y en la marmita. Llenó el fregadero y lavó los platos, los secó, limpió la mesa y puso una bonita carpeta limpia en el centro, igual que Caroline había hecho siempre. Era una carpeta tejida al croché por ella misma. Puso encima la planta de filodendro, tal como acostumbraba su esposa. Con un paño húmedo para secar platos limpió algunas huellas de dedos de un panel de vidrio de la puerta de un armario; después dobló el paño y lo colgó de un toallero que había hecho él mismo. Su última tarea fue bombear agua para llenar tanto la cisterna de reserva como la marmita, para la mañana.

Muy pronto instalaría un baño y algunos radiadores, se prometió. También una cocina moderna. Era tonto tener electricidad y no hacer uso de todas las comodidades que podía brindar.

Debería hacerse tiempo para realizar el trabajo.

Antes de girar la palanca de la luz eléctrica, echó una mirada al lugar y lo encontró satisfactorio. Las alfombrillas bien alineadas con el fregadero y la puerta de atrás, los armarios limpios, las sillas en su lugar.

Tal como le hubiera gustado a Caroline.

Cerca de las once de la noche, subió las escaleras con pasos pesados y fue al encuentro de su cama solitaria.

Capítulo 4

*L*as Jewett se fueron a la cama bien pasadas las once de la noche. Por la mañana se despertaron tarde y desayunaron fideos hervidos con mantequilla: lo más rápido que Roberta pudo inventar para poner en la mesa. Todo era un caos tan grande que las niñas no lograron encontrar sus peines y se turnaron para usar el de su madre. Tampoco lograron encontrar ropa interior limpia o medias, así que usaron las mismas del día anterior. Sus vestidos estaban arrugados por el viaje, pero a nadie pareció importarle.

Era tarde cuando salieron todas juntas para el primer día de escuela.

—Miren eso —comentó Roberta al divisar el puerto, más abajo—. Parece uno de los flotadores de vidrio de Lydia.

Durante la noche había aclarado y el agua tenía un color azul tan intenso que parecía como que el Sol la iluminaba desde abajo y no desde arriba. La vista era espléndida desde lo alto de la calle. Había embarcaciones amarradas junto a los muelles del pueblo y otras que se dirigían hacia la bruma plateada del horizonte. Algunas tenían velamen blanco, otras navegaban a vapor y dejaban tras de sí una estela de humo como alas desplegadas. Las numerosas islas que salpicaban la bahía Penobscot parecían bolitas de hielo con las cimas derretidas bajo la luz del Sol.

Era una mañana ruidosa. Las gaviotas contribuían a ello, y también los trabajadores del astillero Bean. Los golpes de sus martillos se unían al sonido más musical que salía del galpón de un labrador de piedra en Tannery Lane.

—¡Escuchen! —exclamó Roberta—. En mis viejos tiempos me despertaba con el sonido de esos martillos.

Por la colina ascendían también los ruidos del tránsito: el rechinar de los tranvías, el zumbido de las máquinas de los barcos y el traqueteo de los automóviles. Todas esas notas, filtradas por la mañana de abril, se convertían en una armonía delicada mientras la tierra, lavada por la lluvia del día anterior, olía fresca y profunda.

Tarde o no, las Jewett contemplaban extasiadas el nuevo paisaje que las rodearía en el futuro.

Caminaron bajo un remolino de gaviotas que chillaban sin interrupción. Susan las miró y chilló a su vez:

—¡Cri cri para ustedes!

—¿Son cormoranes? —preguntó Lydia.

—No, son gaviotas plateadas —respondió Susan.

Rebecca empezó a recitar un poesía de Swinburne.

Roberta levantó la cabeza y observó a las aves.

—Son una hermosa selección, pero no pueden ser cormoranes. No en esta costa. Estoy de acuerdo con Sudan; creo que son gaviotas plateadas.

—Espero que me guste mi maestra de inglés —comentó Rebecca.

—Y mi maestra de música —agregó Susan.

—Me gusta esta ciudad —intervino Lydia, la pesimista, para sorpresa de todas—. Es bonita.

Era una conversación desordenada, pero típica entre las Jewett. Sus intereses eran tan variados que, si alcanzara a oírlas un extraño, se sentiría confundido por los rápidos cambios de tema.

En la escuela de la calle Knowlton se presentaron ante la directora, la señorita Abernathy. Era una mujer robusta de unos cuarenta años, con anteojos y cabellos grises ondulados que llevaba recogidos en un rodete. Les dio la bienvenida pero en un cierto punto miró su reloj y notó que ya eran cerca de las nueve y media de la mañana.

—Las clases empiezan a las ocho, señora Jewett.

—Sí, lo sé —respondió Roberta, serena—. Pero en el camino estuvimos recitando a Swinburne.

—¿A Swinburne? —repitió la señorita Abernathy.

—Como en "Algernon"… ¿el poeta inglés?

La señorita Abernathy dejó la lapicera de mármol en su soporte y sonrió indulgente.

—Sí, por supuesto. Sé quién es Swinburne. Sin embargo, no es común que nuestras alumnas estén familiarizadas con sus obras.

—Oh, mis hijas están familiarizadas con tantos poetas como yo puedo hacerles conocer. Y también con compositores y autores.

—¿De veras? Entonces tenemos aquí un trío de verdaderas estudiosas.

—¿Estudiosas? —reflexionó Roberta—. Tal vez no. Pero son inquisitivas y tienen imaginación.

—Entonces debería irles muy bien.

Roberta las dejó en la escuela sin la más mínima duda de que eso era exactamente lo que sucedería.

Cuando llegó de regreso a casa, el camión de aspecto tan extraño de Gabriel Farley estaba estacionado en la calle y él esperaba sentado en los escalones del frente.

—¿Qué quiere? —le preguntó ella con tono áspero.

Se levantó con movimientos pesados y alcanzó toda su altura justo cuando ella llegaba a los escalones del pórtico.

—Vine a reparar su casa.

—Ah…

Entró sin siquiera demorar el paso.

Farley se quedó parado en medio de la maleza pisoteada del jardín de adelante, mientras la seguía con la mirada a través de la puerta, abierta. Desde el porche tenía una visión directa hasta la cocina y la puerta en el extremo opuesto. La observó hasta que dobló a la derecha y desapareció detrás de una pared de la cocina. Volvió la mirada hacia el ancla oxidada medio enterrada; después se pasó la lengua por los dientes y sacudió la cabeza de un lado a otro. El día anterior había metido la pata con la mujer, eso era seguro. Aunque no le importaba mucho, ya que en realidad ella no le gustaba tanto.

Resignado a la realidad, fue hasta el camión a buscar su caja de herramientas.

Tras examinar el exterior de la casa, decidió que era mejor empezar por tirar abajo el porche y reconstruirlo, ya que con ese piso medio podrido era muy peligroso y él tendría que cruzarlo cientos de veces en el próximo par de semanas. De la demolición podría encargarse solo; después llevaría a Seth para que lo ayudara a reconstruirlo.

Subió los escalones del porche, espió adentro y oyó que Roberta arrastraba cajones hacia la cocina para desempacar las cosas.

—¿Señora Jewett? —llamó.

Apareció en el umbral entre dos habitaciones, con un par de ollas azules en la mano y una toalla atada alrededor de la falda.

—¿Qué?

—Voy a empezar con el porche del frente, siempre que esté de acuerdo.

—No me importa por dónde empiece.

Sin decir más, volvió a desaparecer de la vista.

—¡Tengo que tirarlo abajo por completo y reconstruirlo! —gritó él.

Roberta volvió a asomar la cabeza por tres segundos.

—Dije que no me importa. Haga lo que tenga que hacer… ¡siempre que no me moleste!

Gabriel tomó una escalera de mano, subió al techo y empezó a sacar las tablas de madera porosa, mientras se preguntaba por qué el techo del cuerpo principal de la casa había sido construido con pizarra. Aquellas casas eran viejas y ésa, en particular, tal vez tenía cien años o más. A veces los porches y los colgadizos habían sido agregados como resultado de ideas posteriores. Los hongos se habían comido aquel tejado.

Trabajó en ello hasta bien entrada la mañana y el Sol se tornó más cálido, el patio se cubrió de clavos doblados y pedazos rotos de madera podrida. Hacia el mediodía había expuesto las vigas y estaba golpeando sobre una con un martillo cuando creyó oír un grito.

—¿Señor Farley?

Miró hacia abajo y vio que la señora Jewett miraba hacia arriba, con una mano a modo de pantalla sobre los ojos. Todavía llevaba la toalla alrededor de la falda de su vestido marrón. Tenía los cabellos revueltos y los bordes de las mangas mojados.

—¿Sí? —respondió.

—¿Puedo hacerle unas preguntas sobre su automóvil?

—Sí. ¡Cuidado con esto!

Roberta retrocedió unos pasos y él dejó caer una tabla de madera descolorida.

—No es un automóvil; es un camión.

—Ah...

—Un camión Ford C.

Roberta volteó la cabeza hacia el camión y después otra vez hacia él.

—¿Cuánto hace que lo tiene?

—Unos dos años.

—¿Y le gusta?

—Sí, me gusta.

—¿Más que un caballo?

—¿Cuánto va a durar esto? ¿Le molesta si bajo y hablamos allí?

Él había mantenido el equilibrio con las caderas apoyadas contra la escalera y la cintura doblada para mirar hacia abajo.

—No, por supuesto que no. Baje.

Gabriel deslizó el martillo dentro de una presilla de su cinturón de cuero para herramientas y bajó de espaldas. Se quedaron parados a distancia, separados por tablas de tejamaní que despedían un olor parecido al de un tinglado viejo sin usar. Las ramas extendidas de un olmo todavía sin hojas arrojaba delgados surcos de sombra sobre ellos mientras hablaban.

—Un camión es mucho más cómodo que un caballo. No necesita alimentarlo ni bañarlo. Por supuesto que en invierno, por esta zona, no puede llevarla a los lugares que sí puede un caballo. Pero, bueno, en ese caso tiene el tranvía.

—¿Un camión es diferente de un automóvil?

—Sólo el tronco. El chasis es el mismo.

—¿Entonces arranca y corre igual?

—Sí.

—Elfred dice que una mujer no puede tener uno, porque no podría arrancarlo. ¿Está de acuerdo?

Gabriel se rascó una patilla y miró hacia el camión. Era una cosa de aspecto extraño, sin puertas, con un toldo de cuero negro en forma de ola marina que se curvaba sobre el asiento para hacer de techo.

—Es difícil decirlo. Nunca he visto a una mujer que arrancara uno.

—Bueno, ¿usted qué cree?

La mirada de Gabriel volvió hacia ella.

—¿Quiere convencerse por sí misma?

Roberta frunció las cejas mientras se decidía.

—Sí, supongo que sí.

—De acuerdo, entonces. Venga, veamos lo que puede hacer. Tenga cuidado por donde camina; hay clavos por todas partes.

Pasaron de las tablas quebradizas al colchón mullido del pasto seco de invierno y Gabriel la dejó pasar antes que él por la abertura de un cerco desparejo de lirios y coronas de novia que bordeaba el jardín. Entonces notó que llevaba los mismos zapatos gastados del día anterior. La calle estaba pavimentada con grava y salpicada con charcos de barro después de la lluvia de ayer. Esquivaron unos cuantos y siguieron camino hasta el lado opuesto del camión, donde las cortinas laterales estaban enrolladas y atadas hacia afuera.

—Suba a la cabina —le indicó—. Es mejor que lo haga todo desde un principio.

Roberta subió al estribo, forcejeó para desenganchar la falda de la palanca de freno y se sentó en el asiento de cuero.

—Yo la guiaré paso por paso.

Apoyó un pie en el estribo y señaló hacia adentro mientras hablaba.

—Bien, esa palanca de allí, sobre la columna del volante, es el mecanismo de cambio. Tiene que estar en "espera", que es como está en este momento. Si por accidente la deja en "avanzar", el coche va a dar un salto cuando trate de girar la palanca de arranque, y hay posibilidades de que se lastime. Estas cosas tienen fama de haber roto más de un cráneo. Entonces, esto es importante: siempre poner la palanca en "espera".

—Palanca en espera —repitió y tocó la palanca con cautela.

Le señaló la columna del volante.

—Esto de aquí es el cebador, y debe estar mitad hacia arriba cuando vaya a arrancar. Eso hace pasar la gasolina.

—Cebador mitad hacia arriba.

—Y esto de aquí —estiró una mano hacia la manija del freno— es el freno de emergencia, pero tiene mucho que ver con el cambio, así que asegúrese de que esté toda hacia atrás, contra el asiento. Tiene que apretar las manijas juntas mientras tira... ¿ve?

Retiró la mano y la dejó intentar.

—Bien —dijo—, ahora baje. Tenemos que ir al frente del camión.

Mientras ella bajaba de espaldas, él se quedó atrás y observó el nudo blanco de la toalla en medio de la espalda. Pensó que, si hubiera sido otra mujer, le habría ofrecido una mano para bajar. Pero la dureza con que lo había reprendido el día anterior hizo que procediera con cautela.

La condujo hasta el frente del vehículo y le mostró una abrazadora que sobresalía del costado izquierdo del radiador.

—Ése es el cable del carburador. Tire hacia afuera.

Ella obedeció sin hacer comentarios.

—Ahora podríamos ir adentro y girar el encendido, pero hay un pequeño truco que puede intentar que lo haría arrancar más rápido. Haga así... ¿ve? Tire tres o cuatro veces del cigüeñal, con el encendido apagado, y eso echa más gasolina en el cilindro. Puede hacerlo o no; usted decide. Ahora, otra vez adentro. Venga.

Roberta lo siguió hasta el costado del conductor.

—Estire la mano y gire la llave a posición de encendido... Bien, veamos si puede arrancarlo sola.

El cigüeñal tenía una manija de madera sin pintar. Cuando estiró el brazo, él se lo apartó de un tirón.

—Espere un minuto. Ésta es la parte más peligrosa. Recuerde siempre que tiene que tirar hacia arriba. Nunca empujar hacia abajo, porque usted quiere darle un golpe de compresión.

—¿Golpe de compresión?

—Tiene que ver con el motor, pero no necesita entenderlo. Sólo recuerde... siempre arriba, nunca abajo. Y otra cosa más: No rodee la palanca con el pulgar, sólo apóyelo arriba. De esa manera, si le da una patada hacia atrás, podrá liberar la mano con más facilidad. Así, ¿ve?

Se lo demostró y después se apartó para dejar que Roberta se hiciera cargo.

Mientras aferraba la manija, Roberta sintió que el corazón le daba un brinco. Alzó la mirada y se encontró con los ojos de Farley.

—Lo hará bien —la animó—. Todo está en orden, así que haga una prueba. Si puede engranarlo, puede arrancarlo. Adelante.

Roberta apretó las mandíbulas y tiró hacia arriba con tanta fuerza que sintió un tirón en un músculo del hombro. El motor se encendió y se echó hacia atrás con una mano en el corazón.

—¡Lo hice!

—¡Vamos! —le gritó él por encima del ruido—. ¡Suba! ¡Todavía no terminó!

Subieron los dos y el ruido era terrible, el motor balanceaba el vehículo de un lado a otro y los dos parecían paralizados.

—Bien, ya le mostré esto antes: es el encendido. Empújelo hacia adelante mientras el motor está en marcha, lo que le dará más potencia para que funcione más suave.

Ella hizo tal como él le indicó.

—¿Recuerda cuál es el cebador?

—Éste.

—Bien. Empújelo hacia arriba.

Lo hizo y el traqueteo disminuyó.

—¿Quiere manejarlo?

—¿Quiere decir que me lo permitiría? —preguntó ella, asombrada.

—¿De qué otra manera va a aprender, si quiere tener su propio automóvil?

Roberta tuvo que pensar un instante antes de contestar.

—Gracias, señor Farley. Sí, me gustaría hacerlo.

—Las manos sobre el volante, entonces.

Se aferró al volante de madera y se sentó, tensa, en el borde del asiento.

—Relájese un poco.

—¿Relajarme? ¿Mientras hago esto? ¡No puede hablar en serio!

Gabe sonrió para sus adentros y le señaló las piernas.

—Sólo siéntese un poco más atrás. Su falda está tapando las pedales del piso.

Se corrió unos centímetros hacia atrás, todavía aferrada al volante como si fuese una varita mágica que iba a absorberla hasta el fondo de la Tierra.

—Bien, esos tres pedales más el freno de emergencia son los que lo hacen andar.

Los tres pedales con forma de rombo estaban dispuestos en un triángulo sobre el piso.

—El de la izquierda lo pone en neutro, el del medio es la marcha atrás y el de la derecha es el freno. Primero levante hasta la mitad el freno de mano y empuje el pedal de neutro hasta abajo. No se asuste… Freno de mano arriba, hasta la mitad.

Siguió las órdenes con mucha menor resolución de la que había mostrado cuando le dijo a Elfred que quería tener uno de esos artefactos. Cuando terminó de hacer los movimientos, dejó escapar un suspiro entrecortado, pero sus nudillos se habían puesto blancos sobre la rueda del volante.

—Ahora empuje el freno de emergencia todo hacia adelante, y su pie, todo hacia abajo. Eso lo pone en primera velocidad.

Hizo el cambio con mucho cuidado y el auto se sacudió hacia adelante. Entonces empezó a rodar por la alameda central, mitad sobre el sendero de peatones, mitad sobre la calle.

—Muy bien. Allá vamos. Use el acelerador.

—¡Dónde está el acelerador! —gritó.

Él le tomó la mano derecha y la guió hasta la palanca del acelerador.

—Justo ahí. Ahora acelere un poco… despacio.

Aceleraron y avanzaron a los tumbos por la alameda de Alden.

—¡Dios mío, espero que no nos matemos!

—Gire el volante.

Él lo giró por ella y bajaron hacia la calle.

—Ahora quite el pie del pedal izquierdo y eso lo pondrá en posición directa.

Siguieron hasta una intersección. El camión saltaba cada vez que las ruedas tocaban un bache y salpicaba agua sucia sobre los estribos.

—Ahora pruebe el freno… ¡no, el otro pie!

—Me confundo, con tres pedales.

—Se acostumbrará. En la esquina mire a ambos lados, después apriete el embrague y eso disminuirá la velocidad para dar la vuelta. Gire a la izquierda y suba la colina.

Ella apretó el embrague y, tal como él había predicho, disminuyó la marcha.

Farley la ayudó a gobernar el volante en la esquina. Después le habló durante todo el tiempo que les llevó subir la ladera del monte Battie.

—Relájese —le repitió.

—No puedo. Estoy aterrorizada.

—Lo está haciendo muy bien. ¿Quiere tener su propio automóvil?

—Por favor, señor Farley. No puedo hablar y manejar al mismo tiempo.

—De acuerdo. Me quedaré callado.

Se echó hacia atrás en el asiento y la observó. Ella mostraba una lucidez como nunca antes había visto en una mujer, y no podía negar que sentía un poco de admiración. No conocía a ninguna otra mujer que se hubiera puesto detrás de la rueda de un volante.

—¿Está lista ahora para intentar dar la vuelta en redondo?

—¡Oh, Dios! —exclamó Roberta.

—Lo hará muy bien.

La guió a lo largo del proceso de disminuir la marcha, dar la vuelta en una entrada para autos y tomar rumbo hacia abajo de la montaña.

A mitad de camino de la pendiente vieron un auto que subía.

—¡Señor Farley! —gritó—. ¡¿Qué debo hacer?!

Él resistió el impulso de tomar el volante.

—Sólo échese hacia la derecha.

Roberta lo hizo, mientras no dejaba de rezar en voz alta: "¡Alma mía, alma mía!". Gabriel sonrió para sí y saludó con la mano a Seba Poole, que miró boquiabierto cuando los coches se cruzaron.

—¡Tiene suerte de que no nos hayamos matado, Farley! ¡Nunca supe que los caminos fuesen tan angostos!

—Lo hizo muy bien. Seba todavía está en el camino y usted también.

Roberta se relajó un poco.

—¿Quién era ése? —preguntó.

—Seba Poole; es el dueño del vivero de peces que hay en la desembocadura del lago Megunticook. Le gustan los chismes, así que muy pronto se correrá la voz de que usted estuvo manejando mi camión.

Ella le echó una mirada rápida.

—Qué lástima por usted —comentó mientras le estudiaba la expresión.

Después, recorrieron el resto del camino hacia abajo de la montaña sin conversar, pero durante el paseo había nacido un mutuo respeto. Ella lo encontraba paciente y bueno para las explicaciones. Él la encontraba resuelta y admiraba su entereza, a pesar de alguno que otro gritito pidiendo ayuda.

Roberta se detuvo frente a la casa y él le indicó cómo debía desconectar el encendido y dejar las palancas en la posición correcta.

—Así no me quebraré el brazo la próxima vez que quiera arrancarlo —le explicó.

Cuando el motor se apagó, Roberta soltó un suspiro de alivio y retiró los dedos del volante. No habían terminado de aflojarse sus hombros, cuando ya volvía a erguirlos con determinación.

—¿Puedo repasar todo esto una vez más para estar segura de que recuerdo los pasos correctos?

—Por supuesto.

Repitió todo lo que había aprendido, sin un solo error. Cuando terminó, se encontró con la mirada atenta de Gabriel.

—¿Cómo lo hice?

—A la perfección.

Se quedaron parados junto al vehículo, mientras ella lo estudiaba como si deseara evaluar las posibilidades.

—Elfred me dio una larga lista de razones por las cuales una mujer no debería siquiera pensar en tener un automóvil —comentó por fin—. Dice que se rompen con bastante regularidad y que los neumáticos necesitan parches y que hay algo más que necesita de ajustes permanentes...

—El carburador.

—Sí, eso.

—Los carburadores son quisquillosos, de acuerdo. Pero yo puedo enseñarle a ajustarlos. No es muy complicado.

—Elfred dice que la gasolina es pesada e incómoda para poner dentro.

—No tan pesada ni tan incómoda que usted no lo pueda hacer.

—¿Dónde va?

—El tanque de gasolina está debajo del asiento. Le mostraré.

Se inclinó dentro del camión y levantó el asiento, con lo que quedó a la vista el piso de madera con un agujero por donde asomaba la boca del tanque de gasolina.

—La gasolina se pone aquí.

Dio un paso atrás para que ella pudiera ver. Roberta se inclinó y vio el conducto. Junto a éste había una varilla de madera atada a una cuerda.

—¿Qué es esto?

—Es una vara para medir cuánta gasolina queda.

Ella examinó los números tallados en la vara.

—¿Galones? —preguntó.

—Sí.

—Hum… es sencillo.

Dejó la varilla y retrocedió mientras Gabriel volvía a colocar el asiento y se frotaba las palmas de las manos.

—Bien, ahora dígame, señor Farley; puede ser franco conmigo: ¿Piensa que estoy loca por querer tener mi propio automóvil?

—Bueno, no hay dudas de que puede manejar. Hoy lo ha demostrado.

—En la ciudad hay un garaje donde podría hacerlo reparar en caso necesario, ¿no es así?

—Bueno… sí. Siempre que, de manera muy oportuna, el problema se presente cuando está en la ciudad. Elfred se ha hecho a la idea de que estas cosas suceden constantemente. Señora Jewett, ¿le importaría decirme para qué quiere tener un automóvil?

—Conseguí un empleo como enfermera pública.

—¿Quiere decir que tiene que viajar?

—Sí, a lo largo y a lo ancho del condado.

—¿Siempre sola? —parecía sorprendido.

—Sí.

—En ese caso…

Dejó en suspenso la frase mientras escondía las manos debajo de las axilas. Ella empezaba a comprender que esa pose cubría una extensión de respuestas tácitas.

—¿En ese caso olvídese del automóvil? ¿Eso quiso decir?

—Bueno, déjeme expresarlo de esta manera. No me gustaría que ninguna mujer allegada a mí manejara por todas esas montañas con una de estas cosas.

—Sí… bueno… Verá, señor Farley, por suerte ya no tengo que responder ante ningún hombre por lo que hago.

—Usted me preguntó mi opinión, y yo se la di.

—Gracias, señor Farley —replicó—. Ahora es mejor que vuelva a mi trabajo.

Se marchó adentro y lo dejó parado debajo de los delgados surcos de sombra que arrojaban las ramas desnudas del abedul. Él reanudó su trabajo preguntándose por qué le había pedido su opinión, si no la aceptaba.

Algunas veces, desde arriba de la escalera, veía volar basura que salía por la puerta del frente. Una vez la vio arrojar un balde de agua jabonosa y minutos después oyó que empezaba a tocar el piano e interrumpió su trabajo para escuchar.

Qué mujer extraña… se ponía a tocar el piano entre uno y otro turno de fregado.

Un rato después le llegó un aroma a café. Pero ella no le ofreció una taza. Poco antes del mediodía llegó, a pie, la madre de Roberta.

—¿Señor Farley, es usted? —lo saludó.

—Hola, señora Halburton.

Con el cuello estirado hacia arriba, lo miraba con expresión malhumorada. Era una mujer entrada en kilos, mofletuda, con un sombrero en forma de cacerola, que apretaba contra el pecho una cartera negra.

—No puedo creer que lo haya contratado a usted para arreglar esta vieja ruina. Bueno, es difícil creer que valga la pena el esfuerzo que exigirá poner en orden este lugar.

Por lo que él podía recordar, nunca había oído a Myra Halburton saludar a alguien de otra manera que no fuera con quejas. Le proporcionó un cierto placer contrariarla.

—Ah, no sé. Puede que se sorprenda cuando termine con todo esto.

La mujer agitó una mano con gesto de disgusto.

—Esa chica nunca me ha escuchado, ni un solo día en toda su vida. Y si me lo pregunta, le diré que está loca de remate al poner su dinero en semejante covacha. No consigo imaginar en qué estaba pensando Elfred. Además, una persona tiene que subir esa maldita colina para llegar hasta aquí, y mis piernas ya no dan más. ¡Claro, ella no se detendría a pensar en eso!

Myra avanzó con dificultad hacia la casa.

—Sea como fuere, ¿cómo se supone que una persona puede entrar aquí?

—Manténgase junto a la pared del porche —le aconsejó Gabriel.

Tomó el camino hasta la puerta, quejándose sin interrupción por el revoltijo de materiales de construcción.

—¡Roberta! —llamó—. ¿Estás ahí?

Gabe oyó la respuesta de Roberta:

—Madre, ¿eres tú? —Apareció por un instante en la puerta mientras miraba hacia abajo a través de las vigas rotas. —Hola, madre, pasa. —Su voz había perdido todo matiz.

—Es una linda manera de saludar, cuando una hija ni siquiera va a visitar a su propia madre. Pensé que te acercarías ayer hasta mi casa.

—Y yo pensé que estarías en casa de Elfred y Grace.

—Esa Sophie cocina demasiado pesado para mí. Me hace mal a la vesícula.

Gabe las perdió de vista cuando entraron en la casa.

—¡Por Dios misericordioso! ¿Has perdido el juicio, para comprar una casa como ésta?

—Es todo lo que me permiten mis recursos.

—Huele como los cubos de agua sucia de Sebastian Breckenridge. Ese viejo estaba más loco que una cabra. ¡Bueno, tú no puedes mantener a tus hijas en estas condiciones! ¿Qué tiene? ¿Tres dormitorios?

—Dos.

—Dos dormitorios. Roberta, ¿en qué demonios estabas pensando?

—Estaba pensando que para mis hijas sería muy lindo conocer a su abuela.

—Bueno, por supuesto que lo será. Ésa es la razón por la que ayer te esperé durante todo el día.

—Tuve un día muy ocupado. Después de que llegamos y tomamos el desayuno, tuve que esperar a los carreros y ver que descargaran todos nuestros efectos, y armar y tender las camas. Era casi medianoche cuando nos fuimos a acostar.

Myra le echó otra mirada rápida al lugar, con la desaprobación escrita en toda la cara.

—Todo esto es innecesario, Roberta. Esto es lo que te pasa por divorciarte. Tenías un hogar decente, y un esposo, y ahora tienes… esto.

—¿Cómo sabes que tenía un hogar decente, madre? Nunca fuiste a verlo.

—Ah, sí, ahora échame la culpa. Fuiste tú la que… la que se fue de casa en el mismo momento en que tuvo edad suficiente, como si tu familia no significara nada para ti.

—Me fui porque tenía que hacerlo para poder ir a la universidad. Y me quedé con George porque tenía que hacerlo. ¿Qué otra cosa puede hacer una esposa? Pero ahora terminé con todo eso. Puedo hacer exactamente lo que me plazca.

—Pero la deshonra, Roberta... Ya se sabe en toda la ciudad que te divorciaste de él.

—Él tenía queridas, madre.

—¡Oh, por favor!

Myra cerró los ojos y levantó las dos manos, espantada.

—¡Por favor, no seas vulgar!

—Tenía queridas, una detrás de otra, mujeres de las que podía vivir, hasta que por fin se daban cuenta de que no era otra cosa que un *gigoló*. Entonces lo echaban y él volvía a mí de rodillas, me engañaba con que su regreso se debía a que me quería, y me pedía una nueva oportunidad. Una y otra vez volví a recibirlo. Hasta que no pude más. La última vez que volvió le cerré la puerta en la cara y consulté con las niñas la posibilidad de pedir el divorcio. Ellas me alentaron a hacerlo, y me niego a andar con la cabeza baja por hacer lo que tenía que hacer para lograr una vida mejor para mí y para mis hijas.

—¡Pero es que eso no se hace, Roberta! Es impropio de una mujer respetable. Tú no entiendes. La gente se susurra al oído esa palabra...

—Por supuesto que entiendo. Ya he oído que la susurraban a mis espaldas desde que estoy aquí.

—Y es obvio que no te molesta, o habrías empezado por mantenerlo en secreto en lugar de pregonarlo por todas partes.

—Yo no lo pregoné. Tú y Elfred y Grace parecen haberlo hecho por mí. De lo contrario, ¿cómo podría haberlo sabido la gente aun antes de que yo llegara aquí?

—¿Quién lo sabía?

—Farley, por lo menos. Lo conocí en la oficina de la compañía naviera y ya lo sabía. No fui yo, por cierto, quien se lo dijo.

—Es que las cosas se saben, la gente empieza a hablar... ¿Y cómo se supone que una madre puede mantener la frente alta?

—Puedes intentar decirle a la gente que tengo tres hijas encantadoras, que me propongo mantenerlas sola y que conseguí un trabajo como enfermera pública.

—¿Y que viajarás por todo el condado sin nadie que te acompañe? Ah, sí, eso impresionará mucho a mis amistades. Y ya que hablamos del tema, ¿cómo piensas hacerlo?

—Voy a comprar un automóvil.

—¡Un automóvil! ¿Quién va a manejarlo?

—Yo.

—¡Oh, por todos los cielos! No hay ninguna manera de torcer tus decisiones, ¿verdad? Siempre has sido testaruda y todavía lo eres. Pero grábate mis palabras, Roberta: no tendrás amigos en esta ciudad. ¡No mientras alardees de tu independencia de la manera en que lo haces! ¿Por qué no puedes tomar un trabajo en la fábrica, como las demás mujeres? También las niñas podrían entrar a trabajar allí y ayudarte un poco.

—¡Otra vez la fábrica! ¡Madre, hemos discutido sobre la fábrica; cuando me fui de aquí hace dieciocho años!

—Siempre te creíste demasiado buena para la fábrica, ¿no?

—La cuestión no es si soy demasiado buena para la fábrica, la cuestión es qué clase de vida quería. Y esa clase de vida no era trabajar en un recinto cerrado, cosiendo fieltro diez horas por día por el resto de mi vida. ¡Y puedes estar segura de que tampoco impondría esa condena a mis hijas! Son unas niñas inteligentes, con imaginación y vocación. Sacarlas de la escuela secundaria para que trabajen en la fábrica haría pedazos esa vocación y anularía esa imaginación. ¿No puedes verlo?

—De todas las cosas, lo único que veo es que años atrás me desafiaste y te fuiste a gastar el dinero que tus abuelos te habían dejado para estudiar enfermería. Y mira lo que conseguiste. Esta casa. Esta casa… patética.

—Oh, madre, por una vez en tu vida, ¿por qué no puedes sentirte orgullosa de mí?

—Por favor…

—Todo lo que hace Grace es perfecto. Pero nada de lo que he hecho en toda mi vida ha contado jamás con tu aprobación.

—Grace sigue las reglas.

—¿Las reglas de quién? ¿Las tuyas?

—No vine hasta aquí para que me insultara, Roberta.

—Tampoco yo. Vine aquí con la idea de que tal vez, después de todos estos años, podría llevarme bien con mi familia. Pero ya veo que estaba equivocada. Lo único que recibo son críticas y advertencias de que debo poner a las niñas a trabajar en la fábrica. Bueno, lo siento, madre. No puedo.

Myra se tocó la frente.

—Me estás provocando un dolor de cabeza monstruoso.

—Te ofrecería raíz de ácoro, pero no tuve tiempo de desempacar mis medicinas.

—No necesito raíz de ácoro. Necesito ir a casa y acostarme y ponerme una compresa fría sobre la cabeza.

—Muy bien, madre. Les diré a las niñas que su abuela pasó por aquí y que le gustaría verlas pronto.

Su tono fue lo bastante ácido para enviar a Myra hacia la puerta de salida sin una palabra de despedida. Mientras la miraba irse, Roberta pensó con tristeza: ¿Por qué debían despedirse, si ni siquiera había habido un saludo de reencuentro? Ningún abrazo, mucho menos un beso; sólo la entrada de Myra, montada en una ola de quejas, tal como había sido siempre.

Capítulo 5

Cuando Myra salió de la casa hecha una furia, Gabe estaba sentado debajo del olmo con las piernas cruzadas, terminando de comer su sándwich de queso.

—Esa muchacha siempre tuvo la virtud de exasperarme. Debí haberlo sabido antes de venir hasta aquí. ¡Ahora tengo que hacer a pie todo ese camino hasta abajo, y lo único que recibo por mi esfuerzo es su falta de respeto!

Gabe se puso de pie de un salto, con la envoltura del sándwich en la mano.

—Yo puedo llevarla en el coche, señora Halburton.

—Se lo agradecería, señor Farley. Al menos todavía quedan algunas personas jóvenes que saben cómo tratar a sus mayores.

Se dirigió al camión con paso pesado y él se le adelantó para ayudarla a subir. Mientras giraba la palanca para poner en marcha el motor, Roberta observaba desde atrás de la puerta de su living. A pesar de que su cara estaba oculta en la sombra, Gabe alcanzó a ver sus manos apretadas contra la toalla que le servía de delantal. Había oído suficiente para llegar al núcleo de los desacuerdos entre ambas y para darse cuenta de que Roberta y su madre se llevaban como un par de gallos de riña atados a un mismo palo. Gabe pensó en su propia madre, una persona bondadosa, de carácter apacible, y no pudo menos que sentir una punzada de compasión por Roberta, que, en lugar de una cálida bienvenida, sólo recibía ataques después de tantos años de ausencia.

Myra se quejó durante todo el camino.

—Tiene la desfachatez de mudarse aquí con los papeles de divorcio en la mano. Dice que va a comprar un automóvil. Dice que va a viajar por todas esas montañas y dejar a las niñas solas en la casa. Dice que ellas querían que se divorciara. ¡Ja! Cualquier cosa que yo le digo sobre el tema le resbala como agua por la espalda de un pato. Siempre cree que tiene razón. ¡Siempre! Me acusa de manifestar favoritismo por Grace. Bueno, Gracie nunca me ocasionó un disgusto, señor Farley. ¡Ni siquiera uno! Pero "ésa"… me desafió desde el mismo momento en que empezó a hablar. Gracie se casó con un buen hombre y tuvo sus hijos e hizo un buen matrimonio, que es el deber de una mujer. ¡Ella no se fue de su casa para convertirse en enfermera! No es de asombrarse que el esposo de Roberta no estuviera mucho en su casa. ¿Qué hombre querría quedarse en su casa, cuando su mujer va y viene de un lado a otro cuantas veces le dé la gana?

Hubo más, tanto más que, cuando Gabe se libró de Myra en la puerta de su casa, estaba dispuesto a bajarla de una patada sin detener la marcha.

Mientras observaba a Myra subir al camión de Farley, Roberta se entregó a una extraña sensación de tristeza. Su madre no había cambiado. Era la misma autócrata opresora de su juventud. El deseo de escapar de ella formaba parte de la razón que la había impulsado a irse de Camden. ¡Qué equivocada había estado al creer que los años transcurridos desde entonces podrían haber atemperado a su madre!

Grace, Grace, la favorita había sido siempre Grace. Grace, que solía tocar en el piano las canciones que le gustaban a la madre, que llevaba el pelo de la manera como la madre decía que debía peinarlo, que caminaba, hablaba, actuaba de la manera como la madre le decía, que le gustaba esconderse detrás de las puertas y escuchar los chismes de la madre, que contaba con la aprobación de la madre para convertirse ella misma en una chismosa, que llevó a su casa a un hombre elegante y enamoradizo, capaz de derramar sus encantos sobre Myra y ocultarle sus faltas.

Grace, que se quedó en Camden, se casó con Elfred, le regaló su herencia para que empezara sus negocios, dio a luz a sus hijas y que desde entonces había hecho la vista gorda ante sus aventuras extramaritales.

Era evidente que Elfred había logrado engañar también a Myra.

Diez minutos después de que se alejó el camión de Farley, Roberta estaba parada sobre una silla, quitando unas cortinas rotas de una ventana de la cocina, cuando Elfred la tomó de la cintura con las dos manos.

—¡Caramba, caramba! ¡Esto es demasiado tentador para resistirse! —exclamó.

Roberta soltó un grito agudo cuando él le rodeó el vientre con los brazos.

—¡Elfred, suéltame!

—¿Y si no lo hago? ¿Qué harás?

—¡Maldito seas, Elfred!

—¿Y si lo hago? ¿Qué harás?

Le empujó los brazos, pero él era muy fuerte.

—¡Elfred Spear, te lo advierto! ¡Le diré a Grace que eres un asqueroso patán mujeriego!

Elfred se limitó a reír.

—No lo creo. Tú no le harías eso a tu única hermana.

—¡Lo haré! ¡Que Dios me salve, pero lo haré! ¡Elfred, basta!

—¡Oh, Birdy, es tan agradable verte excitada. ¿Cuánto hace que no retozas con un hombre? Me ofrezco como voluntario.

—¡Quítame las manos de encima, Elfred!

Le tiró un puntapié. Él gruñó pero persistió.

—Te diré una cosa, Birdy. Tienes más fuego del que ha mostrado tu hermana en diecinueve años. Un hombre que pasa todos esos años con un poste de madera como Grace merece unas pocas distracciones. Vamos, Birdy, ¿por qué tú y yo no subimos esas escaleras y hacemos crujir los resortes de la cama?

—¡Elfred, eres el bruto más despreciable que Dios haya puesto jamás en esta Tierra! ¡Y ahora suéltame!

Elfred volvió a reír y le deslizó las manos hacia arriba de las pantorrillas.

Desde atrás se oyó la voz serena de Farley.

—Hola, Elfred.

Elfred giró la cabeza, sobresaltado.

—¡Oh, Gabe, eres tú! ¡Vaya, me asustaste!

—¿De veras?

—Bueno, no sabía quién era.

Elfred apartó las manos del cuerpo de Roberta. Gabe estaba parado en el vano de la puerta de la cocina, fingiendo indiferencia, cuando en realidad empezaba a sentir todo lo contrario.

—¿Qué te trae hasta aquí, Elfred?

—Sólo vine a ver cómo adelantan los trabajos y a decirle a Birdy que estoy pagando los gastos, tal como ella lo pidió.

—El trabajo va muy bien. Esta mañana ya tiré abajo todo el techo del pórtico. Es probable que mañana empiece a reconstruirlo.

—Ya lo veo.

Gabe se dirigió despacio a la cocina. Elfred se acomodó la cintura del pantalón.

—Pensé que debía empezar por ahí —continuó Gabe—, para que la gente pueda llegar a salvo a la puerta del frente. Señora Jewett, ¿necesita ayuda con esa barra de cortina?

Roberta se bajó de prisa de la silla.

—No, gracias.

Su cara mostraba un vivo color escarlata.

—Ahí afuera hay algo que quisiera mostrarte, Elfred. ¿Te importaría venir conmigo?

Se dio vuelta y Elfred lo siguió.

No había nada que quisiera mostrarle a Elfred, pero se quedaron parados en el patio, de frente a la casa, y hablaron sobre el color de pintura a emplear. Hasta que por fin Elfred ensayó una explicación:

—Sólo trataba de pasar un buen rato con ella, Gabe. Ya sabes cómo es.

—Sí, sé cómo es. Sin embargo, es probable que debas cuidar tus pasos, Elfred. Ella es la hermana de tu esposa.

—¡Pero eso es parte de la diversión!

—¿Sabes, Elfred? Yo no creo que ella piense lo mismo que tú.

Elfred arqueó las cejas.

—Bueno, ¿qué es esto? ¿Una canción diferente de la que cantabas ayer, Gabe?

—Bueno, tal vez lo sea. Pero sucede que por casualidad me enteré de que acaba de tener una discusión con la madre, no hace más de media hora, y puedo decirte que la anciana fue bastante dura con ella.

—¡Vaya, Gabriel Farley! ¿Qué está pasando aquí? ¿No me digas que ahora la quieres para ti?

—Ah, vamos, Elfred, usa la cabeza. No puedes manipular de esa manera a una mujer. Oí muy bien sus objeciones desde el otro lado del patio. Supongamos que, en lugar de ser yo, hubiese sido Grace quien se acercaba a la casa.

—¿Acaso reivindicas tus derechos sobre ella, Gabe?

Gabe dejó caer la mandíbula y meneó la cabeza mientras Elfred, acercándose a él, continuaba con una sonrisa maliciosa.

—Tú estás aquí, trabajas todos los días en su casa. Sería bastante fácil, ¿no, Gabe?

—No es ésa la razón por la que te saqué de la cocina.

—¿Ah, no? Entonces explícamelo otra vez.

Gabe levantó las palmas y las dejó caer con un gesto de resignación.

—¿Qué hay que explicar, Elfred? Cuando una mujer ofrece enconada resistencia, te retiras, Elfred. Yo no debería explicártelo.

—Ya te dije, Gabe, que sólo trataba de divertirme un poco.

—¡Muy bien, Elfred! Muy bien. —Otra vez levantó las palmas y las dejó caer. —Lo que tú digas. Sólo que me parece que quizá nos precipitamos un poco ayer al hacer comentarios picantes a sus espaldas, cuando ni siquiera conocíamos a la mujer. Pero si quieres seguir con tu juego de seductor, no volveré a interferir. Y ahora tengo trabajo que hacer.

Le volvió la espalda y se agachó para recoger su cinturón de herramientas. Una vez que se lo ajustó alrededor de la cintura, se puso a trabajar con el piso del porche y dejó que Elfred resolviera el acertijo por su propia cuenta. Por fin, con una pose fanfarrona, Elfred se paró detrás de él como un capitán de mar que vigila cómo limpian las cubiertas de su barco.

—Bien, Gabe, te diré qué. Yo no voy a meter las narices en tu territorio, pero no te perderé de vista. Después de todo, ella es la hermana de mi esposa y es mi obligación velar por su bienestar.

Con una risita maliciosa, Elfred partió por fin, sin volver a molestar a Roberta.

Gabe clavó la mirada en su coche de paseo mientras se alejaba y pensó que Elfred era un tipo de lo más repulsivo. ¿Había sido apenas el día anterior que él mismo lo había instigado?

En la cocina, Roberta refregaba con un cepillo de cerdas duras el piso mugriento de Sebastian Dougal, con tanta energía como si se tratase del hígado de su cuñado.

Aunque Roberta y Gabe se mantuvieron lejos uno del otro a medida que pasaba el día, la escena de la cocina permaneció en sus mentes. Tal vez la habían dejado a un lado, pero los sonidos que se filtraban dentro y fuera de la casa les recordaban que el otro trabajaba cerca, simulando que el incidente con Elfred no había sucedido.

Por fin, a las tres y media, Roberta se secó la frente con el dorso de la mano y aguzó el oído. Nada, sólo silencio. Echó una mirada a su delantal sucio, lo desató y se sacudió la falda una o dos veces, mojada a la altura del vientre y sucia en los bordes. Estaba demasiado cansada para que le importara. ¡Qué día! ¡Dios, odiaba los trabajos de la casa! Odiaba a Elfred. Casi odiaba a su madre. Ya no estaba tan segura con respecto a Gabriel Farley, pero le resultaba muy desagradable saber que trabajaba allí afuera, pensando quién sabe qué cosas sobre su altercado con Elfred.

Bueno, ¿pero qué estaría haciendo ahí afuera?

Se paró debajo de la arcada de la cocina para mirar a través del living. Todo el pórtico de entrada había desaparecido, la habitación se veía más luminosa y la puerta de entrada quedaba suspendida a poco más de un metro del suelo. Arrojó el delantal sobre una silla de la cocina y fue hasta la puerta del living. Farley estaba parado en medio del desorden del patio, de espaldas a ella, bebiendo de una botella de jugo de fruta. Se había quitado un guante de cuero y lo sujetaba contra la cadera mientras doblaba hacia atrás la cabeza. Lo observó por algunos instantes, tratando de adivinarle los pensamientos. Gabe volvió a beber, se secó la boca con la palma de la mano y tapó la botella. Después de arrojarla al suelo, se tomó su tiempo para ponerse otra vez el guante y se inclinó para recoger las tablas de ripia descartadas. Cargó un montón de ellas en un brazo, se dio vuelta y entonces la vio, parada en el vano de la puerta.

Y se quedó paralizado como si hubiese encontrado un oso en el bosque.

Ella hizo lo mismo.

Por varios segundos se miraron fijo, recelosos. Por fin fue Roberta quien habló:

—Supongo que piensa que yo lo alenté.

—No, no lo pienso.

Cargó las tejas unos pocos pasos más y las dejó caer.

—¿Pero no es eso lo que hacen las mujeres "divorciadas"?

—Elfred es famoso en toda la ciudad por andar a la caza de mujeres. Todo el mundo lo sabe, excepto su esposa.

—Es un hombre patético.

Todavía aguijoneado por las insinuaciones de Elfred, Gabe se sintió obligado a ensayar una justificación.

—Puede ser, pero cuando un hombre busca por otro lado, por lo general hay una razón bastante buena.

—¡Ah, ésa es una reacción típica… de un hombre! —respondió ella con desprecio—. Naturalmente, usted le echaría la culpa a mi hermana por los pecadillos de Elfred.

—No culpo a su hermana; ni siquiera la conozco bastante bien. Sólo hice una generalización.

—¡Bueno, haga sus generalizaciones en cualquier otro lugar, porque yo no tengo ningún interés en escucharlas! Él es un hombre de familia con tres hijas que considerar. ¿Cómo cree usted que se sentirían si descubrieran que su padre se acuesta de manera indiscriminada con cualquier mujer que se le antoja?

Gabe golpeó las palmas de los dos guantes sucios.

—Mire, me arrepiento de haber dicho lo que dije, ¿de acuerdo?

—Bueno, mejor así, porque ustedes, los hombres, se rigen por pautas dobles, sin considerar que las esposas y los hijos sufren cuando tienen sus "*affaires* inocentes". ¡Yo lo sé porque tuve un esposo exactamente igual a Elfred!

Se dio vuelta y desapareció dentro de la casa. Gabe se quedó con la mirada fija en el umbral vacío. Como muchos hombres de la ciudad, él se había reído muchas veces por los adulterios de Elfred y menospreciado a la esposa por su ignorancia. "Grace Spear, esa gorda mandona —comentaban todos—. No es extraño que Elfred la engañe en sus propias narices." A Elfred le gustaba flirtear con las mujeres mientras Grace se hallaba presente, y Gabe, como muchos otros, lo había encontrado divertido. Pero el verlo utilizar las mismas artimañas sucias con Birdy Jewett lo hizo preguntarse qué tenía en realidad de divertido.

Mientras apilaba las tablas para hacer una fogata, pensó en el esposo de Roberta. ¿Cuántas otras mujeres había tenido? ¿Lo sabían sus hijas? Era evidente que sí. Le pareció una situación muy dolorosa para las pequeñas saber que su padre se acostaba con todo un rebaño de mujeres aparte de su madre.

Inmerso en sus pensamientos, no se percató del regreso de las niñas hasta que una de ellas habló… la más pequeña, la que tanto le había gustado.

—¡Hola, señor Farley! ¡Mire quién está aquí!

—¡Hola, papá!

—¡Isobel! ¡Qué sorpresa, por Dios!

—Susan y yo nos conocimos en el recreo —explicó Isobel—, y yo le dije que trabajabas para su madre. Así que ella me preguntó si quería venir a ver dónde van a vivir.

—¡Nuestro porche desapareció! —exclamó Rebecca.

—Estoy a punto de quemar todos los restos.

—¡Oh! ¿Podemos ayudarlo?

—¡Oh, sí, por favor! ¿Podemos?

Susan tomó a Isobel de la mano.

—Ven conmigo, trepemos a la puerta de entrada y te mostraré nuestra habitación. ¡Desde nuestra ventana podemos ver la montaña! ¡Madre, estamos en casa!

Las cuatro niñas treparon por encima de las tablas y cuando Roberta se paró en el umbral empezaron a empujarse unas a otras.

—¿Cómo les fue en la escuela? ¿Y quién es ella?

—¡Ésta es Isobel! —gritaron todas a coro.

Lydia, entretanto, se balanceaba a los pies de su madre.

Gabe levantó un tablón y cruzó el patio de prisa.

—¡Niñas, esperen!

Lo apoyó en ángulo como una planchada y lo treparon a los saltos como marineros, mientras parloteaban sobre la escuela, Isobel, sus maestras, sobre la fogata. Gabe, con una sola hija, estaba acostumbrado al silencio y a la calma. Aquello era una violación a su tranquilidad. Las niñas bombardeaban la casa, se balanceaban sobre el tablón y parloteaban sobre cuatro cosas a la vez. De alguna manera, en medio del cotorreo, el nombre completo de Isobel penetró en los oídos de Birdy.

—¿Isobel Farley? —repitió entonces.

—Sí, él es mi papá —confirmó Isobel.

Desde su posición ventajosa, en lo alto del porche, Roberta se encontró con la mirada de Gabe. En medio de la escena frenética, los dos intercambiaron una sensación fuera de contexto, provocada por cuatro adolescentes exuberantes que no tenían la menor idea de la hostilidad que había entre sus respectivos padres.

—Ah… sí, por supuesto. Bueno, bienvenida, Isobel.

—Él va a hacer una fogata para quemar las tablas —le comentó Lydia—. ¿Podemos ayudarlo, madre?

—¡Sí, por favor! ¿Podemos?

—¡Tenemos hambre! ¿Hay algún pastel? ¿O cualquier otra cosa?

—Eh…¿Pastel?

Roberta apartó la vista de Gabe para contestar a las niñas.

—No, no tuve tiempo.

—¡Pero estamos hambrientas!

—Tengo algunas galletitas.

Las cuatro se lanzaron en tropel escaleras arriba para ver el cuarto de las niñas; después volvieron abajo para comer unas galletitas antes de descender por el tablón y descubrir que Gabe había encendido la pila de tablas. Corrieron hasta la fogata, a pesar de que ninguna se había cambiado la ropa de la escuela, algo que Gabe siempre se había ocupado de enseñar a Isobel. Empezaron a juntar tablas y alimentar el fuego, mientras Gabe lo atizaba con un rastrillo.

Sin preámbulos, Rebecca empezó a recitar:

—"Por las costas de Gitche Gummee, por el agua resplandeciente del gran océano…"

—¿Qué es eso? —preguntó Isobel.

—Eso es *Hiawatha*… ¿no conoces a *Hiawatha*?

Hizo una pausa y adoptó una pose dramática.

—Yo soy Hiawatha, un indio indómito, valiente, que ayuna en la foresta en la alegre y placentera primavera…

Sin el menor asomo de escrúpulos, empezó a cantar y bailar como si estuviera vestida con piel de ante y plumas de águila. Sus hermanas tomaron la posta y bailaron también… vueltas y vueltas alrededor del fuego, con los brazos extendidos y los cuerpos ondulantes, mientras Isobel, tan inhibida como su padre, las miraba asombrada.

Gabe observó cómo su hija luchaba por equilibrar su fascinación con una renuencia natural a unirse a ellas. En un momento lo miró con los ojos muy abiertos y él vio con toda claridad su deseo de ser como esas niñas. Pero se había criado como hija única y había pasado demasiados años sola como para sentirse libre en medio de las fierecillas indomables de la señora Jewett. Gabe supo de inmediato que no actuaban para él. Ellas eran así, simplemente espontáneas.

De repente, Rebecca interrumpió su canto.

—¡Ya sé! —exclamó—. ¡Langostas!

Sus hermanas también dejaron de cantar.

—¡Podemos recoger algunas si la marea está baja y cocinarlas sobre nuestra fogata!

Decidida, corrió hacia la planchada.

—¡Le preguntaré a mamá! ¡Madre! ¿A qué hora vuelve la marea?

Roberta volvió a aparecer en la puerta.

—Desde hace más o menos una hora.

—¡Entonces tenemos que apurarnos! ¿Podemos ir a recoger algunas langostas y cocinarlas sobre la fogata?

—La canasta de red está en mi dormitorio, llena de toallas.

Se dio vuelta y sus tres hijas se precipitaron detrás. Subieron la planchada y entraron en medio de un gran alboroto. Momentos después, con Lydia a la cabeza, volvieron a bajar con la canasta.

—¡Vamos, Isobel! —le gritó Lydia—. ¡Tienes que mostrarnos dónde está la caleta Sherman! ¡Allí es donde madre dice que se encuentran las langostas!

Isobel estaba como anclada en el suelo, indecisa. Alzó los ojos hacia Gabe.

—¿Puedo?

—¿Langostas?

Nadie comía langostas. Con la marea alta se amontonaban sobre las rocas y hacían porquerías entre ellas. Aquellos que se molestaban en levantarlas las enterraban para fertilizar la tierra.

Isobel se encogió de hombros.

—¿Estás segura de que quieres comer langostas? —le susurró Gabe al oído.

—Yo quiero ir con ellas. Por favor, papá.

Él albergaba sus dudas sobre aquel trío salvaje, pero Isobel tenía en sus ojos una ansiedad que no le veía desde hacía tiempo. Y por cierto que se divertiría mucho más si iba con ellas a la caleta Sherman, que si volvía a casa con él para compartir la cena solitaria para dos.

—Está bien —concedió—, pero primero deberías cambiarte de ropa.

—¡Pero, papá! ¡Si lo hago, será demasiado tarde!

La casa de los Farley quedaba en dirección opuesta a la caleta Sherman, y las langostas no se demoraban mucho sobre las rocas, una vez que el aire les golpeaba el lomo.

—Bueno, está bien. Ve con ellas. Pero mañana te cambias inmediatamente después de la escuela, como de costumbre.

—¡Gracias, señor Farley! —gritaron a coro las otras tres, e Isobel corrió tras ellas.

Lo último que Gabe vio de su hija fue que corría para alcanzar a Lydia, que se deslizaba hacia abajo del bulevar con la canasta sobre la cabeza.

Durante la espera, el silencio se apoderó del lugar salvo por el crepitar del fuego. Roberta se quedó en el umbral; Gabe, junto a la fogata. Reconocían que sus hijas empezaban a entablar una amistad que tal vez ninguno de los dos deseaba alentar, pero sus razones eran egoístas y los hacían sentirse aún más incómodos el uno con el otro.

—Bueno, será mejor que vaya a comprar algo de mantequilla —dijo Roberta por fin, y desapareció de la puerta.

Él continuó con la limpieza del patio, levantó clavos, alimentó el fuego, guardó algunas tablas para que las quemaran las niñas cuando regresaran. Minutos después, Roberta bajó por la planchada con una bolsa de las que se usaban para cargar comestibles. Se había compuesto el peinado y cambiado la falda. Gabe le volvió la espalda para hacerlo más fácil para los dos y se agachó para recoger algunas tablillas mientras ella cruzaba el patio detrás de él. Sabía muy bien, sin embargo, que se dirigía colina abajo para comprar algunos comestibles y que tendría que cargarlos pendiente arriba en su pequeña bolsa de malla. Ella sólo tenía dos pies, en tanto que él tenía un camión Ford y su madre no había dejado de insistirle sobre los buenos modales.

Se apartó del fuego y la llamó.

—¿Señora Jewett?

Ella se detuvo en la abertura del cerco de corona de novia.

—¡Puedo llevarla con el camión!

—No, gracias, señor Farley —contestó resuelta—. No creo que sea conveniente que vuelvan a vernos juntos en su camión. Caminaré.

Gabe soltó un suspiro de alivio mientras la observaba alejarse en la misma dirección en que se habían ido las niñas.

Su deseo habría sido irse antes de que ella regresara, pero un hombre responsable no deja brasas encendidas para que arrojen chispas y prendan fuego a la casa de una mujer. Así que terminó de rastrillar la tierra, recogió la basura con una pala, la metió dentro de una bolsa de yute y quemó la mayor parte de las tablas restantes. Sus herramientas estaban en el camión y él se hallaba en cuclillas junto al lecho de brasas ardientes, cuando volvió Roberta ¡cargando dos bolsas de malla. La acompañaban las niñas que arrastraban la canasta de red con su tesoro cubierto con algas marinas. Sus vestidos estaban sucios, y sus zapatos, mojados. El cabello de Isobel colgaba como hierba de mar. Todas hablaban al mismo tiempo.

—¡Mira! ¡Son enormes!

—¡Oh, el fuego está a punto!

—¿Madre, dónde está la olla para langostas?

—¡Ven a verlas, papá! ¡Rebecca sabía cómo ponerles unas varillas en las tenazas para que no nos pincharan!

Siguieron las expresiones de admiración por las langostas, con cuatro niñas desgreñadas que corrían por todo el patio, dentro de la casa y otra vez afuera. Roberta pasó detrás de Gabe con sus dos bolsas pesadas.

—¿Todavía está aquí, señor Farley? Pensé que se habría ido.

—No creí prudente dejar el fuego sin vigilar.

Mientras subía la planchada, Roberta le habló.

—Si quiere, puede quedarse a comer con nosotras.

¿Langostas? Gabe se estremeció. Además, recordó la insinuación de Elfred.

—No, gracias. Me iré a casa.

En lo alto de la planchada, Roberta dejó sobre el piso la pesada carga y se dio vuelta mientras se frotaba los brazos.

Gabe se sentía un idiota por haber dejado que cargara latas y botellas de leche cuesta arriba.

—Debería haberme permitido llevarla —comentó.

Ella lo miró fijo, como si fuera a decidir que él tenía razón.

—Ya le he dicho que estoy acostumbrada a arreglarme por mi cuenta. Por otra parte, veo que no le gustan las langostas.

Gabe se fue a su casa y comió solo. Sardinas y galletas de agua. Y algunos duraznos al natural, directamente de la lata. Dos tazas de café caliente y tres pastelillos de canela que había hecho su madre. La cocina estaba ordenada y reluciente bajo la nueva luz eléctrica. Caramel, la gata, se trepó a la silla y se acostó sobre su regazo. Gabe fijó los ojos en el reloj de pared, notó un reflejo de luz rojiza en la ventana e imaginó el patio de las Jewett con las langostas hirviendo en una olla. Se levantó para lavar sus cubiertos y su taza, regó las plantas interiores de Caroline, barrió el piso de la cocina, sacudió las alfombrillas. Cuando terminó, Isobel seguía sin aparecer. Se bañó y afeitó, y su hija todavía no había vuelto a casa. Siguió pensando en esas brasas y en esa pandilla impredecible que la acompañaba. ¡Demonios! Por lo que sabía, eran capaces de hacerla caminar descalza sobre las brasas para que representara el papel de diosa de un volcán hawaiano.

Cuando por fin apareció, jadeante y con el rostro arrebatado, él había puesto ropa limpia y decidido volver allí con el camión para buscarla.

—¿Papá? —llamó desde abajo—. Papá, ¿dónde estás?

—¿Isobel?

Subió de a dos en dos los escalones y se precipitó en su dormitorio.

—¿Dónde diablos has estado hasta tan tarde?

—Oh, estuve con las Jewett y, papá, ¡son tan divertidas!

—¿No te das cuenta de la hora que es?

—Pero tú sabías dónde estaba.

—Sí, pero no creí que te quedarías hasta tan tarde.

—Todavía no son ni siquiera las ocho, papá, y estuvimos sentadas alrededor del fuego. La señora Jewett trajo un libro de Longfellow y nos leyó el primer verso de *The Song of Hiawatha*. Después se turnaron para leer cada una un verso. ¡Se saben de memoria algunos de ellos! Y pueden pronunciar todas las palabras indias. Kabibonokka y Mudjekeewis. Y vino una lechuza y se sentó en ese árbol grande del patio y nos miraba como si también estuviera escuchando. ¡Y la señora Jewett la llamó y ella enderezó la cabeza y la giró por completo hasta que se quedó mirando hacia atrás! También sabía qué clase de lechuza era. Era un búho enorme, pero se alejó volando sin darse vuelta para mirarla, y sus alas no hicieron el menor ruido. ¡Mañana vamos a leer los cinco versos que faltan!

Para ser una niña que se aburría con tanta facilidad de todo lo relacionado con la escuela y las visitas familiares, tanto entusiasmo impresionó a su padre.

—Mañana.

—Sí, después de la escuela. Y Rebecca quiere hacer los trajes y representarlos. Pero yo le dije que no quiero hacer eso. No soy buena para actuar.

—¿Cómo lo sabes? Nunca lo intentaste.

—Sólo lo sé. Además, no me gusta que la gente me mire. Pero me gusta la lectura.

Ella siempre pensaba que la gente le miraba las orejas, pero Gabe no sabía cómo consolarla.

—¿Cómo estuvieron las langostas? —le preguntó para cambiar de tema.

—Feas de aspecto, pero muy sabrosas. La señora Jewett derritió manteca y frió unos bocadillos de arroz y los comimos con las manos, sentadas alrededor del fuego.

—Se nota. Tu vestido está sucio. Bien, ¿por qué no subes a bañarte y dejas tu ropa sucia en el piso de la cocina? Mañana voy a llevar la ropa para lavar a casa de la abuela.

Una hora después, cuando no oyó más ruidos en la habitación de su hija, Gabe llamó a la puerta y la encontró sentada con las piernas cruzadas sobre la cama, vestida con un camisón azul pálido y escribiendo. Entró y se sentó a los pies de la cama, apoyado sobre una mano.

—¿Qué es eso? —preguntó.

—Un poema.

—¿Tú lo escribes?

Ella lo volteó boca abajo sobre su regazo, con expresión satisfecha.

—Creí que no te gustaba la poesía.

—Eso era en la escuela.

—¿Es diferente en casa?

—Es diferente en la casa de ellas. Todo es diferente en la casa de ellas.

—Isobel —pronunció su nombre con dulzura—, yo sé que hoy lo pasaste muy bien con las Jewett, pero ellas son muy diferentes de ti. Su madre les permite ser bastante desenfrenadas, y yo no quiero que tú tomes esa costumbre. No puedes estar fuera de casa después del anochecer y corretear después de la escuela sin cambiarte de ropa y comer alrededor de un fogata como una india salvaje.

—¡Vamos, los indios no son salvajes! ¿Has leído *Hiawatha*?

—No, no lo he leído, Isobel. Pero la cuestión es…

—Bueno, deberías leerlo; entonces sabrías. Cuenta cómo aman la tierra y el cielo y todo lo que los rodea. Y hoy me divertí tanto con Rebecca y sus hermanas… ¡Todos los demás en esta ciudad son tan aburridos como el suero de la leche!

—Isobel, la madre está divorciada.

—¡La madre es más divertida que cualquier madre que haya conocido jamás! ¿Y eso qué tiene que ver con que yo sea amiga de ellas?

—Es la manera en que ella las educa y las deja hacer lo que quieren. Si tú empiezas a andar con ellas, te copiarás sus malos hábitos y tendrás mala reputación.

Lo miró sorprendida.

—¡Caramba, padre, me asombras! Llevan apenas dos días en la ciudad, ¿y ya estás divulgando rumores sobre ellas?

—No estoy divulgando rumores.

—Sí, lo haces. Y madre decía: "Primero averigua y juzga después". ¿No es eso lo que decía siempre?

—Isobel, sólo te pido que recuerdes las buenas maneras que siempre te hemos enseñado y las reglas que hemos tenido en esta casa.

—Lo haré, padre.

Era la segunda vez que lo llamaba "padre", y Gabe lo tomó como una reprimenda.

—¿Entonces puedo ir mañana a casa de las Jewett?

Él no tenía ninguna razón lógica para rehusarse.

—Si primero te cambias de ropa y actúas como una dama mientras estés allí.

—Lo haré.

—Y volverás a casa para cenar conmigo.

—Lo haré.

Cuando Gabe se levantó y dijo "buenas noches", Isobel lo miró y trató de recordar si alguna vez la había abrazado de la manera que la señora Jewett abrazaba a sus hijas. Lo había hecho cuando regresaron a casa de la escuela y varias veces más durante aquella velada increíble. Lo hacía sin ninguna razón en particular, a veces cuando pasaba junto a ellas en el patio. En una ocasión, mientras Lydia leía, la señora Jewett extendió la mano y le acarició la cabeza. Y Lydia siguió como si ni siquiera lo hubiese notado. "Yo habría notado si papá me hubiese acariciado la cabeza alguna vez. O si alguna vez me hubiera abrazado para desearme buenas noches, o para despedirme cuando salgo para la escuela", pensó.

Tiró hacia arriba las sábanas y de repente sintió la punzada aguda de soledad que se cuidaba muy bien de ocultarle a su padre cada vez que la acometía. La imagen de su madre se desvanecía. Antes recordaba su cara con claridad, pero ahora sólo podía hacerlo cuando miraba la fotografía que su padre conservaba sobre la mesa de noche en su dormitorio.

—Madre —murmuró en la oscuridad—. Madre…

A veces lo susurraba de esa manera porque nunca tenía oportunidad de hacerlo en voz alta como lo hacían otros niños.

Capítulo 6

"**N**o existe una verdadera primavera en Maine."

Roberta había oído eso durante toda su vida y la mañana siguiente lo confirmó. El tiempo benigno del día anterior había cambiado de manera brusca y el cielo se había oscurecido hasta formar un espeso colchón de lana gris. Las nubes cargadas de vapor merodeaban a nivel del mar y descargaban su humedad sofocante sobre todo lo que se movía entre ellas.

Incluida Roberta.

Tan pronto como las niñas salieron para la escuela, se puso un saco corto de lana cerrado hasta el cuello, tomó su paraguas y se dispuso a ir a la agencia de autos Boynton. Cuando abrió la puerta del frente, comprobó que todavía no había señales de Gabriel Farley. La planchada estaba resbaladiza y patinó hasta abajo. Después pasó junto a la mancha negra donde la noche anterior habían encendido el fuego. Los restos mojados de carbón vegetal despedían un olor acre, pero los agradables recuerdos de la noche dieron impulso a sus pasos. Había pocas cosas que Roberta disfrutara más que participar en las travesuras de sus hijas. Además, Isobel Farley había sido un complemento jovial… un poco tímida, pero una ávida discípula.

Todos los indicios apuntaban a que vería muy seguido a Isobel por su casa. Si eso significaba chocar de vez en cuando con el padre, Roberta tendría que limitarse a sonreír y soportarlo.

Lo apartó de su mente mientras bajaba por la calle Washington con unos zapatos que se mojaban más con cada paso que daba. En el extremo norte de la calle Main se paró abajo del letrero que no había podido leer el día de su llegada. Debajo de sus nombres, los Boyton anunciaban: AGENCIA DE VENTA DE AUTOMÓVILES DE PRIMERA CALIDAD. DEPÓSITO Y MANTENIMIENTO DE AUTOMÓVILES.

Adentro olía a goma, pero por suerte estaba seco. Los Boynton habían conectado la electricidad, de modo que las luces del techo disipaban las tinieblas. Roberta dejó el paraguas en el paragüero junto a la puerta de entrada y golpeó con los pies en el felpudo de crin.

—¡Buenos días! ¿Puedo ayudarla en algo?

Levantó los ojos y se encontró con la cara de un hombre robusto, de gafas, que rondaría los cuarenta años. Usaba bigote y vestía un traje de rayas finas.

—Espero que sí. Quisiera comprar un automóvil.

Fue más que evidente que él no esperaba semejante respuesta. Demoró unos segundos en contestar, mientras juntaba las palmas y se las frotaba dos veces.

—Por supuesto, señora. Hamlin Young a sus órdenes. ¿Y usted es…?

—Roberta Jewett.

—Señora Jewett, por aquí, por favor.

Mientras la conducía al interior echó una mirada a la puerta.

—¿Está su esposo con usted?

—No tengo esposo. El auto es para mí.

El hombre se detuvo junto a un Oldsmobile negro y frunció las cejas, como si tratara de recordar.

—Jewett… Jewett… ¿Usted no será la cuñada de Elfred Spear, verdad?

—Sí, lo soy. La hermana de Grace.

—Ahhh… —murmuró mientras se daba unos golpecitos en el mentón—. Alguien me dijo que venía a vivir en Camden.

Elfred, sin duda alguna. Por la manera en que los ojos de Hamlin Young chispearon con nuevas especulaciones, también debió de haberle mencionado que Roberta era divorciada. Ya había visto esa reacción suficientes veces como para predecir lo que sucedería después. El hombre se tomaría la libertad de tocarla en alguna parte.

—Nací y crecí aquí —le aclaró.

—Sí, por supuesto. Ahora, ¿con quién era que estaba casada?

—Usted no lo conocía. El automóvil, señor Young —le recordó.

—Ah, sí, claro.

Ahí estuvo: le tocó el codo con la punta de los dedos.

—¿Ya ha viajado alguna vez en uno?

—Sí, un par de veces.

—¿Ha manejado uno?

—Una sola vez.

—¡Lo hizo! ¡Bien! Es sorprendente. Debo admitir que todavía no le he vendido un automóvil a una mujer. Según mi leal saber y entender, ninguna mujer ha manejado uno en Camden.

—Entonces yo seré la primera. Tengo algunas preguntas que hacerle, señor Young, sobre el costo y el mantenimiento.

—Nos ocuparemos de eso más tarde. Primero permítame mostrarle lo que tenemos.

La tocó otra vez mientras le presentaba el Oldsmobile, y otra vez cuando la condujo hacia un Overland de paseo. Cuando se acercaron a un modelo común de Ford T, ella se hizo a un lado con gran habilidad y mantuvo mucho espacio entre los dos.

—¿Cuál sería el precio de éste?

—Trescientos sesenta dólares, con arranque rápido de última generación, incluido un sistema de engranaje planetario.

Sólo trescientos sesenta. Elfred había hablado de seiscientos para un coche abierto.

—¿Ese arrancaría y operaría igual que un camión Ford C?

—¿Un camión C? —La escudriñó con mayor agudeza. —Bueno... sí. ¿Usted ha manejado un camión, señora Jewett?

Roberta comprendió de inmediato su error.

—Bueno... sí. Y debo agregar que lo hice bastante bien. Si yo compro éste y necesita alguna reparación, ¿la harían aquí?

—Sí, señora. Somos los dueños del Taller Camden, que queda justo aquí al lado, y en la parte de atrás tenemos nuestras propias maquinarias y un cuerpo de mecánicos experimentados. Arriba, en el segundo piso, tenemos repuestos de todas las clases y una confortable sala de espera para nuestros clientes. Hasta contamos con una conexión telefónica allá arriba. ¿Le molestaría si le pregunto de quién era el camión que manejó, señora Jewett?

—Sí, me molestaría, señor Young. ¿Qué relación tiene eso con mi deseo de comprar este automóvil?

—Bueno, sólo me preguntaba si por alguna casualidad podría haber sido el camión de Gabe Farley.

—¡Sí, fue ése! —respondió exasperada.

—Ah, qué bien, porque Gabe lo compró aquí. Él responderá por la clase de trabajo que hacemos. Vaya, Gabe conoce a todo el mundo en este lugar.

Estaba segura de que era así. Como también estaba segura de que todo el mundo del lugar se enteraría de que había viajado con Farley en su camión.

—Gabe es un buen hombre. ¿Así que le dio algunas pequeñas lecciones de manejo?

—Sólo una, muy breve. Pero lo suficiente para que me diera cuenta de que puedo manejar.

—Ah, no tengo ninguna duda. Pero yo no haría bien mi trabajo a menos que le advirtiera sobre alguna de las otras cosas que deberá conocer, para saber qué hacer si maneja durante algunas horas. ¿Le mencionó Gabe algo sobre emparchar neumáticos?

—¿Emparchar neumáticos?

—Tendrá que llevar siempre una caja de parches. Los vendemos aquí, en el piso de arriba. Pero no creo que a usted le guste hacer un trabajo tan sucio.

—¿Qué más?

—Si no se puede emparchar el neumático, lo tendrá que reemplazar mientras la llanta queda fija en el auto, y, con toda franqueza, señora Jewett, no creo que una mujer pueda hacerlo. Se necesitan tener buenos músculos. No le miento; es un trabajo endemoniado incluso para un hombre.

—¿Con qué frecuencia se gastan?

—Depende de los caminos por los que transite. Arriba, en las montañas, algunos son bastante malos. Rocas, derrumbes por el arrastre de las aguas, lo que quiera.

—¿Pero yo podría emparcharlos?

—Podría. Con una pequeña lección.

—¿Algo más?

Roberta lamentó haber preguntado. Fue informada sobre la necesidad de ajustar con frecuencia el carburador, estirar las bandas de transmisión y reemplazar las correas del ventilador.

—Pero yo pensé que ustedes hacían las reparaciones.

—Éstas son todas cosas que pueden suceder en plena carretera.

—¡Ah!

Por primera vez mostró una señal de desaliento.

—No me tome a mal, señora Jewett. Yo vendo estos vehículos y no debería hablar mal de ellos. Son buenas máquinas y bastante confiables cuando son nuevas, pero no me sentiría bien si le vendiera una a una mujer sin esposo, a menos que ella supiera a qué se va a enfrentar. A la larga, es muy probable que deseara haber comprado un caballo.

—No tengo lugar para alojar un caballo.

—Bueno…

Con un gesto de resignación, levantó las dos manos y las dejó caer.

—¿Puedo preguntarle para qué necesita un automóvil?

—Soy enfermera pública, contratada por el Estado de Maine. Tendré que viajar mucho.

—Ah, ya veo.

Young notó la decepción de Roberta y volvió a tocarla, esta vez en el hombro, con una mano abierta que se demoró un poco más.

—Si decide comprar uno, me dará mucho gusto mostrarle cómo hacer alguna de estas cosas.

El engreimiento del hombre la arrancó de su momentáneo temor; se liberó del contacto de la mano.

—Si un hombre puede hacerlo, yo también puedo. Y si es un trabajo demasiado pesado, conseguiré ayuda. Volveré en un rato, señor Young.

A continuación se dirigió al Banco de Camden. El señor Tunstill, el vicepresidente, arqueó las cejas con arrogancia, echó una ojeada a sus zapatos gastados y al saco pasado de moda, y le informó que su Banco no autorizaba préstamos de ciento cincuenta dólares a las mujeres. Mucho menos a las mujeres que no tenían un hombre que las mantuviera. ¿Una enfermera pública? Eso no le impresionaba, y tampoco podía ayudarla. Sugirió que encontrara un hombre con un automóvil y que se casara con él, si quería manejar.

—Buenos días, señora Jewett.

En menos de diez minutos estaba otra vez afuera en medio de la llovizna. Y tan enojada, que ni siquiera se dio cuenta de que también sus medias estaban empapadas.

De regreso en la agencia Boynton, le preguntó al señor Young qué arreglos podrían hacerse si no tenía suficiente dinero en efectivo. Él lo lamentaba, dijo, pero sin un préstamo del Banco tenía las manos atadas. ¿Tenía algún automóvil usado? No, pero tenía algunos para alquilar. El alquiler, sin embargo, era tan alto que a la larga resultaba un mal negocio. Así que una vez más Roberta terminó en la calle debajo de su paraguas. En un intento por calmarse, se dirigió a la oficina de correos e hizo los trámites para la entrega de su correspondencia; después entró en el restaurante Gold y se regaló una taza de café caliente. Sin ninguna cere-monia, la camarera le preguntó quién era y cuando Roberta le dio su nombre, tres mujeres la miraron fijo y susurraron entre ellas, como si en su cabeza crecieran serpientes en lugar de pelos. Dos viejos acodados en el mostrador se dieron vuelta y murmuraron bromas.

Cuando salía del Gold, deseaba haber tenido serpientes y haber podido hacerlas sisear y escupir en su camino hacia la puerta.

Tenía una sola posibilidad más. Y a pesar de lo repugnante que era él, decidió ponerlo a prueba.

El picaflor de la ciudad, Elfred.

Su compañía de bienes raíces estaba ubicada en la cuadra del templo masónico, en uno de esos nuevos edificios de ladrillo a la vista, con arcadas encima de las ventanas. Cuando entró y preguntó por su cuñado, había cuatro personas trabajando en la oficina. Él la vio a través de la mampara de vidrio de su oficina y casi se rompió una rodilla al saltar de la silla.

—¡Birdy!

Fue hacia ella con los brazos abiertos.

—¡Qué sorpresa inesperada! Georgie, ésta es mi cuñada, Birdy Jewett.

Fue presentada a todos y conducida adentro bajo las brazos posesivos de Elfred, mientras los seguían los ojos inquisitivos de los empleados. La depositó en un sillón de roble junto a su escritorio, y giró el suyo para sentarse de frente a ella, tan cerca que casi se tocaban sus rodillas. Los ojos de Elfred brillaban con malicia.

—¿Qué te trae por aquí, Birdy? ¿Cambiaste de idea sobre lo que sugerí ayer?

—¡Basta, Elfred!

Él sonrió y se reclinó en su sillón con una mueca de satisfacción; cruzó las rodillas y extendió un pie hasta que se perdió entre los pliegues de la falda de Roberta.

—Le dije a Farley que le dejaría el terreno libre, pero parece que tal vez hablé demasiado rápido, ya que ahora estás aquí y me causa un inmenso placer verte.

Roberta levantó un pie y empujó su sillón unos centímetros hacia atrás. Él no necesitó más que rodar unos centímetros hacia adelante y metió el pie en el mismo lugar.

—Tus empleados están mirando —le recordó Roberta.

—Lo único que pueden ver son nuestras cabezas y hombros. ¿Qué deseas?

—Un préstamo.

—Ah... un préstamo —repitió con tono burlón y movimientos insinuantes con las cejas.

—Por ciento cincuenta dólares.

—¿Para ese automóvil que quieres comprar?

—Así es.

—¿Y tú qué ofreces a cambio?

—Nada. Te firmaré un pagaré.

—Hummm... no es suficiente. Tendrás que hacer algo mejor que eso, Birdy.

Empezó a deslizarle su zapato negro hacia arriba y abajo de la pierna. Ella le golpeó la rodilla con el taco y lo empujó hacia atrás con sillón y todo. Elfred soltó un quejido entrecortado y se quedó con la boca abierta.

—No, eres tú el que deberá hacer algo mejor, Elfred. Salvo que quieras que le diga a Grace que sugeriste intimar conmigo a menos de veinticuatro horas de mi llegada a la ciudad.

Él se frotó la rodilla y le habló con notable cordialidad.

—No trates de engañarme, Birdy, porque yo soy un embaucador mucho más grande que tú.

—¿No crees que se lo diría? —Inclinó la barbilla y lo miró fijo. Otra vez deseaba tener unas serpientes a mano. —Ponme a prueba.

La amenaza empezaba a calar en Elfred, que perdió su aire de suficiencia.

—Eso es chantaje, Birdy, y lo sabes.

—Sí, ¿y no es encantador? Si quieres demandarme, adelante. Por supuesto, tendrás que reflexionar sobre si vale la pena, o no, correr el riesgo de perder el respeto de tu esposa y tus tres hijas. Porque yo se lo diré a Grace, ten la plena seguridad. De todos modos, con ella no me siento muy feliz a estas alturas. Debe de haber divulgado por toda la ciudad el chisme sobre mi divorcio, porque las mujeres me miran con ojos torcidos y los hombres adoptan poses de estatuas griegas en cuanto oyen mi nombre. Y con absoluta franqueza, Elfred, todos ustedes me dan asco. ¡Así que no me pongas a prueba! Necesito ciento cincuenta dólares y puedo firmar un pagaré con todas las reglas de cortesía y urbanidad, o puedo crear un grave problema en tu vida familiar. Ahora, ¿cuál eliges?

La expresión presumida de Elfred se había congelado.

—Tú sí que tienes mucho coraje, Birdy. ¿Lo sabías?

—Sí. Ciento cincuenta, por favor, Elfred. Y hazlo rápido, antes de que decida decírselo a Grace de cualquier modo.

Él se deslizó con el sillón hasta una caja fuerte de hierro negro y empezó a girar el disco. Roberta le miró la espalda, y cuando se dio vuelta tenía el rollo de billetes en la mano.

—Lo repito, Birdy: esto es chantaje.

Le entregó los billetes y ella los guardó en el bolsillo de su saco mientras se ponía de pie.

—Ordena que preparen un pagaré y lo firmaré. No puedo pagar más que cinco dólares por mes, pero seré siempre puntual, querido cuñado. Muchísimas gracias.

Elfred la contempló salir con una expresión avinagrada en su rostro bien parecido.

Cuando Roberta llegó de regreso a su casa, había una pila de tablas de madera aserradas en el patio y Gabriel Farley martillaba sobre un piso flamante en el porche. Lo acompañaba su hermano. Ninguno de los dos la vio u oyó llegar hasta que estuvo casi encima de ellos y se detuvo en el patio junto al fragante piso de madera.

—¡Oh, señora Jewett! ¡Hola!

Gabe se sentó sobre sus talones.

Ella no le mostró la menor cortesía. ¿Así que Elfred dejaba el terreno libre para éste? Se preguntó de quién habría sido la idea, y no le dieron ganas de devolverle el saludo.

—No pensé que fuera a trabajar con la lluvia.

—Si espera un día soleado en Maine, nunca tendrá ningún trabajo terminado. Éste es mi hermano, Seth. Seth, la señora Jewett.

Intercambiaron un breve saludo, el de ella frío, el de él curioso.

—Sacó mi planchada —le dijo a Gabriel.

—Lo siento, tendrá que dar la vuelta por la parte de atrás.

Ella se lanzó con paso enérgico en esa dirección, pero la voz de Farley la detuvo.

—Gracias por permitir que Isobel se quedara anoche. Cuando llegó a casa no paraba de hablar. ¡Gracias!

—No tiene por qué —respondió, y siguió su camino.

—A ella le gustan sus hijas —gritó él.

—A ellas también les gusta Isobel —respondió Roberta, sin aminorar el paso ni darse vuelta mientras desaparecía por un costado de la casa.

Seth la siguió con la mirada y meneó la cabeza.

—Tú no le simpatizas mucho, ¿verdad?

—No, no mucho.

—¿Pero Isobel se quedó aquí anoche?

—Sólo para la cena. Cocieron unas langostas sobre una fogata y leyeron *Hiawatha*.

—¿En serio?

Seth observó cómo Gabe extendía una regla de carpintero, marcaba una tabla y tomaba una sierra.

—Sin embargo, no quiero que ella ronde demasiado por aquí —comentó Gabe—. Tengo la impresión de que sus hijas son algo desenfrenadas.

—Lo que tú y yo nunca fuimos.

Gabe le sonrió por encima de su sierra de mano.

Los dos se pusieron a trabajar pero hablaban en medio del ruido.

—¿Y bien? ¿Qué está pasando entre tú y esta mujer? —preguntó Seth.

—Nada.

—¿Entonces cómo es que se escapó con tanta prisa?

—Ayer interrumpí una pequeña escena entre ella y Elfred. Creo que se siente incómoda por eso.

—¿Qué hacían ellos?

—No "ellos". Elfred. Estaba haciendo lo que hace siempre, sólo que ella no tenía ninguna participación. Ella protestaba bastante fuerte cuando yo metí las narices allí.

Seth soltó una risita, pero enseguida se puso serio.

—¿Cómo es posible que su esposa le tolere semejante conducta?

—Por lo general, las esposas son las últimas en enterarse.

Después de meditarlo un rato, Seth comentó:

—¡Jesús! ¡Intentarlo con su propia cuñada! Ese Elfred es un cerdo repugnante. ¿Lo sabías?

—Todo el mundo lo sabe, pero todos nos hemos reído mucho con su comportamiento. ¿No es así?

—Supongo que sí.

—Ayer, sin embargo, no me pareció tan gracioso.

—Entonces hay algo entre tú y esa mujer.

—Ya te dije, Seth…

—Sí, claro, sí. Me dijiste. Pero algo extraño está pasando por aquí.

—Muchacho, estás loco de remate. Si yo estuviera buscando una mujer, no iría detrás de una que se viste y habla de esa manera. Ella está tan lejos de lo que era Caroline, como Plutón de la Tierra.

—¡Ah, la has comparado con Caroline! ¿De veras?

—No, no la he comparado con Caroline. Mira, olvídalo, ¿quieres? ¡Hay días en que desearía trabajar solo!

Cuando Gabe se sumergió otra vez en su trabajo, se puso a martillar con la fuerza de un pistón.

Las niñas volvieron de la escuela a las cuatro de la tarde. Isobel llegó con ellas.

—¡Hola, papá! ¡Hola, tío Seth!

El piso del porche estaba terminado y el techo se hallaba bastante adelantado. Las cuatro niñas gritaron a coro:

—¡Oohh! ¡Un piso nuevo en el porche!

—¡Señor Farley, mire! ¡Esto puede ser nuestro escenario!

Sin importarles la llovizna que las mojaba y ensuciaba, se treparon a las tablas todavía frescas y empezaron a correr en círculos para probar el sonido de sus pisadas y simular que patinaban o bailaban. Rebecca se paró en el centro del "escenario", abrió los brazos como un pájaro de trueno y empezó a recitar unos versos de *Hiawatha*.

Cuando terminó, las demás la aplaudieron con entusiasmo y Rebecca hizo una reverencia profunda y ceremoniosa.

—¡Vamos a buscar algo para comer! —gritó en el mismo momento en que volvía a erguirse.

Las cuatro se precipitaron adentro y dejaron la puerta abierta de par en par.

Gabe y Seth, uno en el techo, el otro en la escalera, intercambiaron una mirada. Gabe se encogió de hombros.

—¿Ves lo que quiero decir? —preguntó.

—Es la Isobel más feliz que he visto en mucho tiempo —repuso el hermano.

Adentro empezó a sonar el piano y se oían las voces de las niñas mientras corrían por la casa, entraban en la cocina, subían las escaleras. Algunas veces eran gritos, otras veces risitas, otras pataleos. Oyeron la voz de Roberta que las llamaba.

—¡Eh! ¡Bajen aquí y cuéntenme cómo les fue en la escuela!

Después de un rato volvieron a salir en tropel, todavía con sus uniformes escolares, comiendo unos bocadillos de arroz fríos.

—¡Papá, voy a mostrarles nuestra casa a las chicas! —gritó Isobel.

Gabe dejó de martillar y las miró por encima del borde del techo. ¿Qué podía decir? El día anterior su hija había sido la invitada. Apenas podía admitir que no quería que corretearan por toda su casa.

—¡Cámbiate de ropa en cuanto llegues! ¡Y no hagas mucho desorden en la casa!

—¡No lo haremos!

Se fueron al galope en medio de la llovizna.

Desde arriba del techo, Gabe las observaba. Roberta, con las manos en la cintura, hacía lo mismo desde la puerta del frente.

Cuando las tres Jewett vieron la cocina de Isobel, se quedaron petrificadas.

—¡Cielos! ¡Qué limpia está! —exclamaron con reverencia.

—La mantenemos tal como la mantenía mi madre. Mi padre no quiere cambiar nada. La única excepción es que agregó la luz eléctrica.

—¿Cuánto hace que murió?

—Siete años.

—¿Cómo murió?

—Nuestro caballo la pateó.

—¡Oh, qué horror!

—¿Sabes qué hizo mi padre después? Las Jewett esperaron absortas. —Mató de un tiro al caballo. Lo vi llorar después de que lo hizo. Yo sólo tenía siete años, pero lo recuerdo con absoluta claridad.

—¡Dios! —murmuró una de ellas con la voz entrecortada.

—Y desde entonces no permite que nadie cambie nada en nuestra casa. Dice que quiere mantenerla exactamente igual a como ella la dejó. Les diré un secreto.

—¿Qué?

—Los vestidos de mi madre todavía están en su armario.

Fue Lydia —muy impresionable para sus diez años— quien preguntó en un susurro:

—¿Podemos verlos?

—Sólo si me prometen no tocarlos, porque él me regañaría si lo descubre. Es muy extraño respecto de las cosas de mi madre. Bueno, síganme. Pero recuerden: no toquen nada. Sólo pueden mirar, ¿de acuerdo?

Mientras cruzaban en puntas de pie la sala inmaculada y subían un par de escalones estrechos, Susan susurró una pregunta:

—¿Quién mantiene tan limpia y ordenada tu casa?

—Papá y yo. Y a veces viene mi abuela, saca las cortinas y las lava… Bueno, cosas así. Éste es el dormitorio de mis padres.

Al trasponer la puerta del dormitorio, las Jewett se quedaron paradas en respetuoso silencio. La cama estaba tendida con pulcritud con una colcha blanca. La cabecera y la barandilla del pie de la cama eran de madera tallada y hacían juego con los otros muebles de la habitación. Isobel se dirigió al armario, que tenía cajones del lado derecho y una puerta alta a la izquierda. Entonces abrió la puerta.

—¿Ven? Éste era su camisón y éstos eran sus vestidos.

—¡Cielos! ¿No te causa impresión tocarlos?

—Por supuesto que no, tonta. Era mi madre.

—¡Dios! Yo no los tocaría aunque pudiera.

—Yo sí —comentó Rebecca—. Ese color ámbar es muy bonito.

Sólo asomaba una manga color ámbar.

—Ése es el que usaba siempre para ir a misa los domingos.

—Nosotras no vamos a la iglesia —le informó Lydia.

—¡No van a la iglesia! ¡Pero todo el mundo va a la iglesia!

—Nosotras no. A nuestra madre no le gusta.

—¡Vaya! ¿Entonces son ateas?

Lydia se encogió de hombros y levantó las palmas de las manos.

—No lo sé —admitió.

Rebecca se sintió ofendida.

—¡No, no somos ateas! ¡Lydia, no seas estúpida!

Isobel cerró la puerta del armario, como si le repugnara exponer las ropas de su madre a los ojos de las infieles.

Susan echó una mirada a la fotografía en su marco ovalado.

—¿Es ella?

—Sí. Papá la dejó allí para siempre.

Susan la tomó y la miró de cerca.

—¡Jesús! ¡Qué hermosa era!

—No tocar, Susan… ¿recuerdas?

—Oh… lo siento.

Volvió a dejar el retrato en el lugar donde la carpeta de lino del tocador estaba marcada por el borde del marco.

—Creo que no deberíamos quedarnos mucho tiempo aquí. Les mostraré mi cuarto.

Después de una breve vista a su habitación, Isobel obedeció la orden de su padre y se cambió de ropa. Después les ofreció unos bizcochos de canela, que eran preferibles a esos bocadillos de arroz con gusto a goma que habían comido en la casa de las Jewett.

—Mi abuela siempre se ocupa de que el tarro de bizcochos esté lleno, igual que hacía mi madre. Mi abuela hace todo lo que yo le pido.

Las cuatro dieron cuenta de los bizcochos y dejaron un tarro vacío, después de tomar dos para cada una para más tarde.

Las hijas de Roberta, sin embargo, llevaron a casa algo más que unos bizcochos de reserva. Irrumpieron en la casa con la historia de la mujer muerta cuyos vestidos colgaban todavía en el armario de su esposo.

—Madre, adivina qué.

—No puedo adivinar. ¿Qué es?

Rebecca hizo los honores.

—A la esposa del señor Farley la pateó un caballo y murió. Después, él mismo le disparó un tiro y lo mató…

—¡Y era su propio caballo! —agregó Lydia.

—¡E Isobel lo vio llorar después! ¿No es romántico?

Roberta sintió un escalofrío en todo el cuerpo. Dejó a un lado la ropa por planchar y se acercó a la mesa de la cocina, donde estaban sentadas las niñas.

—Eso no es romántico. Es trágico —les dijo Roberta.

—¡Y escucha esto! ¡Él mantiene la casa tal como ella la dejó y no permite que nadie toque nada que ella haya tocado…

—A excepción de la electricidad, no hizo ningún otro cambio —intercaló Lydia—. Hizo instalar la electricidad.

—¡Pero todo lo demás está igual de como ella lo dejó, y hace siete años que murió y su ropa todavía está colgada junto a la de él en el armario! ¡La vimos!

—Y su fotografía está sobre el tocador…

—Y ella era muy hermosa. Y tenía puesto un vestido blanco de cuello alto y tenía el pelo rizado, peinado hacia arriba, igual que el de Lillian Russell.

La mirada de Roberta vagó hacia el pórtico de adelante, donde Farley había trabajado durante dos días. Ahora se había ido y el lugar se hallaba silencioso. Se lo imaginó preservando un santuario para su hermosa mujer muerta… justamente ese carpintero que podía irritarla tanto. Cuando volvió su atención a las niñas, se le había suavizado la expresión.

—Qué triste.

—Isobel no nos permitió que tocáramos nada, porque dijo que él podría notarlo y entonces le daría una reprimenda. Yo no creo que nosotras hayamos recibido jamás una reprimenda. ¿O sí, madre?

—Por supuesto que sí. Es sólo que no lo recuerdan.

—Tendrías que ver qué limpia está la casa. Y adivina qué: él e Isobel hacen la mayor parte de las tareas domésticas, pero la abuela va allí todas las semanas y les lleva pastelillos. ¡Vaya! ¡Estoy muy contenta de que nosotras no tengamos que limpiar todas las semanas!

—Entonces Isobel tiene una abuela. Eso es bueno para ella.

Roberta nunca había considerado a Farley en relación con una madre. Claro que podía ser la madre de su esposa muerta.

—La abuela hace los mejores bizcochos de canela del mundo —proclamó Lydia—. Los comimos todos.

—¿Todos?

Lydia asintió y se impulsó con los codos casi hasta el centro de la mesa.

—Bueno, él no se sentirá muy complacido por eso. En primer lugar, no creo que le haya gustado que fuesen allí.

—¿Por qué no?

—Tú acabas de decirlo. No está acostumbrado, como yo, a tener una tribu de salvajes armando una batahola por toda la casa. Y ahora escuchen… —Hizo una breve pausa para cobrar ánimo—. Mañana vamos a tener nuestro automóvil.

—¿En serio?

—En serio. Un Ford T.

Entonces estalló una cantidad de preguntas y expresiones de júbilo, y el tema de la casa de Farley quedó en el olvido.

Pero en su casa, al otro lado de la ciudad, cuando Gabe terminó su cena y buscó bizcochos en el tarro, lo encontró vacío y soltó una maldición entre dientes.

Capítulo 7

A la mañana siguiente, las niñas se habían ido a la escuela y Roberta estaba levantada y vestida cuando oyó los primeros golpes de martillo en el pórtico. ¿Qué había pasado con su animosidad hacia Gabriel Farley? Desde que las niñas habían llegado a casa con la historia sobre su esposa, sus sentimientos negativos hacia él se habían disipado igual que las nubes del cielo. Él irrumpía una y otra vez en sus pensamientos, y siempre lo imaginaba en la misma puerta en que había estado parado cuando interrumpió a Elfred. Ella había visto dos aspectos de Farley: uno consideraba presa fácil a las mujeres divorciadas; el otro las rescataba de galanteos no deseados. Uno opinaba que todos los problemas matrimoniales empezaban con la mujer; el otro era un esposo que había adorado tanto a su esposa, que había mantenido un santuario para ella durante siete años.

¿Qué clase de hombre era aquél, capaz de tanta devoción?

Roberta admitió su desconcierto.

La esposa había sido hermosa, dijeron las niñas, con el cabello peinado hacia arriba como Lillian Russell. Una mirada rápida en el espejo del paragüero le aseguró a Roberta que ella no era ninguna Lillian Russell.

Se irritó con sus propias reflexiones. "¡Cualquier cosa que estés pensando es una locura, Roberta Jewett! ¡Acabas de librarte de un hombre y lo último que necesitas es otro! ¡Y por cierto no ese Gabriel Farley, que sonrió con desprecio la primera vez que te vio!"

No, Gabriel Farley no le interesaba en absoluto. Esa mirada en el espejo había sido una insensata reacción femenina, a la que le dio poca importancia mientras se disponía a salir por la puerta de atrás, al costado de la casa. Oía los golpes sincopados del martillo, que parecía descargar como si estuvieran conectados por ligaduras sobre una hoja de música.

Din-dinggg… din-dinggg… Abrió su paraguas, rodeó la esquina del frente de la casa y encontró a Farley, ocupado en construir un nuevo juego de escalones. Mientras que el día anterior no había hecho otra cosa que desairarlo, ahora se detuvo.

—Buenos días, señor Farley.

Gabriel se enderezó despacio, como si hubiera estado agachado demasiadas horas en su vida.

—Buenos días, señora Jewett.

Inclinada sobre la oreja izquierda, llevaba la misma gorra a cuadros que había usado el día que lo conoció. Estaba cubierta de gotas de agua del tamaño de huevos de rana.

En el otro extremo del porche, su hermano colocaba una barandilla.

—Buenos días, señor Farley —lo saludó Roberta.

—Señora… —le respondió él, y continuó con su trabajo. Roberta quedó frente a Gabriel, con su enojo desplazado ahora por el conocimiento de que había matado de un tiro al caballo que había causado la muerte de su esposa siete años atrás, y que todavía no se había desprendido de sus vestidos.

—Supongo que estará contenta de tener otra vez sus escalones —comentó Gabe.

—Sí, claro.

—Más tarde, hoy mismo, los tendré todos terminados. Tan pronto como deje de llover pintaré el porche. No quiero dejar la madera cruda librada a los elementos.

—No, por supuesto que no. Me enteré que mis hijas vaciaron su tarro de bizcochos.

—Bueee… —Gabe arrastró la palabra.

Hay una manera en que un hombre se para con una azada de jardín. Farley a menudo le traía esa pose a la memoria, tuviera o no una azada en la mano.

—No soy muy casera —admitió Roberta—. Cuando tienen al alcance buena comida, a veces pierden sus modales.

—Mi madre volverá a llenarlo pronto.

"¿Por qué un hombre conservaría los vestidos de su esposa muerta? ¿Los sacaba y los tocaba?"

La imagen desconcertante de Gabe acariciando una prenda de vestir con las puntas de sus dedos callosos lo tornaban más humano de lo que Roberta deseaba. Desterró de su mente esos pensamientos y cambió de tema.

—Bueno, pensé que le gustaría saber que voy a la agencia de Boynton para retirar yo misma mi automóvil.

—Entonces se compró uno.

—Sí, un Ford T.

—Estoy seguro de que sabrá cómo manejarlo.

Gabe insinuó una sonrisa moderada.

—Sí, lo haré. ¿No lo cree así?

—Va a provocar algunas habladurías, al ser una mujer sola.

—Sí, sin duda.

—Bueno, los Boynton tienen un taller bastante decente. Ellos lo cuidarán por usted.

—Eso es lo que dijo el señor Young cuando hablé con él ayer. Bueno, es mejor que me vaya. Lo veré más tarde. —Se dirigió a Seth. —¡Hasta luego, señor Farley! ¡Lamento el mal tiempo!

—¡Ah, hoy habla contigo! —comentó Seth en tono seco cuando ella se fue.

—Parece una mujer de carácter irritable —respondió Gabe.

Después, él también volvió a su trabajo.

Sacó por sus propios medios el flamante Ford T del garaje de los Boynton. En el baúl llevaba una miríada de accesorios, sobre los que Henry Ford había estampado con orgullo el emblema de su compañía: una correa de ventilador de repuesto, una caja de parches para neumáticos, una pequeña caja de herramientas, un guardapolvo de lona para proteger sus vestidos y un par de antiparras para cuando quisiera bajar la capota. La única cosa en la que Ford había omitido su nombre era una lata de cinco kilos de cristales de carburo que Hamlin Young le dio después de llenar los faroles… asegurándose de apretarle la mano durante todo el tiempo del cambio.

—¡Vuelva pronto, así le enseño cómo ajustar el carburador! —le gritó a sus espaldas.

"En un parpadear de ojos —pensó Roberta—. ¡El carburador que quieres ajustar es el mío, y yo no soy ninguna idiota!"

Manejó por la calle Main, rebotando sobre su asiento de cuero. Se sentía intrépida y libre con las cortinas laterales enrolladas a pesar de la llovizna. ¡Su propio automóvil, totalmente pagado! ¡Y nadie que le dijera adónde podía ir con él! Se detuvo en la ferretería de Coose y cargó hasta adentro su nueva lata de gasolina, la hizo llenar y con un golpe rápido volvió a poner ella misma el tapón de madera. La lata era pesada, tal como le había advertido Elfred, pero el señor Coose no quiso saber nada de que Roberta la cargara hasta afuera y lo hizo por ella. Cuando se puso otra vez en marcha, no pudo evitar sonreír ante las miradas perplejas de los hombres que dejaba atrás. La llovizna continuaba y le entorpecía la visibilidad en la hendedura horizontal del parabrisas. Pero ella espiaba a través cada vez que se cruzaba con un automovilista y se sentía superior al comprobar que ninguno era una mujer.

Tanto júbilo merecía ser compartido, así que se detuvo frente a la casa de Grace y tocó varias veces el claxon.

Grace asomó la cabeza por la puerta del frente, se golpeó las mejillas y exclamó:

—¡Oh, Dios misericordioso! ¿Qué es lo próximo que va a hacer?

—¡Grace! ¡Ven aquí! ¡Vamos a dar un paseo!

—¡Eres una demente, Roberta!

—¡En absoluto! ¡Vamos, iremos a mostrárselo a madre!

—¡Madre se pondrá furiosa!

—Madre está siempre furiosa. ¡Vamos, ven conmigo!

Desde el extremo opuesto de la acera, podía jurar que Grace estaba indecisa.

—¿Sin un hombre?

—¡Oh, Grace, no necesitas un hombre para todo!

Los ojos de Grace giraron hacia ambos lados de la calle, y después otra vez hacia el auto.

—¡Oh, Dios! ¡Elfred se va a enojar! No vamos a ir lejos, ¿no?

—No. —Y sólo en broma, agregó: —¡No más allá de Portland!

—Oh, Birdy...

Grace agitó una mano, pero esta confabulación inocente era más de lo que podía resistir. Cuando eran pequeñas, siempre era Birdy la que las metía en problemas, y cuando entró en la casa para tomar su abrigo, comprendió que se estaba dejando llevar a más de lo mismo.

La madre vivía en Elm, una de las calles cerradas más bellas de la ciudad, en una casa sólida de dos pisos, con frente colonial y puertas y postigos de madera azul. Durante las pocas cuadras que les llevó llegar hasta allí, las hermanas volvieron a gozar de viajar juntas; hacían sonar la campanilla de bronce del claxon y se sentían inteligentes y mundanas en ese artefacto de hombres que atraía miradas de asombro y bocas abiertas de todos los automovilistas que pasaban.

Grace fue a llamar a la puerta.

—¡Mira, madre! ¡Birdy fue y lo hizo! ¡Compró el automóvil!

—¡Oh! Esa muchacha va a ser el calvario de mi vida.

—Quiere llevarte a dar un paseo en el auto.

—¡Por nada del mundo! ¡Y tú tampoco deberías pasear en él! La gente dirá que las dos son unas perdidas.

—Pero, madre, no veo qué daño puede hacer un breve paseo.

—¿Sabe Elfred que estás fuera de casa, rondando sola por ahí?

—No, pero no estoy haciendo nada malo.

El entusiasmo de Grace decaía rápido.

—¡Tú súbete otra vez a esa cosa y dile a tu hermana que te lleve directamente a tu casa, antes de que Elfred se entere!

Levantó aún más el tono de voz y le gritó a Roberta:

—¡A Elfred no le gustaría saber que ella sale a vagar por ahí como una mujerzuela! Tú puedes pensar que es correcto salir sola y comprar un auto, ¡pero ésta es una ciudad chica y las mujeres no hacen estas cosas! ¡Y ahora lleva a tu hermana a su casa!

Desapareció de la vista y cerró la puerta de un golpe.

Grace volvió al auto con cierto malhumor.

—Es probable que madre tenga razón. Yo lo sabía antes de venir contigo.

Para cuando volvió a dejar a Grace en su casa, el propio ánimo de Roberta se había apagado. Debía haberlo sabido. Grace no estaba dominada sólo por Elfred; también lo estaba por su madre. Durante tanto tiempo no había hecho otra cosa que lo que ellos dos le exigían, que había aceptado la opresión como su norma natural de vida.

Cuando Roberta llegó a su casa, la reacción que recibió fue muy diferente. Farley y su hermano dejaron de martillar y corrieron hacia el coche como niños hacia un circo.

—¡Bueno, aquí está! —exclamó Farley—. ¡Qué hermoso!

Roberta bajó del auto sin pensar en su paraguas y se unió a ellos junto al cerco de corona de novia.

Seth empezó a caminar alrededor del Ford T, pero Gabe se quedó junto a Roberta.

—¿Dejó la palanca arriba, así no se rompe el brazo la próxima vez?

—Sí.

—¿Y el cambio en punto muerto?

—También.

—Usted aprende muy rápido, señora Jewett.

—Parece que tendré que hacerlo. Vine a casa con un montón de herramientas que Hamlin Young me aseguró que debo tener… Una caja de parches para neumáticos y una correa de repuesto para el ventilador y un montón de destornilladores y llaves de tuerca para el carburador.

—Y no se olvide de las correas de transmisión.

—¡Oh, cielos! —exclamó Roberta.

Se tocó los labios con un gesto tan melodramático como el de una doncella en apuros y los dos estuvieron a punto de estallar en carcajadas, porque Roberta se hallaba tan lejos de ser una doncella en apuros como una araña "viuda negra". Mientras permanecían parados bajo la lluvia, disfrutando de la mutua compañía, experimentaron un instante de inquietud. Los tomó desprevenidos la comprensión de que su relación empezaba a tomar un giro que ninguno de los dos había esperado: lentamente iban haciéndose amigos.

La voz de Roberta tenía un tono de broma cuando volvió a hablar.

—¿Qué es ese nuevo engorro de las correas de transmisión?

—Algo que se puede ajustar con bastante facilidad con un simple destornillador. Ya sabrá cuando sea necesario, porque los pedales se hundirán hasta el fondo.

—¿Y entonces voy a chocar con el siguiente objeto fijo?

Esta vez Gabe soltó una carcajada por la inocencia con que ella hizo la pregunta.

—No va a suceder tan de repente. Usted misma lo va a sentir durante un rato. El auto empezará a marchar a tirones.

—Lo recordaré... Marcha a tirones, ajustar las correas de transmisión. —Lo miró con atención a la espera de su reacción a su próximo comentario. —Empiezo a pensar que un caballo podría haber sido mucho mejor, después de todo.

Gabe se alejó y empezó a dar vueltas alrededor del auto, de manera que ella no podía verle la cara.

—No, señora —dijo con voz serena—. No lo creo.

Justo en ese momento, Seth volvió adonde estaba Roberta.

—No hay nada como un Ford —comentó.

Roberta se quedó hablando con él, pero con toda la atención puesta en los movimientos de Gabe alrededor del auto. Vio que tocaba las abrazaderas que sostenían la capota de cuero, leía la placa de cerámica de la patente, abría la puerta y se sentaba al volante y probaba si se acomodaba a sus manos y de paso, con discreción, controlaba la posición de las palancas, lo que provocó en Roberta una sonrisa disimulada. Y así siguió hasta controlarlo todo. Después dio toda la vuelta al auto y volvió.

—No me creyó, ¿verdad? —le preguntó ella, todavía con una sonrisa en los labios.

Gabe se frotó la base de la nariz con los nudillos, como un niño sorprendido en falta.

—Yo... eh...

—Le dije que dejé todo en la posición correcta.

—Sólo quise echar una mirada general. Estos aparatos son muy bonitos cuando son flamantes.

Roberta decidió sacarlo del aprieto.

—Sí, lo son.

—Bueno, tengo que terminar el pórtico —anunció Seth y se fue, dejando solos a Gabe y Roberta.

—¿Sabe? —dijo él al cabo de unos minutos—. Usted dijo que no tenía dinero suficiente para comprar uno nuevo. Me pregunto... Bueno, en realidad no es asunto mío.

Ella sonrió con picardía y se lo contó:

—Chantajeé a Elfred. —Él la miró atónito. —Por aquel incidente en la cocina. —¡No!

—Sí, lo hice. Le dije que se lo contaría a Grace si no me prestaba ciento cincuenta dólares.

La sonrisa de Farley formó patas de gallo en los ángulos de sus ojos.

—Así que el viejo Elfred se encontró por fin con una mujer que no puede seducir.

—Así es. Y yo hubiera cumplido la amenaza de decírselo a Grace, ¡no tenga la menor duda!

—Estoy seguro.

—Ya ha ido demasiado lejos con sus galanteos, y desde hace muchos años y no hace más que poner en ridículo a mi hermana. Sospecho que la gente se ríe de ella a sus espaldas.

Respetó a Gabe por no confirmarle sus sospechas. Pero lo hizo su silencio, lo que los llevó a repasar los confusos episodios que caracterizaron la relación entre ellos, empezando con el desafortunado comienzo, cuando ella oyó su conversación con Elfred, hasta el momento en que, parados bajo la llovizna junto al camión, él le enseñó a manejar.

—A propósito de eso, nunca le di las gracias por rescatarme de Elfred —manifestó Roberta, serena.

—Ah...

Turbado, Gabe se cruzó de brazos y pateó la grava con la punta de sus botas.

—Le estoy muy agradecida.

—Éste es un tema muy embarazoso, señora Jewett —confesó él, mirándola de frente—. Sobre todo después de los comentarios que hice sobre usted. ¿Sabe?, estoy muy apesadumbrado por eso.

—¿Sí? Bueno, usted ya ha hecho más que compensarlo. Está perdonado, señor Farley.

Se quedó parado un momento, con los ojos fijos en los de ella, la cara iluminada de color. La llovizna de primavera daba brillo a sus mejillas y un verde intenso al pasto del jardín; dejaba gotas perladas sobre el saco de lana de ella y aplastado el peinado alto que se había hecho más temprano. Enriquecía el renovado sonido del martillo de Seth, que espantaba a los gorriones.

—Bien. —Gabe se aclaró la garganta. —Es mejor que yo también vuelva a mi trabajo. Hágame saber si hay algo más que pueda enseñarle sobre el automóvil.

—Lo haré... Gracias.

Como si se sintieran incómodos por el giro que había tomado su amistad, caminaron hacia la casa cada uno por su lado. Ella, para subir por primera vez los escalones nuevos; él, para ayudar a su hermano con la barandilla del pórtico.

Necesitó algo de coraje, pero esa tarde Roberta decidió que no tenía ningún sentido acobardarse. A las cuatro menos cinco salió para poner en marcha el auto, así podría manejar hasta la escuela y sorprender a las niñas.

Gabriel dejó de trabajar para observarla, y cuando el motor arrancó y no hubo huesos rotos, sonrió y agitó las manos en señal de aprobación.

Las niñas se mostraron alborotadas y felices.

—¿También Isobel y nuestras primas pueden ir con nosotras? Ellas iban a ir a casa a trabajar en una obra.

—No sé si hay lugar para todas...

—Bueno, nos sentaremos de a dos... ¿no, chicas?

Así, con siete pasajeros tumultuosos, Roberta manejó por primera vez desde la escuela, ante las miradas absortas de los hijos de todas las familias de la ciudad, ya preparados para llevar la noticia a sus padres. Cuando llegaron a la casa, saltaron a tierra todas juntas y echaron a correr por la vereda, mientras Gabe era testigo una vez más de lo que parecía convertirse en la rutina normal en casa de las Jewett... Un tropel de niñas que todos los días, a las cuatro de la tarde, armaban un verdadero manicomio. El porche les gustó mucho más ese día, con la baranda terminada y el techo entejado. Rebecca recitó otra oración, esta vez de Shakespeare, y a continuación corrieron todas juntas adentro y volvieron a salir cada una con una zanahoria cruda en la boca. Tanto en el camino de ida como en el de vuelta, aprovecharon para dar unos golpes a las teclas del piano.

A las cinco en punto, Gabe y Seth guardaron sus herramientas para irse.

—Por favor, papá, ¿puedo quedarme un rato más? —rogó Isobel—. ¡Nos divertimos tanto aquí! Además, tengo que terminar de escribir mi parte.

Él había llamado a la puerta del frente y hablaba con su hija desde afuera. Detrás de ella alcanzó a ver a las niñas, todas arracimadas alrededor del piano. Escribían, interrumpían para reír a carcajadas y después caían en un extraño silencio cuando volvían a escribir.

—Bueno, está bien —accedió—. Pero te quiero en casa a las seis. Y vas a cenar conmigo.

—¡Oh, sí, sin falta! —prometió con asombrosa inocencia.

—Y no molestes a la señora Jewett.

—¡Pero si nosotras no la molestamos! ¡Ella está con nosotras y nos ayuda!

—¿Ellas las ayuda?

110

—Ajá.

Trató de espiar por detrás de Isobel, pero no pudo ver a Roberta por ninguna parte.

—Bueno, sólo asegúrate de estar en casa a las seis.

—Lo haré. Gracias, papá.

Cuando Gabe llegó a su casa, encontró a su madre en la cocina. Había dejado sobre el fogón la cena casi lista y llenado el tarro de bizcochos. Era una mujer de mediana estatura, rechoncha, con brazos carnosos cuyas partes internas oscilaban cuando se movía. Sus cabellos estaban veteados de gris como la valva de los mejillones, peinados con raya al costado y recogidos hacia atrás en un rodete alto.

—Hola, mamá.

—Te traje algunos pastelillos.

—Gracias.

—Veo que el tarro estaba vacío.

—En efecto —respondió mientras colgaba la gorra y el impermeable.

—¿Quién es esa mujer en la que estás interesado? —le preguntó ella sin rodeos.

—No hay tal mujer, mamá.

—Oí que es divorciada.

—¡Mamá! ¿Qué es lo que acabo de decirte?

—Oí que le enseñaste a manejar tu camión.

Gabe movió los ojos hacia arriba con un gesto de fastidio y fue hasta el fregadero para lavarse las manos.

—Ella lleva en la ciudad… ¿cuánto?… ¿tres días? ¿cuatro?

—¿Seth estuvo chismeando?

—¡Seguro! Seth y todo el mundo en la ciudad. ¿Es verdad que se compró un automóvil?

—¿Qué hay de malo en eso?

—No lo sé con certeza. Depende de lo que se proponga hacer con él.

—Es enfermera pública —le explicó Gabe mientras se secaba las manos—. Lo necesita para hacer su trabajo.

—¡Oh! ¡Ya sabes eso también!

—Mamá, trabajo para ella. Por supuesto que debo saberlo. ¡Lo mismo que Seth!

—Oí que tiene hijas.

—Tres.

—Isobel ha estado correteando con ellas y, por lo que sé, son unas salvajes. ¿Es allí dónde estaba hoy, después de la escuela? Cuando llegué con los bizcochos, no la encontré aquí. ¿Dónde está ahora?

—Están escribiendo una obra dramática.

111

—¡Una obra dramática! ¿Dónde?

—Bueno, un racimo de niñas está trabajando en eso… en la casa de la señora Jewett.

—Ah, así que ése es su nombre. Creo recordar que se casó con un individuo al que conoció cuando se mudó a Boston. Se casó con él y nunca regresó aquí.

Gabe decidió callarse.

—Bueno, veo que te niegas a hablar y que no vas a decirme nada. Así que yo te voy a decir una cosa. Caroline lleva siete años muerta y es hora de que empieces a pensar en tomar otra esposa. Pero esa mujer, Gabriel… Ten cuidado.

Gabe levantó los brazos en un gesto de impaciencia.

—¡Por el amor de Dios, Mamá! ¡Le estoy arreglando el pórtico!

—Y le enseñas a manejar y dejas que Isobel se quede allí para comer langostas.

—¿Cómo te enteraste de eso?

—Murmuraciones…

Gabe resopló y se dejó caer en una silla de la cocina.

—Bueno, no pongas esa cara, como si el resto del mundo hubiera metido las narices como un oso hormiguero. ¿Cómo crees que corren las noticias? Por si lo has olvidado, en esta ciudad hay nuevas líneas telefónicas, y yo tengo una de ellas.

—Mira, mamá. No voy a casarme con nadie. No estoy interesado en nadie, y, en lo que se refiere a Isobel, ella y yo nos arreglamos bastante bien. Aprecio mucho que vengas por aquí como que lo haces, y que hornees pastelillos para nosotros y que te ocupes de lavar nuestra ropa. Pero no andes diciéndole a la gente que estoy interesado en Roberta Jewett, porque eso no es verdad. Yo estoy haciendo unos arreglos en su casa, y eso es todo.

Maude Farley pareció aliviada, al menos por el momento.

—Bueno, entonces está bien… en tanto sea cierto.

Gabe cruzó los brazos y se relajó.

—Lo es. Bien… ¿qué clase de bizcochos trajiste hoy?

—De almendras con granizado de chocolate.

—¿Puedo servirme uno, o vas a guardarlos todos en el tarro de bizcochos y esconderlos?

—Primero deberías cenar. Te traje albóndigas de carne.

—Después. Vamos, mamá, vamos… —le rogó, impaciente, con una mano extendida.

Ella le dio un bizcocho y, mientras él lo comía, limpió unas migas que habían caído sobre la mesada y empujó un par de cosas hasta el fondo de un armario alto.

—Mamá, ¿qué sabes tú de Hiawatha? —preguntó Gabe, por fin.

—¿Hiawatha…? ¿Quién es?

—El indio del poema.

—¡Poema! —exclamó, y lo miró con desconfianza—. ¿Ahora te dedicas a leer poemas?

—No. Las niñas.

—Las niñas… ¿Te refieres a la tuya y a las de la señora Jewett?

Gabe se aclaró la garganta y se sentó más derecho.

—Bueno… sí.

—Bueno, yo no sé nada sobre ningún Hiawatha. Escucha, cambié tus sábanas, así que ya terminé con todo aquí.

—Está bien… —Gabe se levantó de su silla. —Entonces te llevaré a tu casa.

Durante todo el trayecto de ida y vuelta, y después por el resto de la noche, trató de recordar esas palabras que Rebecca Jewett había recitado cuando se paró en el porche con los brazos extendidos. Era algo sobre la importancia del arco para un indio, y que era lo mismo que pasaba con un hombre y una mujer, y que ninguno servía para mucho sin el otro. ¿Qué diablos estaba pasando con él en los últimos días? Él no era ningún inútil sin una mujer… muy lejos de ello. Él y su hija se habían arreglado bastante bien solos. La cuestión era que en los últimos tiempos había pensado demasiado en mujeres. Pero bueno, era primavera y, como le había dicho su hermano, ésta era la época del año en que había muerto Caroline, aparte de ser la estación en que era natural sentirse algo exaltado.

Sin embargo, cualquier cosa que esas palabras hayan querido significar, eran hermosas y lo habían hecho detenerse a pensarlas.

Roberta adoraba tener a las niñas en su casa. Eran bulliciosas e ingobernables, pero su naturaleza alegre daba vivacidad y humor a su vida. Con el agregado de Isobel, y ahora de sus tres sobrinas, el clan había crecido tanto que en el cuarto de adelante no tenía sillas suficientes para todas. A ellas no les importaba. Se sentaban sobre las camas en el piso de arriba, o en el piso del living, o se arracimaban alrededor del piano o de la mesa de la cocina.

Habían decidido hacer una dramatización de *Hiawatha*, en lugar de representar esa historia macabra sobre la oreja cortada del tatarabuelo, y elegían estrofas y las escribían y hablaban sobre los trajes. Roberta se tentaba a dejar cualquier cosa que estuviera haciendo, y se unía a ellas a menudo para responder preguntas o dar ideas sobre cómo obtener las plumas o los materiales para los trajes. Si una de sus hijas gritaba: "¡Mamá, ven aquí!", acudía alegre y escuchaba sus ideas y respondía preguntas.

—¿Podemos correr el piano hacia adelante para que esté más cerca del porche?

—¡Escucha esto! ¿Suena como música india?

—¿Crees que *Hiawatha* trabajaría en una opereta?

Aprendió mucho sobre la vida cotidiana de Farley a través de las charlas de las niñas. Como todos los niños que empiezan a conocerse, le hacían preguntas a Isobel y ella las contestaba sin omitir nada.

—Hay muchos vestidos viejos en nuestra casa, pero mi papá no nos daría permiso para cortarlos, porque eran de mi madre.

—Mi papá odia ir a las representaciones de la escuela. Es probable que tampoco viniera si lo hiciéramos aquí.

—Los domingos comemos en casa de mi abuela, pero la mayoría de los días cocino yo para mi papá.

—¿Por las noches? Bueno, no sé. Lavamos los platos y yo me siento a estudiar. Y si es verano, él sale al jardín y se entretiene con las rosas de mi madre. Y si es invierno, se sienta a leer su periódico. A veces tengo que ayudarlo a limpiar la casa.

Lo que Roberta compuso de todo eso fue la imagen de una adolescente muy solitaria con una existencia en extremo aburrida y monótona, a la que no se le permitía mucho, excepto participar en las tareas domésticas.

Empezó a notar la reacción inmediata de Isobel a la menor señal de afecto. Una vez, cuando al pasar distraída detrás de ella, Roberta le tocó el pelo, Isobel la miró por encima de los hombros con una expresión de conmovedora gratitud. Esa noche, Roberta la despidió con un abrazo. A Isobel se le iluminaron los ojos y le respondió con un abrazo muy fuerte.

—¡Oh, señora Jewett! ¡Adoro estar en su casa! ¡Lo paso tan bien aquí!

—Bueno, tú eres siempre bienvenida aquí, Isobel.

Roberta trató de recordar si alguna vez había visto a Gabriel abrazar a su hija, pero no lo creía así.

A la mañana siguiente, el tiempo había mejorado y Roberta abrió la puerta muy temprano, mientras las niñas todavía dormían. Salió al porche en camisón y se desperezó. Se sentía muy animada y optimista. ¡Iba a ser un día espléndido! ¡Y qué cielo! Las nubes de un rosa intenso con bordes dorados se desplazaban como las aletas de un pez vela hacia el Oriente, al encuentro del Sol. El mar estaba teñido de rosa y a través de su superficie las islas de la bahía de Penobscot parecían elevarse como si fueran a separarse por completo del mar y formar parte del paisaje de arriba. Abajo, en el puerto de Camden, la costa rocosa se confundía con el espejo del agua, y desde allí un pequeño vapor de proa chata salía hacia alguna parte y dejaba atrás una jungla de mástiles reflejados en el espejo de agua con tanta precisión como los reales. Mientras observaba, la estela suave que dejaba el desplazamiento lento del vapor interrumpía por breves instantes esos reflejos. Desde otra amarra, un pescador se abría paso con una barcaza entre otras embarcaciones ancladas y cuando las pasó, Roberta divisó su silueta parada en el bote mientras empujaba con los remos. Parecía un cuadro de Wislow Homer.

Eso era Camden entonces. Ése era su hogar y el hogar de sus hijas, quizá por el resto de sus días. ¿Y qué les depararía? Un lugar feliz para las niñas; ya parecía serlo. Un conflicto con su familia; parecía seguro. Un nuevo trabajo que tendría que empezar, ahora que tenía su propio automóvil. Y Gabriel Farley… ¿un amigo o una molestia?

Sus sentimientos hacia Farley eran demasiado confusos, así que volvió a entrar para prepararse para la jornada.

Su hermano no había ido con él esa mañana, pero Farley ya estaba en el porche con su brocha de pintar antes de que las niñas salieran para la escuela. Por supuesto, querían que Roberta las llevara en el auto, pero como ella se negó, salieron en tropel y sus saludos a Gabe llegaban hasta adentro.

—¡Hola, señor Farley!

—¡Buenos días, señor Farley!

—¡Hola, señor Farley! ¿Hoy le toca pintar?

Roberta retrocedió hasta el umbral de la puerta de entrada y espió hacia afuera, pero no consiguió verlo.

Oyó el tono grave de su voz, pero no las palabras con que devolvió los saludos. Alcanzaba a ver la parte delantera de su camión detrás de su automóvil, pero había pasado tanto tráfico por la calle que no había prestado atención al ruido de su motor cuando estacionó.

Decidió volver a sus tareas y pasar por alto los buenos días.

El olor a pintura y trementina, sin embargo, constituía un recordatorio implacable de su presencia. Algunas veces le llegaba el golpe débil contra la pared de la escalera de mano y ella se preguntaba por qué no había salido a saludarlo, como lo habría hecho con cualquier otra persona.

A media mañana, salió con su portamonedas en la mano, su nuevo guardapolvo color crema sobre el vestido y las antiparras para manejar colgadas del brazo. Farley estaba en el extremo sur del porche, pintando la pared y se dio vuelta con la brocha en la mano cuando la oyó salir.

—¡Buenos días! —la saludó.

—Buenos días.

—Parece que esta mañana va a manejar con la capota baja, ¿no?

—Sí. Voy a la oficina del administrador a conocer mis destinos para la semana próxima.

—Llegó la hora de trabajar, ¿eh?

—Tengo que ganarme la vida para mantener a mis hijas.

—Bueno, no hay dudas de que le tocó una hermosa mañana.

—Sí, ¿no es cierto? Y yo pensé que todos los residentes de Maine protestan por que nunca tienen primavera.

—Esto demuestra que estábamos equivocados. Vi un par de hojas brotando de los rosales de mi esposa.

—Ella era una buena jardinera, ¿no?

—Sí, lo era.

—Yo no tengo mano para la jardinería. Lo único que crece bien aquí es la maleza.

—Ella podía hacer crecer cualquier cosa. Sus jardines eran su orgullo y su alegría.

—¿Todavía los conserva?

—No, sólo los rosales. El resto desapareció.

Se produjo un instante de silencio teñido de una cierta melancolía, que puso la única sombra en la hermosa mañana primaveral. Para disiparla, Roberta hizo un comentario alegre:

—¡Vaya! ¡La pintura va a obrar milagros!

Gabe le siguió la mirada.

—En un abrir y cerrar de ojos va a parecer una casa nueva.

—Las niñas se van a poner contentas de que les termine su porche.

—"Su" porche —repitió Gabe, y rió entre dientes.

—Ellas han afirmado su derecho sobre él. En el momento en que se seque la pintura, la obra que preparan entra en producción. Parece que todos vamos a ser invitados al estreno.

—¿Todos? ¿Quiénes son todos?

—Todos nosotros, los padres. Usted, yo, Elfred y Grace. Creo que han puesto a Lydia a cargo de la venta de entradas.

—¿Me quiere decir que vamos a tener que pagar?

—Así es. Sin embargo, usted no debe soltar prenda sobre lo que le he dicho. Creo que se supone que debía ser una sorpresa.

—No diré una sola palabra.

Otra vez se sentían cómodos el uno con el otro, y les habría gustado seguir la charla un rato más, pero la pintura se estaba secando en la brocha de Gabe.

Roberta empezó a abotonar su guardapolvo de lona.

—Bueno, es mejor que me vaya... y lo dejo seguir con su trabajo.

—¡Buena suerte! —le deseó él mientras Roberta bajaba los escalones.

—¡Gracias!

Él la siguió con la mirada hasta que estuvo a mitad de camino a la calle.

—¿Sabe cómo bajar esa capota? —le gritó.

Ella se dio vuelta y empezó a caminar hacia atrás.

—Creo que puedo averiguarlo —respondió.

—Puedo darle una mano.

Ella giró otra vez y siguió en dirección al auto.

—Gracias, señor Farley, pero me arreglaré muy bien.

Gabe hundió la brocha en el tarro de pintura y continuó con su trabajo. Pero cuando estaba de espaldas a él, la vio abrir la puerta del auto y meter la mano dentro para aflojar las abrazaderas de la capota, que se desplomó como la capilla de un cochecito de bebé. Después fue hasta adelante, arrancó el motor y se frotó las palmas. Subió al auto, se puso las antiparras y lo saludó con la mano en alto.

—¡Lo veo más tarde! ¡Feliz pintura!

Y se fue.

Al verla partir, Gabe meneó la cabeza, pero una innegable semilla de admiración había echado raíces en él. Mientras el Ford T desaparecía al final de la calle, se preguntó si Caroline se hubiera arreglado con tanta destreza de haber sido él el primero en morir.

Capítulo 8

La oficina regional de enfermeras públicas para el estado de Maine estaba ubicada en Rockland, once kilómetros al sur de Camden. Allí, Roberta recibió sus órdenes de una mujer de expresión dulce, llamada Eleanor Balfour, que la proveyó de uniformes y gorros blancos, materiales médicos, le dio las asignaciones para la semana siguiente y le comunicó que iba a ser necesario que hiciera instalar un teléfono en su casa y que el Estado pagaría por ello.

La sorpresa de Roberta se reflejó en su cara.

—¿Un teléfono?

—Eso simplificará las cosas, tanto para que reciba sus asignaciones como para que ordene los materiales. También para las emergencias que surgen de vez en cuando.

—¿Y el Estado pagará por ello?

—Sí.

Ante el persistente asombro de Roberta, la señorita Balfour sonrió con indulgencia.

—Es uno de esos nuevos artefactos a los que todos empezamos a acostumbrarnos. Si usted se opone a que la gente de toda la ciudad se entere de sus asuntos privados, no hable de ellos por teléfono.

—No, no lo haré.

—Y ahora, un recordatorio sobre nuestro servicio: es tanto un servicio de enseñanza como de enfermería —continuó la señorita Balfour—. En los hogares, en las escuelas, dondequiera que vaya, dispóngase para predicar sobre la limpieza y la higiene. Manténgase alerta ante posibles suministros de agua contaminada, debe comunicarse cualquier signo de enfermedad en especial difteria, sarampión y escarlatina. Establezca cuarentena cuando sea necesario e ilustre a la gente todas las veces posibles. Como usted sabe, señora Jewett, una gran parte de nuestra lucha es contra la ignorancia. Y... —Echó hacia atrás su silla y agregó con una sonrisa: —Contra los caminos fangosos en la primavera.

—Arriba, en las montañas, supongo que lo son —comentó Roberta mientras las dos mujeres se ponían de pie.

—No es por nada que nos llaman enfermeras a lomo de caballo.

—Yo no iré sobre el lomo de un caballo, señorita Balfour. Tengo mi propio automóvil.

—¿De veras? ¡Excelente!

—Hasta ahora, sí, y es bastante emocionante.

—¿Y es toda una maestra para manejarlo?

—Si no una maestra, al menos una estudiante avanzada.

La señorita Balfour soltó una carcajada.

—¡Bien, buena suerte, señora Jewett!

Estaba excitada y necesitaba a alguien con quien compartir su regocijo. Casi de manera natural pensó en Gabe, de modo que se apresuró por llegar a su casa. Apenas se daba cuenta de lo mucho que ansiaba contarle las novedades.

—¡Eh, señor Farley, conseguí mi primera comisión! —le gritó mientras atravesaba el patio a la carrera.

Gabe se bajó de la escalera, se paró al pie y se limpió las manos con un trapo.

—¿Qué es?

—Vacunar a los escolares contra la difteria. Empezaré aquí mismo, en Camden, y lo haré con tantos como pueda antes de que las escuelas cierren por el verano.

—Y pinchará a los niños en el brazo con esas agujas para caballos. No se sentirán muy felices cuando la vean llegar.

—Pero eso puede salvarles la vida.

—Ajá.

—¿Lo han vacunado alguna vez, señor Farley?

—No.

—Si quiere, yo puedo vacunarlo.

—Ah, saborea la idea de pincharme y hacerme aullar, ¿no es así?

Aunque Roberta no era para nada aficionada a coquetear, no le molestó seguirle la broma.

—¿Usted aúlla, señor Farley? —le preguntó con un destello pícaro en los ojos.

Él la miró de costado con un poco de su propia picardía.

—Soy famoso por eso. No puedo decir que me guste mucho el dolor.

—¡Oh, vamos! Es probable que se golpee con un martillo mucho más fuerte que con ese pequeño pinchazo.

De repente, allá abajo, empezó a sonar el silbato de la fábrica. Con la ubicación que tenía la casa, muy cerca del cañón de la chimenea, todos los vidrios tintineaban cada vez que sonaba el silbato de vapor. Roberta se tapó los oídos durante el momento que duró el sonido ensordecedor, y Farley sacudió la cabeza. Cuando por fin terminó, les seguían zumbando los oídos.

—¡Puf! Esa cosa es muy fuerte —se quejó Roberta.

—Se la puede continuar oyendo cinco minutos después de que termina de sonar.

—Bueno, eso quiere decir que es mediodía —comentó ella sin necesidad—. Tengo hambre. ¿Ya ha almorzado?

—Todavía no.

—Si quiere entrar y comer conmigo, prepararé un poco de café.

—Muy buena idea. Estoy listo para tomarme un descanso.

Diez minutos después estaban sentados en la cocina, frente a una mesa de madera rústica. Ella comió un poco de carne fría y queso crema, mientras él daba cuenta de dos vigorosos sándwiches. El lugar no se hallaba del todo ordenado, pero él vio que Roberta había fregado el piso y lavado las ventanas. También observó que sus bienes eran escasos.

—Adivine qué —comentó Roberta—. El estado de Maine va a pagarme una línea telefónica.

—¡Vaya, qué le parece! —repuso Gabe, sonriente.

—Así puedo recibir mis comisiones y encargar los materiales de Rockland.

—Bueno, felicitaciones.

—Pienso que es bastante cómodo tener un teléfono.

—Sólo tenga cuidado con lo que dice por ese aparato —le advirtió él mientras levantaba su taza de café.

—¿Por qué?

—Las líneas se comparten con otros abonados.

—Ah, sí, es cierto.

—A mi madre le gusta escuchar a través de ellas.

—Hay muchos chismes en esta ciudad, supongo.

—Así es.

Comieron un poco más, hasta que ella volvió a hablar.

—¿Qué es lo que su madre oyó sobre mí en su línea compartida?

—Sobre todo, que usted es divorciada.

Roberta levantó un par de migas del sándwich de él y las comió.

—Hummm… y eso es algo bastante sórdido, ¿no?

Gabe mostró una sonrisa burlona.

—Sí, señora, lo es —contestó, arrastrando las palabras.

Roberta se acomodó en su silla, disfrutando de aquel momento con él.

—Y bien, hábleme de su madre. ¿Cómo es?

—¿Mi madre? —Pensó unos segundos. —Ah, es una mujer agradable. Hace mucho por Isobel y por mí. Es viuda, desde hace mucho tiempo. Así que encargarse del lavado de nuestra ropa y de llenar nuestro tarro de bizcochos le da algo que hacer.

—¿Ella conoce a mi madre?

—Creo que sí.

—¿Pero no son amigas?

—No exactamente. ¿Por qué?

—Porque mi madre no es una mujer agradable como la suya. Eso creo.

Gabe apoyó los codos sobre la mesa y enganchó un dedo en el asa de la taza, mientras recordaba la única vez que había visto a madre e hija juntas.

—Podría decir que el otro día, cuando ella vino aquí, ustedes dos no parecían llevarse muy bien.

—En realidad, nunca nos hemos llevado bien. Ésa es la razón más importante que me llevó a irme de Camden.

—¿Qué edad tenía entonces?

—Dieciocho años. Fue inmediatamente después de que terminé la escuela secundaria. Mi madre quería que fuera a trabajar en esa fábrica infernal, y yo me negué de manera rotunda. Ella pensaba que yo debía quedarme aquí y cuidarla y hacer todo lo que ella quería, igual que Grace. Pero mi abuela había muerto y dejado una pequeña herencia para Grace y para mí. Grace le dio su parte a Elfred para que comprara su primera propiedad y empezara su negocio. Yo tomé mi parte y me fui para asistir a la universidad, lo que enfureció a mi madre. Creía que yo debía haber hecho lo que hizo Grace, y por supuesto nunca deja de recordarme cómo Grace respaldó a su marido cada vez que él lo necesitó. Y mire qué sucedió… —Hizo una breve pausa y empezó a imitar el tono afectado de su madre. —Elfred es uno de los hombres más "ricos" de la ciudad y es "tan" bueno con Grace y las niñas… ¡Mira esa casa en que viven! —Hizo otra pausa y cuando volvió a hablar dejó a un lado el tono teatral. —Yo, por el contrario, con mi educación universitaria y mis costumbres liberales, me he deshonrado al echar a la calle a un esposo, al volver a Camden con poco más que las ropas que llevo puestas y estos muebles destartalados. Y de paso he puesto a mi madre en una situación embarazosa. Se niega a reconocer que, si yo no hubiera seguido mi carrera de enfermera, mis hijas se habrían muerto de hambre. El padre se habría ocupado de eso.

—¿Él no era de Camden?

—No. Era de Boston… de todas partes, en realidad, dondequiera que hubiese donde jugar a las cartas, o un nuevo proyecto para hacerse rico con rapidez, o una mujer que corriera a sus brazos a un solo chasquido de sus dedos. Volvió a casa con la frecuencia suficiente para dejarme encinta tres veces y para sacarme dinero para otra aventura… y otra, y otra, hasta que por fin me harté. La última vez que volvió, le dije que era libre de vivir con la mujer que quisiera; lo único que tenía que hacer era firmar los papeles del divorcio. Él se negó, y entonces lo extorsioné ofreciéndole una última suma de dinero. ¿Tiene idea de cuánto era?

Se encontró con los ojos de Gabe, que la miraba en silencio, atento.

—Veinticinco dólares —confesó con tristeza—. Se desembarazó de una esposa y tres hijas por unos miserables veinticinco dólares.

Gabe notó el dolor en su mirada, un tironeo en los ángulos externos de sus ojos y un decaimiento del ánimo. Ella apartó la mirada hacia la ventana. Se hizo un absoluto silencio entre ambos. Roberta bebió su café, pero Gabe se olvidó del suyo. Toda su atención se concentraba en la mujer cuyo rostro había perdido toda expresión de tenacidad. Pasaron apenas segundos antes de que ella volviera la mirada hacia Gabe.

—¿Y sabe qué? —En lugar del dolor resplandeció un toque de orgullo. —Nunca he sido más feliz en mi vida. No tengo mucho, pero tampoco necesito mucho. Y por cierto que no necesito un esposo, ni tampoco lo deseo. Me libré de él, y aquí mis hijas van a prosperar. Es posible que tenga una mala reputación, pero puedo mandar al diablo al resto del mundo, porque yo conozco la verdad. Con George apenas era una sobreviviente. Lo que me mantenía en pie eran mis hijas, y así seguirá siendo.

Se levantó y volvió a llenar las tazas de café. Él la siguió con la mirada todo el camino de ida y vuelta del fogón. Cuando regresó a su asiento, unieron sus miradas pero ninguno de los dos pronunció una sola palabra por un largo rato. Entonces, sin hablar, Gabe empujó hacia ella unos cuantos bizcochos.

Roberta aceptó uno en silencio y durante un rato comieron, mojaron los bizcochos en el café, pensaron en todo lo que ella había dicho y empezaron a acostumbrarse a la idea de que se estaban convirtiendo en confidentes, algo que ninguno de los dos había esperado. Este intercambio sincero de confidencias era nuevo para ambos, que dudaban si era sensato llevarlo más lejos.

Por fin fue Gabe quien rompió el silencio.

—¿Por qué se casó con él, entonces? —preguntó.

—No sé. Era apuesto… y seductor. Vaya si era seductor. Su lenguaje y sus modales eran un juego permanente de seducción. Y yo caí en el juego, al igual que una docena de mujeres después de mí, incluida mi madre. Lo traje aquí un par de veces, poco después de que nos casamos, y él le besaba la mano y se deshacía en elogios por sus comidas y le decía que era una mujer muy hermosa. —Una expresión abstraída apareció en los ojos de Roberta. —Bueno, la conquistó, por completo y ella me culpó por el fracaso de mi matrimonio.

Era raro que Roberta dejara ver sus puntos vulnerables. Gabriel pensaba que no eran muchos, pero una vez más no dijo nada; sólo esperó que ella continuara. Y lo hizo pronto, como si le resultara imposible detener el torrente, ahora que había empezado.

—Cuando empezaron las escapadas de George, no volví más a Camden. No quería contestar a las preguntas sobre por qué no me acompañaba. Pero después de obtener el divorcio, pensé que estaba en deuda con mis hijas y debía darles la oportunidad de conocer a su abuela. Y también a Grace y a Elfred y a las primas... —Le sonrió a Gabe con cierta timidez. —Aunque ahora incluyo a Elfred con muchos reparos.

Gabe le retribuyó la sonrisa y ella desvió la mirada. De repente pareció haberse roto el hechizo.

—¡Cielos! Debo de haberle atrofiado los oídos.

—No me molesta.

—Usted sabe escuchar.

—¿Sí? La verdad es que un hombre se vuelve un poco sediento de conversaciones adultas cuando vive con una adolescente de catorce años.

—Entiendo lo que quiere decir. A pesar de que en esta casa nunca hay escasez de tumulto, mucho es exacta y únicamente eso: tumulto. Es agradable hablar de esta manera.

—Entonces continúe.

Se reclinó en su silla, cruzó los brazos y estiró las piernas por debajo de la mesa.

—Ah, no, ahora es su turno. Hábleme de su esposa.

—¿Mi esposa?

—¿O usted no habla de ella?

Gabe escrutó a Roberta como para decidir si contestarle o no.

—No mucho. No —admitió al fin.

—¿Por qué?

Pensó unos segundos.

—Bueno...

—¿Para mantener intacto su recuerdo?

Él frunció el entrecejo como si buscara algún sarcasmo. Al no encontrarlo, cedió.

—Puede ser. Sí... puede ser.

Roberta intuyó que él necesitaría un empujón para hablar de su vida. Parecía un hombre que se reservaba sus propios sentimientos.

—Su matrimonio fue muy diferente del mío —insinuó.

—Ah, sí...

Tomó un salero y empezó a jugar con él con aire ausente.

—Como el día y la noche...

Se quedó pensativo tanto tiempo que Roberta deseó tener una palanca, como la del Ford T, para poder hacerlo arrancar. Cuando casi había perdido las esperanzas de que hablara, Gabe golpeó la base del salero contra la mesa y habló.

—Ella era hermosa, casi perfecta. Yo, eh... —Se aclaró la garganta y se sentó más derecho con los ojos siempre fijos en el salero. —Supe que quería casarme con ella desde que teníamos... catorce, quince años... Parece que siempre lo supe. Era amable, y dulce, y bonita como un pimpollo de rosa. Y yo era... —chasqueó la lengua y meneó la cabeza. —Bueno, demonios, usted sabe... Yo... era ese flaco alto con esas enormes manos ásperas, y creía que ninguna muchacha tan bonita como Caroline me daría jamás una oportunidad. Y, para rematarla, yo era hijo de un carpintero, y destinado a ser carpintero también. ¿Qué podía ofrecerle? ¡Dios! Cuando me dijo que se casaría conmigo, me sentí tan... tan...

Parecía no poder encontrar la palabra, pero Roberta esperó, igual que lo había hecho él durante su historia.

—Pensé que era el hombre más feliz desde el nacimiento de los tiempos. Y tuvimos una vida extraordinaria juntos. Compré esa casa pequeña en la calle Belmont y ella la arregló como una casa de muñecas. Y todos los días, cuando yo llegaba, allí estaba ella con esa sonrisa, y la cena caliente sobre el fogón y flores por toda la casa. Después llegó Isobel, y Caroline quería más hijos, pero... bueno, no llegaron. Yo... yo casi daba las gracias, porque no me gustaba lo que había sufrido para tener a Isobel. Lo pasó bastante mal. Ella era... bueno... era una mujer muy menuda —volvió a aclararse la garganta. —Sea como fuere... llegó Isobel, y después tuvimos siete años antes de ese día... Era abril; hará siete años el próximo martes dieciocho de abril... Ese día subió a un coche de tiro para dar un paseo y disfrutar de la tarde, porque era uno de esos escasos días de primavera en que había sol y el tiempo era lindo y cálido, y quiso un picnic arriba, en camino a Hosmer Pond, para ver si ya florecían las campanillas. Pero se detuvo en la ciudad para comprar algo y justo cuando estaba por subir al carruaje, sonó el silbato de la fábrica y el caballo se espantó... —Hizo una pausa y carraspeó. —Retrocedió... y...

Su historia se perdió en el silencio mientras Roberta descubría un brillo delator en sus ojos y él miraba a través de la ventana. A Roberta se le había cerrado la garganta y su corazón daba saltos como una piedra en los rápidos. Pasó un rato en aquella cocina humilde y desordenada, mientras el Sol hacía lo mejor que podía para derramar alegría desde afuera. Gabe miraba sin ver, y ella esperaba.

Cuando por fin habló, su voz quebrada dijo mucho más que sus palabras.

—Es muy duro perder a alguien cuando todavía queda mucho por hacer.

Roberta no supo qué decir. Estaba fuera de su alcance entender esa clase de devoción.

Por fin, Gabe se dio cuenta de que tenía los ojos llenos de lágrimas. Empujó su silla hacia atrás y se puso de pie.

—Bueno… ya estuve demasiado tiempo sentado aquí. Ese porche no se va a pintar solo.

Le volvió la espalda y trató de ocultar que se estaba secando los ojos con el dorso de la mano. Roberta trató de recordar si alguna vez había visto a un hombre tan cerca de las lágrimas, pero ninguno le acudió a la mente. Ella y Farley habían empezado el almuerzo con tan buen ánimo… No había sido su intención angustiarlo. Se limitó a escucharlo en silencio, igual que lo había hecho él cuando hablaba ella. Podía jurar que se sentía mortificado por haberle mostrado más de lo que quería.

—Está todo bien, señor Farley —le dijo con voz suave—. No tiene por qué sentir vergüenza por unas pocas lágrimas.

Él asintió con la cabeza baja, mientras ella permanecía parada al otro lado de la mesa, con la garganta todavía cerrada y los ojos fijos en los cabellos de la nuca de Gabe, que asomaban del cuello de su camisa como espigas de gramínea.

—Bueno, escuche… —Torció apenas la cabeza para mirarla por encima de los hombros y asegurarse de no mostrar toda la cara. —Gracias por el café.

—Gracias por los pastelillos.

Él salió y no le dejó ver más que su espalda.

Desde que Gabe había empezado a trabajar en su casa, los dos habían recorrido toda la gama de sentimientos. Cada día parecía tener su modo de acercarlos, aunque ella trabajaba adentro y él afuera. Desde la declarada antipatía a los momentos de turbación, hasta un lento afecto que empezó cuando él le enseñó a manejar. Pero nada los había acercado de manera tan perturbadora como el relato recíproco de sus historias. Por lo que se habían contado, los dos sabían, más allá de toda duda, que el otro sufría por un pasado que no había dejado lugar para un nuevo amor. Ella no quería saber nada de los hombres, para siempre. Él todavía amaba a su esposa muerta. Pero cada sonido y tintineo y rasguido y martilleo que oían a través de las paredes o de la puerta abierta del frente les recordaba que ese mediodía habían creado un lazo entre ellos y que nada podría cambiarlo jamás. A partir de ese día, cada uno conocería para siempre los puntos vulnerables del otro.

Gabe oyó un ruido una vez y dejó de pintar para escuchar. Pero, como estaba parado en ángulo hacia la puerta, no podía ver hacia adentro.

Ella oyó una vez el rechinar de goznes y esperó un buen rato antes de asomar la cabeza y espiar a través del living para descubrir que él empezaba a pintar el exterior de la puerta. Apenas había podido ver su silueta a través de la ventana cuadrada, la brocha en la mano y mirando hacia arriba, ignorante de que ella lo observaba.

Roberta retrocedió, dobló un dedo índice sobre los labios, sacudió la cabeza y trató de apartarlo de su mente.

Hacia la tarde, los dos comprendieron que apartar de la mente al otro era un esfuerzo inútil. Se habían contado demasiadas cosas eso. Por otra parte, había mucho más que decir antes de que las niñas regresaran de la escuela… irónicamente, y con toda probabilidad, todas sus niñas.

Ella planchaba uno de sus uniformes cuando él la llamó.

—¿Señora Jewett?

—¿Sí?

Estaba parado apenas un paso más adentro del umbral, con las manos vacías y olor a trementina.

—Ya terminé aquí afuera, así que voy a dar por terminada la jornada. ¿Está bien si dejo las latas de pintura y los pinceles debajo del porche durante el fin de semana?

—Por supuesto.

—Los sábados trabajo en mi taller, así que no la veré hasta el lunes. Es decir, volveré el lunes por la mañana, pero si se va antes de que yo llegue… bueno, espero que tenga un buen primer día de trabajo.

—Sí, gracias. El lunes trabajaré en la escuela de las niñas.

—Bueno, entonces tómese las cosas con calma con esas criaturas.

Ella sonrió con cautela.

—La semana próxima tendré que trabajar dentro de la casa —agregó Gabe—. Espero que le parezca bien… ¿también cuando usted no está?

—Por supuesto. ¿Qué hará primero?

—Esa ventana del primer piso. Después empezaré con las paredes.

—Perfecto. Mude de lugar cualquier cosa que le estorbe para trabajar.

—De acuerdo.

Guardaron silencio unos instantes. Después, él cambió el peso de su cuerpo al otro pie, en un esfuerzo evidente por escoger las palabras adecuadas.

—Sobre lo que hablamos antes... —empezó, con la mirada baja—. Lo siento. No debí haberle contado todo eso.

—Está todo bien, señor Farley. Me alegra que lo haya hecho.

—No, me dejé llevar un poco por... Bueno, yo no quise... —Se le entrecortaban las palabras y terminó por aclararse la garganta. —Bueno, usted sabe lo que quiero decir. Escuche, ahora tengo que irme —continuó, sólo que ahora la miró a los ojos—. Me imagino que Isobel va a aparecer por aquí junto con sus hijas, así que por favor dígale que debe estar en casa a las seis. ¿Lo hará?

—Desde luego. Allí estará.

La saludó con una inclinación de cabeza.

Y él se quedó allí.

Ella también.

En ellos se reconocía que no veían con mucho agrado la perspectiva de enfrentar dos días sin verse.

—Es mejor que me vaya —anunció Gabe por fin.

—Le deseo un buen fin semana.

—Gracias. Para usted también.

A Roberta le costó mantener su palabra de mandar a Isobel a su casa a las seis. Las niñas llevaron a otra nueva amiga, Shelby DuMoss, y a las hijas de Grace. Y todas, ocho en total, decidieron subir a la montaña a buscar cortezas de abedul. Cuando volvieron, arrastraban un tronco pesado del que — decían— iban a sacar la corteza para hacer el casco de una canoa para su obra. Tomaron algunas piezas de los restos de tablas de Gabe para que hicieran de marco, y trabajaban afanosas con los martillos y pegamentos cuando Roberta anunció que era hora de que las niñas regresaran a sus casas.

—¡Oh, noooo! —gritaron todas a coro—. ¡Sólo unos pocos minutos más! ¡Por favor!

—No, se lo prometí al padre de Isobel.

Isobel se fue, pero volvió al día siguiente, igual que todas las demás. Roberta las llevó a dar un paseo a pie por el monte Battie, y corretearon entre las flores silvestres y contemplaron los sauces con sus ramas de primavera de color escarlata. Identificaron a los pájaros y llegaron hasta el estanque en una vieja cantera, donde cantaban las ranas. Tomaron nota de la ubicación de los arbustos de arándano para recogerlos al final del verano y se pararon en la cima para contemplar la vista del mar, las islas y el cielo, el pequeño anillo azul del puerto de Camden que brillaba bajo el Sol y se opacaba cuando una nube delgada pasaba por encima.

Después bajaron a la carrera toda la pendiente hasta la costa y encontraron a unos muchachos que limpiaban lenguados sobre las rocas y recibieron un balde lleno a cambio de entradas gratis para la primera representación de *Hiawatha*. Era fácil ver que uno de los chicos sólo tenía ojos para Becky y quería complacerla.

Roberta frió los lenguados y los llevó afuera, donde se sentó con las niñas sobre el piso del porche, con las piernas colgadas por encima del borde y los tacos golpeando contra el enrejado.

Fue allí donde las encontró Gabriel, que emergió de la semipenumbra del atardecer, cruzó el terreno del frente y se paró al pie de los escalones. Estaba vestido con ropas oscuras, con la chaqueta abotonada a causa del fresco de la noche, y una vez más había dejado su gorra en casa. Aunque todas lo vieron llegar, ninguna habló mientras se aproximaba. Continuaron golpeando los tacos contra el enrejado y masticando el pescado y chupándose los dedos.

—Buenas tardes —saludó él con desgano.

—Buenas tardes —respondieron las niñas a coro.

Y les salió en dos compases tan perfectos, al unísono, como un canto *a capella*, que todas lo festejaron con risas.

—Me imaginé que te encontraría aquí, Isobel.

—Ya cené, si es eso lo que te preocupa.

—Ya lo veo.

—La señora Jewett nos hizo lenguado frito.

Gabe no dijo nada, pero giró los ojos hacia Roberta y lo dejó pasar.

—Buenas noches, señor Farley —saludó ella con un tono formal—. ¿Quiere un poco de lenguado?

—No, gracias. Ya cené.

—Ah… ¡qué lástima!

Ella balanceaba los pies igual que las niñas y él podía jurar que con esos golpes dejaban marcas en su enrejado recién pintado. Las contó y vio que eran nueve, alineadas en el borde como broches para colgar ropa, que golpeaban sus tacos contra su pintura fresca.

—Quiero que Isobel esté en casa a las seis —le dijo a Roberta con tono amable.

—Hoy es sábado. No pensé que le molestaría…

—Ella tiene que lavarse el pelo para mañana. Y lustrar sus zapatos para ir a la iglesia.

—Ah, cierto. Bueno, entonces… Isobel, es hora de ir a tu casa, querida.

Roberta se echó hacia atrás para poder ver a la niña, sentada al final de la fila.

—¡Oh! ¡Me gustaría no tener que hacerlo!

—Shhh… Isobel —susurró Roberta—. Herirás los sentimientos de tu padre. Además, es tarde, y las demás tendrán que irse también.

Isobel se levantó y pasó detrás de Roberta, que levantó un brazo y la miró. Isobel se inclinó y se dieron un beso espontáneo.

—Buenas noches, querida —la despidió Roberta con voz suave.

—Buenas noches. Y muchas gracias.

Roberta observó con atención para ver si Gabe pasaba un brazo por los hombros de su hija cuando giraron y se dirigieron hacia la salida, pero no lo hizo. Caminaba separado de ella, mientras la voz de Isobel llegaba hasta el porche cuando le contaba sobre el paseo por la montaña y sobre cómo habían conseguido el pescado. En la abertura del cerco de corona de novia, la niña se dio vuelta y las saludó feliz.

—¡Buenas noches a todas!

Después, la niña y Gabe se perdieron en la creciente oscuridad.

El domingo por la tarde volvió a aparecer, exasperada por haber tenido que pasar las horas, después de la iglesia, en la casa de su abuela para almorzar.

—Mi papá insistió. Pasamos allí todos los domingos, hasta las tres de la tarde. ¡Es tan aburrido!

—Pero yo le prometí a tu padre que estarías en tu casa a las seis, ¿de acuerdo?

—Ah, está bien —respondió Isobel.

Poco después de Isobel llegó Grace. La había llevado Elfred con su coche negro de paseo. Se precipitó dentro de la casa sin llamar, como si Dios mismo le hubiera concedido el derecho de hacerlo de esa manera.

—¡Roberta! —bramó—. ¡Tengo que hablar contigo! ¡Es sobre estas niñas y las horas que las has tenido aquí! ¡Elizabeth DuMoss me llamó por teléfono para preguntar qué clase de cosas estás haciendo en esta casa para que anoche las hayas retenido hasta tan tarde! ¡Exige saber qué está pasando aquí! ¡Y yo también!

También Elfred entró y se quedó atrás, a suficiente distancia para poder dar rienda suelta a sus miradas y gestos obscenos. Sacó un cigarro, se lo puso entre los labios y empezó a girarlo a un lado y otro y lo mojó con la lengua y lo chupó mientras sonreía insinuante.

Grace seguía con sus críticas:

—¡Mis hijas han sido criadas con buenos modales! ¡Tú las hiciste comer pescado frito con los dedos, sentadas al borde de los escalones de un porche! ¡Y las llevaste a vagar por esa montaña y dejaste que se ensuciaran la ropa!

De repente, Roberta no aguantó más. Estaba harta de su hermana, que había criado a sus hijas como flores de invernadero.

—¡Sí, lo hice, Grace! ¡Y déjame decirte que disfrutaron cada segundo de esos momentos! Y a decir verdad, no querían volver a tu casa.

—¡Oh, Roberta! —jadeó Grace con un tono melodramático—. ¡Cómo me lastimas! Yo tenía esperanzas de que cuando volvieras aquí pudiéramos llevarnos mejor que antes, veo que eres tan descarriada y temeraria como lo fuiste siempre. ¡Y penar que Elfred y yo vinimos a decirte que habíamos decidido dar una pequeña fiesta en nuestra casa para presentarte a algunos de nuestros amigos! Pero ahora no sé. Tratas de rebajarme ante mis propias hijas. —Se le quebró la voz, sacó un pañuelo y se lo llevó a los ojos. —Y eso duele Birdy. Duele.

Roberta abrió los brazos y estrechó a su hermana en un abrazo.

—¡Oh, Grace, perdóname! No debí haber dicho eso.

—¡Pero tú siempre has hecho lo mismo siempre! Te has reído de mis modales y de mis decisiones. No importa lo que yo haga, nunca es lo que hubieras hecho tú. ¡Bueno, no me ha ido tan mal! —Grace se desprendió de un empujón de los brazos de Roberta y se echó hacia atrás, a la defensiva. —Tengo a mis hijas y a mi Elfred, y tenemos un hogar feliz y muchos amigos. Entonces, ¿quién eres tú para rebajarme? —concluyó.

—Lo siento, Grace —repitió Roberta.

Lo hizo con un tono compungido, pero sin mirar a Elfred, que por fin se había quitado el cigarro de su asquerosa boca. Si Grace quería convencerse de que su matrimonio era un paraíso, ¿quién era Birdy para desilusionarla? La dejaría vivir en su mundo de ensueño. Tomó a su hermana de la mano.

—Si puedes perdonarme, me encantaría que dieras esa fiesta para mí. De veras, me encantaría. Y me daría mucho gusto conocer a tus amistades —le dijo.

Grace dirigió una mirada de mártir a Elfred, no sin antes asegurarse de que asomaran algunas lágrimas de sus ojos.

—Bueno, si Elfred está de acuerdo…

Él se acercó, se paró detrás de ella y le puso una mano en la cintura.

—Tú decides, mi amor —le dijo con dulzura.

Roberta sintió ganas de vomitar.

Grace hizo todo un espectáculo de la decisión.

—Bueno, supongo que podemos seguir adelante con los planes. Habíamos pensado en el sábado a la noche. Tal vez una cena y un poco de música después.

—Será grandioso.

Entonces Grace lo arruinó todo.

—Creemos que, si nos ven en público, mostrando nuestro apoyo hacia ti y haciendo que todos vean que todavía estamos dispuestos a recibirte en nuestra casa, la otra gente de la ciudad va a pasar por alto que eres divorciada y hará lo mismo.

Roberta tuvo que hacer un enorme esfuerzo por no quebrar todas las normas de urbanidad y dar vuelta esa cara gorda de Grace de una bofeta-da. ¡Dispuestos a recibirla en su casa! ¡Como si ella fuese algún cachorro de hámster, que se tolera en una casa, al contrario de una rata!

"Malditos Judas, si no fuesen tan hipócritas podrían haber sido divertidos. Grace, con ese depravado de su esposo, está dispuesta a asumir el papel de líder moral de la ciudad mientras todos se ríen a sus espaldas. Elfred, con ese cigarro en la boca que lame como si fuese crema bada, aprovecha cada oportunidad para dirigir sonrisas lujuriosas a la hermana de su propia esposa, y mientras, tanto los hombres como las mujeres lo desprecian. En verdad, son dos criaturas patéticas.

Después de que se fueron Elfred y Grace, la furia de Roberta siguió latente. Se sentó a tocar un rato el piano, pero no logró borrar el dolor y el disgusto que sentía. Todavía estaba alterada cuando levantó las sábanas y se metió en la cama.

La casa se hallaba en completo silencio. Las niñas dormían. Elfred, Grace, Elfred, Grace. "Todavía estamos dispuestos a recibirte en nuestra casa y pasar por alto que eres divorciada."

Pasó más de una hora antes de que Roberta empezara a adormecerse. Su último pensamiento antes de quedarse dormida fue que se sentía ansiosa por contarle a Gabriel Farley lo sucedido. Él era el único en esa ciudad que comprendería.

Capítulo 9

La mañana del lunes, Gabe llegó antes de que Roberta se fuera a trabajar. Ella estaba arriba cuando las niñas la bombardearon con besos de despedida y después bajaron a la carrera, tarde como de costumbre.

Bajó pocos segundos después, con su uniforme blanco almidonado y su gorro blanco de enfermera. Encontró a Gabe en el living, con sus guantes de cuero y una hoja de vidrio de ventana en la mano.

—¡Oh! ¡No sabía que estaba aquí! —exclamó sorprendida.

—Perdón. Pensé que las niñas se lo habían dicho.

—¡No!

Él la miró como si nunca la hubiese visto antes. Roberta llevaba el pelo recogido en una rosca, muy parecida a la que se hacía su madre, con el gorro encasquetado hacia atrás en lo alto de la cabeza. El uniforme le llegaba casi hasta los tobillos y estaba tan tieso por al almidón que se paraba hacia los costados como una campana, cubierta por un delantal blanco con una pechera que se curvaba sobre sus pechos como una hoja de estaño.

Gabe nunca había prestado mucha atención a sus formas, pero el verla ahora con ese uniforme era como mirar la línea de la costa desde la cumbre del monte Battie: las curvas estaban a la vista, nítidas y plenas. ¡Y lucía tan pulcra! Cuando correteaba con las niñas por toda la casa, sus cabellos semejaban la resaca que el mar arroja contra las rocas con la marea alta, pero ese bonito rodete era una verdadera sorpresa. ¡Vaya! Hasta sus zapatos gastados habían desaparecido; en su lugar llevaba unas zapatillas blancas inmaculadas.

Gabe se quedó con la boca abierta durante unos segundos, hasta que se dieo cuenta y habló:

—Hoy voy a reemplazar esa ventana.

—Sí, está bien.

Pero él siguió parado en su lugar con los ojos fijos en ella.

Al cabo de un segundo, Roberta sacudió la cabeza, confundida.

—¿Señor Farley?

El hizo un ademán, con hoja de vidrio y todo.

—El uniforme.

Ella miró hacia abajo.

—¿Hay algo mal?

—Hum… no. Es… eh… No, es…

Ella esperó, disimulando una sonrisa.

—Bonito —concluyó Gabe por fin, mientras apoyaba la hoja de vidrio sobre sus botas.

—Los provee el Estado.

—¡Ah! No sólo los teléfonos; también los uniformes.

—Sí. Tengo suerte, ¿no?

—Mucha suerte.

—Bueno, debo irme. No puedo llegar tarde mi primer día.

—No, por supuesto que no.

Tomó la hoja de vidrio con sus manos enguantadas y se dirigió hacia la escalera.

—Ah, señor Farley.

Él se detuvo y apoyó otra vez el vidrio en sus botas.

—¿Se quedará aquí todo el día?

—Así espero.

—Es un atrevimiento pedirle esto, lo sé, pero las niñas van a volver antes que yo. ¿Le importaría vigilarlas un poco hasta que llegue? Trate de impedir que me dejen en la ruina de tanto comer.

—Me dará gusto hacerlo. Por supuesto, estaré ocupado… Usted entiende, ¿no?

—Ah, sí, claro. Sólo pensé que, como es bastante seguro que Isobel venga con ellas, tal vez no le molestaría echarles una mirada.

—No me molesta en absoluto.

—Bueno, entonces nos vemos… supongo que en algún momento entre las cinco y las seis.

—De acuerdo.

Gabe la siguió con la mirada mientras cruzaba el living y salía. Cuando llegó a los escalones del porche la llamó.

—Ah, señora Jewett…

Ella volvió hasta la puerta y lo miró.

—¿Quiere que yo arranque esa máquina, así no se ensucia?

—No, gracias, señor Farley. Puedo arreglarme sola.

Él se quedó en las sombras, alejado de la puerta para que ella no pudiera ver que la observaba. Con aquel impecable uniforme blanco almidonado, era todo un espectáculo verla girar la manija de arranque, controlar todo lo que él le había enseñado, subir y bajar mientras él tomaba nota de cada ajuste que hacía. Cuando el motor arrancó, una enorme sonrisa iluminó la cara de Roberta y se frotó las manos mientras miraba hacia la casa como si esperara ganar su aprobación.

Él también sonrió y esperó hasta que la vio alejarse. Entonces cargó la hoja de vidrio al primer piso. Aquél iba a ser un día muy solitario en esa casa, pensó.

El dormitorio de las niñas se hallaba en completo desorden. Ninguna de las camas estaba tendida y había ropa sucia tirada por todas partes. Los dos dormitorios compartían un minúsculo ropero situado en el pasillo, con las puertas abiertas en ambas direcciones. Libros, abanicos, caracoles, piedras, zapatos, platos sucios, vasos para agua, programas de teatro clavados a las paredes… ¡Por todos los dioses, apenas se podían ver los pisos!

Gabe no era curioso, pero echó una mirada al dormitorio de Roberta y encontró más o menos lo mismo. Lo más ordenado parecía ser una pila de uniformes doblados encima de la cómoda. De uno de los cajones abiertos asomaba una enagua. Ella dormía del lado derecho de la cama —observó—, sobre dos almohadas apiladas y debajo de un sobrecama amarillo de felpilla. No había cortinas en las ventanas; sólo unas desvencijadas persianas verdes que con mucha probabilidad estaban allí desde que vivía ese viejo loco Breckenridge.

Caroline le habría prendido fuego a todo el lote…

Buscó alguna fotografía del esposo, pero no había ninguna. Cuando se puso a trabajar para colocar el vidrio nuevo en la ventana, se preguntó qué aspecto tendría ese George Jewett.

Las horas corrían muy lentas sin ella. En apenas una semana se había acostumbrado a los ruidos que hacía cuando limpiaba cosas, tarareaba, tocaba el piano a horas insólitas, arrancaba el auto, salía para hablar con él y arrastraba tras de sí el olor a café que se filtraba en la cocina.

A las doce en punto se sentó en los escalones del porche y comió solo su sándwich, mientras recordaba el último viernes, cuando se sentaron juntos en la cocina a conversar. Una y otra vez pensó: "Pero es tan diferente de Caroline". Apenas se daba cuenta de lo que encerraba esa reflexión.

Su madre lo encontró allí mientras comía el último de sus pastelillos.

—¡Gabriel! —llamó al tiempo que se acercaba a pie por el terreno del frente.

—¡Vaya! ¿Qué haces aquí?

—Vine a ver qué estás haciendo con la casa del viejo Breckenridge.

—Necesita muchos arreglos.

—El porche luce bien.

—Lo hicimos Seth y yo la semana pasada.

—Veo que también lo pintaste.

—Ajá. Esta semana trabajaré adentro.

—Quiero echar una mirada. Oí que ella está en la escuela aplicando vacunas, así que se me ocurrió aprovechar para curiosear un poco.

Sin decir más, empezó a subir los escalones por detrás de él.

—¡Eh, mamá, espera! Es la casa de ella. ¡No puedo permitirte entrar allí!

Llegó demasiado tarde. La mujer ya estaba adentro cuando él se puso de pie.

—¿Cómo se va a enterar de que estuve aquí? ¡Dios! ¿Éstos son todos los muebles que tiene? El piano es la mejor pieza en esta habitación, y se ve bastante usado.

—Mamá, por favor, no me parece correcto dejar que husmees por todas partes aquí adentro.

—Yo no husmeo por todas partes.

En el mismo momento en que hacía esa afirmación, estaba parada en el umbral de la puerta de la cocina y espiaba hacia adentro.

—Vine para hablar contigo sobre Isobel.

—¿Qué pasa con ella?

—Todo el mundo dice que anda por todas partes con las hijas de esta mujer, y yo no creo que a Caroline le gustaría.

—Caroline está muerta, mamá, y yo tengo que decidir esas cosas por mí mismo. ¿Y no fuiste tú quien me lo recordó hace apenas un par de semanas?

Maude se dio vuelta.

—Escucha, hijo, tú mismo has pasado muchísimo tiempo aquí en los últimos días.

—Haciendo trabajos para ella.

—¿La noche del sábado?

—No estuve aquí el sábado a la noche.

—Oí que estuviste.

—Mamá, pasas demasiado tiempo prendida a esa línea telefónica compartida.

—Lo único que digo es que aquí hay una mujer divorciada y que harías bien en dejar de rondar a su alrededor, porque toda la ciudad lo sabe. Y no quiero que mi nieta adquiera mala reputación por frecuentar a esas salvajes.

—¿Sabes una cosa, mamá? —Gabe hizo un esfuerzo por mantener un tono de voz sereno. —Me estás haciendo enojar. Hace mucho tiempo que no me enojaba, pero ¡maldito sea!, soy un hombre grande y no tengo que darte explicaciones por mis idas y vueltas. Tampoco tengo que darles explicaciones a todos los habitantes de una ciudad llena de chismes que no conocen a Roberta Jewett. Ésta es la Isobel más feliz que he visto desde que murió Caroline. Sí, viene aquí toda una pandilla de niñas, cantan y preparan representaciones teatrales, y salen a caminar por la montaña y la madre fríe pescado para todas. Y si quieres saber la verdad, nunca he visto a una madre que pase tanto tiempo con sus hijas, o una que las disfrute tanto. Y que ellas también la quieran. Ríen juntas, y ella toca el piano y se divierten. Y bien, ¿qué hay de malo en eso?

—Yo sólo digo... Termina tu trabajo y vete de aquí, Gabriel.

—Creo que, quizá, la única que debería irse de aquí en este mismo momento eres tú, madre.

Lo dijo con serenidad, sin rencor, pero ella supo que había pensado bien cada palabra.

Gabe tuvo una mala tarde después de este incidente. Le preocupaba lo que su madre fuera a contar por teléfono a las demás mujeres y se preguntaba por qué no la había frenado desde el principio y afirmado que no había nada entre él y Roberta Jewett. Le enfurecía que la gente murmurara sobre ella sin siquiera conocerla.

A media tarde apareció Seth.

—¡Mamá está que explota, muchacho!

—Ajá.

—¿Qué demonios le dijiste, para que se pusiera así?

—Le dije que se ocupara de sus propios asuntos.

—Es lo que me imaginé.

—¿Bajó hasta el taller?

—Ya lo creo que lo hizo. Y me dijo que viniera aquí y viese si podía librarte de las piedras que caen sobre tu cabeza.

—La ciudad es demasiado pequeña para que se ocupen de sus propias existencias. Todo el mundo conoce y se mete en los asuntos de los demás.

Seth lo miró con malicia.

—Mamá dice que lo único que hace es llenar tu tarro de bizcochos.

Gabe le lanzó una mirada divertida a su hermano.

—Bueno, con seguridad que eso lo arregla todo.

Los dos rieron y Seth le palmeó la espalda a Gabe.

—Y bien, ¿te llevas bastante bien con la señora Jewett?

—No, nada de eso. Sólo conversamos mucho, es todo.

—No pensé que jamás conversaras mucho.

—Hablamos sobre las personas con las que estuvimos casados.

—Ahhh... —musitó Seth con la cabeza echada hacia atrás y una

137

mirada aguda—. Sobre las personas con las que estuvieron casados. ¿No es interesante?

—¡Maldito seas, Seth, eres tan mal pensado como mamá!

—No, no lo soy. Sólo bromeaba. Y tampoco soy un chismoso.

—No lo creo —le dijo Gabe con una sonrisa afectuosa—. ¡Y ahora vete de aquí!

Las niñas —las cuatro— llegaron a la casa después de la escuela, hambrientas, bulliciosas, locuaces, y llenaron la casa de vida.

—Su madre dijo que no se coman todo lo que hay en la casa y que ustedes mismas se encarguen de limpiar después.

Gabe se sorprendió al descubrir que disfrutaba con sus bromas y su alegría. Todas habían recibido la vacuna en la escuela y comparaban las marcas en los brazos y le contaron sobre una niña más pequeña que se había desmayado. Más de una vez rió a carcajadas al escucharlas mientras seguía aplicando enduido en las paredes interiores.

—¡Nos vamos! —gritó una de las niñas.

—¿Adónde? —peguntó Gabe.

—¡A casa de los Spear para ver los vestidos viejos de la tía Grace!

—¡Primero cámbiense de ropa! Isobel, tú ve a casa y cámbiate…

Le daba órdenes al viento. Ellas ya iban a mitad de camino hacia la calle y él meneó la cabeza feliz, a pesar de sí mismo, por la libertad de esas niñas.

Todavía no habían vuelto cuando Roberta llegó a la casa, a las cinco, y encontró a Gabe ocupado en limpiar sus herramientas junto a la bomba de agua. Caminó por la casa en silencio y siguió los sonidos que le llegaban desde el patio de atrás, donde estaba Gabe, con una rodilla en tierra junto a un balde, de espaldas a la casa. Él no la oyó llegar por los tablones de madera que servían de sendero hasta la bomba de agua. Ella se paró un metro detrás de él.

—Me alegra que esté todavía aquí.

Lo había tomado desprevenido. Gabe giró un cuarto del cuerpo y se sentó sobre un talón, la muñeca enganchada en la manija del balde y los dedos mojados.

—¿Y bien? ¿Cómo fue su primer día?

—No estuvo mal. Sólo tres chicas se desmayaron.

—Ya oí sobre una de ellas.

—¿Dónde están las niñas?

Levantó una mano para quitarse una aguja de sombrero y el gorro de enfermera. Los ojos de Gabe se fijaron en los pechos de Roberta, pero enseguida los desvió a sus herramientas, que sacudió y dejó escurrir en el balde.

—En casa de su hermana. Fueron a ver sus vestidos viejos.

Se levantó y empezó a tomar nota de los detalles. El delantal estaba punteado aquí y allá con gotas de sangre y el uniforme estaba arrugado. Cuando se quitó el gorro se le había soltado un mechón de pelo, que ella echó hacia atrás de la oreja.

—¿Tiene apuro por irse?

—No. No me espera nadie, salvo una casa vacía.

—¿Puedo hablar con usted sobre un asunto?

—Por supuesto.

Caminaron juntos hasta los escalones del patio trasero, donde ella se sentó con los codos apoyados en las rodillas. Él se sentó al lado, pero dejó un espacio discreto entre ambos. Roberta sostenía el gorro en la mano; jugó un poco con él y clavó la aguja repetidas veces en el algodón almidonado.

—¿Puedo confiar en que me conteste con absoluta franqueza?

—Depende de lo que vaya a preguntarme.

Ella respiró hondo.

—Elfred y Grace estuvieron ayer aquí y me dijeron que iban a ofrecer una pequeña reunión para presentarme a la sociedad "bien educada", por así decirlo. Mi hermana dijo que querían mostrar a los buenos ciudadanos de Camden que, aunque soy una paria social, ellos están dispuestos a recibirme en su casa de todos modos, con la esperanza de que los demás sean también magnánimos conmigo.

La expresión de asombro dilató el rostro de Gabe y le hizo enderezar la columna.

—¿Su hermana dijo eso?

—Bueno, no exactamente con esas palabras, pero la esencia era la misma.

—No debió haberlo dicho.

—¿En realidad es tan malo? ¿Es cierto que toda la gente en esta ciudad habla de mí sólo porque soy divorciada?

Dejó de pinchar el gorro y lo miró.

—¿Y a usted qué le importa lo que digan? A veces las personas son irreflexivas e ignorantes.

—Entonces hablan.

Gabe desvió la mirada hacia la bomba de agua.

—Yo no participo mucho de los rumores, así que no podría saberlo.

—Le pedí que fuera franco conmigo: Por favor, Gabriel.

Él también tenía un miembro de su familia con quien estaba enojado. Deseó poder descargar su propio descontento con su madre, pero si lo hacía lastimaría más a Roberta. Así que permaneció en silencio.

—¿Por qué se culpa siempre a la mujer cuando el hombre es infiel? —preguntó ella.

—No lo sé, Roberta.

—Toda esta gente ni siquiera me conoce.

—No, no la conocen. Así que tendrá que enfrentarlos y demostrarles que es una buena persona.

—¿Usted cree que soy una buena persona?

—Sí. Ahora que he empezado a conocerla, lo creo con absoluta certeza. Y también me hace sentir bastante avergonzado, porque cuando apenas llegó a la ciudad yo era igual que ellos y hacía bromas a sus expensas.

—Sí, lo recuerdo muy bien.

—¿Estoy perdonado?

—¿Quiere estarlo?

Gabe pensó que era mejor no mirarla mientras le hacía una confesión.

—Mi familia cree que hay algo entre usted y yo, y me están echando las trompetillas.

—¿Qué significa exactamente eso de… las trompetillas?

—Nada. Olvide lo que dije.

—¿Qué? ¿Le hacen bromas? ¿Lo atormentan? ¿Le advierten que se aparte? ¿Qué es, eh?

Gabe se puso de pie y levantó el balde con las herramientas.

—Olvídelo. No debí haber dicho nada. Es mejor que me vaya.

El temperamento de Roberta estalló, porque ella había pedido total franqueza y él se echaba atrás, temeroso. Era una mujer acostumbrada a hablar claro, no a esconder las cosas; a enfrentar los problemas, no a ocultarlos.

—¡De acuerdo! ¡Siga obstinado! —gritó fuera de sí.

Se levantó también y se marchó adentro dando un portazo a la puerta de alambre tejido de la cocina.

Gabe la vio irse, algo perplejo por la desacostumbrada demostración de temperamento. Después de quedarse parado un rato mientras trataba de decidir cómo manejar la situación, la siguió adentro. Ella limpiaba con movimientos bruscos las migas de galletitas que habían dejado las niñas sobre la mesa y se rehusó a mirarlo cuando entró en la cocina.

—Les dije que limpiaran la mesa cuando terminaran. Lamento que no lo hayan hecho —dijo, compungido.

Ella tiró al piso el mantel y cerró de un golpe la puerta de un armario que había quedado abierta. Él se quedó parado, indeciso, unos minutos más. Entonces se dirigió a la puerta de adelante, donde había dejado algunas herramientas cuando se preparaba para irse. Se sentía como si tuviera un ladrillo alojado en el estómago. Sabía que la había disgustado. Era curioso cómo le molestaba. Juntó todas las herramientas y el balde y se quedó parado un minuto, solo. Entonces los dejó otra vez sobre el piso y volvió a la puerta de la cocina. Roberta se hallaba parada frente a una ventana con los brazos cruzados, mirando hacia afuera. Su gorro de enfermera descansaba sobre la mesa.

—¿Roberta? —la llamó.

—¿Qué? —preguntó ella de mal modo, sin mirarlo.

—No tiene importancia lo que digan los demás.

Se dio vuelta furiosa y se golpeó el pecho.

—¡No para usted, pero para mí sí! ¡Mi propia hermana! ¡Su familia! ¡Todo el mundo piensa lo peor de mí, cuando nada de todo eso es verdad! ¡Nada! ¡El solo hecho de ser divorciada no significa que no tenga moral!

—Estoy seguro de eso —murmuró él con voz serena.

Ella recogió el gorro de sobre la mesa y se dirigió hacia la escalera.

—¡Váyase de aquí! —le ordenó, fuera de sí—. No lo necesito. ¡No sé por qué se me ocurrió que podía hablar con usted! ¡Yo tengo a mis hijas, y ellas son mejores que todas las personas juntas de esta ciudad!

Se fue escaleras arriba y él la siguió. Cuando iba a mitad de camino, la tomó de un brazo. Allí se quedaron parados, en dos niveles diferentes. Ella miraba hacia abajo; él, hacia arriba, aferrándole el brazo. Mientras tanto, en algún nivel de sus mentes tomaban conciencia de que él había invadido el sector privado de su casa al seguirla hacia su habitación.

—No debí haber dicho eso sobre mi familia. Yo… lo lamento.

La expresión de Roberta permaneció inmutable y fría.

—Tal vez debería dejar que su hermano terminara los trabajos aquí.

Él experimentó una extraña sensación de pérdida. Pasaron los segundos y todavía la mantenía en el lugar.

—¿Eso es lo que quiere?

—Sí, creo que sí. —Hizo una breve pausa y después, con sarcasmo, agregó: —Por supuesto, el hecho de que sea casado no significa que no van a pensar que también me divierto con él. ¿No es así? Y ahora, ¿quiere soltarme el brazo, por favor?

Obedeció de mala gana.

—Se equivoca por completo con respecto a mi hermano. Él es el único que la defiende.

—¡Ah! Así que ha estado hablando de mí también con él. A ver, hagamos cuentas… Elfred… y su hermano… ¿y cuántos más?

De repente, Gabe perdió la paciencia al ver que ella interpretaba mal cada cosa que él decía.

—¡Basta ya! —gritó—. Eso no es verdad, y usted lo sabe. De acuerdo, tal vez fue así con Elfred, al principio, pero ya le pedí disculpas. Y no murmuré más sobre usted a sus espaldas, no desde que empecé a conocerla mejor.

Ella forzó una sonrisa burlona, se tocó la frente como para aclararse la mente y subió el resto de la escalera.

—¿Sobre qué discutimos? ¡Ni siquiera lo sé! ¡Usted no es más que mi carpintero, por el amor de Dios! ¿Y yo me quedo parada aquí, perdiendo mi tiempo con usted?

Desapareció detrás de la vuelta de la escalera.

—¡Dígale a su hermano que quiero que él termine este trabajo! —gritó desde su dormitorio.

—¡Yo no quiero que lo haga! —le respondió Gabe, también a gritos.

Roberta volvió a asomar la cabeza.

—¿Ah, no? ¡Bien, lo haré yo!

Y volvió a desaparecer.

—¡Yo lo empecé y yo lo terminaré! —gritó Gabe. Enseguida, más fuerte, agregó: —¡Roberta, vuelva aquí!

Ella reapareció al final de la escalera con las manos en la espalda.

—Deje de gritar, Farley. Junte sus herramientas y váyase, porque yo no sé qué está pasando entre nosotros, pero, cualquier cosa que sea, no necesito complicarme la vida. Tengo a mis hijas, y mi trabajo, y mi automóvil, y soy tan feliz como una alondra. ¡Y ahora váyase y mándeme a su hermano mañana a la mañana!

Y cerró de un golpe la puerta de su dormitorio.

Cuando ella desapareció por última vez, él se agarró la cabeza y se preguntó por qué discutían… Roberta era una cabeza dura que lo sabía todo y se empecinaba en demostrar a cada momento que podía arreglarse muy bien sin un hombre. Después de todo, le había dicho que no quería saber nada de los hombres. ¿Entonces por qué se interesaba por ella?

En su dormitorio, Roberta apoyó la espalda contra la puerta para mantenerla cerrada, ya que, como estaba combada, se abría sola. Pero sobre todo lo hizo para serenarse un poco. Desde afuera, sólo silencio, un largo silencio, mientras se preguntaba qué estaría haciendo él allí abajo. Por fin oyó sus pasos que se alejaban y, pocos minutos después, el ruido del motor del camión.

Se quitó el uniforme y lo sumergió en agua fría para ablandarlo. Después se sentó al piano para tranquilizarse.

Aún tocaba el piano cuando llegaron las niñas con algunos de los vestidos viejos de Grace y anunciaron que el domingo por la tarde iban a representar *El canto de Hiawatha* en el porche del frente. Roberta se aseguró de que Isobel se fuera a casa a las seis. Sin embargo, una hora y media después estaba de vuelta.

—¡Cielos, qué mal humor tiene mi papá esta tarde! ¡Lo único que hice fue preguntarle si iba a venir para la representación de *Hiawatha* y por poco no me dio un golpe en la cabeza! ¡Dijo que siempre vamos a casa de mi abuela los domingos por la tarde y yo me enojé tanto que tuve que salir de allí!

Roberta sintió una íntima satisfacción.

"¡Bien! ¡Él alteró mis nervios. Deja que también él esté alterado!", pensó.

Gabe no envió a Seth a terminar el trabajo por el resto de aquella semana. En cambio, se aseguró de llegar a la casa después de que Roberta se iba por la mañana y terminaba antes de que ella volviera por la tarde. Ella no sabía quién hacía los trabajos y se dijo que no le importaba. Cada día veía progresos... las paredes lijadas, pintadas, el enrejado del pórtico barnizado a nuevo. Un nuevo picaporte en la puerta de atrás, una cuña debajo de una esquina del piano para nivelarlo, el regulador de la calefacción en el techo pintado, la puerta de su dormitorio ajustada para que pudiera cerrarse bien. Y fue entonces cuando lo supo.

El sábado tomó uno de los vestidos viejos de Grace que estaban entre la pila de trajes, lustró sus zapatos negros y manejó hasta la casa de los Spear para su pequeña fiesta.

¿Quién podía estar allí, sino Gabriel Farley?

Bebía de un vaso de ponche de plata cuando sus miradas chocaron a través del salón. Él alzó su vaso y ella le respondió con una sonrisa desdeñosa y después lo eludió mientras le presentaban a todos los demás que se encontraban allí. Elfred era un importante hombre de negocios y todos sus pares estaban allí: Jay Tunstill, del banco; Hamlin Young, de la agencia Boynton, y muchos más, todos acompañados por sus esposas. Las mujeres tendían a dedicarle un saludo aséptico y volvían la espalda de inmediato después de que les presentaban a Roberta. Los hombres le retenían la mano demasiado tiempo y le lanzaban miradas intencionadas cuando creían que ella o sus esposas no los veían. Elfred la tocó en cada oportunidad que se le presentó, siempre en la cintura o en la espalda, siempre so pretexto de ser el anfitrión cortés, ya fuese que Grace anduviera cerca o no.

Hacia las nueve de la noche, Roberta estaba dispuesta a darle un buen codazo. Fue entonces cuando empezó la música, y Farley apareció detrás de ella en el jardín de invierno, junto a una enorme palma en maceta.

—No voy a permitir que te escapes sin hablar conmigo.

—Hola, Gabriel —lo saludó con una mirada fría.

—Estás muy elegante esta noche.

—Gracias. Tú también.

Se había cortado el pelo y llevaba un traje negro, camisa blanca y corbata. Su cara recién afeitada lucía algo lustrosa por el trabajo a la intemperie. Aunque sus cejas nunca serían parejas, su desorden les agregaba atractivo. Era un hombre robusto y muy apuesto.

—¿Todavía sigues enojada conmigo?

—Sí. ¿Y tú todavía haces el trabajo en mi casa?

—Sí.

—Así lo pensé. Gracias por nivelar el piano.

—No hay de qué.

—Y por arreglar la puerta de mi dormitorio para que cierre bien.

—De esa manera funcionará bien la próxima vez que quieras cerrarla de un golpe en mi cara.

—Te lo merecías. Me hiciste enojar mucho ese día.

—Bueno, el lunes terminaré todo. Después me apartaré de tu camino para siempre.

—Ah… —Pensativa, bebió un sorbo de su ponche. —Bien, no olvides dejar las llaves para la nueva puerta de atrás.

—Por supuesto.

Roberta miró por encima de las cabezas de los invitados.

—Creí que tal vez vendría tu madre. Quería conocerla.

—Ya te lo dije que ella y los Spear no son lo que se dice amigos.

—Ah sí, es cierto… Tengo entendido que nuestras niñas van a representar *Hiawatha* el domingo por la tarde —comentó después de un momento.

—Así me dijo Isobel.

—Y también entiendo que la regañaste y le dijiste que siempre van a casa de tu madre los domingos a la tarde.

—¡Esa condenada Isobel! ¿Tiene que contarte todo?

—Me pareció muy gracioso. Sin embargo, estoy segura de que oyes cosas sobre mí que preferiría que no oyeras.

—He oído algunas cosas. Roberta, me preguntaba… ¿puedo caminar contigo hasta tu casa?

—No, Gabriel, no puedes. Vine con mi automóvil.

—¿Entonces puedo llevarte a casa en tu auto? Porque yo vine a pie.

—¿Por qué diablos querrías llevarme a casa?

Él trató de controlar su exasperación, pero no pudo.

—¡En honor a la verdad, Roberta, en realidad a veces no sé por qué! ¿Sabes que eres una mujer de lo más exasperante?

Si ella no se hubiese reído, podrían haber pasado inadvertidos. Pero la franqueza de Gabe le provocó un inesperado ataque de risa que se oyó más allá del pianista que tocaba un vals de Strauss. Varias personas se dieron vuelta para mirar.

—Bueno, está bien —concedió Roberta—. ¡Qué diablos!

Cuando terminó la reunión, supuso que Gabe se iba a deslizar a escondidas hasta su auto una vez que ella hubiera subido. En cambio, él se paró a su lado en el vestíbulo y la tomó del codo mientras ella agradecía a Grace y Elfred por la fiesta.

—Tal vez yo debería ver que llegues bien a casa, Birdy —se ofreció Elfred.

—Yo acompañaré a Roberta a su casa, Elfred. No es necesario que te preocupes por ella.

Por lo menos una media docena de personas lo oyeron y vieron cómo Elfred fijaba la mirada en la mano de Gabe que aferraba el codo de Roberta.

—¿No deberías haberte cuidado más? —comentó ella mientras caminaban hacia el auto—. Tu madre se enterará de esto a través de las líneas telefónicas compartidas.

—Roberta, ¿quieres dejar de hablar de mi madre? —pidió él en tono amable.

Ella sonrió y obedeció.

Gabe giró la palanca del cigüeñal y arrancó el auto sin ninguna protesta de parte de Roberta. Había esperado que, en el momento en que hiciera un movimiento para sentarse al volante, ella dijera: "Yo puedo hacerlo, Gabriel". Le agradó que, al menos por una vez, le permitiera hacer algo por ella.

Cuando llegaron a la casa, apagó el motor y la acompañó hasta el porche.

—Creo que al salir juntos le tiramos una trompada directo al hígado a Elfred —comentó Gabe.

—Durante toda la noche tuve ganas de tirarle mucho más que una trompada al hígado.

—Le gusta dejar vagar sus manos sobre ti, ¿verdad?

—Me invita a su casa y después me manosea delante de su esposa. Podría haberle dado una bofetada.

—¿Por qué no lo hiciste?

—Tal vez la próxima vez. Gracias por rescatarme.

—No hay de qué.

—Bien, entonces supongo que mañana no vienes a ver la obra.

—Por supuesto que vendré. ¿Cómo podría no hacerlo, si ellas han puesto tanto entusiasmo y esmero en prepararla como si integrasen una compañía que se dedica al repertorio de Shakespeare? Además, si no lo hiciera, para ti sería algo así como un degenerado.

Su ironía hizo que se dibujara una sonrisa en la cara de Roberta.

—Bueno, entonces te veré mañana —murmuró ella cuando llegaban a los escalones del porche.

Él se detuvo y dejó que subiera sola. La claridad de la Luna iluminaba el lugar en que él estaba parado; las sombras oscurecían los peldaños del porche. La puerta de alambre tejido rechinó en la oscuridad.

—Me gusta mi nueva puerta vaivén —comentó Roberta, mientras la mantenía quieta con su tronco y se daba vuelta para mirarlo—. Gracias por colocarla.

—Te lo mereces.

—Y por traerme a casa.

Él debió haberse dado vuelta y partido. Ella debió haber seguido camino hacia adentro. En cambio se quedó parado, bañado por la luz lechosa de la noche mientras miraba la figura difusa parada un poco más arriba. Pasaron unos momentos inmóviles antes de que ella rompiera el silencio:

—¿Sabes lo que estás haciendo, Gabriel?

Su abierta franqueza lo tomó de sorpresa, pero se quedó en su lugar, más relajado.

—No lo creo, Roberta —respondió.

No había ninguna duda de que los dos pensaban en un beso. El escenario y la situación eran clásicos… un porche en sombras, el claro de Luna sobre el terreno, el aroma de las lilas de primavera que florecían en algún lugar cercano, las luces de la ciudad que formaban un collar alrededor de la bahía allá abajo, un hombre y una mujer en galas de fiesta que se reconciliaban después de una pelea. Pero la idea era una locura. Se habían dicho demasiadas cosas. Eran tantas las razones que les advertían que una mayor intimidad sería, en el mejor de los casos, un capricho, en el peor, un engaño. Si cedían ahora a su fantasía, sin duda alguna lo lamentarían más tarde.

Así que se dijeron buenas noches y ella cerró la nueva puerta cancel que los separaba.

Al día siguiente, cuando él fue a su casa para ver la representación, quizá se mostraron demasiado formales el uno con el otro. Cualquiera que los conociese podía haber sentido las tensiones subyacentes. Pero las únicas que alguna vez los habían visto juntos durante un largo rato eran las niñas, y ellas estaban demasiado ocupadas para notarlo. Lo más cerca que estuvieron Roberta y Gabriel fue cuando, parados uno a cada lado del piano, ella le pidió si podía ayudarla a llevarlo por la habitación del frente hasta la puerta abierta, para que pudieran oírlo desde el patio.

La función tuvo muy poco público. Elfred y Grace consideraron que menoscababan su dignidad sentarse en el pasto del terreno del frente de la casa de Roberta a mirar a sus hijas corretear en trajes de indias. Sophie, la sirvienta, asistió en lugar de ellos. Myra se había excusado por un fuerte dolor de cabeza. Y la abuela de Isobel, lo bastante inquisitiva para meter la nariz en la casa de Roberta cuando ella estaba ausente, negó su presencia ante la remota posibilidad de que pudiera ser mal interpretada como una señal de aceptación para la mujer divorciada.

Pero asistió una pareja de padres. Los DuMosse, de quienes Roberta sospechó que querían inspeccionar el lugar donde sus hijas pasaban tantas horas y juzgar por sí mismos. Eran amables pero reservados y llevaron su propia manta para sentarse en el pasto.

También asistieron algunos niños de la escuela, incluidos los chicos que le habían regalado los pescados a Roberta. Y, para gran sorpresa, las maestras de inglés de Rebecca y Susan, la señora Roberson y la señorita Werm.

Las niñas habían demostrado una gran inventiva al componer algunas estrofas de música y construir su versión de una canoa de corteza de abedul, que debía formar parte del decorado mientras Marcelyn recitaba: "Oh, tú, árbol de abedul, dame tu corteza!". Cada una de ellas había elegido una parte de la leyenda para recitarla con el traje apropiado: sobre qué producen las sombras en la Luna, y por qué tiene colores el arco iris, y por qué cantan los pájaros. Rebecca, con los mocasines encantados, recitó la estrofa sobre la declaración de amor de Hiawatha a Minnehaha.

> *"Lo mismo que el arco para la cuerda,*
> *Así es el hombre para la mujer,*
> *Aunque ella lo doble, igual lo obedece,*
> *Aunque ella tire de él, igual lo sigue,*
> *¡Son inútiles el uno sin el otro!"*

Roberta, sentada sobre el pasto con las piernas extendidas, se echó hacia atrás apoyada sobre las manos y empezó a mover los labios con las palabras conocidas. Sentía la mirada de Gabriel como se siente la luz del Sol, un poder concentrado en dirección a ella, y cuando giró la cabeza, vio que la examinaba en sombría meditación como si pidiese ayuda.

Arco y cuerda, hombre y mujer.

Fue un instante muy singular, fundado no en el encantamiento sino en la comprensión de que la resistencia existía en las dos partes. Además, la necesidad de resistir había surgido en algún lugar a lo largo del camino y era una amenaza en sí misma. Qué ironía que los dos hubieran establecido su posiciones: él amaba todavía a su esposa muerta, ella renegaba de los hombres a causa del único que había tenido. Y sin embargo sentían que la atracción del uno por el otro crecía insidiosa dentro de ellos, complicada por tantas cosas: la condición de divorciada de Roberta, la opinión que la ciudad tenía de ella, las advertencias de la madre de él, la amistad de sus hijas, la amistad y la vulnerabilidad de ellos a los chismes, y el hecho de que las maestras de sus hijas podían estar mirándolos en aquel mismo momento.

Con la esperanza de que nadie hubiera notado el intercambio de miradas, volvieron su atención al pórtico donde la función continuaba.

"Inútiles el uno sin el otro..."

El viejo Longfellow sabía algo sobre los hombres y las mujeres en ese estado de ánimo.

"Pero yo no soy una inútil sin Gabriel Farley —pensó Roberta—. Lo he demostrado. Di el paso difícil de venir aquí desde Boston, y puedo educar a mis hijas, mantenerlas y amarlas por dos y ser feliz al hacerlo. Tengo una casa, un automóvil y un trabajo que me brinda seguridad y dignidad. ¿Por qué querría poner en peligro alguna de esas cosas al sucumbir a cualquier miserable atracción que pudiera sentir por un hombre?"

Tampoco Gabe se sentía un inútil sin Roberta. Él también tenía una hija a la que adoraba, una casa bonita, limpia, inmaculada, donde todo transcurría sin sobresaltos, una familia que lo ayudaba y se preocupaba por él, un negocio próspero y el respeto de la ciudad. ¿Por qué querría poner en peligro cualquiera de esas cosas por enredarse con una mujer divorciada?

Cuando terminó la obra, siguieron con el trato formal pero distante, aplaudieron con los demás, saludaron a las maestras y fueron a felicitar a sus hijas.

Pero mientras que Roberta las abrazó sin reservas, Gabriel le dio a Isobel apenas un poco más que una palmada tímida en la espalda. Y Roberta se preguntó si alguna vez él había sido capaz de mostrar afecto.

Cuando sus invitados se dispersaron, Roberta le dirigió un saludo de despedida que con toda intención mantuvo en un nivel impersonal, por cierto mucho menos entusiasta que el que le dedicó a Isobel. Como de costumbre, Isobel recibió un fuerte abrazo, una amplia sonrisa y una cariñosa palmadita que quería decir: "Vuelve cuando quieras".

El lunes a la tarde, Gabriel ya había terminado su trabajo y cargado sus herramientas, y giraba la manija de arranque del motor, cuando Roberta frenó con su automóvil detrás del camión.

—¡Gabriel! ¡Espera!

Él soltó la manija de arranque y fue hacia ella.

—¿Pasa algo?

—No. Sólo que prometí aplicarte esa vacuna. Sabía que hoy era tu último día de trabajo, así que terminé antes y me apresuré en volver. Entra en la casa y me ocuparé.

—Ah, no tenías que molestarte.

—No es ninguna molestia. Vamos, entra.

Tenía pocas opciones. O la seguía o parecería un cobarde.

—¿Va a doler? —preguntó con una creciente tensión interior.

—Hummm… un poco. Pero es importante hacerlo. Si vacunamos a suficientes personas podremos vencer a la difteria. En esta lucha todos cuentan. La semana próxima iré a Northport para empezar con las escuelas de allí.

Fueron derecho a la cocina y allí le ordenó que se levantara la manga de la camisa.

Lo dejó ahí, parado, mientras se lavaba las manos. Después le frotó el brazo con alcohol y sacó sus instrumentos.

—Mira para otro lado, si te impresiona.

Pero él no pudo. Lo que ella tenía en la mano parecía una maldita aguja de tejer, y la sola idea de tenerla clavada en su piel lo hizo palidecer aun antes de que ella le apretara el brazo para estirarle la piel. En el último momento, ella alzó los ojos y vio lo pálido que estaba.

—No mires —le aconsejó en voz baja.

Él giró la cabeza y cerró los ojos. Cuando la aguja le atravesó la piel, dio un respingo y susurró entre dientes:

—Mierda.

—¿Estás bien?

Gabe aspiró hondo a través de los dientes apretados y asintió.

—Nunca te había oído decir una mala palabra —comentó Roberta.

—¡Duele!

—Dolerá un rato y mañana puede que tengas un poco de fie…

Alzó los ojos hacia él. Tenía los ojos cerrados y se movía de un lado a otro.

—Siéntate, Gabriel —le ordenó y lo llevó hasta una silla.

—Lo siento… yo…

No pudo terminar. Todo se ponía blanco y distante.

—Separa las rodillas y baja la cabeza.

Le puso una mano detrás de la cabeza y se la empujó hacia abajo. Dejó la mano apoyada sobre su pelo rubio y la piel curtida de su cuello. La sentía fría y viscosa. Frotó una vez, dos veces.

—¿Mejor ahora?

Él asintió en silencio, con la cabeza todavía colgando.

Ella notó que Gabe no se sentía mejor.

—Traeré un paño frío. Quédate allí.

Todavía estaba encorvado cuando Roberta volvió con el paño.

—Toma… aplícatelo sobre la cara. Te ayudará.

Él lo tomó con las dos palmas y enterró la cara en el paño frío.

—Respira hondo y despacio —le ordenó la enfermera—. Ya va a pasar.

Mientras él obedecía sus órdenes, ella observaba cómo subían y bajaban los omóplatos dentro de una camisa roja ajustada. Entonces hizo lo que hubiera hecho por cualquier niño mareado en la escuela. Puso la mano allí y frotó la espalda musculosa de Gabriel Farley con suaves y reconfortantes movimientos en círculo.

El mareo de Gabriel disminuyó poco a poco y entonces tomó conciencia de los masajes rítmicos de Roberta. Hacía mucho, pero mucho tiempo que ningún ser humano lo había confortado de ninguna manera. El afecto humano se había extinguido en su vida con la muerte de Caroline. El mareo desapareció, pero se quedó doblado hacia adelante para disfrutar la sensación de los masajes suaves y para estremecerse un poco con cada círculo que trazaba ella con las puntas de los dedos en el centro de su espalda.

Avanzaba la tarde; el Sol derramaba su luz en la ventana y los gritos de las gaviotas llegaban desde afuera. Gabe había pasado algunas horas muy agradables con Roberta en esa cocina. Afuera, en algún lugar, alguien podaba un jardín y el sonido de las tijeras se filtraba en la casa junto con la fragancia de césped cortado. Y que lo tocaran y reconfortaran era algo que había extrañado sin darse cuenta.

—¡Qué bien me hace eso! —murmuró dentro del paño frío.

Ella lo masajeó un poco más y lo observó mecerse en la silla. Se lo veía tan relajado como si hubiese renunciado a toda forma de resistencia.

Después de un rato, Roberta lo miró de cerca. Sólo pudo ver su oreja izquierda y parte del mentón.

—No te estarás quedando dormido, ¿eh, Gabriel?

—Hummm.

—¿Ya te sientes mejor ahora?

—Ajá.

Recién cuando ella apartó la mano de su espalda, él levantó la cabeza. Tenía la cara, la frente y el pelo mojados por el paño húmedo y los ojos brillantes y fijos en ella. Estiró la mano para devolverle el paño húmedo, pero cerró los dedos sobre la mano de Roberta y le dio un tirón.

—Gabriel, no creo que…

—No digas nada —le ordenó y la hizo caer sobre su regazo.

—¡Gabriel, no!

—¿Lo dices en serio?

—Sí. No quiero iniciar nada contigo.

—Yo tampoco quiero iniciar nada contigo. Sólo pensé en darte un beso, eso es todo. Se me ocurrió que tú también pensabas en ello.

—Es una idea estúpida.

—Hablas demasiado, ¿lo sabías?

Cuando la besó dejó de resistirse. Gabe tenía la piel fría, todavía húmeda, y algo áspera alrededor de los labios por la barba crecida del día. Su lengua era cálida y algo tímida. Ella había caído con un brazo doblado contra el pecho de él y el otro libre para dejarlo vagar. No hizo nada; lo dejó apoyado sobre la pechera de su camisa, mientras a sus espaldas Gabe sostenía todavía el paño húmedo. Pero él se tomó su tiempo y todo fue más fácil a medida que pasaban los segundos. Roberta abrió los ojos para ver si los de él estaban cerrados. Lo estaban, y al ver sus pestañas a tan corta distancia, sintió un espontáneo temblor en las piernas. Habían pasado años desde la última vez que había besado a un hombre —ya años antes de su divorcio había dejado de responder a los besos babosos de su esposo—, y de ninguna manera estaba dispuesta a dejarse excitar por el primero que le saliera al paso y convertirse así en lo que todo el mundo rumoreaba sobre las mujeres divorciadas. Así que lo dejó hacer y permaneció impasible. Para cuando se sentó, el trapo húmedo había ablandado el almidón de la espalda de su guardapolvo blanco.

Se levantó del regazo de Gabe con absoluto control de sus emociones y se paró de espaldas a él.

—Esta fue una muy mala idea —murmuró.

—Yo me dije lo mismo.

—Fue ese poema de ayer y toda esa charlatanería sobre arcos y cuerdas.

—Tal vez sí, tal vez no.

—¿No arderían las líneas compartidas si alguien de esta ciudad se enterara de lo que acabamos de hacer?

Gabriel se sentó más derecho como si por fin se le hubiera despejado la mente.

—Bueno, yo no voy a contárselo a nadie. No he perdido el juicio.

—No, por supuesto que no.

Ella dio unos pasos y encontró algo para mantener las manos ocupadas: un par de cuchillos sucios que las niñas habían dejado en el plato de mantequilla.

—Las niñas están por llegar a casa. Creo que es mejor que te vayas.

—Claro —contestó él, y se levantó de la silla.

—¿Te sientes bien? ¿Se te pasó el mareo?

—Estoy bien. Lamento haberme comportado como un bebé.

—No te comportaste como un bebé. Eso suele pasarle a algunas personas.

—Bueno, gracias por la inyección... Creo...

Roberta se dio vuelta, por fin, para mirarlo de frente. Por la manera formal con que lo trataba, no podría haberse deducido que acababa de besarla.

—¿Terminaste con todo aquí? Quiero decir, ¿tu trabajo en la casa está terminado?

—Todo terminado. Como dije, no volveré a molestarte.

Ella no sabía si acompañarlo hasta la puerta o quedarse donde estaba. Al final se quedó y él se fue sin decir una palabra más.

Capítulo 10

*E*n su casa, las noches eran tristes y solitarias para Gabe. Isobel pasaba en casa de las Jewett cada minuto que le sobraba. Tenía dos sentimientos antagónicos con respecto a su deserción. Por un lado, no la culpaba por querer estar en esa casa tan llena de actividades alegres; por el otro, se sentía abandonado, porque éste todavía era su hogar, él era todavía su padre y ella tenía responsabilidades, de las que se ocupaba cada vez menos. Las tareas domésticas y las culinarias le habían quedado a él. Su madre, más terca que una mula, había cumplido su palabra y no volvió a llenar el tarro de bizcochos ni a cambiar las sábanas. Como es natural, también dejó de llevar las sobras de comida.

Una noche, durante la semana siguiente a su último encuentro con Roberta, Gabe había preparado un estofado de ostras para la cena y estaba esperando a Isobel cuando sonó el teléfono. Dos timbrazos largos y uno corto. Era para él.

Fue hasta la caja de madera y levantó el auricular de la horquilla.

—¿Hola?

—¡Hola, señor Farley! ¡Habla Susan Jewett! ¡Acaban de instalarnos nuestro nuevo teléfono!

—¿Ah, sí? ¡Bueno, qué fantástico!

—Madre dijo que cada una puede hacer una llamada y yo dije que quería llamarlo a usted, porque quería saber si Isobel puede quedarse a cenar con nosotras.

"¿Qué van a comer? Tal vez vaya yo también", pensó.

—Isobel ya ha estado muchas horas allí… —comenzó a protestar.

—¡Pero nosotras adoramos tenerla aquí! ¿No es así, madre?

Gabe oyó a lo lejos el sonido del piano y se imaginó a Roberta sentada frente al teclado mientras las niñas alborotaban la casa.

—Madre dice que por supuesto que sí. Entonces, por favor, señor Farley, ¿puede quedarse?

—Quizá tenga deberes que hacer.

—Pero es viernes a la noche y pronto terminan las clases y las maestras ya casi no nos dan deberes. ¿Por favor, señor Farley? Estábamos tratando de convencer a mamá de ir a cocer almejas sobre las piedras porque muy pronto se retirará la marea. ¡Y sería tan divertido!

—Yo ya preparé la cena para Isobel y para mí.

—¿Pero no puede quedarse de todos modos? Madre, él no quiere dejarla... —La voz de Susan sonaba plañidera y lejana. —...y yo le hablé de las almejas sobre las piedras y todo lo demás...

El piano dejó de sonar y un instante después Gabe oyó la voz de Roberta.

—¿Gabriel?

—¡A! Roberta... hola.

—De veras nos gustaría que Isobel se quedara. ¿Tienes inconveniente?

"Aquí hay tanta soledad" quería decir él, pero por supuesto no pudo.

—Pasa demasiado tiempo allí —respondió.

—Porque nos gusta tenerla con nosotras. Las niñas me convencieron de hacer un picnic en la playa. Quieren buscar almejas.

—Bueno, en ese caso, supongo que estará bien que se quede.

—¡Bien! Bueno... gracias, Gabriel.

Él se apresuró a hablar para evitar que ella colgara demasiado rápido:

—Sólo que no quiero que mi hija abuse de la buena acogida que le brindan.

—No, no lo hará. Y no te preocupes si vuelve a casa después del anochecer. Esta vez la llevaré yo.

—Es muy amable de tu parte, Roberta.

—No es ninguna molestia, dado que de todos modos estaremos con el auto. Bueno...

La pausa trajo una nueva sensación de inminente despedida y él se afanó por encontrar algo que la retuviera en la línea.

—Y bien, ¿cómo te fue esta semana en Northport?

—Muy bien. Ya terminé allí y seguí con Lincolnville.

—¿Tuviste desmayados?

—Vamos, Gabriel... tú no te desmayaste. Sólo te mareaste un poco.

—Bueno, yo me sentí como un idiota cobarde.

—¿Por qué? Tenías razón para acobardarte. Es una aguja muy grande.

Se hizo un silencio y él la imaginó impaciente por tomar una canasta y emprender la partida con las niñas. Sabía que debía dejarla ir, pero sólo lo esperaba la casa en silencio y su patético estofado de ostras, y deseaba retenerla en la línea por alguna razón más profunda que no quería reconocer.

—Escucha, Roberta... —Se aclaró la garganta y frotó con el pulgar el borde de la caja de roble del teléfono. —Sobre lo que pasó el otro día, sé que no te sentiste muy a gusto conmigo y sólo quería decirte que lo siento. No debí haber precipitado las cosas.

—Está bien, Gabriel. Ya está todo olvidado.

—No, no. Después me di cuenta de que estabas... bueno, que te mostraste bastante distante y que no podías esperar para librarte de mí. En primer lugar porque no querías empezar nada conmigo y debí haberte dejado tranquila.

—Gabriel, la razón por la que no quería empezar nada es por la etiqueta que me ha puesto esta ciudad. Tengo que ser más cuidadosa que la mayoría de las mujeres, y los dos lo sabemos. Así que olvidemos eso, porque no tuvo ninguna importancia.

¿No la tuvo? Qué curioso, para Gabe sí la había tenido. El comentario de ella le dejó una ligera sensación de frustración.

—Bueno, he pensado en ello toda la semana y sólo quería aclararlo.

—Gabriel, ¿puedo preguntarte algo?

—Por supuesto.

—Isobel dice que tu madre dejó de proveerte de bizcochos y de ir a tu casa para ayudar un poco con las tareas de la casa. ¿Es por mi causa?

—¿Isobel dijo eso?

—Sí, lo hizo.

—No hay mucho que hacer aquí. Somos los dos solos y además estamos fuera casi todo el día. Y ahora parece que Isobel se queda en tu casa la mayor parte del tiempo después de la escuela.

—No has contestado mi pregunta, Gabriel.

Él se aclaró la garganta.

—No, no es por tu causa.

La línea quedó en silencio durante algunos segundos. Gabriel sospechó que Roberta pensaba que le había mentido. Entonces lo sorprendió con una pregunta.

—Bueno, en ese caso... ¿te interesaría continuar esta conversación en la playa? Si estás solo, también puedes venir y buscar almejas con las niñas y conmigo.

Él se olvidó por completo de frotar la caja del teléfono con el pulgar.

—Bueno, suena muy tentador... ¿pero estás segura de que quieres que vaya?

—Hace años que no cuezo almejas sobre las rocas, y es poca la ayuda que me pueden prestar esas ingobernables hijas nuestras.

—Me gustaría ir, Roberta. Dame un par de minutos para cambiarme y enseguida voy para allá.

En sólo quince minutos se duchó, se puso un pantalón marrón, zapatos de lona y un buzo amplio. Cuando cruzó el patio delantero de la casa de Roberta, su paso era animado. Con dos saltos gigantescos subió los escalones del porche y llamó a través de la puerta abierta:

—¿Hay alguien en casa?

Adentro, el alboroto era increíble: el ruido de utensilios de cocina que se chocaban, puertas que se golpeaban, las voces atropelladas de las niñas y Roberta que daba órdenes a gritos.

—¡Olvidé que no tengo pala! ¡Isobel, llama a tu padre y dile que traiga una pala! ¡Y un rastrillo para almejas también!

Gabe entró directamente y se paró en el umbral de la cocina.

—En el camión tengo una pala y un rastrillo para almejas y algunos cestos de alambre tejido, más una caja de restos de madera para hacer un fuego. Nadie necesita llamarme.

Roberta giró en redondo y se le iluminó la cara con una sonrisa.

—¡Oh, Gabriel, estás aquí!

Era otra vez la Roberta que conocía. El uniforme serio de enfermera había desaparecido. Volvía a ser la mujer alegre, despreocupada, con el pelo suelto, los zapatos negros y su vestido sencillo cerrado al frente con grandes botones. Tal vez el vestido necesitaba un poco de plancha y los zapatos un poco de betún. Pero cuando Gabe se paró en la puerta y observó la conmoción que reinaba adentro, se sintió vivo, como no lo había estado en días, al hallarse otra vez con ella y las niñas.

—Hola, Roberta —la saludó casi con un susurro.

—No tardaste mucho.

—No.

—¡Hola, papá! ¡No puedo creer que sea cierto que vienes con nosotras!

Isobel se abalanzó sobre él y le abrazó la cintura. Él bajó las manos hasta los hombros de su hija, pero Roberta vio que se sentía fuera de su elemento con esa demostración espontánea de afecto.

—La señora Jewett me invitó —le aclaró a Isobel—. Espero que esté de acuerdo.

—¡Claro! ¡Esto va a ser muy divertido! Ella dice que todas podemos excavar almejas.

—A pesar de que odias las almejas.

—Bueno, sí, pero…

Lo soltó y alzó un hombro, como avergonzada.

—¡Dios, no he vuelto a comerlas desde que mamá estaba viva! ¡Y he crecido mucho desde entonces! ¡Es probable que ahora me gusten!

Gabe miró a Roberta y pensó que aquélla iba a ser la mejor noche de viernes que había vivido en años.

Roberta volvió a ocuparse de los preparativos. Guardó un cuchillo para abrir almejas, un salero y un pimentero en la canasta abierta sobre la mesa.

—Veamos… mantequilla, limón, sal y pimienta. Demasiado temprana la estación para las mazorcas de maíz, pero conseguí algunas batatas para asar. Rebecca, trae los platos. Susan, trae los cubiertos; Isobel, algunos vasos, por favor; y Lydia, ¿quieres buscar una manta, querida?

Gabe observó cómo su hija iba con las otras para cumplir las órdenes. Sabía exactamente dónde encontrar los vasos.

Se acercó a Roberta y le habló en voz baja por encima de los hombros:

—No hay duda de que se mueve con toda libertad por tu casa.

—Ésta es la clase de casa que yo llevo adelante, Gabe. No hay muchas formalidades por aquí.

Cuando Roberta terminó de guardar los últimos elementos en la canasta, cerró la tapa y Gabe se la quitó de las manos.

—La llevaré yo.

—Necesitamos una lona.

—Yo la traje.

—¿Y un poco de agua dulce?

—También traje.

—¡Eh, es muy conveniente tenerte cerca! —bromeó ella—. ¿Cómo hiciste todo eso en sólo quince minutos?

—Así soy yo —le contestó él con una sonrisa burlona—. Todo está en su lugar, así es más fácil de encontrar.

—¿Y también encontraste tiempo para cambiarte?

—Así es.

Ella le devolvió la sonrisa burlona.

—Si quieres hablar de polos opuestos, es lo que somos nosotros, ¿verdad, Gabe?

Opuestos o no, los dos estaban de ánimo muy alegre cuando arriaron a las niñas afuera, como una familia normal de seis personas. Sí, era casi una familia, pero se sintieron seducidos por la saludable trampa de compartir una simple aventura que por una noche los mantendría juntos. Las cuatro niñas se llevaban a las mil maravillas, como si Isobel fuese casi una hermana. Roberta y Gabriel, ahora que habían dejado atrás el incidente del beso, encontraban una aceptable compañía en el otro y, como antes, se alegraban de tener otro adulto con quien conversar, después de años de haber convivido sólo con niños.

El sol de mayo todavía estaba a veinticinco grados sobre el horizonte cuando partieron. Gabe hizo arrancar el motor del auto de Roberta y ella giró la llave del encendido, mientras las cuatro niñas cantaban, apretujadas en el asiento de atrás.

Roberta y Gabe apenas podían oírse por encima del canto estridente.

—¿Dónde es el mejor lugar para excavar? —preguntó ella.

—En las playas de la caleta Glen.

—Ah, sí, ahora recuerdo. Camino a Rockport.

—¿Solías ir allí?

—Claro, cuando iba a la escuela. ¿Y tú?

—En la época de la escuela y después de casarme… con Caroline.

—¿Pero no has vuelto desde que ella murió?

Él la miró por un segundo; después meneó la cabeza.

—No.

—¿Entonces se te hará difícil?

—No sé. Lo averiguaré cuando lleguemos allí, ¿no te parece?

En el asiento de atrás las niñas cantaban

Roberta estacionó en la colina, encima de las playas de la caleta Glen, y las niñas bajaron en tropel y empezaron a trepar por las rocas que un millón de mareas había lamido hasta formar una costa escarpada alrededor de la cavidad superior de la caleta. Roberta y Gabriel se quedaron junto al auto y las contemplaron alejarse a los saltos con sus canastas de alambre y sus palas para almejas. Detrás de ellos, las sombras de las montañas descendían hasta el mar y desteñían el azul del atardecer. Adelante, las playas, de un marrón opaco excepto donde una ola perezosa dejaba una espuma plateada sobre la arena, absorbían las huellas de los pies de las niñas. En algunos lugares, al retirarse la marea habían quedado objetos flotantes en hileras desordenadas que formaban un diseño de festón a lo largo de la costa. Entre las rocas y sobre la arena, los cangrejos buscaban su cena y se escondían veloces en sus agujeros cuando pasaban las niñas.

Gabriel contempló la escena apacible y rompió el silencio.

—A ella no le enloquecían en particular las almejas, pero le gustaba venir a sacarlas. Sobre todo por la mañana, cuando los rayos del Sol caían oblicuos sobre el agua y las islas allá afuera parecían figuras fantasmales en medio de la bruma del mar. A veces me convencía de traerla más temprano, aun antes de la salida del Sol, para no perderse el espectáculo.

Roberta se dio vuelta para observarle el perfil contra el fondo de la costa rocosa. Una débil ráfaga de viento le agitaba los cabellos de la frente y la luz del crepúsculo trazaba sombras junto a su nariz recta y la boca severa.

—Siento envidia por tus recuerdos felices. Me gustaría tener más de ellos para recordar.

Sus palabras lo arrancaron de su ensueño y la miró en silencio, inmóvil, mientras les llegaban las voces alborozadas de las niñas, acompañadas por el coro ronco de algunas gaviotas a las que también les habían interrumpido la hora de su comida.

—¡Mira, aquí hay una! ¡Escarba! ¡Escarba!

Roberta tuvo la sensación de que Gabriel estaba mirando a otra mujer, en otro tiempo. Hasta que al fin se estremeció y se reunió con ella en el presente.

—Empezaré a cavar el hoyo si tú juntas algunas algas marinas.

Caminó por entre las rocas y los cangrejos se escondieron otra vez.

Durante el siguiente cuarto de hora todo el mundo estuvo ocupado. Mientras Gabe preparaba el fuego y Roberta juntaba algas, las tres niñas menores buscaban los minúsculos agujeros en la playa y excavaban. Rebecca, descalza, con la pollera anudada a la altura de las caderas, registraba metro a metro las aguas poco profundas y pasaba el rastrillo para almejas mientras mantenía el ojo alerta a las delatoras nubes de arena revuelta en el fondo. Cuando las niñas volvieron con su botín, Roberta lavó las almejas. El Sol se escondió detrás de la montaña y el aire se volvió más frío y melancólico. Las islas lejanas perdieron sus bordes dorados y parecían hundirse en la bahía Penobscot para dormir toda la noche.

Cuando el fuego se redujo a brasas, Roberta se arrodilló junto a Gabriel y lo ayudó a formar las capas de piedras, algas, almejas y lona, que sujetaron en los bordes con más piedras.

—¡Ya está! —exclamó Gabriel, satisfecho, sentado sobre los talones—. En una hora tendremos una comida digna de un rey.

—Me muero de hambre —dijo Lydia.

—Sí, yo también —agregó Isobel.

—¿Por qué no cantan algo? —sugirió Roberta—. Eso hará que el tiempo pase más rápido.

—No tengo ganas de cantar —intervino Susan—. Vamos a ver si podemos sacar algunos cangrejos de la arena.

Las cuatro se fueron hacia las sombras crecientes y dejaron solos a sus padres. Gabriel se puso de pie.

—Haré otro fuego para nosotros, así tenemos algo para entretenernos.

Después de que lo hizo, se sentaron sobre una roca con forma de tortuga, mientras la oscuridad y la humedad caía sobre la costa, les enfriaba la espalda y sus caras adquirían un color anaranjado por el resplandor de su pequeña fogata. Las rocas eran duras, pero los dos tenían experiencia anterior con esos picnics en la playa y habrían rechazado cualquier asiento más cómodo. Después de todo, sentarse sobre las rocas formaba parte de aquella experiencia. El fuego chisporroteaba y emitía un silbido suave que les hacía compañía.

Roberta alzó los ojos al cielo y recitó:

"Cae la noche con su suavidad purpúrea
y aumenta el brillo de las estrellas en lo alto".

Gabriel la miró intrigado.

—¿Quién escribió eso?

—Yo.

Él se quedó pensativo un instante.

—Ustedes, las Jewett, son algo especial cuando se trata de poesías. Siempre se las arreglan para hacerme sentir inferior.

—¿Hacerte sentir inferior?

—Tú sabes tantas cosas que yo no sé, Roberta...

—Tal vez sea así, pero yo no sé construir un porche.

Esta mujer que no prestaba demasiada atención a su arreglo personal a veces podía hacer que se sintiera en verdad muy cómodo. Había llegado a apreciar el tiempo que pasaba con ella y empezaba a admitir que no era sólo por las niñas.

—No lo había pensado —confesó, que ahora se sentía menos ignorante—. ¿Tiene otros versos ese poema?

—No, pero puedo hacerlos si quieres.

—¿Así como así?

Roberta alzó los hombros como si el talento fuese una cosa común.

—¿Quieres decir que puedes escribir una poesía sin pensar dos horas y buscar en los libros y tachar los errores?

—Siempre me gustaron la poesía y la música y las obras de teatro. Y mis hijas heredaron mis gustos.

Él la estudió en silencio durante unos minutos antes de hablar.

—Eres algo muy especial, Roberta. ¿Lo sabías?

—¿Y crees que tú no?

—No de esa manera, no. Yo nunca fui bueno con las palabras. Hace apenas un par de días mi hermano me dijo que no hablo mucho.

—En mi casa lo haces.

—En tu casa parece que sí. Quizá porque en tu casa siempre hay tanta conversación, que uno siente que tiene que participar o enfrascarse en su trabajo de carpintería.

Roberta rió, levantó una varilla y atizó el fuego.

—¿Hablaban mucho tu esposa y tú?

—No mucho, no. Podíamos estar juntos en silencio y sin embargo sentirnos bien.

—Qué hermoso. Cuando mi esposo y yo estábamos juntos en silencio, era porque habíamos llegado a tal punto de indiferencia y falta de respeto que no teníamos nada que decirnos.

—Cuanto más me cuentas sobre el tuyo, tanto peor es la imagen que me represento.

—Y cuanto más me cuentas tú sobre tu matrimonio, tanto mejor es la imagen que yo me represento. Lo cual de alguna manera me abre los ojos, porque nunca conocí a nadie que tuviera un matrimonio feliz. Pensé que todos no hacían más que tolerarse.

—No, te equivocas. No todos.

—Todos los que yo he conocido. Toma a mis padres, por ejemplo. Él pasaba demasiadas horas en la taberna, así que mi madre protestaba siempre. Después, cuando se quedaba en casa, no lo dejaba tranquilo: haz esto, arregla lo otro… pero cuando lo hacía, nunca le parecía bien. Criticaba todo lo que él hacía, hasta que pude entender por qué le gustaba más estar en la taberna. Supongo que fue por eso que empecé a refugiarme en la literatura y en la música, para poder escapar a sus discusiones.

Gabe se tomó un momento para meditar sobre la relación de sus padres.

—Mis padres se llevaban bastante bien. A veces, a él le molestaba el chismorreo de mamá, pero a ella le molestaba que él fumara en pipa; decía que le empañaba las ventanas. Él tenía tendencia a holgazanear y ella tenía tendencia a trabajar hasta la noche. Pero no sé… Parecían resolver los problemas.

—Creo que los que arreglan los problemas son más raros que los que no los arreglan —comentó Roberta—. Yo tenía una amiga en Boston, Irene. Ella y su esposo estaban locos el uno por el otro. ¡Pero Dios, qué celosos! Podían enredarse en una pelea por personas totalmente extrañas que cruzaban por la calle. Si uno respondía un saludo, el otro lo acusaba de flirtear y empezaba la pelea. Si ella iba al mercado por un hogaza de pan, tenía que contar cada minuto que había estado fuera de la casa y aun así, él la acusaba de ridículas tardanzas. De modo que, aunque se amaban, nunca parecía suficiente. Bueno, llegaron a tal extremo que ni siquiera podían mostrarse atentos con sus amigos. Entonces, después de cada pelea, Irene venía a llorar sobre mis hombros. Yo solía hacer lo mejor que podía para consolarla, ¡hasta que un día me acusó a mí de coquetear con su esposo! Eso terminó con nuestra amistad. Me sentí muy mal.

Hizo una breve pausa antes de continuar.

—Después, por supuesto, ahí tienes a Elfred y Grace. Si alguna vez he visto una farsa, es ese matrimonio.

—En eso tengo que darte toda la razón.

Reflexionaron acerca de los Spear por un rato. Gabriel atizaba el fuego e hizo saltar algunas chispas.

—¿Elfred volvió a tu casa a molestarte?

—No desde el día en que lo ahuyentaste.

—Bueno, me alegro. Debo admitir que ese día me alteré un poco.

—¿Sí?

—Elfred cree que es un regalo de Dios para las mujeres, y yo hasta entonces siempre me había reído de eso. Pero aquel día no me pareció para nada gracioso.

Uno al lado del otro, con las piernas cruzadas, se volvieron para mirarse. No atizaron más el fuego y dejaron que se quemaran las puntas de sus varas. Había salido la Luna, que trazaba un sendero dorado sobre el agua. De las algas y las cenizas enterradas empezaba a emanar un aroma a hierbas que contrastaba con el olor algo rancio de las piedras calientes. El golpe suave de las olas se elevaba desde el borde del agua y en la distancia invisible gritaba una de las niñas, seguida por un coro de risas apagadas.

Por fin, Roberta rompió el silencio.

—¿Y bien? ¿Cómo es estar otra vez aquí, dónde solías traer a Caroline?

—No tan mal como pensé. Bastante agradable, en realidad.

—Una vez mencionaste un día que pensaste que iba a ser muy malo para ti. El dieciocho de abril.

—¡Ah, eso!

—¿Estoy pisando terreno sagrado?

—Es sorprendente, pero no. Un mes atrás, quizá sí pero… no sé… tal vez estoy en proceso de curación.

—¿Entonces qué hiciste el dieciocho de abril de este año?

—Fertilicé sus rosas, lo mismo que todos los años. Se trepan a una pérgola que llega hasta la puerta de la cocina y cada vez que voy a entrar en la casa tengo que caminar por debajo de ella.

—¿Isobel lo hace contigo?

—No.

—¿Porque no quiere hacerlo o porque nunca se lo pediste?

—Cuando fertilizo las rosas, siempre es mi momento especial con Caroline. Yo… bueno, entonces hablo con ella.

Él estudiaba el fuego. Ella lo estudiaba a él.

—Ten cuidado, Gabriel.

La miró interrogante.

—¿De qué?

—De excluir a tu hija demasiado tiempo.

Gabe se puso tieso.

—Yo no he excluido a mi hija.

—Ella habla en nuestra casa. Nos cuenta cosas.

—¿Como qué? Si dice que la excluyo, no es verdad.

Roberta se dijo cuenta de que aquél era un territorio enojoso.

—No digo que lo hagas a sabiendas.

—¡De no haber sido por Isobel, me habría vuelto loco cuando murió Caroline!

—¿Alguna vez se lo dijiste?

—No tengo por qué decírselo. Ella lo sabe.

—Que curioso… A veces piensa que es un estorbo para ti.

—¿Un estorbo?

Roberta arrojó su varilla al fuego, se frotó las manos y se abrazó las rodillas.

—El afecto es un alimento singular. Abre las bocas casi con la misma facilidad con que abre los corazones.

—¿Pero por qué tendría que pensar que es un estorbo para mí?

—Tú nunca la abrazas, Gabriel. Nunca la tocas. Te he observado y noté que no sabes hacerlo. Me imagino que cuando Caroline vivía lo hacía por los dos. A menudo es así; es la madre la que hace las manifestaciones de amor. Pero ahora tú eres el único padre y ella necesita saber que la quieres.

Gabe no dijo nada. Miró los ojos llameantes de Roberta por algunos instantes y ella vio que tenía las mandíbulas apretadas.

—A algunas personas les resulta difícil mostrar amor —continuó ella—. Si no sabes cómo, obsérvame a mí.

Él giró la cabeza para que Roberta no pudiera leer más su expresión.

—Las pequeñas cosas son las que cuentan, Gabriel. Decimos "te quiero" de mil maneras diferentes. Algunas tienen palabras, y algunas no… una palmada, sonrisas, tal vez pequeñas advertencias como "abrígate", "no te mojes", "¡cuidado con la cabeza!", "tu vestido es bonito", "¿es nueva esa cinta que llevas en el pelo?, hace juego con tus ojos", "me encantó verte representar *Hiawatha*", "¿por qué no vamos al jardín y cortamos juntos algunas rosas de mamá?". ¿Alguna vez hiciste eso con ella, Gabriel?

Había ido demasiado a fondo para retirarse ahora. Aquéllas eran cosas que tenía en su mente y que debía decir, en nombre de Isobel.

—Ella me dijo que no le permites tocar los vestidos de su madre y que el par de veces que lo hizo recibió una severa reprimenda. Tal vez algún día deberías permitírselo. ¿Cómo te habrías sentido tú si alguien te hubiera dicho que no podías tocar ninguna de las cosas de Caroline después de que murió? Te habrías sentido muy herido, Gabriel.

Gabe habló por fin, y ella percibió el enojo acumulado.

—Yo no quería que entrara allí con sus amigas. Ya sabes qué destructivos pueden ser los niños.

—Isobel nunca tuvo amigas, Gabriel. Ella nos lo dijo. Hasta que llegaron mis hijas. Porque tú siempre esperaste que ocupara el lugar de su madre en las tareas domésticas, que hiciera los deberes de la escuela, que primero y por sobre todas las cosas, asumiera responsabilidades. Yo siempre pensé casi lo opuesto. Les enseñé a mis hijas lo suficiente para que puedan valerse por sí mismas en caso necesario, pero les dejé su libertad. Después de todo, antes de que nos demos cuenta, van a ser adultas y van a tener su propia familia y todas las responsabilidades que eso trae aparejado. Cuando son niños, hay que dejar que sean niños. Y eso es lo que Isobel es en nuestra casa. Por eso le gusta tanto estar con nosotras.

Gabe giró de golpe la cabeza y la miró a los ojos.

—¡Pero fue muy duro después de que murió Caroline! —protestó con cierta ferocidad—. ¡Tú no sabes qué duro fue!

—No, no lo sé. No puedo saberlo, porque perder a mi esposo fue por completo diferente. Pero puedo imaginarlo. Y puedo ver que todavía sufres, y eso me dice mucho. Lo que te pido que comprendas es que fue igual de duro para Isobel y que tú nunca compartiste ese dolor con tu hija. Elaboraste tu duelo separado de ella y al hacerlo le hiciste creer que era un estorbo para ti. Y puedo jurar que ahora estás enojado conmigo por ser tan directa.

—¡Puedes estar segura! Me acusas de una cantidad de cosas que no creo merecer.

—Yo no te acuso, Gabriel.

Se paró de un salto, furioso.

—¡Vaya si no lo haces! Me dices que no he sido un buen padre para Isobel, ¿quién te nombró jueza?

—Nunca dije eso.

—¡Has dicho mucho! A mis espaldas, en tu casa… ¡acabas de admitirlo! ¿Qué haces tú, Roberta? ¿Te tomas un descanso de ser la mejor amiga de mi hija, para observar cómo sufre su padre en comparación?

—No seas ridículo, Gabriel.

—¡Ah, ahora soy ridículo! Bueno, tal vez lo he sido al permitir que se quedara tanto tiempo en tu casa.

—¡Miren qué encontramos!

Las niñas estaban de vuelta; llevaban una estrella de mar de buen tamaño.

—Vamos a hervirla y guardarla —anunció Isobel—. Y quizás en Navidad, si la pintamos de dorado, podríamos usarla para la punta del árbol de Navidad.

—¡Ahora no, niñas! —gritó Gabe—. Roberta y yo estamos hablando de algo muy importante.

Roberta no le hizo caso y extendió una mano.

—Una estrella de mar... Déjame ver —examinó el ejemplar y agregó: —¡Oh, es hermosa!

—¡Tú no vas a llevar esa cosa a nuestra casa, Isobel! —declaró Gabriel—. Va a empezar a apestar antes de que consigamos hervirla. Y además, ya tenemos una estrella para la punta del árbol. ¡Así que arrójala otra vez al agua!

Isobel lo miró perpleja.

—¿Qué pasa, papá?

¿Qué podía contestarle? Se estaba portando como un patán y lo sabía.

—Creo que nuestra comida está lista —intervino Roberta—. Vamos a destaparla, niñas.

—¡Yo lo haré! —la interrumpió él, violento.

La excursión se echó a perder por completo. Aunque hubo algunos intentos de forzar una conversación mientras comían, nada de eso ocurrió entre Roberta y Gabriel. Eran casi las diez de la noche cuando empacaron todas las cosas. Gabe tiró unas paladas de arena en el hoyo del fuego y Roberta mandó a las niñas al auto con las canastas de pesca y el rastrillo para almejas. Observó cómo Gabe hundía la pala en la arena y tiraba paladas sobre el pequeño fuego con una furia de animal acorralado en cada movimiento. Por fin desaparecieron las brasas y ambos permanecieron bajo la única luz de la Luna. Él arrojó dos paladas más, y oyeron el sonido solitario del metal al morder la arena.

Al fin, Roberta sintió que debía hablar:

—Estás furioso conmigo. Quiero decir, furioso en serio.

Él se inclinó para sacarse un poco de arena del pantalón —algo innecesario, pensó ella—, para evitar mirarla a la cara.

—Sí, lo estoy, Roberta.

—Gabriel, escúchame. Si estás enojado conmigo, te entiendo. Sólo... sólo que no descargues tu enojo en Isobel. ¿De acuerdo?

—¡Por qué debería descargarlo en Isobel! ¡Jesús, Roberta, tú me consideras una especie de bruto!

—No. Pero a veces, cuando te enojas conmigo, te pones de muy mal humor con ella. Sólo recuerda que fui yo quien habló esta noche, y si quieres descargar tu enojo en alguien, hazlo conmigo. Porque ella no se lo merece.

De repente, Gabe se volvió hacia Roberta y le apuntó con un dedo.

—¡Debes saber que las cosas andaban bastante bien en mi casa antes de que tú llegaras a esta ciudad! ¡Yo me ocupaba de mi hija y nos llevábamos de maravillas! ¡Así que no creas que tienes la última palabra sobre cómo educar a los hijos, porque yo lo hacía muy bien! ¡Y tal vez te conviniera echar una mirada a tu propia vida y ver si puedes mejorar un poco tus funciones de madre! ¡Mientras tú recorres todo el condado para vacunar contra enfermedades a los niños, tus propias hijas pueden contraer otras por las deplorables condiciones sanitarias de tu maldita casa! ¡Y por el amor de Dios, plancha mejor tus vestidos!

Para cuando terminó, estaba gritando.

Durante el silencio que siguió, se miraron como si les hirviera la sangre. Luego él se dio vuelta y cruzó el bajío en un par de zancadas, con el puño cerrado en el mango de la pala como si fuese una jabalina.

Ella se plantó con los pies separados y le gritó a sus espaldas.

—¡Maldito cabeza dura, ignorante, estúpido asno plebeyo!

Antes de seguir tras él, levantó una nube de arena de un puntapié.

Cuando lo alcanzó, Gabe empuñaba la manija de arranque con tanta fuerza como si quisiera levantar el auto y arrastrarlo hasta la casa.

—¡Yo lo haré! —insistió ella y lo empujó a un costado—. ¡Dame eso!

—Con gusto —respondió él con brusquedad.

Dio la vuelta hacia el lado del acompañante, subió al auto y la dejó luchar no sólo con la manija de arranque sino también con los carburos de los faroles. Después de arrancar el motor, encender y cerrar las lentes de los faroles, por fin Roberta subió al auto y se sentó frente al volante.

A Gabe le irritaba no haber llevado su propio camión y tener que dejarse transportar por ella. Era una mujer demasiado independiente y aquella noche, de todas, le daba el golpe de gracia: ¡ella lo conducía a él! Además… no sabía qué significaba "plebeyo".

En el asiento de atrás, las niñas iban quietas, alertas. No había cantos ni charlas. Roberta puso el cambio en velocidad y el auto se sacudió con violencia. Cuando empezó a rodar, se oyó una voz tímida desde atrás.

—¿Qué pasa?

Los dos contestaron a un mismo tiempo.

—Nada. —Gabriel.

—Tuvimos una discusión. —Roberta.

—¿Sobre qué? —preguntó Rebecca.

—Sobre nada.

—Sobre qué clase de padres somos —replicó Roberta.

—¡Roberta…! —le advirtió él con severidad.

—¡Ah, claro! ¡Eso es tan típico! —gritó ella—. ¡Ocultarles todo como si no tuviesen ningún derecho a saber!

—Roberta, discutiré eso contigo… en privado. ¡Si es que lo hago!

—¡Si es que lo hago… ja! —Ella echó la cabeza hacia atrás. —Dudo de que vayas a tener una oportunidad, Farley.

Rebecca tuvo más coraje que las otras.

—¿Qué significa eso de qué clase de padres son? —preguntó—. Los dos son buenos padres, ¿no?

—Parece que el señor Farley piensa…

—¡Cállate, Roberta!

—¡Yo no les oculto nada a mis hijas! —gritó fuera de sí—. ¡Por eso es que mi familia funciona! ¡Así que no me digas que me calle! ¡Cállate tú! ¡Tú eres tan bueno para eso que debería resultarte natural! ¡Ocultas todos tus sentimientos, y los vestidos de tu esposa, y la verdad sobre tu madre y sobre lo que los ciudadanos respetables de Camden piensan de Roberta Jewett y de sus hijas! ¡Bien, yo soy tan buena como cualquiera en esta ciudad, y puedes ir a decírselo de mi parte!

Gabriel selló los labios y miró hacia la maleza de los costados del camino, que resplandecía verde a la luz de los faroles. Una criatura nocturna con ojos ambarinos desapareció en una zanja. Las casas se recortaban como elefantes dormidos detrás de los enormes árboles oscuros de los jardines delanteros.

Las pasajeras del asiento de atrás viajaban en completo silencio.

Roberta tomó una curva demasiado rápido y Farley se deslizó hacia un costado del asiento.

—Ve más despacio —le ordenó.

"¡Vete al diablo¡", pensó ella y siguió a la misma velocidad. Ya en Camden, avanzaron con ruido sobre las vías del tranvía, pasaron la fábrica y subieron la colina hasta la calle Alden.

Cuando ella frenó de golpe frente a la casa y los catapultó a todos hacia adelante en sus asientos, nadie dijo una palabra. Dejó en la posición correcta las diversas palancas y bajó del auto. En medio de un silencio hostil todos empezaron a separar las pertenencias. Gabe llevó el equipo de excavar al camión, pero Isobel se quedó atrás, muy cercana al llanto.

—Gracias por el picnic —le dijo a Roberta. Enseguida le susurró: —¿Usted y mi padre no se van a hablar nunca más?

Aunque Gabriel tenía la facultad de hacer estallar su temperamento, la vulnerabilidad de Isobel le causaba casi lo opuesto.

—No lo creo, mi amor —le respondió, con una caricia.

—Pero… —Isobel miró a su padre, que en ese momento encendía los faroles. —¿Puedo seguir siendo su amiga?

Roberta dejó caer la canasta y tomó a Isobel en sus brazos.

—¡Oh, por supuesto que puedes, querida! Nosotras siempre seremos tus amigas. —Isobel se apretó contra su pecho y los ojos de Roberta se llenaron de lágrimas. —Lamento que hayamos hecho terminar tan mal la noche, cuando había empezado tan bien —dijo con los labios apretados contra la cabeza de la niña.

—¡Isobel, vamos, tenemos que irnos! —ordenó Gabriel con tono severo desde el camión.

Isobel se apartó de mala gana. Rebecca, Susan y Lydia rondaban cerca de ellas, en silencio.

—Buenas noches —las saludó Isobel. Luego, con tono de ruego, agregó: —¿Podemos hacer algo mañana?

—Claro… —respondieron Lydia y Susan con voz débil, ante la incertidumbre de lo que dirían los adultos.

El motor de Gabriel arrancó y por encima del fuerte rugido, gritó:

—¡Isobel, vamos!

Y cerró la puerta de un golpe.

—Adiós… —susurró la niña.

Y Roberta oyó lágrimas en su voz quebrada.

Sus tres hijas dijeron adiós y Roberta cargó la canasta hasta la casa mientras Farley se alejaba. Atrás quedaban las niñas observándolo como un trío de pajaritos que acababan de dejar el nido pero que todavía no estaban en condiciones de volar.

Capítulo 11

Roberta y Gabriel habían pasado demasiado tiempo juntos para desentenderse de su pelea como si no les importara. Aquello era un final, y los finales duelen. Ninguno de los dos se engañaba sobre lo cerca que habían estado de una relación sentimental. La verdad era que habían empezado a simpatizar el uno del otro, a disfrutar de la mutua compañía, y la tentación de extender esa amistad a alguna clase de vínculo físico con seguridad había rondado por sus mentes desde aquel beso. Roberta lo había pensado de esta manera: un vínculo físico superficial. Gabriel admitió después de la pelea que en ocasiones había imaginado que podrían ser amantes, pero enseguida desechaba la idea, sólo para hacerla emerger con puntual regularidad.

Ahora eso pertenecía al pasado. La amistad había terminado con una nota de amargura que perduró en los días que siguieron. Cada vez que recordaban aquella noche del picnic en la playa, ambos pensaban en cuán agradables y llevaderas habían sido sus vidas antes de conocerse. Entonces se alteraban al recordar la crítica injusta que habían sufrido a manos del otro.

Roberta pensaba: "Mi casa puede ser un desorden, pero está tan limpia como me lo permite el tiempo de que dispongo... ¡y no está infectada! ¿Quién es él para criticar la manera en que hacemos las cosas, si está bien para nosotras? ¡Por el amor de Dios, yo soy una enfermera que sale a la calle para enseñar higiene a los demás! ¿Cómo se atreve a insinuar que no cuido a mis hijas como es debido? ¡Yo no quiero que vivan en una especie de... una especie de museo donde nada se puede tocar! Ellas tendrán alegría en su casa, y si está un poco desordenada... bueno, ¿qué recordarán más cuando sean mayores? ¿El desorden o la alegría? Y si a él no le gusta cómo me arreglo, ¡al diablo con él! Que vaya a buscar a una de esas muñequitas remilgadas sin cerebro, que viva y respire sólo para agradarle a él. ¡Se lo regalo!".

Gabriel pensaba: "Ella tiene una boca demasiado grande para una mujer que nunca ha visto mi casa, o cómo nos llevamos Isobel y yo, o cómo la mantenemos limpia y ordenada sin Caroline. Y que piense que no quiero a mi hija… ¡bueno, qué soberano disparate! ¡La sola idea de que Isobel se vaya de mi casa cuando crezca me produce un miedo mortal! Esta casa es como una celda de prisión sin ella, y cuando se vaya para siempre no sé qué voy a hacer. Bueno, quizá yo no acaricio a mi hija como lo hace Roberta, pero ésa es la manera de ser de una mujer. Y tal vez le hago compartir a Isobel las responsabilidades para mantener la casa limpia y ordenada, pero eso es lo que hacen los buenos padres. ¡No dejan correr a sus hijos como ardillas salvajes! Roberta Jewett puede educar a sus hijas a su manera, que yo educaré a la mía a mi manera. Y veremos quién causa la mejor impresión en la gente de esta ciudad. Y si alguna vez vuelvo a tener la idea estúpida de ir allá y flirtear con esa mujer… ¡espero que alguien me aplaste el cerebro!".

Una noche, más o menos una semana después del picnic en la playa, cuando Gabriel volvió del taller, Isobel lo esperaba con la cara rebosante de entusiasmo.

—¡Papá, adivina qué! ¡Nos han pedido que representemos *Hiawatha* para todos los alumnos de la escuela!

—Qué maravilloso, Isobel.

—¡En nombre de la misma directora!

—Bueno, es una buena obra.

—La señora Roberson y la señorita Werm dijeron que era preciso que el cuerpo de estudiantes tuviera una oportunidad de verla, porque es un clásico estadounidense. Y después de oír eso, la señorita Albernathy dijo que sería perfecta como un programa del liceo durante la última semana de clases. ¡Así que vamos a hacerlo! ¡Estoy tan entusiasmada! Vas a venir, ¿verdad, papá?

Él estuvo a punto de decir: "Pero ya la he visto". Se lo impidió la admonición de Roberta, que pasó como un relámpago por su mente. "Decimos 'te quiero' de mil maneras diferentes. Si no sabes cómo hacerlo, obsérvame a mí".

Y se descubrió respondiendo como lo habría hecho ella:

—Por supuesto que iré. No me lo perdería por nada del mundo.

Su inesperada aquiescencia dejó absorta a Isobel, que se había preparado para las excusas.

—¿No te lo perderías? ¿Lo dices en serio, papá? ¿No te lo perderías?

Tomado él mismo por sorpresa, Gabe rió entre dientes.

—Acabo de decir que no me lo perdería, ¿no? Si dije que iré, allí estaré.

Feliz, Isobel le rodeó la cintura con los brazos y lo estrechó fuerte.

—¡Oh, papá, estoy tan contenta! Nunca pensé que aceptarías verla dos veces. ¡Muchas gracias por decir que sí!

De repente parecía que Roberta estaba allí, como un ángel guardián con las alas desplegadas sobre Isobel para cuidar por su bienestar emocional. Cuando el instinto indicó a Gabriel que se apartara, el espectro de Roberta le ordenó: "No desperdicies esta oportunidad". Entonces estrechó los brazos alrededor de Isobel y apretó la mejilla contra su pelo. Percibió la sorpresa de la niña: un instante de quietud durante el cual su propio corazón saltaba agitado y él se preguntaba por qué había demorado tanto. Permanecieron abrazados mientras él sentía que se ponía en marcha una especie de engranaje sentimental. Después, cuando la niña se echó hacia atrás, lo miró con una sonrisa de tan maravilloso asombro, que ahí mismo encontró la recompensa.

El momento de acercamiento pasó y trajo un rebote de timidez. Isobel se ruborizó.

—Bueno… —musitó—. Tengo que ir a ver a Susan y Lydia y Rebecca. ¿Está bien, papá?

—Está bien —respondió él mientras apartaba las manos de los hombros de su hija.

Al verla alejarse de prisa, sintió que el resplandor crepuscular llegaba hasta muy dentro de él y lo convertía en un ser más completo. Una cosa tan sencilla… un abrazo, una palabra amable, un sí… ¡pero qué reacciones complejas provocaba! Muchos años atrás, cuando Isobel era un bebé, se había sentido así cada vez que la miraba en su cuna, como si estuviera tan lleno de vida que una sola gota más de benevolencia lo inundaría.

A Gabe le asombró pensar tantas veces en ese abrazo que compartió con Isobel, en la calidez que le había hecho sentir y en cómo desplazó los recuerdos de Caroline. Quizá Roberta tenía razón: él había dejado la nutrición sentimental en manos de su esposa, y cuando ella murió, no había tenido los medios para ocupar su lugar en ese aspecto. Pero, ¿era cierto que había considerado un agravio la intrusión de Isobel en su duelo?

No… no, ésa era una acusación descabellada, una acusación que todavía le dolía. Él amaba a su hija… ¿Acaso no era una prueba viviente esta fuerte reacción emocional? Y que Roberta lo acusara de resentir la presencia de Isobel era una magulladura emocional que Gabe no olvidaría pronto.

La representación de *Hiawatha* en la escuela tuvo lugar a las dos de la tarde de un jueves en la última semana de mayo. Gabriel había trabajado toda la mañana en el taller y se fue a casa a la una para bañarse, afeitarse, peinarse y cambiarse de ropa.

Roberta había estado trabajando al otro lado de Bald Mountain y cuando por fin tomó por la carretera de Barnstown y llegó a Camden, le quedó poco tiempo para cambiarse.

Gabe llegó diez minutos antes.

Roberta llegó diez minutos tarde.

Él se sentó en la última fila, solo.

Ella se sentó en la tercera fila, junto a su hermana y a su madre.

Él observaba, quieto como una gaviota dormida.

Ella movía los labios junto con las palabras de la obra.

Las niñas hicieron una representación espléndida y cuando terminaron las aplaudieron con entusiasmo. La señorita Abernathy agradeció y las elogió, y después de un breve aplauso final el público se levantó y abandonó de prisa el auditorio de la escuela.

Gabriel fue directo a la calle.

Roberta se dirigió a la escalera del escenario, donde se encontró con el elenco que bajaba. Las niñas estaban locuaces, excitadas, contentas consigo mismas; agradecían las muchas felicitaciones y las rodeaban la multitud que se desplazaba hacia la salida en una marea ondulante.

Roberta pudo por fin abrazar a sus tres hijas, y las hijas de Grace y por último a Isobel, a quien estrechó más fuerte y más tiempo que a las otras.

—Señora Jewett... ¡Cielos, qué bueno es volver a verla!

—¡Estoy tan orgullosa de ustedes! ¡Hicieron un trabajo espléndido!

—Sí, ¿verdad?

—Todo el mundo lo dice.

Se apartaron, se miraron y se confundieron en otro abrazo que les anudó las gargantas.

—Te he echado mucho de menos en casa.

—Yo he echado de menos ir allá. Pero papá quiere que me quede más en casa.

—Sí, lo sé. Pero tú eres siempre bienvenida. ¿Lo sabes, verdad?

—Sí... lo sé.

Una vez que se separaron, la niña y la mujer vieron afecto una en los ojos de la otra. Y tal vez algunas lágrimas contenidas.

Gabriel esperaba afuera, al sol, cuando Roberta salió con un brazo alrededor de Susan, el otro alrededor de Isobel, rodeada por gente joven y seguida por su madre y su hermana. Estaba parado en el patio delantero de la escuela, junto a una mole de piedra de treinta toneladas llamada Roca Conway que conmemoraba a los nativos de Camden muertos en la guerra. Cuando ella bajaba la escalinata del edificio de la escuela, sus miradas se encontraron, acompañadas de una mezcla de buenos y malos recuerdos. Y si sus corazones se agitaron un poco, ninguno de los dos lo demostró. Él se quedó tan inmóvil como la Roca Conway y ella se mantuvo en el centro de su séquito. Podría haber doblado hacia un lado y tomado otro camino para llegar a su automóvil, pero los jóvenes la empujaron hacia adelante y no encontró ninguna manera elegante para desviarse. Cuando el grupo se desplazaba en dirección a Gabe, Isobel se soltó y corrió a su encuentro para abrazarlo. Después lo miró a la cara, radiante de triunfo.

—Papá, todos van a casa de las Jewett a tomar una limonada. ¿Puedo ir, por favor?

Gabe miró a Roberta y después otra vez a Isobel. No encontró el valor para negarse.

—Está bien. Pero a la hora de la cena te quiero en casa, ¿de acuerdo?

—Lo prometo.

La siguió con la mirada mientras corría para volver a unirse al grupo.

Roberta había observado el cambio con cierta sorpresa cuando Gabe correspondía de corazón el abrazo de Isobel. Cuando él levantó la cabeza volvieron a encontrarse sus miradas, pero de los dos sólo emanaba frialdad. La fuerza de atracción seguía allí, innegable —un tirón al corazón y a la voluntad—, pero el orgullo imponía sus reclamos y aquél no era el momento. No en medio del alboroto de los jovencitos de primero y segundo año que corrían a su lado, excitados por la salida antes de hora. No con la madre y la hermana de Roberta observándolos. Sus hijas también sabían cómo estaban las cosas entre los dos, y no podían evitar mirarlos con curiosidad.

Así que no intercambiaron ninguna sonrisa, apenas una leve inclinación de cabeza de parte de él a modo de saludo y la misma respuesta de parte de ella antes de que se diera vuelta y siguiera su camino.

Grace le apretó el codo a Roberta y le susurró al oído:

—Es la primera vez que veo a Gabriel Farley en uno de estas reuniones.

—Tú ya no lo ves más, ¿verdad, Roberta? —preguntó Myra con cara avinagrada.

Tuvo que dominarse para no darle una respuesta cáustica y en cambio contestar obediente:

—No, madre.

Cuando el grupo se alejaba, Gabe se dio cuenta de que sus ojos seguían el lazo del uniforme en la espalda de Roberta. Su gorro blanco de enfermera resplandecía al sol como la nieve en la cima de la montaña. Esa mañana llevaba el pelo recogido en un rodete prolijo en la nuca, pero ahora se lo veía algo desgreñado. Se sintió invadido por una sensación de soledad, junto con una imagen mental de la casa de Roberta. Deseaba poder seguirla a su casa, sentarse en el porche de adelante y escuchar las charlas y las risas de los jóvenes, saludar a Roberta y compartir una bebida fría con ella.

El grupo llegó al auto y todos los niños se amontonaron adentro. Debían de ser cerca de una docena, pero a Roberta no le importaba. Despachó a su hermana y a su madre con un beso en la mejilla y estaba por voltear la manija de arranque cuando apareció Elfred y se ofreció a hacerlo. Gabe no estaba seguro de haber visto antes a Elfred. En el auditorio, seguro que no. En apariencia había ido a buscar a su esposa y a su suegra para llevarlas a la casa. De cualquier modo, se desvió bastante para ofrecer sus servicios a Roberta, que ella declinó —con marcada aversión— y arrancó el auto sola. Contra su voluntad, Gabriel sonrió ante su genio indómito. Cuando la vio dar la vuelta al auto y abrir la puerta del lado del conductor, pensó que se detendría un segundo para mirarlo. Pero alguien pasó caminando entre ellos y le tapó el campo de visión. Cuando quedó despejado, el automóvil se alejaba.

Dos cosas pasaron aquella tarde, durante la sesión de limonada, que después quedaron grabadas en la memoria de Roberta.

Una, lo que le dijo Isobel.

—Papá dice que va a contratar a una mujer para que lave nuestra ropa y se ocupe de las tareas de la casa… ¡por fin!

Y Rebecca, cuando salió al porche recién peinada y con un ligero toque de *rouge* en los labios, y se sentó aparte de las otras niñas para charlar y reír con el muchacho que aquel día les regaló el pescado que había limpiado sobre las rocas. Se llamaba Ethan Ogier, y Rebecca había pedido permiso a su madre para abandonar la reunión y caminar con él hasta la ciudad para tomar un helado juntos.

El año escolar terminó el 30 de mayo. La temporada de verano se lanzó oficialmente con un vistoso desfile y un picnic, durante el cual Roberta tuvo que parar una vez más los avances de Elfred cuando Grace y Myra no miraban. La arrinconó contra su auto cuando ella fue a buscar una manta; su acoso fue más audaz que de costumbre, y ella terminó por darle una bofetada tan fuerte que le dejó los dedos marcados en la cara. Por fin retrocedió y volvió junto a Grace, no sin antes lanzarle una amenaza por encima de los hombros:

—Ya te domaré, pequeña perra. No creas que no lo haré. Le das mucho a Farley… ¡Puedes reservar algo para mí!

Él no volvió más al picnic después de eso y, aunque a Roberta le intrigaba saber cómo había explicado el moretón en la cara, no preguntó nada y Grace tampoco lo mencionó. Antes de que Grace admitiera que estaba casada con el enamoradizo más escandaloso del condado de Knox, era más probable que la temperatura descendiera a diez grados bajo cero en pleno verano. Grace era, de lejos, la persona más engañada que jamás hubiera conocido Roberta.

Llegó junio y con él los días calurosos a la pequeña ciudad marítima de Camden. La ladera de la montaña se cubrió de un verde brillante, y la bahía Penobscot, de reflejos plateados. Las margaritas silvestres invadían los senderos en declive hasta el pie de la montaña y los helechos frondosos rendían homenaje debajo de los abedules blancos. Todas las bayas, zarzamoras, frutillas y frambuesas florecían en matas abigarradas al resguardo de los árboles, y las aguileñas meneaban los pétalos con la brisa suave del verano.

Con el verano cambió el puerto y también la actividad de los muelles a su alrededor. Junto a los embarcaderos aparecieron los colgadores de bacalaos salados, que despedían un fuerte olor mientras se secaban al sol. Las barcas de los pescadores salían más temprano y regresaban más tarde. Llegaron los veraneantes y llenaron de velas la ensenada y ocuparon las cabañas a lo largo de Dillingham's Point y hasta Hosmer Pond. En la playa pública de Laite, los nadadores se lanzaban al agua por docenas con sus trajes de baño de lana. También la pandilla que se reunía en el porche de Roberta Jewett iba a nadar allí, y remaban y pescaban cerca de la isla Negro, y hacían picnics en lo alto del monte Battie, donde las brisas más frescas les daban un respiro del calor húmedo al nivel del mar.

Isobel las acompañaba ahora muchas veces, porque Gabe había empleado a una viuda de treinta seis años, Elise Plowman, para que se ocupara del manejo de la casa, de lavar la ropa y también de cocinar un poco. Su madre se mantenía alejada y su hija parecía más feliz que nunca desde que volvió a sentarse en el porche y a salir de excursión a la montaña con la pandilla de las Jewett. Aunque la casa de Roberta se había convertido en la guarida oficial de verano para un número aún mayor de chicos y chicas, Rebecca pasaba menos tiempo con sus hermanas y más con Ethan Ogier.

A medida que avanzaba el verano, a Roberta le gustaba más y más su trabajo, que la llevaba de un extremo a otro del condado y a veces la retenía fuera de la casa hasta casi entrada la noche. La carrera de enfermera pública, de reciente creación, legitimada por la presencia de la Cruz Roja en la guerra que continuaba en Europa, otorgaba a sus enfermeras la "libertad de iniciativa" y el "mandato de educar". Y ella hacía uso de esas prerrogativas. Mientras recorría con el auto el distrito rural, buscaba casas que tuvieran pañales en los tendederos y se detenía frente a ellas para comprobar el estado de salud tanto de los bebés como de las madres. Daba lecciones sobre el cuidado de los lactantes; a través de los chismes que circulaban por el condado se enteraba de quién esperaba un bebé y entonces visitaba esa casa para brindar consejo prenatal y designar parteras. Inició un programa destinado a la prevención de la fiebre tifoidea y otras enfermedades transmisibles por malas condiciones higiénicas y por ignorancia. Empezó una campaña antituberculosis con la ayuda de material impreso suministrado por el Estado y la puso en práctica con el examen y la supervisión periódica de los casos susceptibles. Practicaba exámenes de ojos y oídos, asistía a los enfermos recién salidos del hospital y a los ignorantes que no sabían que existía ayuda para ellos.

Aprendió más de lo que creía sobre el manejo de su automóvil: cómo levantar el piso, sacar la tapa de la caja de transmisión y ajustar las correas con un destornillador; cómo aplicar los parches de goma sobre un corte del neumático y envolverlo con una toalla y atarlo con alambre para que rodara unos kilómetros más; cómo evitar las cuestas más empinadas cuando la gasolina era escasa, para que la fuerza de gravedad no ahogara el motor. Hasta aprendió a arrancar el motor con la llave en lugar de con la manija, al afinar sus oídos con ese zumbido particular en la bobina de ignición que le indicaba que había gasolina en el cilindro y que los pistones se hallaban en posición correcta.

El último día de junio la habían enviado a ver a una mujer y su bebé de seis semanas, y había subido uno de los peores caminos que podían encontrarse en el condado de Knox. Era un día muy caluroso y brumoso. Desde arriba de la colina Howe, la bahía Penobscot parecía hervir a fuego lento. Una bruma perlada pendía sobre ella y junto con una capa de nubes opacaba la superficie del agua. La rueda de madera del volante se tornaba grasosa bajo las manos de Roberta cuando bajaba por el camino resbaladizo. Pegó contra una roca y se golpeó la cabeza contra el techo... Cuando volvió a caer en su asiento, el motor se había parado. Como se hallaba en pleno descenso de una pendiente muy pronunciada, maniobró el volante para seguir bordeando el camino hasta que, al aproximarse a la intersección de Hope Road, dio un giro brusco al volante y detuvo el auto al ponerlo de punta contra el lado derecho del camino entre la maleza y las rocas.

—¡Maldita máquina! —Golpeó con furia el volante.

Tuvo que luchar para abrir la puerta. La fuerza de gravedad trabajaba en contra de ella, de modo que necesitó darle un fuerte empujón antes de que cediera. Por fin se paró sobre el camino de grava, con las manos en las caderas y hecha una furia. Miró a su alrededor. Un Ford T parado en el camino, una nube de polvo detrás, alimañas en las zanjas, saltamontes que emergían y volvían a desaparecer entre los pastos, flores silvestres alrededor del auto y la nota monocorde e incesante de las chicharras escondidas en los matorrales y los pastos.

Las nubes se habían alejado y el Sol caía a plomo sobre su cabeza mientras se preguntaba qué revisar primero. ¿La correa del ventilador? No parecía ser eso, porque el radiador no silbaba. No obstante, levantó la tapa del motor y echó una mirada adentro. El calor del motor era terrible, pero la correa del ventilador estaba en su lugar. Dio unos tirones a los cables de las bujías y controló las terminales magnéticas. Parecían estar bien. Entonces podían ser las correas de transmisión, pero aun si necesitaran algún ajuste no habrían parado el motor de esa manera. Mientras corría el asiento de adelante para revisarlas, pensó en controlar el nivel de gasolina. Quitó por completo el asiento, lo apoyó contra el estribo del auto, después sacó la tapa del tanque, que asomaba entre las tablas del piso. Hundió la varilla de madera y encontró el problema: completamente seco. Cuando levantaba la lata de gasolina de detrás del asiento trasero, oyó el ruido de un motor que se acercaba. Se enderezó y esperó. En lo alto de la colina, desde el este, apareció un automóvil negro de paseo que bajaba la suave pendiente y disminuía la velocidad a medida que se acercaba. Aun antes de detenerse, Roberta reconoció a Elfred.

No llevaba sombrero, fumaba un cigarro y sonreía con afectación cuando apagó el motor y se bajó, sin quitarle los ojos de encima en ningún momento.

—¡Vaya! ¿Qué tenemos aquí? ¿Una damisela en apuros?

Roberta se acomodó un mechón de pelo detrás de la oreja y le contestó seria.

—En absoluto. Sólo estoy llenando el tanque de gasolina.

—Bueno, permítame, señora Jewett. —Se sacó el cigarro de la boca y se lo alcanzó a ella. —¿Quieres tenerme esto, por favor?

Había dejado el saco del traje en el auto; vestía una camisa blanca de cuello alto, corbata, pantalón gris a rayas y tiradores negros anchos. A pesar del intenso calor, llevaba el cuello y la corbata bien ajustados. Aunque el almidón se había ablandado debajo de los tirantes elásticos, se veía que la camisa había estado muy bien planchada en la mañana. Elfred tenía una fijación con la pulcritud. Roberta examinó la espalda de la camisa blanca mientras él levantaba la lata de gasolina, y pensó: "Pulcro por fuera, sucio por dentro".

—Es muy amable de tu parte, Elfred, pero en realidad podría haberlo hecho sola.

—¡Pamplinas! ¿Qué clase de canalla tendría que ser para pasar junto a una mujer varada en un camino, tan lejos de la ciudad, sin ofrecerle una mano?

Quitó la tapa de la lata y se puso en posición para verter la gasolina dentro del tanque, mientras ella agitaba la mano para alejar el humo del cigarro. Pero el aire estaba tan quieto, sin la menor brisa que ayudara a disiparlo, que aunque se diera vuelta para un lado o para otro el humo parecía seguirla. Mientras Elfred vertía la gasolina, se encontró de frente a la costura trasera del pantalón de su cuñado y miró para otro lado, sacudida por una espontánea aversión. El silencio y la lejanía parecían magnificados por el canto monótono de las chicharras y el calor agobiante.

—¿Qué haces por aquí, Elfred? —preguntó por fin.

—Fui a echar una mirada a la casa de los Mullens. La mujer prefiere venderla antes que ocuparse ella sola del manejo de todo. ¿Y tú qué haces por aquí?

—Tuve un caso allá arriba. Una madre reciente con un bebé de seis semanas. Le hice un examen general y le di algunas instrucciones sobre el cuidado del lactante. Hay mucha ignorancia por todas partes, que mata sin necesidad alguna a muchos niños, sobre todo a los recién nacidos.

Él le echó una rápida mirada por encima del hombro, y siguió con el llenado del tanque de gasolina.

—No he vuelto a verte desde el día del picnic.

—He estado ocupada recorriendo todo el condado.

Elfred terminó de verter la gasolina y se apartó del asiento delantero. Puso el tapón de madera en la lata y lo golpeó una vez con la palma de la mano para hundirlo mejor.

—¿Sabes? No me gustó la manera en que me trataste ese día. Tuve problemas para explicarle a Grace esa marca que me dejaste en la cara.

Roberta buscó en su mente algo que decir. Elfred depositó la lata en el asiento de atrás, se dio vuelta y avanzó con paso lento hacia ella mientras se secaba las manos con un pañuelo de lino blanco. Cuando se detuvo delante de Roberta, guardó el pañuelo en el bolsillo trasero del pantalón y estiró la mano. Ella dio un paso rápido hacia atrás.

—Estás un poco nerviosa, Birdy —comentó Elfred con una sonrisa insidiosa mientras recuperaba su cigarro—. ¿No es así?

—Es mejor que me vaya. Las niñas me esperan a las cinco.

Él extendió rápido la mano y la tomó del brazo.

—¡Un momento, no tan rápido! ¿No merezco ningún agradecimiento por haberte ayudado?

Ella tironeó para soltarse, pero no lo logró.

—Gracias, Elfred. ¿Ahora puedo irme?

—Eso no es suficiente agradecimiento, Roberta. Yo pensaba en algo un poco más personal.

Elfred podía expresar más lujuria con una sonrisa que cualquiera que Roberta hubiera conocido jamás.

—Suéltame, Elfred.

Trató de separarle los dedos, pero él le pasó el otro brazo alrededor de la cintura, abrió las piernas y la apretó contra su cuerpo, tan cerca que su bigote quedó a escasos centímetros de los labios de ella.

—¿Soltarte? ¿Y qué pasa si no lo hago? —Sonrió como un lobo voraz, con la cara tan cerca que ella podía oler el cigarro en su aliento y la gasolina en sus manos. —¿Qué pasa si averiguo por mí mismo qué hay de tan precioso debajo de esas polleras, que lo reservas todo para Farley? ¿Qué pasa si hago eso, eh, Birdy?

Roberta puso un brazo entre ambos y empujó.

—¡Suéltame!

—Esta vez no, Birdy. Esta vez no hay nadie que pueda detenerme.

Inclinó la cara, pero ella giró rápido la suya.

—Elfred, por favor… ¡no!

—Muéstrame, Birdy… vamos…

—¡Elfred, dije que no!

El pánico creciente de Roberta avivaba el fuego en él.

—Vamos, no seas tan tacaña.

La lucha se intensificó. También el miedo de ella.

—¡Basta, Elfred!

Él tiraba para un lado, Roberta tironeaba para el otro, y en la lucha levantaban el polvo del camino.

—Hay demasiado fuego allí para que lo mantengas apagado…

Roberta trató de darle un rodillazo, pero la falda le impidió el intento, y él era muy astuto con sus movimientos. O se mantenía a un lado o demasiado cerca.

—No me digas que no te gusta… Sé cómo son las divorciadas… Les gusta esto, no importa de qué manera lo obtengan. ¿No es así, Birdy?

—¡Suéltame!

Como respuesta la agarró del pelo, le tiró la cabeza hacia atrás y la besó, con la lengua apretada contra sus labios cerrados. El gorro blanco de enfermera cayó al camino. Roberta sentía como si el cráneo se le separara de sus sienes. El olor del humo del cigarro le llenaba las fosas nasales mientras él luchaba por dominarla. Ella no dejaba de empujarle el pecho mientras la boca del hombre le lastimaba los labios. Por fin perdió fuerza el apretón de Elfred, y su mano se deslizó por la espalda de Roberta. Cuando se movió para volver a aferrarla, llegó la oportunidad para ella: de un fuerte empujón, lo hizo trastabillar, se liberó y salió corriendo.

No había dado más que cinco pasos cuando él la alcanzó, gritando, y la hizo caer contra el estribo del auto. El asiento suelto se desplomó y golpeó con el hombro contra el metal. Se deslizó hacia un costado, la mitad sobre la grava, la mitad sobre el asiento. Sentía un dolor terrible en la cadera y en el hombro derecho.

—¡Ay! —gritó—. ¡Mi brazo! ¡Elfred... mi brazo!

Estaba torcido debajo de ella cuando él se le abalanzó con sorprendente facilidad.

—¡Vuélvete hacia aquí, maldición!

Se montó a horcajadas mientras Roberta resistía lo mejor que podía.

—Elfred, por favor... no... por favor... Elfred, mi brazo...

Tenía el brazo izquierdo libre. Lo golpeó con el puño, tan fuerte que él gritó, giró sobre un costado. Roberta se liberó. Se levantó y echó a correr, pero el uniforme y el delantal se le enredaron en las piernas y él alcanzó a aferrarla y derribarla otra vez. De espaldas. En el mismo lugar que antes.

Aferrada del cuello por una de las manos fuertes del cuñado, lo vio abalanzarse sobre ella, enfurecido y magullado.

—¡Maldita seas, Birdy! ¡Me estoy cansando! ¡Vas a terminar con esto y lo vas a hacer ahora mismo!

Roberta sintió la lumbre del cigarro muy cerca, debajo del mentón. Gritó y pataleó con violencia, pero la grava la raspaba. Él la sujetaba por el cuello, con los dientes apretados, el pelo caído sobre la frente, la expresión depravada. Un moretón rojo empezaba a hincharse cerca de su ojo.

—¡Vas a dejar de luchar, Roberta! ¿Entendiste?

Le respondieron sus ojos aterrorizados.

—¡Bien! ¡No quiero quemarte, Birdy, pero lo haré!

En un esfuerzo inútil trató de clavarle las uñas en la mano, pero arañó su propia garganta.

"No puedo respirar", intentó decir, pero no pudo.

A medida que crecía su cólera, Elfred se ponía más colorado y temblaba. Le apretó el puño en la garganta y la sacudió hasta hacerle golpear la cabeza contra la grava.

—¡Yo te enseñaré a tratarme como a una mierda! Crees que eres demasiado buena para mí, ¿verdad, Birdy? ¡Bueno, tengo mujeres por todo este condado que no pueden esperar a bajarse los calzones para mí! ¿Por qué tú no, entonces? ¿Eh? ¿Qué hay de tan exclusivo en Birdy Jewett?

Ella yacía tendida, con los ojos muy abiertos, aferrada a su muñeca en un intento inútil por liberarse, mientras la grava le raspaba el cuello y la cabeza.

"No puedo respirar", alcanzó a murmurar.

Él le soltó por fin la garganta, sólo lo suficiente para dejarla respirar, y apartó el cigarro. Su expresión era feroz. Habló a través de unos labios crispados:

—Y ahora lo vas a hacer, Birdy. —Bajó los ojos a su pantalón y le ordenó: —¡Adelante...!

—Tendrás que matarme antes —susurró ella con voz ronca.

—No, no lo haré.

El cigarro volvió a aparecer... más cerca esta vez. También la cara de él se acercó, envuelta en el humo fétido.

—No me obligues a quemarte, Birdy. No tenía intención de hacerlo, pero debes aprender a obedecer lo que te ordena un hombre. ¡Ahora hazlo! ¡Desabróchame el pantalón!

Roberta hizo un esfuerzo por levantar el mentón y alejarlo del calor. No pudo. El terror se reflejaba en sus ojos.

—No me subestimes, Roberta. Ése ha sido tu problema: siempre me has subestimado. Y ahora lo vas a hacer, Birdy. ¡Adelante!

—Por favor, Elfred...

Las lágrimas le rodaban por las sienes y dejaban manchas húmedas sobre la grava polvorienta.

—¡Hazlo!

La tocó con el cigarro y ella gritó.

Y le desabrochó el pantalón.

—Ahora, tus calzones.

Ella tenía los ojos cerrados por la humillación, pero sintió que él se incorporaba para bajarse los tiradores y pasar el cigarro a la otra mano. Aun cuando Roberta se negó a colaborar más, el resto fue fácil. Elfred le apoyó una rodilla en el estómago, le levantó la falda, de un tirón le desató el lazo de la cintura del delantal, y de otro le quitó los calzones... y por fin arrojó el cigarro a la maleza. Entonces Roberta se incorporó a medias para tratar de empujarlo y arañarle la cara, pero en vano. Con un movimiento rápido él le sujetó las muñecas por encima de la cabeza y dejó que se rasparan con la grava mientras metía un rodilla entre las de ella y la obligaba a separarlas.

Roberta sintió que unas lágrimas ardientes desbordaban por entre sus pestañas temblorosas cuando su propio hermano político la violó. Lo soportó mediante el recurso de situarse más allá de lo que estaba sucediendo... más allá de la brutalidad y los jadeos... y del olor pestilente del cigarro... y del olor a gasolina... y al sudor de Elfred... más allá del dolor de las piedras que la raspaban... y de la infamia de que la penetraran contra su voluntad, de ser tratada como un objeto disponible, carente de valor, y no como un ser humano. Se refugió en el canto de las cigarras y en la promesa del agua fría, y en el gorjeo de los pájaros y en el sonido de las voces de sus hijas en el pórtico a la hora del crepúsculo, admirando las luciérnagas y leyendo *La visión de Sir Launfal*, de James Russell Lowell:

"¿Y qué es tan precioso como un día de junio?
Sólo los días perfectos por venir…"

Cuando todo terminó, Elfred se apartó y se sentó sobre sus piernas. Ella se puso un brazo sobre los ojos y se quedó inmóvil.

Él buscó a tientas un pañuelo y se enredó con las colas de la camisa. Entonces cambió de posición. Con una mano apoyada en el vientre de ella, se impulsó hacia arriba. Roberta no pudo evitar emitir un gemido.

—Esa maldita grava es muy dura para las rodillas —comentó mientras la sentía crujir bajo sus zapatos.

Con los ojos aún tapados, Roberta se estiró la falda y permaneció inerte. Qué fácil habría sido matarlo en el mismo lugar en que estaba parado. De haber tenido un revólver, casi con placer le habría apuntado a la cabeza y apretado el gatillo, sin sentir ningún remordimiento.

Las basuras como Elfred merecían que los mataran a sangre fría.

—Vamos, Birdy, es mejor que te levantes.

Ella sintió la mano de él sobre su brazo.

—No me toques —dijo con tono tajante.

Con una sacudida se liberó de su detestable contacto, todavía con los ojos tapados. Entonces habló con una calma mortal:

—Si me tocas una vez más, juro que te mataré, Elfred. No ahora, pero pronto. Encontraré algún arma, algún cuchillo, o una de mis jeringas con la droga adecuada, o algún veneno para ratas, o tal vez de manera muy oportuna me quede sin frenos justo en el momento en que cruzas la misma calle por la que manejo, o lo que sea y cuando sea… pero te mataré, Elfred, si alguna vez en tu vida vuelves a ponerme un dedo encima.

No necesitó gritar ni dramatizar. La seguridad de su voz hizo que Elfred retrocediera lentamente con los tiradores a medio levantar.

—Mira, Birdy, no habría sido necesario que fuese tan traumático si hubieses cedido semanas atrás. Lo intenté de manera amable y persuasiva, pero no quisiste escucharme.

—¿Es ésa la lógica que empleas para justificar el delito que acabas de cometer? Si llego a quedar embarazada por culpa de esto, ni sueñes que voy a poner en peligro mi propia vida y deje que alguna comadrona me haga un aborto. Pero tu bastardo va a aparecer en un cesto en la puerta de tu casa, Elfred, con una nota que anuncie a Grace y a tus hijas quién es el padre. Y ahora, apártate de mí. Vete con tu despreciable, sudorosa y abotagada humanidad lejos de este lugar, antes de que me suba a mi automóvil y te pase por encima allí mismo dónde estás.

Cuando él se fue, Roberta seguía tendida en el camino, en el mismo lugar en que él la había violado, con el brazo todavía sobre los ojos.

Capítulo 12

Sólo cuando él se alejó con su automóvil, Roberta rodó sobre un costado, se acurrucó y se abrazó el vientre. Fluyeron más lágrimas y un furioso temblor le recorrió todo el cuerpo, pero se resistió a sucumbir a la desesperación total. "No puedo, no puedo", pensó. Debía mantener un estrecho corredor de su mente abierto a la razón y recurrir a una fuerza interior que le diera el control necesario para sobrevivir. El *shock* retardado le sacudió el cuerpo y la hizo golpearse la cabeza contra las puntas agudas de la grava, pero lloró en silencio y dejó que las lágrimas rodaran sobre las piedras, que se oscurecían como manchas de té debajo de sus sienes.

"Levántate. Busca ayuda."

Oyó la voz interior, pero permaneció tendida y esperó a que desaparecieran los temblores. Sintió como que observaba a otra persona que se sacudía allí, en el medio de aquella carretera remota, y que miraba desde el borde de una zanja mientras la víctima de la violencia de esa tarde se enroscaba sobre sí misma con los brazos apretados alrededor del vientre y las lágrimas rodaban copiosas por sus mejillas. Mientras tanto, las chicharras seguían con su canto y una bandada de jilgueros revoloteaba en unos arbustos y le hacían compañía con sus trinos. Apenas tuvo conciencia de ellos y de los tallos verdes de algún arbusto que se recortaban en el horizonte, y del horizonte mismo, el verde brillante contra el azul brillante, mientras la naturaleza continuaba despreocupada con su programa de verano y dejaba que una mujer violada recobrara las fuerzas en medio del camino.

El tiempo pasó… cinco minutos, o diez… no supo cuántos cuando volvió la voz.

"Levántate. Busca ayuda."

Se impulsó hacia arriba y se sentó, con una mano apoyada en el suelo, espantada por la incapacidad de su cuerpo para controlarse. El temblor continuaba y ningún razonamiento parecía capaz de devolverle la calma. A través de los ojos nublados miró su falda sucia de polvo, su zapato izquierdo allí donde las piedras le habían arrancado la punta blanca y dejado el cuero pelado. Unos cuervos aleteaban más arriba y gritaban fuerte. Le dolía la cabeza.

"Necesito un baño... por favor... Que alguien me ayude a quitarme su baba del cuerpo."

Por fin se levantó, inestable; la grava se incrustaba en sus palmas como engarzadas en carne. Algunas partículas de grava cayeron cuando se levantó la falda, estiró su ropa interior y se puso los calzones. Corrió hasta el auto y dejó atrás su gorro blanco de enfermera y un botón de nácar entre las huellas de raspaduras de tacos en el camino. El asiento delantero se hallaba en el mismo lugar en que había caído, junto al estribo del auto. Lo colocó otra vez en su lugar; después puso en posición las palancas, puso en marcha el motor y bajó por la colina Howe hasta Hope Road; bordeó el río Megunticook por la calle Washington y atravesó la ciudad hasta la calle Belmont.

Su voz interior le indicó adónde debía ir. No quería que las niñas la vieran en esas condiciones, y tampoco su madre... e ir a la casa de Grace era impensable... ¿Pero por qué descargar sus problemas sobre Gabriel Farley? El puro instinto de conservación la guió hasta su puerta; sus pensamientos apenas eran pensamientos, pero un instinto insensato la llevaba a buscar refugio.

Cuando levantaba los nudillos para llamar a la puerta, oyó otra vez la voz en su cabeza: "Por favor, que esté en su casa... que esté en su casa". En algún lugar de sus percepciones distantes detectó el olor a carne asada y a café recién hecho, pero la hora de la cena con todas sus rutinas no guardaba la menor relación con aquel día.

Llamó a la puerta y él salió. Sosteniendo un repasador que había usado para sujetar una olla, apareció detrás de la puerta de alambre, unos escalones más arriba de ella, como el arcángel Gabriel vestido con un buzo de algodón azul y un pantalón caqui.

—¿Roberta?

—Gabriel... yo...

—¿Roberta, qué pasa?

—No sabía a qué otra parte ir.

—¿Qué pasó?

Gabe arrojó el repasador al suelo y salió rápido por la puerta cancel, con el entrecejo fruncido de preocupación.

—Las niñas están en casa... y... y... las niñas están en casa... y... no quiero que ellas... las niñas... ¡Oh, Gabriel...!

—¿Qué pasó?

Gabe la aferró del brazo y sintió el temblor interno que la sacudía.

—Lamento ser una molestia semejante.

Actuaba de manera muy peculiar, obnubilada, como una sonámbula.

—Tú no eres molestia, Roberta. Cuéntame qué pasó.

Ella miró fijo la garganta de él durante algunos instantes, como si fuese incapaz de encontrarle sentido a su presencia allí; después giró la cabeza con un suave movimiento mecánico y posó los ojos en el entablado blanco del fondo.

Con un tono de voz casi carente de emoción, dijo:

—Elfred me violó.

—¡Oh, Dios mío! —murmuró él.

A Roberta se le aflojaron las rodillas; y él la levantó en sus brazos y la llevó adentro.

Las paredes de la cocina zumbaron a su paso cuando Roberta protestó en voz baja:.

—¿Está Isobel aquí? Isobel no puede verme así. Gabe, por favor, detente.

Él corrió por la casa, escaleras arriba, dobló al final, entró en su dormitorio y la depositó sobre una cama blanda.

—¡Ese hijo de puta! —exclamó—. ¿Te violó?

—Traté de impedirlo, pero fue inútil. Es muy fuerte, Gabe, y yo... yo...

Los sollozos la interrumpieron.

—¿Dónde pasó?

—Arriba, en la colina Howe —respondió ella con voz entrecortada. Respiró hondo y logró controlar los sollozos. —Mi auto se quedó sin gasolina y él se detuvo... para ayudarme a llenarlo, y entonces él... él...

Hizo un esfuerzo por no llorar, pero el recuerdo volvió a su mente y proyectó de nuevo la escena, y con ella retornaron los temblores. Se echó un brazo sobre los ojos y sintió que Gabriel le tocaba la manga sucia.

Entonces él vio la evidencia flagrante... la grava clavada en su muñeca, la ropa sucia, las marcas moradas en la garganta.

—¿Él te hizo esto?

—Yo no lo alenté, Gabriel... En serio... Tienes que creerme.

—Te creo, Roberta. —Le tocó un moretón de la garganta y repitió: —¿Él hizo esto?

—Luché y grité, pero es más fuerte de lo que yo pensaba, y no pude hacer nada. Primero me aferró del cuello y me mantuvo sujeta contra el suelo, y como yo no dejaba de resistirme él... me quemó con el cigarro.

—¡Dios...!

La tomó de los hombros y la abrazó mientras ella lloraba y la compasión y la furia formaban un torbellino de sentimientos en su interior. La mantuvo apretada contra su pecho, ella con la frente escondida en la curva de su cuello, él con los ojos cerrados, con un miedo atroz de preguntar dónde la había quemado. El corazón le latía acelerado al imaginarse lo peor, pero hizo un esfuerzo supremo y preguntó:

—¿Dónde?

Roberta se echó un poco hacia atrás y se pasó el dorso de las manos sucias alrededor de los ojos.

—Debajo del mentón...

¡Debajo del mentón! ¡Por Jesucristo! ¡Iba a matar a ese condenado hijo de puta! Volvió a tomarla de los hombros y la empuó con suavidad.

—Acuéstate, Roberta. Déjame ver.

Cuando vio la ampolla con los bordes rojos, se triplicó su furia. Pero se obligó a pensar primero en ella y en la venganza después.

—Tengo que ponerte algo en esa quemadura.

Hizo un movimiento para levantarse, pero Roberta lo agarró de la manga.

—No, Gabe, por favor. Isobel debe de estar por llegar a cenar y no puede encontrarme en estas condiciones. No quiero que mis hijas se enteren.

Gabriel puso su mano sobre la de ella y se la apretó un poco.

—Isobel está en tu casa. Puedo llamarla por teléfono y decirle que se quede un rato más. Mientras tanto descansa, que yo enseguida vuelvo. —Se apartó de la cama, con las manos todavía extendidas para prolongar el contacto con las de ella. —Será sólo un minuto, Roberta.

Ella lo oyó precipitarse escaleras abajo como si alguien lo persiguiera con un hacha. Cerró los ojos y escuchó el sonido de la campanilla para llamar a la operadora, después la voz de Gabe, indistinta, cuando daba el número. De la conversación con Isobel sólo oyó fragmentos.

—La señora Jewett y yo estamos conversando... Sí... en nuestra casa... más tarde...

Después nada más.

Se quedó tendida con las manos a los costados, acariciando la tela suave del cubrecama que sin duda había sido elegido y lavado y acomodado debajo de las almohadas infinitas veces por la esposa de Gabriel. Extraño, pero el pensamiento de esa mujer muerta, a la que nunca había conocido, le dio coraje y fuerza.

Se sentó y apoyó las manos en la cama para mantener el equilibrio. Miró el cubrecama con ojos nublados por las lágrimas. Estaba hecho con retazos, a mano. El empapelado de las paredes era gris claro, salpicado de rosas amarillas.

Gabriel la encontró así, sentada en la cama y con aspecto algo más fuerte.

—Traje un poco de ácido bórico y un bálsamo para quemaduras, pero deberías consultar a un médico.

—¡No! —contestó ella con sorprendente vehemencia—. ¡Ningún médico! Se correrá la voz por toda la ciudad y se enterarán mis hijas. Para eso, habría ido directo a casa.

—Pero estás lastimada, Roberta, arañada por todas partes y quemada.

—La quemadura no es nada; se curará en una semana. La verdadera lastimadura es demasiado profunda para que pueda curarla un médico.

Le quitó de las manos la latita de ácido bórico y trató de abrirla, pero sus manos temblorosas no lo consiguieron. Gabe tomó la lata y la abrió.

—Acuéstate. Lo haré yo.

Roberta mantuvo el mentón levantado mientras él espolvoreaba la quemadura con ácido bórico y después la untaba con el bálsamo. Ella dio un respingo de dolor. Y él también. Odiaba tener que hacerla sufrir después de todo lo que ya había sufrido.

—Lo lamento —murmuró.

Pero Roberta apretó las mandíbulas y toleró las curaciones con admirable estoicismo.

Cuando oyó que volvía a tapar la lata de bálsamo, abrió los ojos y se encontró con los de Gabriel. Él se incorporó y ella se sentó, con las piernas colgando por sobre el borde, mientras se llevaba una mano sucia a los cabellos. Gabe se quedó parado delante, fuera de su elemento, inseguro, pero se daba cuenta de que ella todavía no se hallaba en condiciones de ponerse de pie y salir por sus propios medios.

—¿Estás segura de que no quieres consultar un doctor? —Roberta asintió, con los ojos bajos. —¿Entonces qué puedo hacer por ti? ¿Qué quieres que haga?

—Un baño —respondió ella en voz baja, sin levantar los ojos de sus rodillas—. Quisiera tomar un baño.

La respuesta lo devolvió de un salto a imágenes no deseadas y a la dolorosa comprensión de la perdurable vileza, aun después de que el acto había pasado.

—Por supuesto —contestó, y se dirigió a la cómoda.

Ella clavó los ojos en la espalda del buzo azul mientras él caminaba hacia la cómoda y abría un cajón.

—Te causo muchos problemas, Gabriel —murmuró Roberta.

—Sí, pero no de la manera que crees.

Tomó algo del cajón y después fue hasta un ropero alto, siempre seguido por los ojos de ella. Volvió a la cama y dejó unas prendas junto a Roberta.

—Éstas son algunas cosas de Caroline. Era mucho más delgada que tú, pero este vestido lo usó cuando estaba embarazada de Isobel, así que debería quedarte más o menos bien. Iré a buscar agua.

Salió de la habitación y la dejó con las preciosas, intocables prendas de vestir de su esposa. Roberta levantó las prendas, conmovida por la generosidad de Gabriel y por lo mucho que había cambiado, durante aquel verano tan lleno de acontecimientos, en cuanto a lo que era cuando se vieron por primera vez. Levantó el vestido, que se desplegó sobre sus rodillas: era de muselina estampada con ramitos de violetas y dos pequeñas manchas indelebles en el canesú. Las manchas, evidencia de una vida real en el mundo real, soltaron una vez más las lágrimas de Roberta. Hundió la cara en el vestido de maternidad de Caroline Farley y le dijo en silencio: "Amo a tu esposo. No quisiera, pero lo amo, y él tampoco quiere amarme, pero creo que me ama. No soy nada parecida a ti, y eso lo asusta y lo lleva a luchar contra sus sentimientos por mí, porque piensa que con ello te es infiel. Sé perfectamente bien que, si alguna vez claudica y me lo dice, nunca será igual a como fue contigo. Pero es un buen hombre y ustedes fueron felices. Gracias por dejarme tomar prestadas tus ropas".

Gabe se detuvo en el umbral de la puerta con una palangana de agua caliente en las manos y una toalla colgada del hombro. Roberta levantó la cara del vestido de Caroline, que sostenía apretado entre las manos. En la pose de ella había una devoción tan profunda que a él le llegó al corazón.

Entró y puso la palangana en el centro de un tapete tejido a mano.

—El agua estaba todavía caliente en la cisterna. Te traje un poco de jabón, un paño para lavarte y también una toalla.

Los dejó sobre una silla próxima, se dio vuelta para dirigirse a la puerta y vio que ella lo miraba. Tenía las manos sobre el regazo, los dedos entre los pliegues de la muselina estampada.

—Gracias, Gabriel —susurró.

—Llámame cuando estés vestida, y vendré a retirar la palangana.

—Lo haré. Eres muy considerado.

Después de una pausa embarazosa, él dio otra vez unos pasos, pero se detuvo de manera abrupta.

—¿Estás segura de que puedes mantenerte en pie?

Roberta se paró, para demostrárselo.

—¿Ves? Estaré bien, Gabriel.

—De acuerdo entonces. Tómate tu tiempo, no hay ningún apuro.

Ella le dedicó una sonrisa débil y él se dirigió a la puerta.

—Gabriel, hay una cosa más que necesito pedirte que hagas por mí.

—Lo que quieras.

—Es un tema embarazoso, indecoroso, pero no veo ninguna otra manera que plantearlo. Verás… Yo no quiero tener un hijo de él. Si por accidente me hubiera embarazado, no quiero tener ese niño. ¿Entiendes?

A Gabriel se le encendió el rostro y se quedó parado con los ojos fijos en el tapete tejido.

—Supongo que sí.

—¿Podrías mezclar un poco de ese ácido bórico en un litro de agua caliente y traerme mi maletín del auto? Allí tengo algo que me servirá.

Él se aclaró la garganta, incapaz de mirarla a los ojos.

—Por supuesto. Enseguida vuelvo.

La puerta del dormitorio estaba cerrada cuando volvió con los elementos que ella le había pedido.

—Te dejo todo aquí afuera, Roberta —anunció, tras golpear suave la puerta.

—Gracias, Gabriel —respondió ella desde dentro del dormitorio.

—Escucha, tengo que salir por un rato. ¿Estarás bien si te quedas sola un momento?

—Sí.

Él se pasó una mano por la frente y decidió que, tema indecoroso o no, él podía ser tan valiente como ella.

—La bacinilla está debajo de la cama, Roberta. Siéntete en libertad de usarla.

Todo era silencio detrás de la puerta de su dormitorio. La imaginó parada del otro lado y se preguntó qué usaría. Entonces se sintió como un pervertido al sentir curiosidad en un momento como ése. Pero qué diablos, había estado casado ocho años con Caroline, había vivido con ella la experiencia de una noche de bodas, de un embarazo y de un parto, sin estrellarse jamás contra algo tan grosero. Sintió la cara tan ardiente como aquella vez, en carnaval, en que había visto a esa mujer tan gorda que no podía cerrar las piernas. Pero ése no era momento de simular no ver. Roberta había sido violada y había que enfrentar la realidad. Era notable cómo ella enfrentaba cualquier cosa que la vida le deparaba, y eso la volvía más fuerte.

Apoyó una mano en el marco de la puerta y le habló:

—Espera aquí a que yo regrese. No te vayas a tu casa, ¿entendido?

—No me iré. Pero, Gabriel, ¿adónde vas?

—A mi negocio —mintió—. Un trámite rápido. Enseguida estaré de vuelta.

—¡Espera! ¿Puedo pedirte un solo favor más, Gabriel, ya que de todos modos vas a salir?

—Lo que sea. Dime.

—Mi gorro de enfermera… debo de haberlo dejado tirado en el camino… en el lugar en que sucedió… No quiero que alguien lo encuentre, y lo necesito para mañana a la mañana. ¿Te molestaría ir hasta allí y traérmelo?

—Sólo dime dónde.

—Al pie de la colina Howe, en la intersección con Hope Road. El camino forma una T.

—Sé donde es. Tardaré unos veinte minutos en llegar hasta allá. ¿Tú estarás bien?

—Estaré bien… y muchas gracias, Gabriel.

—De acuerdo, entonces… Regreso pronto.

Cuando bajó las escaleras sus pasos sonaron tan fuertes, que ella supo que se había ido y que ahora tenía total privacidad.

Afuera, Gabriel no pensó dos veces en usar el automóvil de ella. Estaba estacionado al frente de la casa y cuando giró la palanca de arranque lo hizo con tanta furia, concentrado en Elfred, que casi levantó las ruedas delanteras. Enfiló directamente a la casa de Elfred, aferrado al volante ceñudo, con el pulso más acelerado a cada cuadra que dejaba atrás, hasta que sintió que la adrenalina empezaba a descargar una dulce venganza en su torrente circulatorio. Ojo por ojo no es suficiente, decidió; en el caso de Elfred tal vez debieran ser veinte por uno.

La puerta del frente de los Spear estaba abierta; llegaban voces desde el fondo de la casa. Para la mayoría de las familias era la hora de la sobremesa y era probable que Elfred acabara de cenar.

Gabe golpeó con los puños en la puerta de alambre tejido y gritó:

—¡Elfred, ven aquí afuera! ¡Quiero hablar contigo!

Las voces se silenciaron en los fondos de la casa.

—¡Elfred, levanta el trasero y ven aquí ahora mismo, o entro y te arrastro hasta afuera!

Más silencio, seguido por unos murmullos.

—¡Elfred, tú sabes de qué se trata! ¡Así que puedo arreglarlo ahí adentro, delante de tu familia, o aquí afuera, en el patio del frente! ¡Tú eliges! ¡Pero es mejor que lo hagas pronto, o voy a entrar!

En el fondo del vestíbulo central apareció la cabeza de Elfred asomada a la puerta del comedor. Desde algún lugar detrás de él se oyó la voz apagada de Grace:

—¿Elfred, qué pasa? ¿Es Gabriel Farley?

—Farley, ¿te has vuelto loco? —respondió Elfred.

Gabe abrió la puerta cancel y le ordenó:

—¡Trae tu trasero aquí afuera, bastardo, cobarde de mierda! ¡Vine para darte lo que ninguna mujer puede darte, y mi sangre está bombeando muy rápido, Elfred! ¡Así que no hagas que entre y te agarre, porque sólo empeorarás las cosas!

Elfred, visiblemente asustado, se limpió la boca con una servilleta de lino y por un instante se ocultó detrás de su esposa.

Gabe entró y cerró la puerta con un golpe fuerte.

Elfred le apuntó con un dedo.

—Sales ya mismo de aquí, Farley, o llamaré a la policía.

Gabe lo siguió por el vestíbulo.

—Saldré de aquí cuando haya terminado mi asunto contigo, maldito bastardo.

Agarró del cuello al sorprendido comensal y con una llave precisa lo inmovilizó, lo arrastró por el vestíbulo y abrió la puerta con la cabeza de Elfred mientras sus pies pataleaban para resistir. La familia Spear apareció bajo la arcada del comedor y algunas gritaron al ver al hombre de la casa usado sin ninguna ceremonia como un ariete.

—¡Elfred! ¡Oh, Dios mío! —gritó Grace, siguiéndolos.

Gabe arrastró a Elfred por los cuatro escalones hasta abajo, todavía trabado por la llave y casi estrangulado por la corbata. Cada palabra que pronunciaba Gabe salía con un claro tono de barítono.

—Ahora, sólo para que no quede ninguna duda, esto es por la mujer que violaste, Elfred, porque ella no pudo defenderse sola. Por supuesto, tú lo sabías cuando la violaste, ¿no es cierto, Elfred?

Le dio las primeras trompadas antes de que Elfred pudiera impedirlo. Fueron cuatro que sonaron como estampidos, rompieron la bonita nariz de Elfred y le dejaron una frutilla encarnada en un ojo. Lo soltó con un fuerte rodillazo que lo hizo volar hacia atrás y golpearse contra los escalones. Cuando aterrizó, se oyó el crujido de una costilla y Elfred gritó. Sus hijas y su esposa miraban azoradas desde la puerta, llorando y gritando. Pero Gabe no había terminado con Elfred. Una y otra vez lo levantó del cuello para ponerlo de pie y golpearlo, hasta que las piernas de Elfred no lo sostuvieron más. Entonces lo dejó caer como a una silla de montar usada. Las piernas del violador yacían dobladas bajo su cuerpo, como correas de estribos, cuando Gabe se inclinó sobre él y hurgó en los bolsillos de su chaleco. Sacó un cigarro, mordió la punta, escupió, encendió un fósforo contra la uña de su pulgar y lanzó cuatro bocanadas apestosas de humo en el aire con perfume a lavanda de la noche, antes de agarrar del pelo a su presa y echarle hacia atrás la cabeza.

—Una última cosa, Elfred. Ojo por ojo, quemadura por quemadura... sólo que no la ocultemos. Vamos a ponerla donde todos puedan verla y pregunten por ella.

A Elfred todavía le quedaba suficiente miedo para gritar cuando la brasa del cigarro se acercó al centro de su bigote. Al final, el sentido común de Gabriel lo hizo retroceder y lo detuvo cuando sólo había chamuscado el bigote de Elfred lo suficiente para arruinarlo.

—¡Ten, chupador de cigarros de mierda! —exclamó con asco, y lo empujó con fuerza hacia un costado.

Lo dejó caer como antes, con brazos y piernas despatarrados en distintas direcciones, igual que Roberta cuando Elfred la derribó. Gabe lo miró con desprecio desde arriba; la adrenalina todavía bombeaba en su sangre, los poderosos músculos de carpintero apenas se habían cansado por el minuto y medio de reducir a polvo al hombre que había violado mujeres durante años.

—Te buscaste esto durante mucho tiempo, Elfred, y me siento feliz de ser el primero que lo hace. Si alguien quiere saber dónde encontrarme, estaré en mi casa, esperando para testificar por qué te convertí en ese montón de excrementos. ¿Me oyes, Elfred? Si la ley pregunta, tú, tú los envías a mi casa. —Tocó el borde de su gorra inclinada, que apenas se había movido de su cabeza, y lo saludó: —Buenas noches, Elfred.

Se dio vuelta y volvió al auto de Roberta, todavía con el motor en marcha.

En su dormitorio, después que Gabe se fue, Roberta se bañó, por dentro y por fuera, por momentos estremecida por los recuerdos. Se restregó la carne hasta que le dolió; parecía incapaz de quitarse la sensación inmunda de las manos de Elfred y de las partes masculinas que la habían ultrajado. A veces la interrumpían las lágrimas, pero las apartaba con enojo, renuente a dejarse vencer por alguien tan bajo y brutal como Elfred Spear.

"No permitas que quede embarazada, no permitas que quede embarazada", rezaba en silencio. A veces murmuraba las palabras, pero enseguida se controlaba y apretaba los labios. Nadie la iba a reducir a un montón de gimoteos dementes.

Una sola vez habló fuerte y claro:

—¡Elfred, lo pagarás! ¡Grábate mis palabras: lo pagarás!

No sabía que Elfred ya lo había hecho pagar.

Cuando se secó bien con la toalla, se puso el vestido de maternidad de Caroline Farley. Le quedaba ajustado en el busto, pero la cubría y olía a lavanda de los cajones de la cómoda de Caroline. La camisa que Farley le había dado era demasiado corta de talle, así donde la dejó doblada sobre la cama. Evitó ponerse su propia ropa interior, que enrolló como una pelota y ató con las piernas de sus calzones. Sobre la cómoda había un peine y un espejo de mano, con seguridad en el mismo lugar donde los había dejado Caroline. Se quitó las pocas horquillas que le quedaban en el pelo, se cepilló con energía y unas pequeñas partículas de grava cayeron al piso. Mientras se peinaba miró el retrato de Caroline. Una exquisita flor de femineidad, con todos los rasgos delicados que un hombre podía desear, mientras que la imagen de Roberta mostraba unos pómulos anchos y una expresión atrevida que transmitía muy poco, salvo una fuerza interior que la mayoría de los hombres desdeñaba. El peine corría entre sus cabellos casi desafiante, y cuando terminó lo dejó sobre la carpeta de la cómoda y dijo en voz alta:

—Gracias, Caroline. Haré algo bueno por tu hija. ¿Qué te parece?

Después se sentó en un sillón a esperar al esposo de Caroline, que parecía demorarse muchísimo. Había permanecido así menos de un minuto, cuando una gata de pelo largo marrón salió de abajo de la cama, dio un maullido débil y saltó a su regazo.

Aunque nunca la había visto, Roberta sabía cómo se llamaba.

—Hola, Caramel…

La gata se quedó unos segundos quieta mientras le olfateaba la barbilla; después dio una vuelta entera, encontró un lugar junto a su rollo de ropa y se echó a dormir.

—Bueno… así que tú eres Caramel —murmuró Roberta mientras rascaba el cuello del animalito—. ¿Cuánto crees que puede demorar tu patrón?

Cuando por fin Gabe llamó a la puerta, Roberta dormitaba, con la barbilla sobre el pecho.

—¿Roberta? —llamó él en voz baja.

Ella levantó la cabeza, desorientada.

—¿Ehhh? —respondió.

—¿Puedo entrar?

—Ah, Gabriel… sí… sí, entra.

Gabe abrió a medias la puerta y echó una mirada adentro. El Sol ya se había puesto pero Roberta no había encendido ninguna lámpara. En la habitación en sombras, apenas recibía una luz débil de costado, a través del vidrio de una ventana orientada hacia el norte. Los cabellos le caían lacios sobre la espalda. Se había calzado los pies desnudos con sus zapatos blancos y sostenía sobre su regazo un rollo de ropa que compartía con Caramel, que volvió a cerrar los ojos después de reconocer a su patrón. El vestido de Caroline parecía fuera de lugar sobre los hombros mucho más anchos de Roberta, pero Gabriel no hizo comentario alguno.

—Lo siento —se excusó Roberta mientras se sentaba más derecha—. Me quedé dormida.

Él empujó la puerta contra la pared y entró en la habitación, donde todavía flotaba el olor fresco a jabón.

—Me parece muy bien. En realidad, me preocupaba que pudieras estar llorando todavía… o asustada… o no sé…

Se detuvo frente a ella y Roberta levantó la cabeza.

—He decidido que las lágrimas y el miedo no sirven de nada. Lo hecho hecho está, y no voy a permitirme derrumbarme por eso.

—Odié dejarte sola, pero tuve que hacerlo.

—Esta noche has sido muy bondadoso conmigo, Gabriel, sobre todo si consideramos lo mal que terminamos la última vez que estuvimos juntos.

Él se quedó parado cerca de un sillón, con los ojos fijos en la cara de Roberta.

—Aquí tienes tu gorro —le dijo.

Cuando extendió la mano para tomarlo, Roberta se detuvo.

—Enciende la luz, Gabriel.

—¿Por qué?

—Enciende la luz.

Él escondió la mano detrás de su espalda, con gorro y todo.

—¿Por qué?

—Tu mano… ¿Qué has hecho?

—Tú sabes lo que hice. Le di tantas trompadas a Elfred Spear que no va a ver la luz del Sol por mucho tiempo.

—¡Oh, Gabriel!

Y después de todas las veces que había logrado frenarlas, las lágrimas aparecieron otra vez. Bajó la cabeza y se tapó la cara con una mano, tratando de ocultar la evidencia de sus sentimientos hacia él, porque, una vez más, aquél no era el momento ni el lugar para revelarlos.

Gabe se sentó en cuclillas junto a las rodillas de Roberta y dejó el gorro en el suelo, junto a la silla. En lugar de tocarla a ella, tocó a la gata y le acarició el cuello con un dedo calloso.

—Lo siento, Roberta, pero no podía dejarlo pasar. Ahora todo el mundo lo va a saber… Tus hijas, la esposa de Elfred, las hijas de él.Pero alguna vez había que frenar a ese bastardo, y si no la hacía yo, ¿quién lo haría?

Ella asintió.

—Lo sé —admitió—. Pero es tan inesperado… que tú te pelees por mí. Nadie peleó nunca por mí. Siempre tuve que pelear sola.

Él extendió el brazo y apoyó una mano enorme, áspera, sobre su pelo. Sintió el temblor de los sollozos en silencio, se arrodilló, le puso también la otra mano sobre el pelo y la empujó hacia adelante hasta que la frente de Roberta se apoyó en su cuello, y su propia boca en el pelo castaño de ella.

Se quedaron un largo rato en esa posición. Hasta que la ventana se oscureció por completo y Caramel se despertó y se encontró rodeada por demasiadas personas. Saltó silenciosa al piso y se perdió en la oscuridad de la casa.

Entonces Gabriel habló con un susurro apagado.

—Fui allá a buscar tu gorro y encontré también un botón. Y vi las marcas de arrastre de pies en la grava donde él te derribó y, que Dios me ayude, tuve ganas de volver a la casa de Elfred y terminar con él. En toda mi vida nunca he deseado dañar a nadie, pero esta noche quiero matar a Elfred. Creo que, si me lo pidieras, lo haría sin vacilar.

Roberta levantó la cabeza y sólo pudo ver el contorno borroso de los rasgos de Gabriel.

—¿Fueron muy graves los golpes que le diste?

—Muy graves. Le rompí algunos huesos.

—Oh, Gabe. ¿Crees que te van a arrestar?

—No lo sé. Es una posibilidad. De cualquier manera, toda la ciudad se va enterar.

Roberta suspiró y se echó hacia atrás en la silla con los ojos cerrados.

Él volvió a sentarse sobre los talones, cerca, pero sin tocarla.

—¿Estás pensando en tus hijas? —preguntó.

—Y en la tuya… y en ti. Porque ya sabes lo que todos van a decir de mí, ¿verdad? Soy divorciada y debo de haber provocado la situación.

—Pero yo conozco la verdad. ¡Vi la evidencia!

—Y también sabes lo que van a decir después, ¿no? Que primero vine a tu casa. ¿Qué me traía entre manos para venir a la casa de un hombre solo en semejante estado? ¿Por qué no fui a casa de mi madre? ¿Pero quieres saber por qué no fui a su casa? Porque ella dirá lo mismo que todo el resto. Que fue culpa mía.

—No, Roberta… ella no diría eso.

—Sí, lo diría. Así es como piensa. Siempre es culpa de la mujer.

Gabe se quedó pensativo unos minutos.

—Roberta, lamento si empeoré las cosas al ir a golpearlo.

Ella se compadeció de él y le acarició el cuello.

—Está bien, Gabriel. Y, si te detienes en pensarlo, verás que hay una justicia bastante exquisita en saber que el verdadero carácter de Elfred ha salido por fin a la luz. Después de todo, ¿cómo podría ignorarlo Grace, ahora que lo tiene delante de los ojos?

—Pero sus hijas lo saben también, y las chicas no se merecen eso. No debí haberlo hecho delante de las chicas.

—No, Gabriel, no debiste haberlo hecho. Pero lo hiciste. Y ellas, como el resto, tendrán que vivir con lo que saben sobre su padre. Tal vez sea ése el peor castigo que Elfred deba pagar: la pérdida del respeto y el amor de sus hijas.

—¿Entonces no tienes intención de denunciarlo ante la justicia por lo que te hizo?

Ella apartó la mano y meneó con lentitud la cabeza.

—No, en absoluto.

—Eso pensé. —Suspiró, se levantó de su posición en cuclillas y se paró otra vez erguido delante de ella. —Pero es injusto. Él debería pagar como cualquier otro criminal.

—Gabriel, no hablemos más de este tema.

La oscuridad era total; él veía sólo el contorno borroso de la cara de Roberta.

—Estoy muy cansada y quiero irme a casa.

—Yo te llevaré.

—No, por favor… Las niñas…

—Las niñas saben qué pasa entre nosotros. No creas que las engañamos.

—¿Qué pasa entre nosotros, Gabe? No me parece que lo sepa yo misma.

—Acabas de decir que estás cansada, y has pasado por muchas cosas hoy. Éste no es el momento para entrar en ese tema, así que venga, señora Jewett. Voy a hacer algo que hice una sola vez en mi vida, en mi noche de bodas.

Un segundo después ella estaba en sus brazos, como un niño en camino a la cama.

—Gabriel, bájame. No soy Caroline.

—Sé que no eres Caroline. Lo sé desde hace bastante tiempo —reconoció él, y se dirigió a la escalera—. Enciende la luz. El interruptor está abajo, a la altura de tus caderas.

Un instante después se oyó el clic del interruptor y la claridad hizo que los dos parpadearan mientras él la cargaba escaleras abajo.

Ella le rodeaba el cuello con los dos brazos, porque si no lo hacía el paseo resultaba muy incómodo.

—Tú no oyes bien, Gabriel. Te pedí que me bajaras.

—Te oí.

La llevó a través de la cocina, abrió la puerta de alambre tejido con los pies de ella y salió a la noche estrellada a través de la fragancia intensa de las rosas.

—Acabas de cargarme por debajo de la pérgola de rosas de Caroline.

—Sí.

—Y si me llevas a casa en mi automóvil, tendrás que volver a pie.

—Sí —respondió—. Lo he hecho antes.

—Y si por casualidad alguien hace entrar a su gato para que no pase la noche afuera y nos ve, los dos tendremos que irnos de la ciudad.

—Me meo en ellos.

Roberta no pudo evitar sonreír. Ni siquiera él guardaba sus acostumbrados modales suaves esa noche. Cuando llegaron al auto de ella la depositó de pie en el suelo, le abrió la puerta del acompañante y la cerró de un golpe cuando Roberta subió. Demoró apenas un minuto en colocar las palancas en posición, encender los faroles y arrancar el motor. Cuando subió, se quedó en silencio un momento antes de poner en movimiento el automóvil.

—Escucha, Roberta. Cuando te sientas dispuesta, tú y yo tenemos que hablar.

—¿Sobre qué?

—Sobre algunas de las cosas que nos dijimos la noche de ese picnic en la playa.

—Ah, eso.

—¿No crees que deberíamos?

—Sí, supongo que sí.

—Muy bien, entonces. Cuando estés dispuesta me lo haces saber y voy a tu casa cuando tú digas y ponemos las cosas en claro.

—¿Crees que podremos?

—No sé, pero tenemos que intentarlo. ¿No te parece?

—Sí, supongo que sí.

—Muy bien.

Gabriel volvió a hablar cuando se acercaban a la casa de ella.

—Ahora, ¿qué vas a decirles a las niñas sobre esta noche?

—La verdad. ¿Qué otra cosa puedo hacer, cuando llevo puesto un vestido de Caroline? Además, tuve mucho tiempo para pensar mientras estabas ausente, y decidí que, como nunca antes les he ocultado la verdad a mis hijas y que, como siempre nos hemos llevado muy bien, tampoco lo haré ahora. Sólo debo buscar una manera que no les resulte traumática cuando les cuente lo que pasó.

Cuando llegaron, Gabe frenó, apagó el motor, puso las palancas en posición y se volvió hacia Roberta.

—De acuerdo, Roberta, lo haremos a tu manera. Nada más que la verdad.

—¿Y con respecto a Isobel?

Él pensó un instante antes de responder.

—Ella tiene la misma edad que Susan.

—Pero ha llevado una vida mucho más protegida. Además, en realidad no es su problema. Yo no soy su madre.

Gabe no le dio ninguna respuesta porque no sabía qué decir.

Roberta apoyó una mano sobre el asiento, cerca de la pierna de él.

—Te diré algo, Gabriel. En realidad no sé qué voy a decir cuando entre allí. Esas cuatro niñas son inocentes. No merecen saber que en el mundo hay tanta crueldad como la que tiene Elfred y cuando pienso en que ellas se enteren, lo detesto aún más. Él es su tío, Gabe... ¡su tío!

Por algunos minutos guardaron silencio.

Por fin Gabriel soltó un suspiro.

—Bien. Ahora entremos allí y veamos qué dicen. Yo me guiaré por lo que digas tú.

—Gracias, Gabriel.

Bajaron del auto y Roberta esperó a que él detuviera el goteo de carburo de los faroles. Después caminaron hacia su casa para enfrentar a las niñas. Juntos.

Capítulo 13

La casa estaba impregnada de un fuerte olor a chocolate. El cuarto del frente se hallaba a oscuras, pero a través del portal iluminado de la cocina Roberta vio a las cuatro niñas reunidas alrededor de la mesa. Apoyadas sobre los codos, comían algo directamente de una cacerola chata. Hablaban en voz muy alta y Lydia debía de haber estado a cargo de divertirlas, porque de pronto se levantó de su silla, giró en redondo y abrió los brazos como si fuese un predicador.

Las otras reían a carcajadas cuando Roberta y Gabriel entraron en la cocina.

—Hola, niñas. Ya llegamos —anunció Roberta.

Las cuatro miraron hacia la puerta y sus rostros se iluminaron al ver otra vez juntos a Roberta y Gabriel.

—¡Están los dos! —exclamó Rebecca.

—Sí, estamos los dos aquí.

—¿Eso quiere decir que se reconciliaron? —preguntó Lydia.

—Supongo que sí. ¿Qué hay en la cacerola?

—Caramelos de chocolate. Becky los hizo para la cena.

—¿Caramelos de chocolate? ¿Para la cena?

—Bueno, tú no estabas, así que no sabíamos qué otra cosa podíamos comer. Y aparte de eso, teníamos ganas de comer caramelos de chocolate.

Susan, entretanto, miraba a su madre con curiosidad.

—¿Qué es eso que llevas puesto?

—Es un vestido de mi madre —respondió Isobel.

—¿Por qué llevas puesto un vestido de su madre?

Roberta se miró el vestido usado.

—Porque tuve una emergencia y necesitaba cambiarme rápido. Y Gabriel se ofreció a prestarme éste.

Isobel miró a su padre con ojos muy abiertos.

—¿Él hizo eso? ¿Papá, tú le dijiste que podía ponerse un vestido de mi madre?

—Así es —contestó él con fingida indiferencia, mientras se servía un caramelo de chocolate.

—¡Pero ése es un vestido de maternidad!

—Yo soy más robusta que tu madre —explicó Roberta—. Éste era el único que me quedaba bien.

Rebecca había permanecido en silencio, más suspicaz que las otras. Su actitud indicaba que no la convencían esas explicaciones superficiales.

—¿Qué le pasó a tu vestido? —preguntó.

—Se ensució.

Gabe dio un mordisco a su caramelo.

—¿Qué te pasó en la mano? —preguntó Isobel a su padre.

—Una pelea a trompadas.

Las cuatro niñas hablaron al mismo tiempo.

—¿Qué?

—¡Una pelea a trompadas!

—¿Por nuestra madre?

Todas estaban muy excitadas y el parloteo sonaba como los graznidos de las gaviotas. Al final se hizo oír la pregunta de Rebecca:

—¿Qué está ocurriendo?

Los ojos de Roberta buscaron los de Gabe.

—Creo que será mejor que les contemos lo que pasó y terminemos con esto.

Gabe dejó el caramelo sobre la mesa.

—De acuerdo, lo que tú digas. Susan, trae una silla para tu madre. Le han sucedido muchas cosas esta noche.

Susan fue al living y volvió con el taburete del piano. Cuando Roberta se sentó, Gabriel sorprendió a todas al pararse detrás de ella con las manos sobre sus hombros.

—Lo que tengo que decirles no debe salir de esta habitación. ¿Está claro?

Los ojos de Roberta recorrieron el círculo de caras solemnes. Dos de las niñas asintieron con la cabeza.

—Ustedes no confirmarán ni negarán nada, no importa lo que puedan oír por la ciudad, no importa lo que sus amigos o cualesquiera otros puedan decirles.

Rebecca habló por las cuatro:

—Tienes nuestra promesa, madre.

Roberta hurgó en su mente el punto más apropiado por donde empezar y extendió las manos hacia las dos niñas que tenía más cerca.

—Creo que necesito apretar un par de manos. Esto va a ser difícil.

Con las manos unidas a las de Lydia y Susan, les contó la historia. Evitó de manera manifiesta las descripciones gráficas y utilizó para ello un lenguaje ambiguo.

—La razón de que las manos de Gabriel estén magulladas es que él molió a trompadas al tío Elfred por haberme atacado. Yo estaba en el medio del campo y mi auto se quedó sin gasolina. Elfred pasó por allí y se ofreció a ayudarme a llenar el tanque, y entonces creyó que yo debía besarlo para darle las gracias. Cuando me negué, se puso muy grosero conmigo y trató de obligarme. Me lastimó mucho y mis ropas se ensuciaron. Y yo estaba muy, pero muy asustada.

Era evidente que Rebecca era la única que entendía todo el sentido de lo que Roberta les decía; su cara así lo demostraba. Aunque estaba sentada a la mesa con las otras, había avanzado a un plano de meditación adulta que de inmediato la distanció de las tres más jóvenes. No hizo preguntas, pero Roberta supo que le rondaban agitadas por la cabeza.

—El tío Elfred no es un hombre decente. Él es... bueno... ¿cómo puedo decirlo...?

—Un mujeriego —sugirió Gabriel, todavía con las manos en los hombros de Roberta.

—Sí, supongo que ésa es una palabra tan buena como cualquier otra. ¿Todas saben lo que significa?

Las niñas menores se miraron entre sí y alzaron los hombros como avergonzadas, con las manos juntas entre las rodillas, debajo de la mesa.

—Le gusta flirtear con otras señoras aparte de la tía Grace. Sólo que algunas veces va más allá y se pone exigente. Eso es lo que me sucedió a mí.

—¿Él te pegó, mamita? —preguntó Lydia con inocencia.

Hacía mucho que había dejado de llamar "mamita" a Roberta, pero le salió de las entrañas ahora que el bienestar de su madre se veía amenazado.

—Bueno... no... —Roberta pensó por un segundo y entonces completó la frase con mayor energía: —Pero yo le pegué a él. Y bastante fuerte, además.

Lo ojos de Lydia se iluminaron.

—¿En serio? ¡Cielos!

Antes de que las chiquillas pudieran preguntarle por los detalles del ataque, Roberta dio un nuevo giro a la conversación.

—Ahora, por favor, tienen que escucharme bien, porque esto es importante. Sus primas estaban allí cuando Gabriel trompeó a su padre, y también la tía Grace. Así que no creo que quieran seguir viniendo aquí y hacer cosas con ustedes.

—¿Podemos pedirles que lo hagan? —inquirió Susan.

—Por un tiempo, no. Dejemos que las cosas se calmen un poco. Y en cuanto a que ustedes vayan a su casa, temo que a partir de ahora eso va a ir en contra de las reglas.

Lydia parecía consternada, y Roberta vio venir una andanada de protestas. Y con toda seguridad que Lydia protestó.

—¡Pero Sophie hace los mejores bizcochitos almendrados! ¡Oh, madre, todas enloquecemos por sus bizcochitos almendrados!

—Aun así, no quiero que vayan allá.

Rebecca miraba fijo las manos de Gabe sobre los hombros de Roberta. Sus preocupaciones estaban a una infinita distancia de los almendrados de Sophie.

Roberta respiró hondo y se sentó más derecha.

—Gabriel y yo pensamos que ustedes debían saber lo que pasó, pero ahora estoy bien, de modo que no se preocupen. Yo fui a su casa y él cuidó muy bien de mí. Así que ahora de lo único que tenemos que preocuparnos es de que ustedes cuatro no hayan comido nada más que caramelos de chocolate para la cena. ¿No es así?

Aunque Roberta trató de terminar el discurso con una nota más alegre, una del grupo se hallaba de evidente peor humor que las otras cuando la velada terminó. Rebecca, ya más apartada de sus hermanas por su amorío con Ethan Ogier, se retiró a su dormitorio y dejó que las otras les dieran las buenas noches a Isobel y Gabriel. Todas salieron al porche, donde Isobel le dio un fuerte abrazo de despedida a Roberta.

—Lamento que el señor Spear haya sido tan grosero con usted.

—Gracias, Isobel, pero no te preocupes por mí. Buenas noches, mi amor.

Las luciérnagas centelleaban en los arbustos cuando las tres niñas se retiraron. El vecindario yacía en silencio bajo un cielo bañado por la Luna, y la atmósfera tenía ese rocío frío que por la mañana dejaría empañado de humedad el piso pintado del porche. Gabriel se demoró allí con Roberta. Quería protegerla y se sentía poco dispuesto a dejarla. Allí, en las sombras, volvió a ponerle las manos sobre los hombros.

—¿Estarás bien? —le preguntó.

Ella pensó que le había gustado esa pequeña manifestación de afecto, pero que todavía faltaba un largo camino por recorrer.

—Sí. Sólo necesito un poco de descanso.

Gabe espantó con la mano un mosquito que zumbó alrededor de su oreja.

—¿Mañana te quedarás en tu casa?

—Necesito hasta el último centavo que pueda ganar. Iré a trabajar.

—¿En el campo?

—Por la mañana estaré en Rockport; por la tarde, no sé. Lo sabré cuando reciba mis órdenes.

—A partir de ahora siempre me preocupará que andes por esos caminos con tu auto, siempre sola.

También Roberta espantó un mosquito.

—No tiene sentido que te preocupes. Nadie, excepto Elfred, podría representar ningún tipo de peligro para mí. Y tú ya te has encargado de él.

—No obstante, me preocuparé.

—Yo no soy del tipo que se acobarda y se esconde, Gabriel. Voy a hacer lo que deba haacer, y si tengo que manejar por todas esas montañas para mantener a mis hijas, así será. Con esto no estoy diciendo que no habrá veces en que el corazón me saltará hasta la garganta si veo a un hombre acercarse a mí, pero tendré que aprender a vivir con eso. ¿No crees?

Él le tomó una mano y la estrechó entre las suyas. A su alrededor había suficiente luz para que ella viera el contorno de su nariz y su mentón y unos destellos que brotaban de sus ojos.

—Eres toda una mujer, Roberta. ¿Lo sabías?

—En realidad, creo que soy bastante común, pero de todos modos es agradable que lo digas. Gracias, Gabe. Y gracias por golpear a Elfred. Espero de todo corazón que no te meta en un montón de problemas.

—No creo que suceda nada, porque, debajo de toda su fanfarronería, Elfred es un cobarde. Y si me acusa en público, de la misma manera tendrá que explicar también por qué. Y no creo que tenga agallas para eso.

Justo en aquel momento lo llamó Isobel.

—¡Papá, vamos! ¡Me están comiendo los mosquitos!

—A mí también —le dijo él a Roberta, y le soltó la mano—. Bueno, buenas noches. Trataré de pasar mañana a ver cómo estás.

—Aquí estaré —respondió ella.

Subió los escalones mientras él los bajaba. Gabriel se cruzó con las niñas que corrían de vuelta a la casa, perseguidas por los mosquitos.

—¡… noches, señor Farley! —gritaron a coro.

—Buenas noches, niñas. Cuiden bien a su madre.

Las niñas subieron los escalones de a dos en dos y Susan gritó:

—¡Vamos, entremos antes de que nos coman vivas!

En su dormitorio, diez minutos después, Roberta colgó en un gancho detrás de la puerta el vestido de maternidad de muselina manchado con lavanda de Caroline Farley. Desparramadas por toda la habitación desde hacía una semana, estaban sus propias ropas descartadas. Pero el cuidado que escatimaba a sus pertenencias se lo dedicó al vestido de la mujer muerta, con tanto esmero como si la misma Caroline la observara. Lo colgó con mucho cuidado en una percha y acarició las pequeñas manchas antes de apartar la mano y dejarla caer a un costado de su cuerpo.

"¡Oh, Gabe! ¿Qué vamos a hacer?", pensó.

Al quitarse el vestido, Roberta quedó desnuda. Se puso una mano sobre el bajo vientre y cerró los ojos, con un odio profundo a Elfred Spear. Al mirarse las piernas desnudas, sintió una oleada de desesperación y la necesidad de llorar. Nunca había sido vanidosa. En verdad, para Roberta los cuerpos eran simples recipientes que alojaban el alma y la mente y el temple. Necesitaban combustible para alimentar esas almas y mentes y temple, así como también alguno que otro mantenimiento. Pero más allá de eso, Roberta pensaba poco en el aspecto físico del cuerpo humano. Sin embargo, al mirarse ahora, vio con toda claridad su mediocridad... tamaño, textura, forma. Todo revelaba la historia de una mujer que había dado a luz a tres hijos y pasado toda una vida de trabajo duro con poco tiempo para el cuidado personal. Aun así, su carne, por rolliza y poco firme que fuese, era su propia carne y nadie tenía derecho a usarla como quisiera.

En su habitación no tenía un espejo de cuerpo entero, sólo uno pequeño, rectangular, con un marco barato de yeso, colgado encima de una cómoda. Al pasar frente a él, echó una rápida mirada a sus pechos y se apuró a cubrirlos con un camisón, como si Elfred pudiera estar todavía al acecho.

Aun cuando tenía puesto su camisón de verano y trataba de pensar en el día siguiente, persistía esa necesidad de llorar que le apretaba la garganta. Dos deseos opuestos la acosaban. Uno decía: "Llora"; el otro decía: "No llores". Luchaba entre los dos, alisando su cama deshecha, cuando Rebecca llamó a la puerta.

—¿Madre, puedo entrar?

Roberta tomó una punta de las sábanas y se frotó los ojos antes de contestar.

—Claro, Becky. Entra.

Becky entró y se quedó cerca de la puerta, con una reserva desacostumbrada en ella. Con la espalda apoyada contra la puerta, miró a su madre e intentó un esbozo de sonrisa que fracasó por completo.

Roberta se sentó en el borde de la cama, tratando de parecer despreocupada.

—¿Todavía levantada?

—Te estuve esperando.

"Oh, Becky, ojalá no lo hubieses comprendido. Quería ahorrarte eso."

Los rasgos de Roberta se desvanecieron en una expresión de tristeza.

—Supongo que te diste cuenta —admitió con serenidad.

Un silencio prolongado hizo más íntima la noche y agudizó la necesidad de buscar la verdad. ¿Por dónde empezar? Una mujer de treinta y seis años que sabía demasiado del mundo en el que hombres y mujeres se conocían y se encontraban; una de dieciséis años que sólo sospechaba. Una que quería proteger, una que quería saber.

Rebecca encontró el coraje para hablar primero.

—Tú no lo contaste todo, ¿verdad?

En la garganta de Roberta se formó otra vez ese nudo terrible, acompañado por una congoja abrumadora. Sus labios dibujaron la palabra "no" pero se negaron a pronunciarla mientras sacudía la cabeza de un lado a otro con evidente pesadumbre.

Rebecca cruzó la habitación y se sentó en el lado opuesto de la cama, en diagonal a su madre. Estaba descalza y llevaba puesto un camisón blanco. Ese día se había hecho una corona de trenzas en el pelo —uno de los tantos experimentos desde que Ethan Ogier empezó a cortejarla—, y ahora que lo tenía suelto semejaban sogas desenrolladas que le caían sobre los hombros. De manera inconsciente, cuando se sentó apoyó la espalda contra el rodapié como lo había hecho contra la puerta, pero su madre comprendió. Esa noche su hija iba a crecer de una manera como ninguna de las dos deseaba.

Pasó un rato antes de que Becky pudiera hablar.

—Tú crees que no sé nada, pero lo sé. Sobre lo que te hizo el tío Elfred. —Sus ojos revelaban que sabía lo que decía. —Él lo hizo, ¿no?

Rebecca ya nunca volvería a ser la niña inocente que había sido, pero Roberta no podía ni quería mentirle a su hija. Asintió despacio con la cabeza, dos veces.

—Sé también cómo se llama eso. He oído hablar a los muchachos.

La voz de Becky tenía matices tanto de desafío como de miedo.

—Es una palabra terrible.

—Supe que debía de serlo, porque los muchachos susurraban cuando la decían, y si se daban cuenta de que las chicas los escuchábamos se enojaban y nos echaban. —Aparecieron lágrimas en sus ojos, y entonces bajó la mirada a su camisón y al contorno de sus rodillas debajo de él. Un súbito ultraje reemplazó la duda horripilante en su voz y dio un puñetazo sobre el cubrecama. —¿Cómo pudo tío Elfred hacerte eso? ¡Es tan horrible!

—Sí, lo es. Lo fue. Pero yo no podía permitir que las más pequeñas lo supieran. —Rebecca asintió con tristeza. —Elfred me ha hecho insinuaciones desde el primer día que llegué aquí. Es un libertino taimado, insidioso, de la peor especie posible. Siempre lo hace cuando Grace está de espaldas a él. Pobre Grace, estar casada con semejante hipócrita…

—¿Ella sabe lo que te hizo?

—Gabriel dice que sí. Él no trató de mantenerlo en secreto, porque golpeó a Elfred hasta convertirlo en una masa informe en el jardín del frente de su propia casa. Y Grace estaba allí y lo vio todo. Y oyó de qué lo acusaba Gabe.

—¿Ella se divorciará de él como lo hiciste tú de papá?

—No sé, Becky. Sospecho que va a pensar que yo provoqué a su pobre y acosado esposo, que todo fue por mi culpa, sólo porque soy una mujer divorciada. Ella y la abuela forman una asociación indisoluble respecto de esa idea.

La indignación de Rebecca iba en aumento.

—¿Pero cómo puede pensar así? ¡Ella sabe que no es así! Tú eres una buena persona, y siempre nos enseñaste a ser buenas, también!

—Ah, Becky…

Roberta se dejó caer hacia atrás, una parte sobre las almohadas, una parte contra la cabecera de su cama.

—¡Si sólo el resto del mundo fuese tan justo, tan imparcial como tú! —Cerró los ojos por un instante y agregó: —Pero no lo es. Y por eso les dije a las niñas que no pueden defenderme: porque va a haber gente en esta ciudad que se pondrá de parte de Elfred. Él es un hombre, después de todo, y de un modo u otro a los hombres se los perdona por perpetrar actos tan viles como éste. A las mujeres se las culpa… Así son las cosas. Sobre todo a las mujeres divorciadas —giró la cabeza para mirar de frente a Rebecca. —Pero tú y yo conocemos la verdad, y la conoce Gabriel, y eso es lo único que me importa, en realidad. Cualquier cosa que los demás puedan decir significa poco o nada para mí. Sólo lamento que esto las lastime a ustedes, sobre todo si hace que tus hermanas menores se den cuenta de lo que pasó. —Se incorporó otra vez y enderezó la espalda. —Ése es uno de los efectos subsiguientes a su vileza que me hace odiar mucho más a Elfred, por robarle a mis pequeñas su inocencia. Mira, aquí estás tú, manteniendo esta conversación, cuando deberías estar por completo ajena a un hecho semejante y vivir tu joven vida sin este baldón en tu memoria. ¡Oh, Becky… cómo me gustaría poder borrarlo por ti!

Ante la repentina explosión emocional de su madre, Becky se paró y corrió a su lado.

—¡Oh, madre, yo quisiera poder borrarlo por ti!

Sentada al lado de Roberta, Rebecca la abrazó como si ella fuese la madre y Roberta su hija.

Roberta se permitió soltar algunas lágrimas… pero pocas. Ella y Rebecca siempre habían sido muy unidas, pero aún más desde el divorcio. Como la hija mayor, Becky había asumido sin la menor queja las responsabilidades que le salían al paso, y muchas veces hasta había representado el papel de madre sustituta en ausencia de Roberta. Esa noche, su conmovedora preocupación le trajo paz y curación. El dulce contacto de su mano sobre el hombro de Roberta hizo que las dos se sintieran mucho mejor.

Con la cara hundida en el pelo de Roberta, su hija le habló:

—Pero el papá de Isobel fue muy bueno contigo, ¿no es así, madre?

Roberta se echó hacia atrás y retuvo las dos manos delgadas de Becky.

—Me sentí muy contenta de tenerlo allí. De veras es un hombre muy bondadoso.

—Yo me sentí mal cuando se pelearon.

—Yo también.

—Y estoy contenta de verlos juntos otra vez.

—Yo también.

—¡También Isobel!

Encontraron suficiente frivolidad para algunas sonrisas, y entonces Rebecca hizo una revelación.

—Isobel me dijo que le gustaría que su papá se casara contigo.

—¿Dijo eso? —Roberta esbozó una suave sonrisa al imaginarse a Isobel, a quien amaba… también. —Aunque me temo que eso no va a suceder. Somos demasiado diferentes.

—¿Diferentes cómo?

—Bueno, ya sabes. Él es quisquilloso; yo soy desordenada. Él vive según un horario; yo odio los relojes. Él considera que tienes que sentarte a una mesa con un tenedor y un cuchillo; yo creo que las mesas están hechas para apoyar los pies sobre ellas. Además, su familia se opone a mí porque soy divorciada.

—¡Oh! —pasó sólo un segundo antes de que Rebecca preguntara:

—¿Pero de todos modos te casarías con él si te lo pidiera?

—No sé. ¿A ti te gustaría?

—Bueno… no por nosotras… Es decir, nosotras nos llevamos muy bien sin él y nos divertimos mucho juntas, sólo nosotras cuatro. Pero tú pareces más feliz cuando estás con él.

—No me di cuenta de eso.

Roberta se quedó en silencio y después de pensar un momento agregó:

—Bueno, quizá sí me di cuenta, porque cuando ese día lo vi en la escuela y él no me habló, me sentí terrible. Y después no pude dejar de pensar en él. No sé, Becky… Cuando has estado casada una vez y el matrimonio no funcionó, te asusta un poco intentarlo otra vez. Y, como tú dices, nosotras, las cuatro Jewett, nos llevamos muy bien solas, ¿no?

Becky extendió la mano y abrochó dos botones del cuello del camisón de Roberta.

—Pero él golpeó al tío Elfred por ti, y te dejó usar el vestido de su esposa, y dejó que Isobel volviera a venir aquí todas las veces que quisiera. Yo creo que él te ama, madre. Creo que te quiere mucho, pero todavía no lo sabe.

Rebecca se incorporó y besó la cabeza de su madre.

—Tú no te preocupes por nada. A partir de ahora voy a cuidar mucho más de ti. Y, se case o no contigo, creo que el señor Farley también lo hará.

El señor Farley, en aquel momento, reflexionaba sobre lo mismo: cuidar a Roberta Jewett. Vestido sólo con ropa interior de verano, parado en su dormitorio, descubrió unas partículas de grava en el lugar del sobrecama donde ella había apoyado la cabeza.

"¡Condenado Elfred Spear! ¡Merecerías que te cortaran los testículos!"

Recogió un par de partículas de grava, las frotó entre los dedos y las arrojó con furia al borde de la cama. Durante un largo rato se quedó sentado allí mientras representaba en su mente lo que ese mal nacido le había hecho a Roberta. Y ella, tan llena de valor y de vida, incapaz de hacer daño a una mosca. La verdad era que Roberta era una de las personas más cariñosas que jamás había conocido. Buena con sus hijas. Buena con Isobel. Buena con él. Probablemente muy buena también con la gente enferma a la que atendía y curaba por todo el condado. Era una injusticia enorme que una mujer como ella tuviera que caer presa de un bruto asqueroso como Elfred. Pero si se le preguntaba a cualquiera que lo conociera, dirían que Elfred era un honorable hombre de negocios, y que poseía una hermosa mansión, y que tenía una familia ejemplar. ¡Y que ese hombre sí que sabía hacer dinero! Y aparte de lo "bien" que Elfred sabía hacer las cosas, podrían festejar con risitas cómplices sus eternos "pecadillos". ¿Pero lo frenaban? ¿Alguien trataba alguna vez de frenar a hombres como Elfred?

No. En cambio, murmuraban sobre las mujeres como Roberta, porque ella tenía un papel blanco que decía que ya no debía estar casada con un vividor inservible, que nunca se ocupó de ella ni de sus hijas. ¿La había amado alguna vez su esposo? Difícil de creer que un hombre así sintiera algún amor. Si lo hubiera sentido, habría estado más en su hogar y la habría hecho feliz, en lugar de engañarla con otras mujeres y dejarla mantener sola a esas niñas.

Pobre Roberta; había llevado una vida de infierno, siempre luchando por ganarse la vida, y nunca se quejaba de esa vida. Pero ahora... ¿y si llevaba otra vida en su interior? ¿Y si ese hijo de puta de Elfred la había embarazado? ¿Eso no daría pasto a las matronas de Camden para veinte años más de chismes? Y esas hermosas tres hijas de ella también pagarían un precio. ¡Por Dios, no era justo!

Gabe no era un experto, pero había hecho algunos cálculos sobre el tiempo transcurrido desde que Elfred la violó hasta el momento en que la dejó sola para higienizarse. Y le pareció que con independencia de lo que ella hubiera hecho después de que él cerró la puerta, la naturaleza había tenido tiempo más que suficiente para seguir su curso.

Supuso que en aquel momento Roberta debía de estar tendida en su cama, preocupada por lo mismo. ¿Y si...? ¿Y si...?

Suspiró y se incorporó como un viejo, estiró uno por uno sus músculos cansados, destapó la almohada y se metió debajo del sobrecama. Apagó la luz, se tendió de espaldas con las manos detrás de la cabeza y se preparó para pasar la noche.

Pero en lo único que pudo pensar fue en Roberta, siempre en Roberta. Roberta junto a él, donde estaría a salvo de hombres como Elfred por el resto de su vida.

Estaba todavía dormida, a la mañana siguiente, cuando abajo sonó el teléfono y su sonido se entremezcló con algo que estaba soñando. Se incorporó de golpe y sintió el pulso acelerado mientras se quedaba sentada en la cama y trataba de explicarse por qué sonaba la campanilla de la escuela en su casa y se preguntaba dónde estaban las niñas el sábado por la mañana. ¡Oh! Era viernes y, a juzgar por el ángulo del Sol, ella debería ir camino a su trabajo.

El teléfono volvió a sonar.

—Diablos... —refunfuñó.

Saltó de la cama y vio que el despertador marcaba las siete y media. Con las manos apoyadas en las paredes de la escalera, la bajó casi de un salto y levantó el auricular de la horquilla cuando la campanilla sonaba por quinta vez.

—¿Hola?

—Buenos días, Roberta.

—Ah... Gabe —Se rascó la cabeza y miró de soslayo la luz que entraba por la ventana de la cocina. —¿Qué hace que llames a esta hora?

—Quería saber cómo estás hoy.

—Acabo de despertarme y voy a llegar tarde al trabajo, pero aparte de eso estoy bien, Gabe. En serio, estoy bien.

—Bueno, me alegro. Hay algo de lo que quiero hablar contigo, pero no con la central telefónica de por medio. ¿Crees que podríamos encontrarnos en algún lugar a las doce?

—¿A las doce?

—O a cualquier otra hora, la que te resulte mejor. Pensé que tal vez podrías escaparte por un rato después de presentarte en tu oficina en Rockport. Yo mismo tengo un trabajo por esos rumbos y tal vez podríamos encontrarnos, digamos... no sé... ¿en el extremo sur de Lily Pond, al final de la calle Chestnut?

—Seguro, creo que podría llegar.

Él le dio algunas indicaciones específicas y quedaron en encontrarse a las once y media.

—Hasta luego, entonces —se despidió Roberta.

—Hasta luego, te veo allí.

Todavía durante algunos segundos se quedó parada con la mano sobre el receptor después de haber colgado, preguntándose qué querría Gabriel. Recordó su preocupación del día anterior, su inquietud por protegerla, pero eso era lo que haría cualquiera en una situación semejante. No era el Gabriel de todos los días. Bueno, lo sabría bastante pronto, y mientras tanto estaba más retrasada que nunca.

Cuando llegó al lugar de encuentro, el camión de Gabe estaba estacionado fuera del camino, a la sombra, junto a un claro desde donde partía un sendero que llegaba hasta la laguna. Los lirios acuáticos cubrían toda su superficie con hojas del tamaño de un plato y grandes flores amarillas. Al otro lado del agua se veían algunas casas, pero las residencias de la orilla más cercana estaban escondidas en los bosques y sólo una roca saliente interrumpía el tramo de terreno abierto entre dos secciones de espesa floresta verde. Alguien había cortado las hierbas silvestres y las había dejado para que se secaran al Sol. Todo el aire se hallaba impregnado del delicioso aroma de los tréboles cortados. A la izquierda de Roberta, una cerca de alambre dividía el bosque del campo, en cuyo extremo opuesto algunas vacas negras y blancas rumiaban su alimento y movían las colas. Dos miraron con curiosidad a Roberta cuando bajó de su automóvil, se puso las manos sobre los ojos, para hacerse sombra, y saludó con la mano a Gabriel.

Él estaba apoyado contra una roca a unos diez metros de distancia, con un sombrero de paja en la cabeza y una brizna de pasto en la boca. Cuando la vio, se apartó de la roca y caminó hacia ella. A Roberta le produjo un placer especial observar el ritmo de sus movimientos, las zancadas relajadas de sus piernas, sus pantalones azules de trabajo y el cuello de su camisa blanca ondulado por una brisa suave. Se encontraron en medio del claro, donde los saltamontes chocaban contra el dobladillo del uniforme de ella y aterrizaban en las puntas de las botas de cuero de él.

Todavía los separaban unos diez pasos cuando Roberta comentó:

—Huele muy bien este lugar.

—Son los tréboles.

—Y es muy tranquilo también.

Cuando estuvieron frente a frente se detuvieron.

—Tan tranquilo que me di cuenta demasiado tarde de que podrías no estar muy ansiosa de encontrar a otro hombre en el medio de ninguna parte sin nadie más alrededor.

—¡Oh, Gabe! Yo no tengo miedo de ti.

—Bueno, espero que no.

El Sol fuerte del mediodía se reflejaba sobre su uniforme blanco y la hacía parpadear.

—Hace mucho calor aquí —comentó Gabe—. Ven, vamos a sentarnos a la sombra, junto al camión.

—De acuerdo.

Caminaron juntos por el sendero bordeado de hierbas silvestres. El aroma de los tréboles se hacía más y más intenso con el fuerte calor. A la distancia se oyó el mugido de una vaca, como si preguntara adónde iban. Los bosques formaban una ondulante pared verde.

—Estuve observando cómo las ranas se comían a las moscas…

—Ajá…

Roberta sonrió. Le causaba gracia notar que para ponerse a la par, ella tenía que apurar el paso, y él, demorarlo.

—También hay algunas tortugas en la laguna.

—Tendremos que decírselo a las niñas. Querrán venir enseguida a pescar una.

—Cuando yo era chico solíamos comer tortuga. Mi madre hacía sopa.

Llegaron a la sombra fresca y bienhechora, junto al camión, y Roberta se dio vuelta para mirarlo a la cara.

—¿Es para hablarme de eso que me hiciste venir hasta aquí, Gabriel? ¿De las ranas y las tortugas?

Él la miró serio por debajo del ala de su sombrero de paja. El cuello abierto de la camisa estaba un poco sucio, por el trabajo de la mañana, y tenía restos de aserrín sobre los hombros. Su garganta lucía el color bronceado de un hombre que pocas veces se cierra el primer botón del cuello. Sus ojos, de un azul grisáceo como el humo, miraban serios.

—No, no es por eso. ¿Almorzaste en la ciudad?

—No, no lo hice.

—Ah, claro que no. Todavía no son las doce. Por supuesto, yo sé que no le das mucha importancia al almuerzo, pero me anticipé y traje un par de sándwiches y pensé que podíamos sentarnos aquí, en el estribo del camión, y comerlos si por caso tienes hambre.

Gabriel, que nunca derrochaba palabras, ahora hablaba sin parar. Roberta se preguntó por qué.

—¿Qué clase de sándwich? ¿De tortuga?

—No. De carne fría —respondió él mientras abría la puerta del camión, para sacarlos—. Dicho sea de paso, no vas a creer esto, pero esta mañana fui a casa de mi madre y le pedí que los preparara.

—Tu madre... Bueno, no debe de haber sabido que pensabas compartirlos conmigo.

—Sí, lo supo. Se lo dije yo.

Sacó un cepillo de acero de la caja de herramientas del camión y cepilló bien el estribo.

—Siéntate, Roberta.

Se sentaron y él puso la bolsa con los sándwiches entre los dos. Después sacó del camión una jarra llena de té helado, la destapó y la dejó sobre el pasto, entre las piernas extendidas de los dos. Abrió la bolsa y le ofreció un sándwich.

—Gracias.

Empezaron a comer en amable compañía por un rato antes de que Gabriel dijera su parte, con la mirada desviada un poco hacia el oriente, hacia el borde verde de los bosques del otro lado de la pradera.

—Lo que te pasó ayer... me preocupa mucho. No pude dormir en toda la noche por pensar en ti y preocuparme por ti.

—Pero yo no soy tu preocupación, Gabriel.

—Puede que no lo seas, pero yo me preocupé igual. ¿Qué pasa si...? Bueno, ¿qué pasa si lo que hiciste después no resolvió el problema? Hice algunos cálculos, Roberta, y, por lo que pude deducir, pasó casi una hora desde el momento en que Elfred hizo su inmundo trabajo hasta que tomaste esa palangana de agua en mi dormitorio. Digamos que la sincronización del tiempo resultó ser perfecta y que lo que hiciste allí dentro lo hiciste demasiado tarde, y que entonces puede que estés embarazada. Si eso sucediera, yo me casaría contigo, Roberta. Eso es lo que vine a decirte.

A Roberta casi se le cayó de la boca el bocado de sándwich. Apretó los labios y tragó con dificultad, con los ojos fijos en el perfil de Gabriel que seguía mirando los campos de trébol.

—¿Lo harías?

Él volvió la cara hacia ella y asintió con la cabeza.

—Si estuviera embarazada.

—Así es.

—Para protegerme de las habladurías.

—Algo así...

Sin mirarla, dio otro mordisco a su sándwich de carne fría.

—¿Qué pasa con todas esas cosas que necesitábamos hablar? Yo pensé que era para eso que me pediste que nos encontráramos aquí.

—En un caso como éste... quiero decir, en el supuesto de que... tendríamos que pasar por alto nuestras diferencias.

—Pasar por alto mi desarreglo personal y el desorden de mi casa, y tu miedo a mostrar tus sentimientos. ¿Es eso lo que quieres decir?

Lo observó con tanta atención que él se ruborizó. Terminó su sándwich y tomó un gran trago de té helado de la jarra, otra vez con la mirada fija en los bosques lejanos. Dejó la jarra en el suelo y se secó la boca con el dorso de una mano.

—Imaginé que era una manera de ayudarte a encontrar una salida decorosa.

Roberta se quedó callada tanto tiempo, que Gabe terminó por darse vuelta y vio que ella volvía a guardar en la bolsa la porción sin comer de su sándwich.

—¿Qué pasa?

—¿En serio piensas que yo haría un segundo matrimonio desastroso después de que el primero terminó de esa manera?

—¿Desastroso?

Ella afirmó los pies sobre el suelo y se abrazó a las rodillas.

—Un matrimonio de conveniencia no es mi estilo, Gabriel. Me inclinaría a pensar que deberías saberlo. Puede que no sea delicada y perfecta y femenina como Caroline, pero tengo sentimientos, igual que ella. Y si un hombre me quiere, esperaría que me lo demostrara haciéndome la corte en serio… a menos que la manera en que has actuado sea lo que tú consideras hacer la corte en serio. Pero para mis normas no lo es. La cuestión es, Gabriel, que creo que estás asustado. Creo que me amas y tienes un miedo atroz de decirlo; entonces usas esta excusa inventada para sugerir que deberíamos casarnos, sólo que yo no estoy dispuesta a dejarme engañar por eso y vivir con otro hombre que no tiene la más mínima noción de cómo debe ser un esposo. Preferiría parir un bastardo y criarlo sola antes que atarme a un hombre que todavía ama a su primera esposa. Entonces, aprecio en todo su valor la idea y es probable que debajo de ella haya mucho desprendimiento de tu parte al sugerirla, pero no, gracias, Gabriel. No a menos que me ames. —Estiró las rodillas, se levantó y sin el menor asomo de rencor agregó: —Gracias por el sándwich. Perdón si no me sentí con ganas de terminarlo; acaso pueda la próxima vez.

Se dirigió a paso largo hacia su automóvil mientras él se paraba de un salto.

—¡Roberta, espera!

—Tengo que manejar hasta Bangor esta tarde. Lo siento.

—¡Bonita manera de rechazar la propuesta de un hombre! —le gritó él a sus espaldas.

—Te lo agradecí, Gabe, ¿no?

Le echó una media mirada por encima del hombro y él se puso más furioso al ver que seguía hasta su auto y se preparaba para arrancarlo. Corrió a través de unos diez metros de maleza, la alcanzó y le sacó a la fuerza la manija de arranque de la mano.

Él furioso y ella con una calma pétrea, uno frente al otro en la sombra mezquina del mediodía, con un par de vacas mirando la escena.

—¿Qué es lo que quieres de mí? —gritó, exasperado como sólo esa mujer podía ponerlo.

—Ya te lo he dicho.

—¡Roberta, somos dos personas adultas!

—¿Eso impide el galanteo? ¿La emoción? ¿El romanticismo? Gabriel, si eso es lo que piensas, entonces eres mucho peor de lo que yo creía.

—Pensé que te ayudaba al ofrecerte una salida.

—Sí, ya sé que eso es lo que pensaste. Lamento no poder aceptar, y te agradezco otra vez por tu generosidad. Pero en esos términos… —Sacudió la cabeza. —He pasado suficientes años sin amor con un hombre. Yo soy la clase de mujer que necesita la cosa real, auténtica, con todos sus… sus excesos extravagantes. Y no creo que tú estés preparado para eso. En realidad pienso que todavía no has terminado con Caroline. No me interpretes mal, Gabriel; yo nunca te pediría que renunciaras a tus recuerdos de ella. Pero tendrías que amarme tanto como la amaste a ella; de lo contrario jamás resultaría. Yo tendría que caminar siempre a su sombra, y una sombra es demasiado fría para que la tolere.

Le quitó la manija de arranque de la mano y la colocó en su lugar. Por unos momentos se quedaron parados, envueltos por el ruido del motor.

—¡Roberta! —le gritó por encima del ruido—. Nuestras hijas quieren que nos casemos, ¿no te das cuenta?

—¡Por supuesto que sí! —le contestó ella, también a gritos—. ¡Examina tus motivos, Gabriel, y cuando encuentres los correctos, pídemelo otra vez!

Cuando ella se dirigía a la puerta del auto, Gabe tuvo deseos de arrastrarla hacia atrás y someterla por la fuerza. Pero eso era lo que Elfred había hecho el día anterior, y los caballeros no hacen esas cosas.

Así que la dejó subir, y ajustar lo que había que ajustar, y dar marcha atrás y dar la vuelta y dejarlo parado en la sombra, preguntándose qué había hecho mal.

Capítulo 14

Myra Halburton pertenecía a una organización llamada Sociedad de Caridad y Benevolencia de las Damas de Camden. Una de sus socias era Tabitha Ogier, la abuela de Ethan Ogier. Otra era Maude Boynton, la esposa del dueño de la agencia de autos. Y Jocelyn Duerr, una vecina de Gabriel, y Ellen Barloski, tía abuela de Sophie, el ama de llaves de los Spear. Hannah Mary Gold era prima hermana de la esposa de Seth Farley, y Niella Wince vivía justo enfrente de los Spear. La hija de Sandra Yance era enfermera del joven doctor Fortier III...

Y la lista seguía y seguía.

Dos días después de la paliza de Elfred Spear, la Sociedad de Benevolencia se reunió para el acontecimiento más importante del año: un almuerzo de beneficencia bajo los olmos del jardín trasero de su presidenta, Wanda Libardi. Wanda pertenecía también a un trío musical llamado Las Novias del Canto, que abrían el banquete cantando "Beautiful Dreamer", paradas bajo la glorieta de rosas, con el telón de fondo de una cerca de malva de casi un metro de altura en el exuberante jardín de Wanda.

La verdadera fiesta empezó, sin embargo, cuando Wanda y su cohorte dejaron de gorjear y el grupo se sintió en libertad para dedicarse a su "benevolencia" preferida.

Maude Boynton sacó el tema sobre el que todas las presentes querían saber.

—Myra, ¿es cierto lo que todas hemos oído sobre Elfred?

—No sé, Maude. ¿Qué han oído ustedes?

—Que fue golpeado hasta casi perder la vida por Gabriel Farley.

—Supongo que no tiene sentido tratar de ocultarlo. ¡Pero Gabriel Farley pagará por lo que hizo! ¡Recuerden mis palabras!

—Mi Susan vio a Elfred cuando entró en el consultorio del doctor Fortier —comentó Sandra Yance—. Dijo que parecía como si alguien lo hubiera usado como un yunque.

Ellen Barloski miró acongojada.

—¡Oh... esa cara hermosa, toda magullada... qué lástima! La pobre Grace debe de estar muy mortificada.

—Tu hija divorciada ha estado viendo muy seguido a Gabriel, ¿no es así? —preguntó Jocelyn Duerr.

Myra acusó el impacto.

—En realidad yo no llevo la cuenta de lo que hace Roberta. Si anda por todo el Estado con ese automóvil que se compró, ¿cómo podría una madre seguirle los pasos?

Mientras Myra se defendía para no responder la pregunta principal, las otras mujeres intercambiaban miradas intencionadas que decían "después".

Fueron dos horas muy agradables para el grupo. Pasearon por el parque, admiraron los jardines, se sirvieron ellas mismas de una mesa de bufé y comieron pequeñas tartas y sándwiches. Cada vez que Myra se hallaba fuera del alcance del oído, los cuchicheos secretos llenaban el espacio con la misma persistencia que el olor a café que salía de la casa. Al percibir que la agitación que había en su familia era la causa de esas conversaciones a escondidas, Myra presentó sus disculpas y se retiró temprano.

Todas menos una, las otras socias de la Sociedad de Benevolencia de Camden se quedaron bajo los olmos a la expectativa de ver desaparecer las ondulaciones de las faldas de Myra por el portón del jardín y reiniciar la sesión de chismes. La misma anfitriona se encargó de abrirla.

—Bueno, ahora que ella no está, debo decir que... estoy sorprendida de que no haya dicho más. Ella, que siempre hacía alarde de tantas cosas... que Elfred, y su dinero, que Grace y sus alhajas finas. Pero ahora que la cosa va en otra dirección, se aseguró de sellar bien sus labios, ¿no?

—Diga lo que diga Myra Halburton, esa hija menor suya está detrás de la rivalidad entre Gabriel y Elfred. ¿Qué otra cosa podría hacer que dos hombres adultos que han sido amigos por años se peleen a trompadas de esa manera?

—¡Y en el mismo jardín del frente de la casa de Elfred donde todo el mundo podía verlos!

—Mi nieto ha pasado bastante tiempo en la casa de esa Jewett este verano —intervino Tabitha Ogier—. Parece que le ha echado el ojo a la hija mayor. Algunas de las cosas que ha oído allí... bueno, déjenme decirles, a ustedes les pondrían los pelos de punta.

—Yo vi a esa mujer Jewett frente a la casa de Gabriel Farley la misma noche que dicen que golpeó a Elfred. Estacionó su automóvil delante de la casa con el mayor descaro. Por casualidad me enteré de que la hija de él no estaba en casa en ese momento.

—Bueno, yo no lo he dicho hasta ahora… por respeto a Myra… pero yo vi la pelea —dijo Niella Wince con aire de suficiencia.

—¡No!

—La mayor parte. Desde la ventana de mi dormitorio. ¡Válgame Dios, una persona no puede menos que asomarse a mirar con todo ese griterío! Lo que Gabe gritaba no lo repetiría jamás una dama, pero déjenme decirles que no quedó ninguna duda de que esa mujer divorciada piensa que todo hombre es una presa fácil para ella, sea casado o no.

Todas meditaron un momento, hasta que alguien habló.

—¡Dios mío, pobre Grace!

—Y pobre Caroline. ¿Qué pensaría ella si todavía viviera?

—Y esas niñas. ¡Por Dios! Imaginen a lo que se han visto expuestas con una madre como ésa.

—Myra Halburton no lo va a oír de mis labios, pero yo lo dije años atrás, cuando Roberta se fue de Camden porque no era lo bastante bueno para ella. Entonces dije: "Recuerden lo que digo, esa muchacha va a caer en algo malo al irse de la ciudad de esa manera". Y en efecto, vuelve dieciocho años después, divorciada y ligera de cascos, y piensa que puede continuar con sus indiscreciones delante de nuestras narices como si fuésemos ciegas y estúpidas.

—Gabriel Farley ha estado en su casa muchas veces. Se dice que la cosa empezó el mismo día que ella llegó a la ciudad. Él y Elfred corrieron a visitarla en su casa como dos gatos ordinarios. Desde entonces han estado muchas veces allí.

—¿Qué hay de esas niñas Jewett? ¿No tendría que ocuparse alguien de esto y ver que las saquen de su casa si la está convirtiendo en un burdel?

—¿Quién?

—Bueno, no sé, pero alguien debería hacerlo.

—Bueno, no voy a ser yo.

—¿Pero nosotras no somos la Sociedad de Benevolencia? ¿No es nuestro deber?

—¡Espera un momento! No sé si el hecho de que seamos la Sociedad de Benevolencia nos da derecho a inmiscuirnos en los asuntos privados de una persona.

—¿Ah, no? ¿Entonces quién debería mirar por el bienestar de esas criaturas? Después de todo, son las nietas de una de nuestras socias.

—Entonces, que Myra Halburton mire por el bienestar de sus nietas.

—¿No ves que la pobre Myra está demasiado mortificada por estas actividades de su hija menor, como para admitir lo que está pasando? Y tú también deberías compadecerla. Después de todo, ¿qué madre querría enfrentar a su propia hija con una acusación de ser una madre inadecuada?

—Yo puedo haber dicho que la vieron en la casa de Gabriel Farley, pero eso no la convierte en una madre inadecuada.

—¿Entonces qué? Es una mujerzuela de las peores. Casada, divorciada, menea la cola frente al hombre solo más decente que puede ofrecer esta ciudad, lo convierte en un desgraciado, después trata de hacer pedazos el matrimonio de su propia hermana. Es lo que llamo una mujerzuela. Además, deja a sus hijas desatendidas a todas horas del día y de la noche, y dicen que su casa parece una pocilga. Yo digo que hablemos con alguien de autoridad, para que vaya allí y vea qué está pasando. Esas criaturas podrían tener mejores condiciones de vida en alguna otra parte.

—¿Pero quién va hacerlo?

—Tú eres la presidenta, Wanda. Deberías hacerlo tú.

Una sola de las "benevolentes" había permanecido en silencio durante todo el intercambio de sugerencias moralistas. Elizabeth DuMoss, por lo general muy gentil, habló con una ferocidad que espantó a sus pares.

—¡Un momento, todas ustedes! He estado sentada aquí, escuchando, mientras ustedes planeaban su pequeña guerra contra una mujer que no está presente para defenderse, así que yo lo voy a hacer por ella. En primer lugar, debo decir que me avergüenzo de cada una de ustedes por entregarse a sus habladurías disparatadas en el mismo momento en que Myra volvió la espalda. Ustedes se denominan una sociedad benevolente, pero temo que hoy se han burlado de esa palabra, y ya no puedo seguir sentada en silencio y dejar que continúen con esta charada.

"Yo pertenezco a la cuarta generación de miembros de este grupo y estoy segura de que mi bisabuela se horrorizaría si supiera cómo se ha desviado la intención caritativa de entonces a semejantes asuntos arbitrarios como decidir sobre el destino de las personas. Sé que soy una sola voz contra muchas, pero no podría vivir en paz conmigo misma si no dijera algo. Y lo que tengo que decir en primer lugar se refiere a Elfred Spear, no a Roberta Jewett.

"Cada mujer presente en este jardín ha considerado conveniente hacer la vista gorda al hecho de que Elfred Spear es un libertino desvergonzado que no ha desperdiciado oportunidad para pellizcar traseros y mirar con lujuria los pechos y acariciar a mujeres que no tenía ningún derecho a tocar. Él nos ha puesto en aprietos en reuniones públicas y privadas al tocar a muchas de nosotras, aunque pocas de ustedes lo vayan a admitir. Se mofa de su esposa cuando ella no lo ve, y hace una burla de su matrimonio con sus innumerables adulterios. Ni siquiera tiene respeto suficiente por sus propias hijas para contener su lujuria cuando ellas están presentes, sino que le da rienda suelta bajo sus propias narices como si Dios mismo le hubiese dado el derecho de insultar a todas las mujeres del universo. Todas nosotras sabemos que lo hace... se acerca de manera furtiva a las mujeres dondequiera que se le ocurra y les hace insinuaciones socarronas sobre lo que tienen debajo de sus polleras. Y si alguna lo niega, es una mentirosa.

"Así que les pregunto: ¿Por qué todas cargan la culpa sobre Roberta Jewett, cuando es probable que el verdadero villano aquí sea Elfred Spear? He permanecido sentada aquí en silencio, mientras ustedes la crucificaban sólo porque es un mujer y divorciada, y no han mencionado una sola palabra sobre las fornicaciones de Elfred. Bueno, yo las menciono, porque él se ha salido con la suya durante demasiado tiempo. Ésta es nuestra oportunidad para frenar a Elfred Spear. Lo único que tenemos que hacer es apoyar a la señora Jewett y detener los rumores en lugar de divulgarlos. ¿Es tan difícil? ¿Darle a la mujer el beneficio de la duda? ¿Y cuál es su mayor crimen? ¿Que es divorciada o que vive su vida de la manera que muchas quisiéramos poder vivir las nuestras... vivir donde le place, manejar su propio automóvil, mantener a sus tres hijas como lo juzga conveniente, tener un trabajo que le da la satisfacción de ganar un salario que puede usar como quiere, sin tener que pedirle dinero para gastos menores a un hombre?

"Pregunto a cada una de las mujeres aquí presentes: ¿Desprecian a Roberta Jewett, o están celosas de ella?

Cuando Elizabeth DuMoss dejó de hablar, las mujeres sentadas bajo los olmos guardaban un silencio tan absoluto que sólo se oía el zumbido de las abejas en el cerco de malva. Algunas caras estaban coloradas de turbación; otras, blancas de furia, pero ninguna impasible. Algunas mujeres miraban con severidad a Elizabeth, otras miraban avergonzadas sus regazos. Algunas se ocultaban detrás de sus tazas de café; otras, detrás de su silencio hipócrita.

Elizabeth recogió sus guantes y su sombrilla.

—Las dejo con un gesto que a alguna de ustedes puede parecerle excesivo, pero que yo creo esencial para mi autoestima. En este momento renuncio formalmente a mi cargo de tesorera de la Sociedad de Caridad y Benevolencia de las Damas de Camden y presento mi renuncia al club. Considero que no puedo estar afiliada a una institución que parecería dispuesta a dedicar su tiempo y sus esfuerzos, y quizá también algunos de sus fondos, para ejercer una inmerecida coacción emocional sobre una mujer como la señora Jewett. Al hacer esto, no sólo sigo los dictados de mi corazón sino también el de mis antepasadas, una de las cuales fue inspiradora y miembro fundadora de esta sociedad. En su nombre y en el mío propio, les digo adiós.

Una vez dicha su parte, y dicha con un dominio magnífico, Elizabeth DuMoss abrió su sombrilla y abandonó la reunión. Antes de llegar al portón del jardín, oyó que detrás de ella se desataba otra vez el furor.

Fue directamente al taller de Gabriel Farley en la calle Bayview. Como no lo encontró allí, se dirigió a su casa. Al no recibir respuesta a su llamado a la puerta cancel, la abrió y le dejó una nota sobre el felpudo.

"Señor Farley —decía—, necesito hablar urgentemente con usted. La Sociedad de Benevolencia va a tratar de arruinar la reputación de Roberta Jewett y hacer que le quiten a sus hijas. Nosotros no podemos permitir que eso suceda. Por favor, llámeme por teléfono al 84 o pase por mi casa esta noche tan pronto como le sea posible. Elizabeth DuMoss."

Elizabeth DuMoss era una bonita mujer, de ojos castaño claro, modales suaves y un esposo riquísimo, dueño de una de las mansiones más grandes de Camden, en la calle Pearl, como también de las canteras de piedra caliza de Rockport. Elizabeth era un año más joven que Gabriel Farley y había estado enamorada de él desde la época en que ella cursaba cuarto grado. Amaba a su esposo de innumerables maneras y había establecido un matrimonio fiel y llevadero. Pero él tenía una panza prominente y era tacaño con su dinero, y aunque ella no hubiera cambiado su vida por la de ninguna otra mujer, no obstante había varios puntos por los cuales envidiaba a Roberta Jewett.

Su primer amor no correspondido era uno de ellos.

Cuando él tocó el timbre de su casa a las seis y cuarto de ese atardecer, se levantó de la mesa de la cena.

—Yo contesto, Rosetta. Tú sigue sirviendo la cena —le ordenó a su mucama.

Caminó por su casa con la gracia de una anfitriona acostumbrada a recibir visitas y se acercó a la puerta del frente con la seguridad de alguien que conoce su lugar inexpugnable a la cabeza de una sociedad de ciudad pequeña.

Abrió la puerta cancel y lo admitió en su elegante salón de entrada.

—Hola, Gabriel.

Él le extendió la mano, y ella a él.

—Hola, Elizabeth. ¿Cómo estás?

—Oh, muy bien. Al menos lo estaba hasta la reunión de la Sociedad de Benevolencia, esta tarde.

El apretón de manos se prolongó y el mutuo conocimiento del afecto de larga data de ella por él otorgó al momento una intimidad que se hacía presente cada vez que se encontraban, pero junto con ella aparecía el respeto mutuo por su condición de casada y por el hecho de que era la madre de cuatro hijos.

Al cabo de unos segundos le soltó la mano.

—Recibí tu nota, Elizabeth.

—Espérame un momento, Gabriel. Enseguida estoy contigo.

Él la observó mientras atravesaba la arcada del comedor y oyó que hablaba con su familia.

—Perdón, Aloysius, pero Gabriel ya está aquí. Niños, ustedes sigan con su cena. No tardaremos mucho.

Se oyó el arrastre de una silla y Aloysius DuMoss llevó su voluminosa periferia y su bigote de morsa al salón de entrada. Cuando se acercó a Gabriel le extendió la mano para saludarlo.

—Sugiero que vayamos al salón. Allí podremos hablar en privado.

Lo que se dijo entre ellos tres llevó a Gabriel Farley a estacionar frente a la puerta de Roberta a menos de cinco minutos de terminada la reunión.

Cuando llegó, las niñas estaban en el porche de adelante, tendidas en hamacas, leyendo y espantando mosquitos al mismo tiempo. Ethan Ogier también se hallaba allí, sentado con la espalda apoyada contra un barrote de la barandilla, jugando solo con una pelota de goma

Entregadas por completo a la holgazanería, lo saludaron sin prestarle mucha atención.

—Hola, señor Farley...

—¿Está su madre en casa? —preguntó él al tiempo que subía los escalones con dos pasos gigantes.

—Está en la cocina.

—¿Puedo entrar?

—¡Mamá! —gritó Susan por encima del hombro—. ¡El señor Farley va entrar!

Susan ya había vuelto a su lectura cuando Gabriel abrió la puerta de alambre tejido.

Roberta lo esperó en la puerta de la cocina. Se secó las manos con un repasador tan gris como los trapos que Gabriel usaba en su taller para limpiar las herramientas.

—Bueno... ¿tan rápido de vuelta? ¿Vienes a cortejarme?

Él la aferró de un brazo y la hizo entrar en la cocina, donde no podían ser vistos desde la puerta de entrada.

—Si lo que pides es que te corteje, lo vas a conseguir, Roberta, porque quiero casarme contigo.

—Vaya, eso sí que es un cambio con respecto a esta tarde, cuando dijiste que en realidad no querías casarte conmigo, pero que lo harías si debías hacerlo para salvarme de la deshonra. Y bien, Gabriel, ¿cuál de las dos razones es ahora?

—¡Juro por Dios que nunca he visto a una mujer tan insolente como tú en toda mi vida! ¿Quieres cerrar la boca y escucharme?

—Oh, cerrar la boca… eso sí que es poético. —Se apantalló la cara con el repasador. —Hace que el corazón de una mujer corra a ochenta kilómetros por hora al oír una cosa tan dulce. ¿Quién te enseñó a…

Gabe le cerró la boca con un beso.

Apretó su muy impaciente boca contra la muy insolente de ella y la arrinconó contra la puerta del lavadero. Cuando estuvo seguro de que la había silenciado por completo, puso en uso también los brazos. Esos brazos largos y fuertes de carpintero le rodearon el cuerpo y la apartaron de la puerta para apretarla contra él y cuando sus cuerpos se alinearon, toda la insolencia de ella y todas las admoniciones de él cayeron en el olvido. Roberta se puso en puntas de pie y él acomodó la cabeza y se acoplaron de manera perfecta, y se besaron hasta quedar sin aliento.

Fueron besos fogosos, exigentes, matizados con el conocimiento de que un porche lleno de gente joven podía precipitarse dentro de la casa en cualquier momento.

¡Y demonios si lo hicieron!

Justo en el medio de esa primera y muy importante rendición de voluntad, cuando Roberta se doblaba hacia atrás sobre el brazo de Gabe y los pantalones de carpintero de él se encastraban en los pliegues del delantal blanco de enfermera, dos niñas aparecieron en la puerta. Allí estaban, abrazados como dos amantes que se reencontraban después de mucho tiempo, cuando oyeron el susurro de Susan.

—Mi mamá está besando a tu papá.

Y enseguida dos risitas ahogadas que hicieron que Gabe girara rápido la cabeza.

—¡Fuera, ustedes dos! —les ordenó. Enseguida, algo tardío, agregó: —Hola, Isobel.

Roberta miró por el costado de Gabe y secundó su orden.

—Sí, fuera. Y no vuelvan a entrar hasta que yo les diga.

—¡Estas niñas…! —alcanzó a protestar Gabe antes de que Roberta continuara besándolo.

Sus besos fueron mejores esta vez… Las niñas sabían, y se quedarían lejos, y por fin habían saltado la valla entre los dos. Se entregaron la pasión de sus besos… y durante mucho tiempo… y se exploraron un poco mientras ignoraban a los mosquitos que se acercaban con su zumbido. Cuando las urgencias primitivas se tornaron más acuciantes, él se echó un poco hacia atrás, con los ojos cerrados. Ella también. Sus corazones todavía palpitaban a pasos agigantados.

Algunos minutos después se separaron y Roberta lo miró a los ojos.

—Oh, Gabriel, ¿por qué tardaste tanto?

—¿Qué quieres decir con que tardé tanto? ¿Recuerdas la primera vez que te besé? Ni siquiera correspondiste a mi beso, sólo te quedaste inmóvil como un bollo de masa en reposo. A un hombre le lleva un tiempo volver a tomar coraje después de haber sido tratado de esa manera.

—Yo no me quedé como un bollo de masa.

—Sí, lo hiciste, señora Jewett. Y después me despediste de tu casa como si quisieras decirme: "Deber cumplido, adiós".

—No lo recuerdo en absoluto de esa manera. Sólo pensé que era una mala idea.

—Es evidente que ya no lo piensas así —comentó él, sonriente.

—No, señor Farley, ya no lo pienso así.

—Bien, porque ahora tienes que escucharme. Tienes que casarte conmigo porque…

Ella le empujó el brazo como si quisiera hacerle un torniquete.

—No. Escucha… —Volvió a tomarla y la mantuvo entre él y la pared. —Tienes que hacerlo porque las damas de la Sociedad de Benevolencia están hablando de presentar demandas ante la justicia para objetar que no tienes condiciones morales para ser madre y de alguna manera tratar de forzar que te quiten tus hijas. ¿Y no te das cuenta de que eso es por mi culpa? Porque yo le aplasté la cara a Elfred y ellas se imaginan que nos peleamos porque tú tenías relaciones con los dos, y alguien vio tu automóvil frente a mi casa después de lo que pasó, y si ellas van a la justicia tendrás que decirles lo que Elfred te hizo, y yo no creo que tú quieras hacerlo.

Roberta lo miró fijo, con las manos apretadas contra la pared, detrás de su cuerpo.

—¿Quién te contó todo eso?

—Elizabeth DuMoss.

—¿La madre de Shelby?

—Sí. Ella pertenece a esa sociedad. Pertenecía, en realidad. Hoy renunció, cuando ellas empezaron a hablar de presentar esas demandas absurdas y autoritarias. Y también les dijo unas cuantas cosas. Después fue a verme y me advirtió sobre lo que esas damas planean.

Roberta lo miró otra vez con ojos espantados.

—Mi madre es miembro de la Sociedad de Benevolencia.

Gabe cerró los ojos y suspiró hondo.

—¡Oh, Dios!

Ella le empujó el brazo y él apartó la mano de la pared y la dejó libre.

—Lo siento, Roberta.

Ella le dio la espalda y caminó hacia el fregadero.

—¿Por qué querría Elizabeth DuMoss sacar la cara por mí?

—Porque sabe qué clase de basura asquerosa es Elfred.

Ella le lanzó una mirada rápida.

—¿Le dijiste lo que él me hizo?

Gabe se tomó un segundo para contestar.

—No, no exactamente.

—¿Entonces qué… exactamente?

—Yo no se lo dije. Creo que lo dedujo sola, por lo que oyó sobre la forma en que lo golpeé. Roberta, mira… —Se acercó a ella por detrás y trató de hacerla dar vuelta. —Todo esto es por mi culpa. Si yo hubiera usado la cabeza y atrapado a Elfred en algún lugar lejos, en el campo, donde nadie podría haber sabido que fui yo el que lo golpeó, esto no habría sucedido. Lo siento, Roberta. Fue estúpido y egoísta de mi parte, porque sólo pensé en mí y en lo furioso que estaba. No me detuve a pensar en cuánto te implicaba a ti. Por favor, Roberta…

A pesar de su esfuerzo por hacer que se diera vuelta, ella se resitía. Así que le pasó un brazo por el cuello y le estrechó la espalda contra su pecho.

—Por favor, no te pongas otra vez así conmigo. No me rechaces y no te pongas en esa actitud independiente y altanera. Peleemos este asunto juntos.

—¿Por qué querrías hacerlo, Gabriel? —preguntó ella, aferrándole el brazo con las dos manos—. ¿Por qué? Tengo que saberlo. Si es verdad, adelante, dilo. Para que los dos podamos saber dónde estamos parados.

—Porque te amo, Roberta.

Roberta le apretó el brazo con fuerza, como si tuviese miedo de que pudiera soltarse y cambiar de idea.

—Yo también te amo, Gabriel, y espero que lo creas. Pero si yo no me arrojo a tus brazos y no me caso contigo en una o dos o tres semanas, no debes desanimarte. Hoy ha sido apenas la segunda vez que te he besado, y la mitad del tiempo desde que te conozco no hemos estado en términos muy amigables. Aparte de eso, tú me conoces. Sabes que tengo que luchar mis propias batallas y ganarlas a mi manera, sea para librarme de un marido infiel o para mantener a mis amadas hijas. Así que esto tengo que pelearlo a mi manera.

—Y casarte conmigo no sería a tu manera.

—No.

La dio vuelta para que lo mirara a la cara y la sostuvo por los brazos.

—Roberta, por favor…

—No, porque si yo hiciera eso, cualquier cosa que ellos digan sobre mí sería indisputable. Y yo soy una buena madre. ¡Y una muy buena! ¡No permitiré que nadie diga algo diferente!

—Pero si te casaras conmigo, no podrían objetarte nada. Entonces, ¿por qué exponerte?

—Hasta aquí, todo es sólo un rumor.

Gabe podía ver que no iba a convencerla, así que la tomó en sus brazos con dulzura y se quedaron enlazados en un abrazo tierno.

—¿Gabriel? —susurró Roberta después de unos segundos.

—¿Qué, mi amor?

—Gracias por pedírmelo, y por decirme que me amas, y por estar aquí para servirme de apoyo. Lo has hecho casi desde el mismo momento en que llegué a Camden, y nunca te he dicho cuánto lo aprecio.

—Por nada. Tú también me has servido de apoyo.

—Yo te irrité en cuanta oportunidad tuve.

—Eso también. Pero de alguna manera siempre volví por más, así que debo de haberlo disfrutado.

Roberta se apoyó contra el cuerpo vigoroso de Gabe y se sintió bien de estar allí.

—¿Sabes cómo acabas de llamarme? —preguntó al cabo de un rato.

—¿Cómo te llamé?

—Amor. Dijiste: ¿qué, mi amor?

—¿Sí?

Ella sonrió.

—Todavía puede haber esperanzas para nosotros. Además, besas muy bien.

—Por supuesto —contestó él sonriente—. Y tú tampoco eres tan mala, una vez que te decides.

Ella se dejó estar en sus brazos en poco más, antes de volver a la dura realidad.

—He tomado una decisión —anunció por fin.

—¿Sobre qué?

—Hablar con mi madre y ver qué sabe ella sobre esta Sociedad de Benevolencia.

Roberta se apartó y miró a Gabriel a los ojos.

—Porque ella es parte de… Y si ella es una de las mujeres que quiere que me quiten a mis hijas, no puedo quedarme en esta ciudad, Gabe. Debes entenderlo.

A él no se le había ocurrido. Se estremeció y volvió a aferrarla de los brazos.

—No me asustes de esa manera. Ahora que por fin he superado el miedo de quererte, no me asustes, Roberta.

—Así es como soy, Gabriel. Veo las cosas con mucha claridad… qué camino debería tomar, qué otro debería evitar. Entonces trazo mi curso y lo sigo. ¿Es ésa la clase de mujer con la que quieres casarte?

—Aquí… sí. No en Boston o en Filadelfia o en alguna otra ciudad en la que nunca estuve. Camden es mi hogar. Es aquí donde quiero quedarme.

Roberta se separó lentamente hasta que quedó parada frente a él, libre.

—Entonces será mejor que esperemos y veamos. ¿No te parece, Gabe?

Él suspiró y se sintió cargado de presentimientos. Aunque le causaba disgusto admitirlo, en ese momento supo que ella pensaba con mucho más claridad que él.

—Sí, supongo que sí —admitió por fin—. Es mejor que esperemos.

Y con esa nota de desamparo salieron a enfrentar los ojos brillantes de impaciencia de sus hijas, para quienes no tenían ninguna respuesta todavía.

Capítulo 15

Volver al hogar de la infancia debería ser más gratificante, pensó Roberta mientras se aproximaba a la casa de su madre. Entrar en la cocina de una madre debería ser como una prolongación de la bienvenida, una inmersión lujuriosa en la seguridad del amor que debería haber sobrevivido al crecimiento y a la independencia personal, a irse lejos y tener los propios hijos.

Aproximarse a la puerta trasera de Myra, en cambio, sólo le provocaba terror.

Roberta llamó a la puerta. Ese solo gesto le produjo pena: Myra nunca consideraría adecuado que abriera la puerta y entrara como lo hacía Isobel en su casa.

En lugar de "Roberta querida, entra, ¿estás bien?, vamos a hablar", oyó:

—Ah, eres tú.

Entró sin que la invitara.

La cocina de Myra estaba pintada de color verde musgo y olía a manzanilla y hierba buena secas, para los tés que ella preparaba durante el invierno. Las mismas mesas de madera pintada dominaban el centro de la cocina y los mismos cuencos de madera y los mismos frascos de loza se alineaban en los anaqueles abiertos. La misma expresión de desagrado arrugaba la cara de Myra.

—Hola, madre —la saludó al fin, resignada—. ¿Puedo sentarme?

—¿Has estado en casa de Grace?

—No, madre. ¿Por qué debería haber ido a casa de Grace?

—Bueno, no sé. Para arreglar las cosas, supongo.

En silencio, oprimida, Roberta estudió a su madre un largo rato y pensó: "Yo nunca trataré a mis hijas de esta manera. Nunca. No importa lo que hayan hecho". Por fin tomó una silla que nadie la había invitado a tomar y se sentó, mientras Myra se quedaba parada, con la mesa entre las dos.

—No, madre, para eso vine aquí.

—¡Bueno, no es a mí a quien ofendiste! Deberías ver a tu hermana. No ha hecho más que llorar estos tres días.

—¿Sobre qué?

—¡Sobre qué!

Myra tenía los ojos desorbitados cuando se sentó enhiesta como un águila en la silla más apartada de Roberta.

—¡Cómo te atreves a venir aquí y decir una cosa semejante! ¡Que Dios te perdone por lo que le has hecho a tu hermana!

—¿Qué le hecho a mi hermana?

—Ponerla en ridículo delante de toda esta ciudad. ¡Eso es lo que has hecho!

—¿Quisieras, por favor, escuchar mi versión, madre? ¿Sólo por una vez? ¡Porque creo que deberías oír mi versión de lo que murmura esa banda de viejas gallinas marchitas en la Sociedad de Benevolencia!

A medida que hablaba su voz se tornó más fuerte y su cabeza se proyectó hacia adelante.

—Creo que de una vez por todas tendríamos que ventilar lo que las dos hemos sabido siempre sobre Grace y Elfred, y su miserable matrimonio —dio un golpe fuerte sobre la mesa—, y las aventuras adúlteras de Elfred... y cómo te has negado a reconocerlo, ¿durante cuánto tiempo? ¿Diez años? ¿Doce? ¿Todo el tiempo que llevan casados? Y yo creo que deberíamos hablar ahora sobre el porqué. Hoy, aquí, en este mismo momento. ¡Decirlo todo, porque yo no puedo vivir más de esta manera, preguntándome por qué me tienes tanta antipatía!

Myra desvió la mirada y chasqueó los labios.

—No seas tonta. Yo no te tengo antipatía.

—¿No?

—Por el amor de Dios, soy tu madre —respondió Myra como si eso lo explicara todo.

—Las madres defienden a sus hijos. Tú nunca lo hiciste conmigo. ¡Siempre fue Grace, y Grace, y Grace! ¡Yo no te habría complacido así ni aunque me hubiera casado con el rey de Siam! Entonces, ¿por qué no?

—Roberta, estás sobreexcitada.

Y como para dar por terminada la conversación, se levantó de su silla.

—¡Tienes razón, maldito sea, lo estoy! ¡Siéntate, madre! ¡No te vas a escapar de esto!

Myra se sentó. Roberta se apaciguó y bajó la voz a un nivel más razonable.

—Cuando cursaba séptimo grado gané un concurso de poesía y me iban a dar un diploma en la escuela, pero tú no fuiste a ver cuando lo recibía. ¿Recuerdas por qué?

Myra la miraba en silencio, con los ojos muy abiertos, como si tuviera delante una cobra.

—Porque Gracie se sintió enferma. La pobrecita Gracie tenía uno de sus diez resfríos del año, o un dolor de oídos, o algo de tan poca importancia como eso. Podrías haberla dejado con papá, pero no lo hiciste. Te quedaste en casa a cuidar a Gracie y dejaste que yo recibiera mi premio sin ninguno de mis padres en el público. Cuando llegué a casa, corrí a darte mi diploma y, ¿sabes qué hiciste con él? —Myra no lo sabía, por supuesto. —Uno o dos días después te pregunté dónde estaba y tú dijiste: "Oh, lo debo de haber quemado junto con los diarios viejos". Y yo me fui a mi cuarto y lloré hasta quedar sin aire.

”Pero aprendí algo de esa experiencia. Aprendí a no depender de que mi madre me amara o me apoyara, porque nunca lo hiciste. Cualquier cosa que yo lograra, o quería lograr, tú la denigrabas de una manera u otra. Cuando me gradué con honores, afirmabas que debía quedarme y trabajar en la fábrica. Cuando dije que iba a mudarme a Boston, contestaste: "Lo lamentarás". Cuando dije que iba a casarme, preguntaste: "¿Es rico?". Cuando Grace dijo que iba a casarse, alardeaste por toda la ciudad sobre lo buen mozo que era Elfred y sobre el próspero hombre de negocios que iba a ser algún día. Te escribí y te pedí que fueras a Boston cuando tuve a mis hijas… bueno, las primeras dos. Después aprendí a no pedírtelo más, porque de todos modos no ibas a venir. Por supuesto, nunca lo hiciste. A medida que mis hijas crecían y te escribía para contarte sobre sus logros, nunca dejaste de contestar mis cartas para alabar cualquier cosa que las niñas de Grace hacían en ese momento. Cuando George empezó con sus aventuras y yo necesitaba tanto a alguien, ¿qué me ofreciste? Nada. Ni acudir a mi lado ni ayudarme de alguna manera. Eso fue, probablemente, cuando Grace tuvo herpes y claro, tú tenías que ir a su casa y cocinar para ellos. Y cuando al final ya no pude aguantar más las aventuras de George con otras mujeres, ni que me sacara hasta el último centavo, me deshice de él de la única manera que conocía, pero… ¿qué otra cosa podías hacer tú? Me echaste la culpa a mí por el divorcio. ¡Tú me culpaste a mí!

Roberta se levantó y a medida que aumentaba su cólera se inclinaba más sobre la mesa.

—¡Y ahora! Ahora esa banda de viejas hipócritas sabelotodo con quienes tomas el té han decidido que no soy una madre decente y hablan de acudir a las autoridades para tratar de que me quiten a mis hijas. Y si tú eres parte de eso, madre, ¡será mejor que primero escuches toda la historia!

—¿Cómo puedes creer…? —Myra emitió unos sonidos entrecortados.

—Puedo creerlo porque nunca, ni siquiera una vez en tu vida, has sacado la cara por mí. Ellas dicen que tengo un romance con Gabriel. No lo tengo. Dicen que tengo otro con Elfred. No lo tengo. Pero deja que te cuente sobre tu precioso Elfred. Desde el mismo momento en que puse un pie en esta ciudad, él lo ha intentado. Después de todo, soy una indecente mujer divorciada, ¿correcto? Debo ser una presa fácil para un demonio tan diestro y buen mozo como él, ¿correcto? Después de todo, él ha seducido a una mujer tras otra mientras su esposa estaba en el mismo lugar… Toda la ciudad hace bromas sobre eso, pero Grace aparenta que no pasa nada. ¡Es por eso que tuvo herpes, madre! Porque su esposo tiene relaciones promiscuas con cualquier mujer que puede. Sólo esta mujer —Roberta se golpeó el pecho— no se dejó engañar. Esta mujer…

La voz de Roberta empezó a perder su fuerza combativa y entonces volvió a hundirse en la silla.

—Esta mujer dijo no, y le dio una bofetada y le prohibió que volviera a su casa… hasta…

Con los brazos extendidos, se aferró a los bordes de la mesa.

—Hasta hace tres días, cuando mi auto se quedó sin gasolina en el medio del campo, en Hope Road, y Elfred pasó por allí y me encontró. ¿Y qué supones que hizo, madre? —preguntó en voz muy suave.

Myra se dejó caer hacia atrás, contra los travesaños de su silla, y se cubrió la boca con cuatro dedos.

Pasaron unos segundos de profundo silencio antes de que Roberta contestara ella misma la pregunta.

—Me violó.

—¡Oh no! —susurró Myra detrás de su mano.

—Por eso es que Gabriel le partió la cara a trompadas, por eso es que Grace se ha estado escondiendo, y por eso es que mi auto fue visto frente a la casa de Gabriel esa noche, ya tarde… porque él hacía lo que debió haber hecho mi madre: me cuidó, me abrazó mientras lloraba, me dejó tomar un baño en su casa y aplacó mis miedos. Porque yo no podía acudir a ti… ¿No es triste, madre? No podía venir a ti porque tú me habrías culpado, como lo hiciste siempre. Habrías dicho que con seguridad yo había hecho algo para tentar a Elfred. Y es probable que lo pienses en este momento. ¿Lo piensas, madre?

Myra temblaba.

—Bueno, yo no lo tenté —continuó Roberta—. Y porque no lo hice, Elfred me dejó esto. —Echó la cabeza hacia atrás y apuntó debajo del mentón. —Es una quemadura de cigarro. Así es como consiguió que yo dejara de resistirme.

Es así como se formaron lágrimas en los ojos de Myra cuando Roberta levantó el mentón y después, cuando se echó hacia atrás en la silla, cansada. La confusión emocional de la hija se asemejaba a la de la noche en que había sido violada. Myra, sin embargo, sujetaba con firmeza las riendas de sus reacciones, se encerraba en una especie de trance y mostraba apenas un poco más que el brillo de las lágrimas en sus ojos.

Roberta la estudió durante algunos momentos, dejó que mostrara su propia confusión y entonces quebró el silencio.

—Ahora necesito saberlo, madre. ¿Tú eres una de las de la Sociedad de Benevolencia que quiere ver que me quiten a mis hijas?

Myra demoró un buen rato en recuperar el equilibrio emocional.

—No —murmuró al fin—. No sabía una sola palabra de eso, hasta ahora.

Roberta soltó un hondo suspiro.

—Bueno, como quiera que sea, eso es algo bueno.

Esperó a que su madre mostrara angustia y preocupación por su condición, como Gabe, pero Myra estaba demasiado encerrada en su egoísmo como para llegar tan lejos. En cambio, miraba fijo a través de las lágrimas, quizá llorando el final de sus ilusiones sobre Elfred y Grace.

—Tal vez mostré preferencia por Grace —dijo al fin, mirando el marco de la ventana—. Sí... supongo que lo hice. Pero había una razón.

Hizo una pausa, todavía sin mirar a los ojos de Roberta.

—Bueno, dímela —la incitó Roberta, impaciente—. Estoy esperando.

Myra hizo un esfuerzo por recuperarse, exhaló un suspiro sobrecargado, hundió la quijada y los hombros y bajó los ojos a sus manos entrelazadas.

—Me educaron en una familia muy estricta... iglesia todos los domingos, recitar los mandamientos de rodillas todas las noches a la hora de dormir. No había malas palabras, ni risas, muy poca diversión. Ellos predicaban que la diversión era para los ateos, que el trabajo te acercaría más al cielo... y yo les creí. Era una educación muy severa, pero yo los amaba, a mi madre y a mi padre. Habían venido aquí desde Dinamarca y solían hablarme de ese país y de sus abuelos.

"Sea como fuere, ellos arreglaron mi matrimonio con un joven bastante callado, llamado Carl Halburton. No hubo gran noviazgo entre nosotros. Bueno, tú sabes... ninguna de esas tonterías y noches de luna que hoy asociarías con un noviazgo. Pero nos casamos y él era un buen hombre. Nunca muy expansivo o cálido, pero muy esforzado y un buen abastecedor. Estaba muy orgulloso cuando nació Grace.

"Pero yo nunca tuve... Carl y yo... Nosotros... No era...

Myra tenía los ojos fijos en sus dedos, que retorcían la carpetita de adorno de la mesa como si desmenuzaran una masa. Se aclaró la garganta y empezó de nuevo.

—Bueno, déjame decírtelo de esta manera… Las vías del ferrocarril iban a pasar por la ciudad y llegó una cuadrilla de trabajadores para tenderlas. Esos hombres tendieron esas vías justo detrás de nuestro patio trasero y uno de esos jóvenes, en particular, solía verme cuando tendía la ropa ahí afuera y me saludaba con la mano, y una vez se acercó y me preguntó si podía tomar agua de la bomba de nuestro patio. Y después empezó a visitarme aun después que terminaron de tender la línea. Era un muchacho muy apuesto, sonriente, siempre lleno de alegría y bromas, muy diferente de Carl. Él me hacía reír… y me dijo que era bonita.

Una quietud incómoda invadió la habitación. Ni siquiera los dedos de Myra retorcían más la carpeta.

Roberta lo supo incluso antes de que terminara la historia.

—¿Cómo se llamaba, madre?

—Su nombre era Robert Coyle —respondió Myra, como en sueños.

—Él fue mi padre, ¿verdad?

—Sí.

Era un momento extraño para sentirse cerca de Myra, ese momento en que Roberta se enteraba de que su madre le había mentido durante toda su vida. Sin embargo, nunca antes había visto ternura en Myra. Le suavizaba las arrugas de la frente y relajaba sus ojos envejecidos y hacía que Roberta se preguntara cómo habría sido su madre si Robert Coyle se hubiese quedado.

—Él se fue, por supuesto, con la cuadrilla del ferrocarril. Y Carl supo enseguida que el bebé no era suyo. Es que él y yo no… bueno, tú sabes. No con frecuencia. Y luego, después de que Robert se fue, de ninguna forma. Nunca más. Carl me trataba con cortesía, como un huésped en su casa. Y cuando tú naciste, anunció que debías llamarte Roberta, como un recordatorio permanente del pecado que yo había cometido con otro hombre. No me llevó mucho tiempo comprender qué buen hombre tenía yo en Carl Halburton… seguro, confiable, alguien a quien yo amaba… pero para entonces era demasiado tarde. Él me rehuyó hasta el día de su muerte.

"Grace era suya. Tú no lo eras. Él se encargó muy bien de que nunca lo olvidara, así que supongo que quise descargar en ti algo de mi resentimiento.

Aunque Roberta esperó, ninguna disculpa acompañó la exposición descarnada del alma de Myra.

—Pero, madre… yo también era tu hija.

Myra se movió incómoda en su silla y arrugó la carpeta de la mesa.

—Sí… bueno… fue difícil.

Había poca dignidad en suplicar por migajas a esas alturas, y Myra debía de haber madurado bastante para contar la historia, pero parecía que ella no iba a confesar ningún amor por su hija ni disculparse por reprimirlo. Lo hecho hecho estaba.

Roberta miró a su alrededor como si empezara a despertar de una sesión de espiritismo.

—Bueno, tú me enseñaste algo, madre.

—¿Qué cosa?

—Nunca privar de amor a mis propias hijas.

Myra se ruborizó un poco y apretó los labios, obstinada.

—Lo intenté mucho contigo, Roberta, pero tú fuiste siempre tan testaruda... y diferente. Cualquier cosa que te decía, tú hacías lo contrario. Eso no es fácil para una madre, tú lo sabes.

Roberta comprendió que algunas personas no pueden admitir nunca que están equivocadas, y su madre era una de ellas. Seguía tan preocupada consigo misma, que era ciega para ver sus errores.

—¿Grace sabe todo esto?

—No. Nunca se lo dije.

—Si yo no hubiese insistido, tampoco me lo habrías dicho a mí, ¿verdad?

—No... supongo que no.

—¿Entonces qué hay sobre esta Sociedad de Benevolencia que quiere quitarme a mis hijas? ¿Dijiste que no sabes nada?

—¡No! ¡Nada!

—¿Quién es la cabeza de esa sociedad?

—¡Oh, Roberta! No pensarás ir allá a armar un gran escándalo, ¿no?

—¡Madre, atiende a tu propia experiencia! Éstas son mis hijas, y yo lucho por ellas. Si tú no me lo dices, lo averiguaré en alguna otra parte.

—Muy bien, es Wanda Libardi. Pero es amiga mía, así que no vayas a acusarla de instigar algo que no es verdad.

Era típico de Myra que le preocuparan más los posibles sentimientos heridos de su amiga que la felicidad de sus propias nietas y de su hija, pero Roberta ya estaba acostumbrada a su insensibilidad. ¡Pero por Dios! No había ofrecido una sola palabra de conmiseración por la violación o por la quemadura, ninguna expresión de horror, ninguna palabra de censura para Elfred. Era como si después de esas pocas lágrimas avaras hubiera excluido por completo el tema de su mente. ¿Acaso iba a hacer como si en realidad no se hubiera enterado nunca?

—Madre, tú me crees lo de la violación, ¿verdad?

—Oh, Roberta, por favor...

—¿Por qué debería inventar una historia semejante? ¿Y dónde piensas que me quemé, si estaba tendida en el suelo?

—Tú y Grace… las dos son mis hijas… ¿Qué esperas que haga?

"Abre tus brazos y estréchame en ellos."

En realidad, una respuesta semejante habría resultado extemporánea, casi inaceptable. Al no haber recibido nunca una muestra física de afecto de su madre, Roberta comprendió que en realidad no la deseaba en aquel momento. Cuando más necesitaba consuelo, había contado con Gabriel. Y las niñas, especialmente a Rebecca. Ellos seguirían siendo su principal soporte emocional.

—Nada —contestó al fin.

Y dentro de sí aceptó que lo decía de veras. No esperaba nada de su madre y no recibía nada. Pero también era verdad lo que había dicho antes: que había aprendido una valiosa lección de la frialdad de Myra y que le había sido muy provechosa durante los dieciséis años en que ella misma era madre. Sus hijas nunca sufrirían por falta de afecto, atención y aprobación, no mientras le quedara un soplo de aliento.

Para gran sorpresa, ahora que Roberta había expurgado su enojo, se sintió más amigable hacia Myra.

—Lo dije muy en serio, madre. Yo no espero nada de ti; sólo necesitaba exteriorizar mis sentimientos. Supongo que está bien que sigas siendo buena con Grace, porque ella lo necesita más que yo. Yo me desembaracé de un esposo infiel y estoy tranquila con mi conciencia. Ella todavía tiene que resolver esos dos problemas. Bueno, escucha… —Apartó la silla de la mesa y se levantó. —Es mejor que me vaya. Tomé tiempo de mi trabajo para venir aquí y hablar contigo, y tengo que compensarlo. Yo soy la única enfermera pública que trabaja en esta región.

Myra pareció aliviada de que la visita hubiera terminado. Se levantó también y se quedó parada al otro lado de la mesa.

—¿Estás enojada conmigo por haberte contado lo de tu padre?

—No. No cambia en nada lo que yo sentía por Carl. Él será siempre el papá que tengo en mis recuerdos. Y si no era un padre afectuoso, siempre se aseguró de que tuviéramos lo que necesitábamos. Eso era suficiente.

—Bueno… —Myra hizo un gesto vago. —Qué bien.

Un silencio embarazoso cayó sobre ambas. Roberta no veía el momento de salir de allí y terminar con todo aquello. A los treinta y seis años de edad, había hecho una gran demostración de madurez y se sentía bien de que todo quedara atrás.

No pudo tomarse el tiempo para ir a hablar con Wanda Libarti sobre lo que la Sociedad de Benevolencia tenía en el buche. Tenía trabajo que hacer y terreno que cubrir, kilómetros que manejar y casos que visitar.

Y tantas cosas en que pensar.

Sus hijas. Gabriel. La familia recalcitrante de Gabriel. La aterradora posibilidad de un embarazo. Lo que la ciudad comentaba sobre ella. Lo que Grace le decía a Elfred. Cómo explicaría Elfred su cara estropeada a golpes. Las hijas de Elfred y qué habrían oído hablar ellas sobre su padre. Si casarse o no con Gabriel. En la casa de quién vivirían. En cómo se llevarían si eran tan opuestos. La Sociedad de Benevolencia. La advertencia de Elizabeth DuMoss. Gabe e Isobel que venían a cenar esa noche. Las instrucciones que les había dado a Susan y Lydia sobre cuándo poner a cocinar el pan de carne. Rebecca y el joven Ogier que habían salido a navegar esa tarde. Qué maravillosos había sentido los besos de Gabriel. Qué ironía que ella y Rebecca se embarcaran en una nueva relación casi al mismo tiempo. El hecho de que debía sostener una charla con Rebecca sobre el tema.

Se le hizo tarde para volver a su casa, y los demás ya estaban allí cuando llegó. El camión de Gabe estaba estacionado sobre la plazoleta y un nuevo columpio colgaba en el porche del frente. Susan, Isobel y Lydia estaban apretujadas sobre él. Rebecca y Ethan Ogier acariciaban un gato ajeno que había entrado en el patio, y Gabriel, sentado en los escalones del frente, leía el diario.

Cuando ella cerró de un golpe la puerta de su Ford, Gabriel dejó el diario en el suelo, se levantó y cruzó el patio para ir a su encuentro. Roberta sintió un exquisito e inesperado brinco en el corazón al verlo. Estaba recién bañado y peinado, vestido con un pantalón color caqui y una camisa blanca que su nueva lavandera debía de haber almidonado y planchado. La noche era calurosa y llevaba las mangas arremangadas hasta el codo y se veían sus brazos bronceados. Mientras caminaba hacia ella mostraba una sonrisa plácida; Roberta pensó qué extraño debía de parecerles a los vecinos ver que el hombre esperara a que la mujer volviera a casa del trabajo. Pero si la esperaba lo hacía con todas sus hijas holgazaneando en el porche junto a él, y continuaron con sus ocupaciones, con una aceptación que le dio absoluta libertad para caminar hacia él con una sonrisa expectante en su rostro cansado.

—Hola —lo saludó, feliz.

—Hola.

—¿De dónde viene el columpio?

—Lo hice para ustedes.

—Rebecca y Ethan se pondrán contentos.

—También yo, después de que oscurezca.

Roberta le miró los labios y dejó pasar un segundo antes de contestar:

—Yo también. Gracias. Es muy bonito.

Se habían detenido en la abertura de la cerca de corona de novia, donde las sombras largas de los árboles de los vecinos trazaban franjas doradas y verdes sobre el patio. Desde el final de la cuadra les llegó el sonido de cascos de caballo, y arriba del porche rechinaba la cadena del columpio. Gabriel estaba parado de espaldas a la casa; Roberta, de espaldas a la calle.

—¿Sabes qué desearía? —preguntó él.

—No. ¿Qué?

—Poder besarte.

—Yo también querría que pudieras. Hoy pensé mucho en nuestros besos.

—Buena señal. ¿Quiere decir que te casarás conmigo?

—No necesariamente. Pero también pensé en eso, sobre todo después de hablar con mi madre.

—¿Sí?

—Me dijo que no sabía nada sobre eso de que la Sociedad de Benevolencia quiere que me quiten a mis hijas.

Gabe asintió tres veces con la cabeza, muy lento, como si su mente estuviera en alguna otra parte. Una media sonrisa le entornó los ojos mientras observaba el pelo y la cara de Roberta.

—Nunca te lo dije antes, pero en verdad me gustas mucho en tu uniforme.

—¿Ah, sí? ¿Por qué?

—La manera en que te enrollas el pelo sobre el borde del gorro, pulcro y ordenado. La manera en que cruzas las tiras del delantal en la espalda. Tus zapatos blancos limpios.

—Tú querrías verme siempre pulcra y ordenada, ¿no es así?

—Supongo que sí.

—¿Y si no lo soy? ¿Y si nuestra casa no lo es? ¿Y si mis hijas no lo son y estuviéramos casados? ¿Pelearíamos por eso?

—No lo sé.

Dio una vuelta para examinarlo y le gustó lo que vio.

—¿Dónde viviríamos si nos casáramos?

—Eso tampoco lo sé.

—¿Dónde te gustaría vivir?

—Tu casa es demasiado chica.

—Y tu casa es demasiado la casa de Caroline.

—¿Vas a estar celosa?

—Lo dudo. He hablado con su retrato cuando estaba sola en su habitación.

—¿Qué dijiste?

Desde arriba de la casa se oyó el grito de Susan.

—¡Eh, ustedes dos! ¿Se van a quedar parados allí y hablar durante toda la noche? ¡Estamos muertas de hambre!

Gabriel lanzó una mirada por encima de los hombros.

—¡Enseguida vamos!

Después se volvió hacia Roberta y repitió la pregunta con voz calmada.

—¿Qué dijiste?

A ella le gustaba su serenidad además de los ojos azules y los trazos firmes de sus labios, las cejas tupidas y su estatura generosa.

—Le dije que te amo.

—¡No!

—Sí, lo hice. Le dije: "Amo a tu esposo, Caroline Farley". Y así es, Gabriel, te amo.

Vio con mucha claridad que con su declaración lo había sorprendido una vez más. Gabe se quedó un poco sin aliento y sus labios se abrieron como si quisiera inclinar la cabeza, cerrar los ojos y besarla allí mismo, en el sendero del frente.

—Roberta, no te entiendo. Me amas y sin embargo no quieres decir que te casarás conmigo.

—¡Vamos, ustedes dos! —gritó Isobel—. ¡Son casi las siete y media y el pan de carne está listo!

Esta vez fue el turno de Roberta de mirar hacia el porche, inclinarse hacia un lado para ver por el costado de Gabe y volver a enderezarse sin contestar a Isobel.

—Reanudemos esto más tarde en el nuevo columpio, ¿digamos a las once? —sugirió ella.

—Falta mucho para esa hora…

—Bueno, tal vez pueda conseguir que las niñas se vayan a la cama a las diez. Haré lo mejor que pueda. Ahora vamos a ver si Isobel tendió la mesa bien pulcra y ordenada, o si mis hijas planean partir el pan de carne con las manos.

Gabe le cedió el paso para que caminara adelante y cuando pasó a su lado le habló desde atrás.

—Yo tiendo la mesa bien pulcra y ordenada.

—¡Oh! —Roberta sonrió para sus adentros. —Bueno, ¿quién sabe? Después de todo podríamos llegar a alguna especie de compromiso conyugal.

La cena pareció extenderse para siempre. Después las niñas decidieron hacer algunos dibujos recortando papeles, y para la hora en que Roberta las convenció de que empezaran a recoger los pedacitos de papel, eran bien pasadas las diez. Luego Gabriel se sintió obligado a llevar a Isobel a casa con el camión. Y a las once menos cuarto de la noche no quería que nadie, a un lado u otro de la calle Alden, oyera el ruido de su camión que volvía a la casa de Roberta. Así que para la hora que subía a pie la colina eran pasadas las once.

Roberta se bañó rápido, se frotó con crema de almendras, se puso un vestido largo hasta la pantorrilla y un suéter. Cuando él empezó a subir los escalones del porche, lo esperaba detrás de cancel del living.

Abrió la puerta con cautela para no hacer ruido y salió al porche.

—Hola —susurró.

—Hola —contestó él, también con un susurro.

—Pensé que nunca se iban a ir a la cama.

—Yo también.

—¿Isobel sabe que volviste aquí?

—No. No tiene por que saberlo todo.

—Tampoco lo saben mis hijas. No puedo creer que a mi edad me escapo a hurtadillas para encontrarme con un novio.

—Yo tampoco, pero no deja de ser divertido.

—Todo menos los mosquitos.

—No fueron tan molestos cuando vine a pie. Tal vez quieran dejarnos solos. Ven aquí.

La tomó de la mano, caminaron en puntas de pie hasta el columpio y se sentaron. Gabriel le pasó un brazo alrededor de los hombros y hablaron sólo con susurros.

—Te soltaste el pelo.

—Para mantener a los mosquitos lejos de mi cuello.

Él le puso una mano sobre el pelo... después dentro... hasta encontrar el cráneo con las puntas de los dedos.

—Bien, ¿de qué hablábamos cuando las niñas nos llamaron para cenar?

Eso era lo que habían esperado durante todo el día. Ese momento de acercarse, tocarse, probarse una vez más, con la cabeza de él inclinada sobre la de ella. Fue instantáneo ese primer beso ganado por todo un día de espera. Ansiosos y ardientes desde el mismo instante en que se tocaron, excitados por las horas de expectativa y por la intimidad de las sombras debajo del techo del porche. A pesar de lo inhibido que Gabriel Farley era a la luz del día, se desprendió de sus inhibiciones en la privacidad de ese columpio en el porche. Los besos que a Roberta le habían faltado durante los años de la decadencia de su matrimonio los recibía una y otra vez con una melodía de dulce repetición. Un mosquito la picó en el tobillo a través de la media de algodón. Entonces recogió las piernas hacia arriba, se cubrió los pies con la pollera, sin renunciar a ninguno de los placeres que recibía de la boca de Gabe. Estaba abierta sobre la suya, su aliento le golpeaba contra las mejillas y la mano sobre su la espalda exploraba todo, su suéter, su vestido, su piel, y trazaba círculos suaves que sustituían caricias más íntimas.

Había preguntas que brotaban de su corazón atormentado, y apartó la boca para formularlas.

—¿Cuánto hace que no hacías esto?

—Desde Caroline.

—¿Cuántos años?

—Siete.

—George dejó de besarme muchos años atrás, a menos que quisiera dinero. Entonces llegué a odiar hacerlo con él... pero echaba de menos... oh, sí, me faltaba...

Se besaron otra vez, ahora para recuperar el tiempo perdido, enroscados uno con el otro en el abrazo impaciente. Entonces dos mosquitos picaron a Gabriel al mismo tiempo, uno en el cuello, el otro en la muñeca. Espantó a uno y aplastó al otro.

—Vamos adentro, Roberta —le susurró contra los labios.

—No, no puedo.

—No haremos ruido. Nadie lo sabrá.

—Yo lo sabré. Tú lo sabrás. Y no quiero darle esa satisfacción a esta ciudad.

Él echó hacia atrás la cabeza y suspiró.

—Pero es una tontería. Lo único que vamos a hacer es pararnos detrás de la puerta de alambre tejido del living, donde los mosquitos no pueden alcanzarnos. Lo prometo. Eso es lo único que vamos a hacer.

—No puedo, Gabriel. Si yo no fuera divorciada sería diferente, pero eso es justo lo que esta ciudad espera que haga... hacer entrar a hombres en mi casa por la noche cuando mis hijas están durmiendo.

Otro aguijón se le clavó en el mentón. Gabe le dio un golpe pero falló.

—Entonces ve por una manta.

—Oh, Gabriel, no puedes hablar en serio.

Él oyó una risita entre dientes en el tono de su voz. Pero justo en ese momento mató un mosquito sobre la cara de ella.

—Roberta, esto es sencillamente ridículo. Ve a buscar una manta.

—Está bien, iré —aceptó y bajó los pies del columpio.

Él se quedó espantando mosquitos mientras ella cruzaba el porche en puntas de pie, abría la puerta sin hacer el menor ruido, desaparecía y volvía tan silenciosa como se había ido.

—Ahí tienes —le dijo en voz baja.

Le arrojó la manta mientras volvía a ocupar su lugar al lado de él y Gabe la atrapaba en el aire.

—¿Adónde tuviste que ir a buscarla? —preguntó.

—Arriba, a mi dormitorio.

—¿Crees que te oyeron?

—No me importa si me oyeron. Tengo derecho a sentarme en el columpio en mi propio porche, ¿no?

Gabe rió entre dientes y consiguió que los dos se ubicaran como él quería, con la manta cubriéndoles todo menos las cabezas.

—Eh... me gusta esto —susurró y le pasó una mano por debajo del brazo, casi rozándole un pecho—. Ven aquí.

Hay maneras de luchar contra el pudor y sin embargo conservarlo... y él las encontró. Se corrió a un rincón del columpio y la arrastró con él hasta que sus piernas quedaron estiradas y alineadas juntas como los pliegues de la manta que los cubría. Después de un beso de seis minutos, cuando la boca empezó a dolerles y los mosquitos encontraron sus caras descubiertas y su mano vacía no podía negar más la ansiedad, estiró la manta sobre sus cabezas y allí, en el refugio de la oscuridad total, donde el aroma de su ron con esencia de laurel se juntó con el de la crema de almendras de ella, Roberta lo regañó.

—¡Gabriel! —y rió entre dientes.

—Shh... —chisteo él, y ahuecó la mano sobre su pecho.

Y contuvo el aliento durante ese momento tan singular y después respiró otra vez... más rápido.

Cinco minutos después, sus bocas estaban hinchadas y también algunas otras partes estratégicas, cuando una voz habló desde fuera de la manta.

—¿Madre? ¿Eres tú?

Gabe y Roberta se convirtieron en un par de columnas de yeso. Sólo que estas columnas se veían como si estuvieron a medio tallar y el escultor se había ido a almorzar. Allí estaban sentados —en realidad tendidos—, dos bultos debajo de una manta, como una obra de arte a medio terminar. Desde afuera, a Rebecca le pareció que su madre trataba de levantarse y simular que no había estado tendida contra las piernas abiertas del señor Farley, porque una de las de ella colgaba en el aire mientras luchaba contra la gravedad.

—¿Señor Farley? ¿Es usted también?

Hubo algunas susurros debajo de la manta y las cuatro piernas consiguieron desenredarse y los dos cuerpos enderezarse uno junto al otro, y por fin Roberta levantó la manta lo suficiente para espiar hacia afuera. Rebecca había encendido la luz del living y sus rayos distantes iluminaron dos cabezas con los cabellos revueltos y cuatro ojos que miraban con timidez, como un par de mapaches encandilados por los faroles.

—¿Sí, Rebecca?

Fue la respuesta de la madre de treinta y seis años, empeñada en dar a su voz un tono de dignidad.

—¿Madre? ¿Qué diablos haces ahí abajo?

—Hablábamos…

Pasaron algunos segundos embarazosos antes de que Gabriel salvara la brecha.

—Es que… los mosquitos… —explicó balbuceante mientras levantaba una punta de la manta.

—Bueno, ¿y por qué no entran en la casa? —sugirió Rebecca con sensatez—. Adentro no hay mosquitos.

—Buena idea —dijo Farley, y apartó la falda de Roberta de la pierna izquierda de su pantalón—. Entremos en la casa, Roberta.

Él no tenía idea de que ella estaba a punto de estallar, hasta que la risa se le escapó a través de los labios apretados con un ruido parecido al rebuzno de un caballo. Cuando Roberta empezó a reír, no pudo contenerse y rió también.

Rebecca los miró indignada y apretó los puños contra las caderas.

—¡Madre, por el amor de Dios, entren ya mismo en la casa antes de que los vecinos los vean aquí afuera con esa manta ridícula sobre las cabezas! ¡Cielos, se comportan como si fuesen dos niños de doce años!

Se precipitó dentro de la casa, cerró la puerta de un golpe, apagó la luz y dejó a los dos en el porche, muertos de risa, cada uno con una punta de la manta apretada contra la boca. Roberta estaba tan ahogada por la risa que apenas podía hablar.

—Oh, Gabe… te doy mi palabra… si nos casamos… tendremos que contarles esta historia a nuestros nietos… Oh, Gabe, deberías haberte visto cuando saliste de debajo de la manta…

Él le frotó el pelo enmarañado con su manaza y lo dejó peor que antes.

—¡Bueno, qué diablos! De todos modos ellas lo saben.

Roberta rió un rato más; después se quedó sentada junto a él hasta que consiguió normalizar el ritmo de su respiración. Entonces, con las dos manos aferradas a los bordes del columpio, miró a Gabe.

—Será mejor que nos digamos buenas noches. De todos modos, ya somos demasiado viejos para esto.

—¿Demasiado viejos para qué? —preguntó insinuante.

—No para eso —susurró ella—. Sólo para esto.

Se levantó y tiró de un extremo de la manta para llevársela. Pero estaba apretada debajo de la cola de Gabriel y él tiró en sentido contrario hasta que la remolcó de vuelta hacia él. Roberta cayó encima de él con una rodilla contra el asiento del columpio y el impulso envió a los dos y al columpio hacia atrás. Gabe la sostuvo a la altura de las costillas con sus manos grandes, los pulgares apenas debajo de sus pechos. Levantó la cara hacia ella, que lo miraba desde arriba.

—Cásate conmigo, Roberta —dijo muy serio.

Había hecho un verdadero esfuerzo por complacerla y a ella le gustaba el cambio, la manera como había venido a cortejarla tal como ella decía que le gustaba… al vaivén de un columpio en un porche debajo de una manta. Y el enorme progreso que había hecho al otorgarle más libertades y demostrarle más afecto a Isobel. Y las niñas, que con seguridad estaban a favor de su noviazgo. Pero el noviazgo era una cosa, y la vida cotidiana, otra… con madres, y cuñados, y las damas de la sociedad.

—Tal vez —contestó, y le dio un beso de buenas noches.

Capítulo 16

Cerca del amanecer del día siguiente, Roberta tuvo una pesadilla sobre la violación. Se despertó con un grito y tomó conciencia cuando se dio cuenta de que estaba acurrucada contra la cabecera de la cama y sudaba y lloraba y las palpitaciones parecían hacerle estallar el corazón.

Rebecca, arrancada con violencia de un sueño profundo, entró aterrorizada por la puerta de su dormitorio.

—¡Madre, qué pasa!

—Oh, Becky... oh... oh...

Rebecca corrió hasta la cama y abrazó fuerte a Roberta.

—¿Estabas soñando?

—Fue horrible...

La voz de Roberta temblaba mientras se apretaba contra su hija.

—Era otra vez Elfred haciéndome esa cosa terrible, sólo que, justo antes de hacerlo, él... levantó la cabeza y era Gabriel, no Elfred, y yo estaba tan acongojada porque me había defraudado y porque no era la clase de hombre que yo creía, y traté de rechazarlo y quise pegarle y decirle que era un mentiroso, pero que no me salían las palabras. ¡Oh, Becky, fue algo horrible!

Becky le acarició el pelo y la mantuvo apretada contra su pecho. Su propio corazón le golpeaba como si ella misma hubiese tenido esa pesadilla.

—Fue sólo un sueño, madre. Mira, es casi el amanecer y las niñas todavía duermen y todo está en perfecta calma. No tengas miedo.

Roberta empezó a serenarse y poco a poco aflojó los brazos que apretaban a su hija.

—¿Por qué tenía que soñar una cosa semejante de Gabriel?

Becky se sentó en el borde de la cama, tomó las manos de su madre y frotó los pulgares sobre los nudillos de Roberta.

—No sé, pero anoche estabas sentada con él en el columpio y en ningún momento me pareció que trataras de rechazarlo, todo lo contrario.

—Oh, cielos…

Roberta miró hacia la ventana. El lavanda pálido del amanecer se filtraba por la rajadura del antepecho y el encaje de hojas yacía inmóvil en las ramas del arce del jardín. A medida que recordaba la noche anterior se le pasaba el terror y los latidos de su corazón volvían a su ritmo normal.

—Tú estabas muy disgustada con nosotros.

—En realidad no. Me despertaste cuándo subiste en puntillas para buscar esa manta, supongo. Después me quedé tendida allí y me preguntaba por qué estabas levantada tan tarde y si te sentirías bien. Sencillamente no pude creerlo cuando me asomé al porche y los vi a los dos con esa manta sobre la cabeza. Pero no estoy disgustada con ustedes, en realidad no. Estoy feliz de que hayas enamorado al señor Farley.

—¿En serio?

—¿Por qué no debería estarlo, cuando tú misma eres tan feliz?

—Lo soy, ¿verdad?

—Él te ha regalado un maravilloso verano; en realidad a todas nosotras nos ha regalado un maravilloso verano… nuestro primer verano en Camden, lleno de tantos buenos recuerdos. Yo creo que deberías casarte con él, madre.

—Anoche me lo pidió otra vez.

—¿Lo vas a hacer?

—Supongo que sí, con el tiempo.

—Yo no puedo dejar de pensar en cuán segura que vas a estar con él. Entonces los hombres como el tío Elfred no podrán herirte y los chismosos de esta ciudad van a tener que encontrar alguna otra víctima para murmurar. Y también he pensado mucho en que bastante pronto Susan y Lydia y yo misma seremos adultas y que cuando encontremos marido y nos vayamos de casa te quedarías sola. Me encantaría que tuvieras al señor Farley a tu lado. Y para las vacaciones vendríamos todas aquí, nosotras tres e Isobel también, y piensa en lo bien que lo pasaríamos. Volver a Camden para pasar otro verano junto al mar, acaso con toda una banda de bebés… ¡Oh, madre, tienes que casarte con él! ¡Tienes que hacerlo!

Roberta tomó a su hija en un abrazo tierno. Había recobrado por completo la calma y sentía el corazón henchido de emoción por esa extraordinaria jovencita cuyos atributos de amor y devoción la hacían tan especial.

—¿En los últimos tiempos te he dicho cuánto te amo, Becky?

—Por supuesto.

—Bueno, permite que te lo diga otra vez. —La besó fuerte en la mejilla y declaró: —Te quiero, Becky, luz de mi vida. No sé qué habría hecho sin ti en estos dos últimos días. Cuanto más creces tanto mayor es la ternura que prodigas.

Becky miró directo a los ojos de su madre y dijo con la mayor naturalidad:

—Cásate con el señor Farley, madre. Yo creo que lo amas más de lo que crees y a veces puedes ser demasiado independiente para valerte por ti misma.

Becky se incorporó y caminó descalza hacia la puerta. Cuando llegó allí, se detuvo y habló por encima de los hombros:

—Además, si te casas con él ya no necesitarán besarse debajo de una manta en el porche. Pueden entrar en la casa, que es donde pertenecen.

Menos de una hora después, Roberta llamó por teléfono a Gabe.

—Buenos días, Gabriel —lo saludó.

—¿Quién?... —Su asombro fue evidente. —¡Bueno, esto sí que es una sorpresa!

—No te desperté, ¿no?

—No, ya estaba levantado y tomaba mi café y me preparaba para ir al trabajo.

—¿Dormiste bien?

—En realidad, no. —Hizo una pausa y se aclaró la garganta. —No, Roberta, no dormí bien.

—¿No? —Dio un matiz de coquetería al simple monosílabo. —¿Por qué?

Él ahogó una risita y ese sonido produjo un agradable escalofrío en la columna de Roberta, que rió con él y por unos instantes la operadora no pudo oír otra cosa que silencio.

—Estuve pensando —continuó Roberta—. Esta noche se presenta una compañía de Boston en el teatro de la Opera. Van a dar una obra de Oscar Wilde y les prometí a las niñas que las llevaría. ¿Te gustaría venir con nosotras, por supuesto también con Isobel?

—¿Oscar Wilde? —preguntó Gabe.

—Sí. *La importancia de llamarse Ernesto.*

—Ah...

Roberta podía jurar que él no sabía nada de Oscar Wilde ni de sus obras.

—¿Has estado alguna vez en el teatro?

—¿Para ver una obra? No, nunca.

Roberta sonrió e imaginó que él se sentía fuera de su elemento.

—Está bien, Gabriel. Yo no he construido ningún porche ni cultivado nunca rosales, pero eso no quiere decir que los dos no podamos aprender siempre algo nuevo.

En el silencio de él reconoció el retorno del deseo de los dos y anheló —de pronto sorprendida de sí misma— que él estuviera a su lado para poder verlo, así fuese por un instante, y dejarse besar y sentir las vibraciones de su presencia, y purificarse con ellas y borrar las sombras que quedaban de la pesadilla.

—¿Gabriel? ¿Qué dices?

—Estoy dispuesto a hacer un intento.

Ella sonrió y se sintió joven. Y vigorizada. ¡E impaciente! Y se dio cuenta de que ese deseo vehemente no estaba reservado sólo a los muy jóvenes.

Aquel día tenía un agitado programa de trabajo, con una gran cantidad de tareas médicas. Pero también Gabriel ocupaba su mente, a pesar de la diversidad de sus quehaceres.

Sacó un poroto de la nariz de un chiquito de cinco años, que la madre había empeorado al tratar de sacarlo con un ganchillo. Envió al doctor a un hombre con un pie hinchado al doble de su tamaño después de que un hacha le atravesó el zapato y le rompió la falange del dedo gordo. Vendó las costillas fracturadas de un carrero que cayó aplastado contra la pared de un cobertizo cuando su caballo se espantó por el sonido de un silbato de vapor en los muelles. Comprobó un brote de sarampión en una granja del sudoeste de la ciudad, y no sólo atendió a los tres niños de la familia sino también a un cochinillo al que le había aparecido la erupción al mismo tiempo que a los pequeños.

Entre todos esos trabajos, manejó más de cien kilómetros. Y mientras saltaba y golpeaba y zigzagueaba por caminos de grava, con los cabellos que se soltaban del rodete y el uniforme cada vez más sucio, pensaba en Gabriel y planeaba regalarse un buen baño de inmersión al final de la tarde, y lavarse el pelo y recogerlo de la manera que a él le gustaba. No le haría mal acceder a su voluntad por esta vez, en la noche que pensaba aceptar su propuesta de matrimonio. Se pondría su único vestido de lino de la mejor calidad con las mangas en campana y el lazo alrededor del talle, y le diría: "Gabriel, acepto tu proposición. Me sentiré muy orgullosa de ser tu esposa".

Pero cuando llegó a su casa, bien avanzada la tarde, encontró a una mujer desconocida sentada en su nuevo columpio del porche, con un sombrero cargado de flores como si las abejas tuvieran que sacar el néctar de allí. Debajo del sombrero, el vestido recto de verano y los zapatos marrones abotinados lucían severos. También los recatados guantes blancos.

No se columpiaba. Estaba sentada derecha, con los tobillos cruzados y la manija de la cartera colgada de una muñeca. Cuando Roberta estacionó, la mujer se levantó y esperó en el escalón más alto del porche.

—¿Señora Jewett? —preguntó al aproximarse Roberta.

—¿Sí?

—Mi nombre es Alda Quimby. Soy miembro de la comisión directiva de la escuela de Camden y nuestro presidente, el señor Boynton, me ha pedido que venga a hablar con usted.

—¿Sobre qué?

—¿Hay algún lugar donde podamos hablar en privado?

—No, no lo hay. Tendrá que ser aquí, en el porche. Siéntese donde estaba y yo me quedaré de pie. Pero tendrá que esperar un momento. Primero tengo que saludar a mis hijas.

Se dio vuelta y entró en la casa.

—¡Niñas, ya llegué!

Sucede que ese día eran cinco, más dos muchachos: Ethan Ogier y su hermano menor, Elmer. Estaban todos en el patio trasero, algunas entretenidas con una colección de conchas marinas, otras sentadas en los escalones del fondo mientras Elmer Ogier colgaba cabeza abajo de la barra del tendedero para impresionar a las chicas.

Roberta atravesó la cocina y llamó desde la puerta trasera.

—¡Eh, todo el mundo, estoy en casa!

Susan se paró al otro lado de la puerta de alambre tejido y le preguntó en voz baja:

—¿Quién es esa mujer, madre?

—No sé. Te lo diré después. Bombea un poco de agua para el baño, ¿quieres? Gracias, Susan.

En el porche del frente, Alda Quimby seguía parada cuando Roberta volvió a salir con su uniforme lleno de polvo.

—Y bien, señora Quimby… ¿qué puedo hacer por usted?

—Estoy aquí por un asunto oficial, señora Jewett, y también puedo advertirle que no será agradable.

Roberta sabía muy bien de qué se trataba, y no mostró la menor paciencia.

—Bien, entonces escúpalo de una vez. Esa banda de viejas marchitas conocidas como la Sociedad de Benevolencia piensa que no soy una madre decente. ¿Es eso, verdad?

La señora Quimby quedó boquiabierta, pero enseguida volvió a cerrarse como las valvas de un molusco.

—La esposa del señor Boynton es miembro de esa sociedad y llevó algunas cosas a la atención de su esposo...

—Y él es muy cobarde para venir aquí y hablar conmigo, tal vez porque piensa que no le voy a comprar mi próximo automóvil. Y tiene razón. ¡No lo haré!

—Llegó a nuestros oídos que sus hijas se quedan solas y tienen que valerse por sí mismas cinco días a la semana, y que en su ausencia otros niños de la ciudad suelen reunirse aquí, en su casa, sin ninguna clase de supervisión de ningún adulto. ¿Es correcto?

—Yo trabajo para mantener a mis hijas... ¡Eso es correcto! —replicó Roberta, airada..

—Algunos de esos niños están en su patio trasero en este mismo momento.

—Así es.

La boca de la señora Quimby se frunció como si se preparara para tomar un sorbo de té.

—Usted es divorciada, según tengo entendido.

—Sí, gracias a Dios. Y soy enfermera diplomada, y la propietaria de esta casa, y la propietaria de ese automóvil, y bastante competente para educar a mis hijas con mis propios recursos.

—Señora Jewett, voy a ahorrar tiempo para las dos y haré esto lo más llano y directo posible. Se han presentado demandas contra usted afirmando que ha sido la causa de una pelea feroz entre dos hombres, uno de los cuales es casado... y es, para aumentar la vergüenza de este incidente, su propio cuñado. La riña, me dicen, fue presenciada por su propia esposa y sus hijas, que, según el rumor, oyeron el lenguaje más soez esa noche, y oyeron cosas sobre usted que ningún niño debería oír jamás y que, puedo agregar, desorbitaron los ojos de un extremo a otro de esta ciudad. Y después de eso, uno de los hombres de negocios más respetados ha tenido que caminar por allí en un estado deplorable, desfigurado, y el automóvil de usted fue visto a altas horas de esa noche estacionado frente a la casa del otro hombre. Y él ha sido visto con tanta frecuencia en este porche, que se ha expresado preocupación también por la hija de él. Se ha dicho también que sus hijas tuvieron que comer caramelos de chocolate para la cena porque su madre no llegó hasta muy tarde y tuvieron que arreglarse solas para comer. ¡Y hoy corre el rumor de que usted y el señor Farley fueron vistos acariciándose en este mismo columpio ayer a la medianoche!

"Señora Jewett; estoy segura de que comprenderá que los miembros del consejo directivo de la escuela tienen que preocuparse por el bienestar de cualquier niño que vea amenazada su buena crianza por la falta de un cuidado normal de la madre, que está manejando su casa como un burdel!

Roberta apenas podía creer que seguía parada allí, en el porche, sin darle un empujón a Alda Quimby y hacerla rodar de espaldas por los escalones, golpeándose su sabelotodo e hinchado traste.

—¡Borricos eruditos, ustedes no saben nada sobre la primera cosa que convierte a una persona en un buen padre o madre! —gritó—. ¡Si lo supieran, estarían frente a la puerta de Elfred Spear en este mismo momento! Le pediré que se vaya, señora Quimby, y si quiere cuestionar mi moral o la atención y el cuidado que doy a mis hijas, es mejor que se prepare para hacerlo a través de canales legales, porque voy a luchar contra usted hasta la muerte antes de permitir que me quiten a mis hijas. ¡Y ahora salga de mi porche y no vuelva a poner un pie en esta casa nunca más!

—El consejo directivo de la escuela me pidió…

—¡Dije: fuera de aquí!

—Señora Jewett, en la próxima reunión del consejo…

—¡Fuera! —Roberta le dio una pequeña ayuda. —¡Y dígale a ese calzonudo de Boynton que la próxima vez haga él mismo el trabajo sucio en lugar de mandar a una mujer a que lo haga por él!

No necesitó darle otro empujón a la señora Quimby. Un solo paso en dirección a ella y la mujer salió a la carrera con sus enormes rosas sacudiéndose sobre su cabeza.

Cuando llegó Gabriel esa noche, encontró a Roberta en un estado de extrema agitación, todavía con su uniforme sucio y sin bañarse. Mientras caminaba de un lado a otro de la habitación como una fiera enjaulada, lo puso al tanto de lo que había pasado.

—¡Cómo se atreven! —bramó al final—. ¡Gabriel, estoy tan furiosa que podría matar a alguien! ¡Juro que lo haría, si tuviera un revólver! ¡Me mandan a esa mojigata sabelotodo con sus guantes blancos de Virgen María y su ridículo sombrero lleno de rosas, a decirme a mí que no sé educar a mis hijas!

Las niñas rodeaban a Roberta, tan encolerizadas como su madre.

—¡Yo le diré unas cuantas a ese consejo de la escuela! —exclamó Rebecca.

—¡Sí, nuestra madre es la mejor del mundo! —agregó Susan.

—¡Yo también se lo diré! ¡Esos idiotas! —se sumó Isobel.

Con sus diez años, Lydia era todavía lo bastante chica para sentir más miedo que enojo.

—¿En serio que pueden apartarnos de mamá? —preguntó con timidez.

—No lo creo —respondió Gabriel—. Roberta, ¡lo siento tanto!

Entonces pasó algo maravilloso. Gabriel tomó a Roberta en sus brazos, allí mismo, en el centro del living, con sus cuatro hijas mirando. Y nadie lo consideró extraño. Ella apoyó la cara contra el cuello de él y le pasó los brazos por la espalda, y durante ese instante, mientras ella tomaba fuerzas de él, los seis sintieron una justicia suprema por estar juntos.

—¡Oh, Gabe! —le dijo ella, lo bastante fuerte para que las niñas oyeran—. ¡Estoy tan contenta de tenerte a mi lado en estas circunstancias!

—No te angusties, Roberta, yo no permitiré que nadie te arrebate nada... ¡nunca!

Ella tenía los ojos cerrados; las lágrimas le habían oscurecido las pestañas.

—Yo nunca he sido muy llorona, pero debo admitir que hoy he estado muy cerca de serlo, después de que se fue esa mujer.

—Bueno, eso es perfectamente comprensible. Pero ahora escucha, no soy el único aquí que está dispuesto a apoyarte y defenderte contra todo... También están las niñas... ¿Qué me dicen, niñas?

Abrió el círculo de dos y se convirtió en un círculo de seis cuando las niñas corrieron hacia ellos y lo cerraron alrededor de ambos. Si alguna vez hubo un momento en que dos familias se unieron, fue ése. Allí, en esa casa que había unido a Roberta y a Gabriel, donde habían superado la aversión mutua inicial, y habían peleado y perdonado y compartido el primer beso, y donde sus hijas se habían hecho amigas, todos juntos formaron un círculo estrecho de vinculación en esa ocasión en que tanto lo necesitaban.

—Bien, ahora escuchen —propuso Gabe—. No vamos a permitir que esto nos impida ir al teatro, ¿verdad que no?

Roberta lo miró angustiada.

—Oh, Gabe, ni siquiera me he cambiado de ropa, y pensaba bañarme y arreglarme el pelo.

Gabe miró la hora en su reloj.

—Hazlo rápido. Nosotros te esperaremos, ¿no es así? Además, no es justo privar a las niñas de un rato de diversión sólo porque a Alda Quimby y a su banda se les haya atravesado una bola de pelos en el buche. ¿Qué dices, eh?

Alda Quimby había arruinado el día maravilloso de Roberta y había transformado un sentimiento de gran regocijo en otro de profunda vejación. Y ahora Gabriel trataba con gran valentía de cambiar el humor. Una verdadera inversión de papeles para él y Roberta.

—Está bien —concedió ella—. Pero necesitaré un poco de ayuda. Becky, ¿puedes subir conmigo y traer una palangana de agua?

Mientras los demás salieron al porche para esperarla, Roberta se precipitó escaleras arriba para cambiarse.

Alrededor de las siete y media de esa tarde, Maude Farley escardaba la mala hierba en su huerta de verduras cuando su hijo Seth entró por el costado de la casa y caminó hasta el final de la hilera de habichuelas. Los jejenes siempre atacaban a Maude cuando transpiraba y a esa hora del atardecer se ponían terriblemente molestos, así que se había atado una toalla de cocina sobre la cabeza para mantenerlos alejados de su pelo.

—Hola, mamá —la saludó.

Maude echó una palada de malas hierbas en una canasta de mimbre y se dio vuelta. Tenía la cara brillante y rosada debajo del enorme nudo blanco.

—¡Vaya, Seth! ¿Qué te trae por aquí?

—Vine a hablar contigo sobre un asunto.

—¿Te molesta si sigo con esto mientras lo haces?

—Aurelia te manda este plato de compota de manzana que quedó de la cena. ¿Por qué no te lavas las manos y la comes mientras nos sentamos en los escalones de la cocina y hablamos?

Maude se había inclinado para arrancar otras malas hierbas. Colgaban de sus dedos sucios cuando se enderezó para mirar a su hijo.

—Bueno, de acuerdo —consintió.

Tiró las hierbas junto con las otras y apoyó la azada contra la canasta de mimbre.

Tenía una bomba de agua en el patio trasero y Seth accionó la palanca mientras ella se lavaba las manos. Después se inclinó hacia un lado para sacudir el exceso de agua sobre el pasto.

—¿Compota de manzana, eh? —comentó con una sonrisa complacida cuando caminaban hacia los escalones del fondo.

—Ella sabe que te gusta mucho todo lo que contenga manzana.

—Aurelia es una buena mujer. ¿Te importa si entro a buscar una cuchara?

Se sentaron en los escalones y Maude comió la compota de manzana mientras los dos miraban hacia la huerta y el jardín de flores que cubrían la mayor parte del terreno trasero. El sol del ocaso proyectaba sombras largas junto a los arbustos de tomate y las enredaderas de pepinos. Ella ya no necesitaba cultivar tantas verduras, pero lo hacía para dárselas a sus hijos. Una familia de abadejos criaba su segunda camada de pichones en una casita blanca que colgaba de una rama baja de un árbol. El macho entró volando con un gusano en el pico, lo tiró dentro del agujero, plegó las alas y empezó a cantar.

—Mamá, vine para hablar contigo de Gabe y Roberta Jewett.

Maude dejó de comer por un par de segundos.

—Él la ha estado viendo muy seguido, ¿verdad?

—Mucho.

—Hum... —balbuceó, y siguió comiendo.

—Sé que ella no te gusta, pero harías bien en prepararte, porque

Gabe le pidió que se casara con él. Y si quieres mi opinión, te diré que te has sido muy testaruda con respecto a esa mujer. Demonios, mamá, ni siquiera la conoces.

—¿Cómo podría, si él no la trae aquí para presentarla?

—¿Por qué tendría que hacerlo, con todo lo que le dijiste sobre ella?

—Parece que ustedes dos han estado hablando mucho.

—Él me cuenta muchas cosas. Dicho sea de paso, Gabe está mucho más conversador desde que conoce a Roberta.

—¿Sabe que viniste aquí a sermonearme?

—No. Lo hice por mi propia cuenta. Pensé que lo necesitabas.

—Todo el mundo en la ciudad habla de que la Sociedad de Benevolencia y el consejo directivo de la escuela están furiosos por la forma en que ella educa a sus hijas y porque mi nieta prácticamente vive en su casa. Y también él.

—No, él no. Él la corteja... ¿No te parece natural que un hombre que corteja a una mujer vaya a sentarse en su porche de vez en cuando?

Maude terminó de comer su compota de manzanas, dejó el plato a un costado y se limpió los bordes de los labios con las puntas de los dedos.

—¿Cómo es que tomas partido en esto?

—Porque Gabe es muy feliz. No lo he visto así de feliz desde que murió Caroline. Y si estuvieras más cerca de él, lo verías con tus propios ojos.

Ella se quedó pensativa, con la mirada perdida en la distancia. Al final suspiró, se quitó la toalla de la cabeza sin desatarla y apoyó los codos sobre las rodillas.

—Supongo que tienes razón. He sido muy testaruda. No me gustaba la idea de que mi hijo se enredara con una mujer divorciada.

—Bueno, te diré algo... si persistes en esa actitud, no lo verás mucho. Porque si se casan, la lealtad de Gabe será para con ella. Y sería muy estúpido que ustedes dos no estuvieran en términos amistosos sólo porque Roberta ya estuvo casada antes.

—¿Entonces todavía no le dio el sí?

—Hasta donde sé, todavía no. Pero, por lo bien que se llevan sus niñas y por las cosas que él dice, creo que lo hará.

Maude se quedó mirando la toalla de cocina que tenía en sus manos.

—Ah, quizá tengas razón. Ser obstinada es un mal negocio, y triste. Echo de menos los días en que le llevaba bizcochos y además, ¿qué voy a hacer con todos esos pepinos y tomates de la huerta? Tú y Aurelia no pueden consumir tantos.

Seth le apoyó una mano en la mitad de la espalda y le dio un beso en la frente.

—Adivina adónde lo lleva esta noche —la desafió.

—¿Adónde?

—Al teatro de la Ópera.

Ella hizo una mueca de incredulidad, ladeó la cabeza pero lo miró de reojo.

—Ah, vamos…

—¡No! ¡Es cierto! Al teatro de la Ópera.

Maude resopló un poquito mientras reía.

—¡Bueno, bueno! Eso sí que es un milagro… ¡al Teatro de la Ópera!

—Ha cambiado mucho nuestro Gabe, mamá.

—¿Pero qué hay de todos esos rumores de que él golpeó a Elfred y de que ella tenía relaciones con los dos?

—¡Ah, vamos, mamá! ¿Qué sabes tú sobre Elfred Spear? Junta todo eso con una reciente divorciada que llega a la ciudad, e imagina lo que Elfred intentaría hacer.

—¿Con su propia cuñada?

—Eso no sería un impedimento para Elfred.

La mujer se quedó pensativa un instante.

—Entonces Gabriel fue allí para defenderla.

—Lo mismo que hubiera hecho yo por Aurelia, de haber sido ella la víctima. Y te diré algo: es mejor que nunca sea ella, o no dejaré a Elfred con vida. Terminaré con él para siempre, ese inmundo bastardo.

Se quedaron sentados un rato más, juzgando a Elfred y a Roberta Jewett. Por fin Maude se puso de pie y anunció:

—Bueno, puede que mañana vaya allá para dejar algunas galletitas en el tarro de bizcochos de Gabriel y ver si esa casera que tiene quiere algunas tajadas de carne para su cena.

Seth le miró la espalda mientras ella movía los hombros para relajar el cuello.

—Creo que se hizo muy tarde para quitar hierbas —se excusó—. Puede que los jejenes no molesten más, pero lo harán los mosquitos.

El clan Jewett-Farley atrajo muchas miradas aquella noche en el teatro de la Ópera. En el intervalo, Gabriel compró un refresco para todas y se quedaron parados debajo de las arañas del vestíbulo del teatro para beber y observar cómo las miradas de la gente se desviaban, como si todos no estuvieran murmurando sobre ellos.

Una pareja se acercó a saludarlos: Elizabeth y Aloysius DuMoss. Cruzaron el vestíbulo y Elizabeth hizo una manifestación clara de su posición al extender la mano tanto a Gabriel como a Roberta.

—Buenas noches, señora Jewett… Gabriel… Veo que han salido a pasear las dos familias juntas. Hola, niñas.

Las cuatro contestaron el saludo a coro y Elizabeth se dirigió a Roberta:

—Señora Jewett, ¿puedo hablar un minuto con usted?

Llevó aparte a Roberta y fue derecho al grano.

—Perdóneme por entrometerme en su velada, pero pensé que debería saber… Hay un movimiento en marcha para llevar este desagradable asunto sobre usted a la reunión del consejo de la escuela el lunes a la noche. Me enteré de que esta tarde echó de su casa a Alda Quimby, así que está abierto el frente de batalla.

—¡Caramba, qué rapidez! Hace apenas tres horas que la eché.

—La nueva línea telefónica compartida.

—Ah… eso.

Elizabeth extendió el brazo y apretó el antebrazo de Roberta con su mano enguantada.

—Escúcheme bien —imploró—. No permita que la acobarden, y no tenga miedo. Ellos no tienen ningún poder para hacer esto. Todo ha sido causado por una pandilla de mujeres chismosas que se apoyan en sus esposos y les calientan las orejas. ¡Ellos no tienen ningún derecho! ¡Ningún derecho en absoluto!

Roberta estaba pasmada por la fiereza de la señora DuMoss.

—Tal vez no, pero de todos modos tratarán de hacerlo. Y no importa todas las amenazas que pueda haberles hecho, yo no tengo dinero para contratar un abogado que me asesore sobre mis derechos.

—Usted no necesita dinero. Pero si se llegara a eso, yo tengo dinero y sería la primera en acudir en su ayuda.

—¿Usted? ¿Por qué, señora DuMoss?

—Por favor… llámame Elizabeth.

—Elizabeth… vaya, me dejas sin habla. ¿Por qué tendrías que hacerme una oferta semejante? ¿Y qué diría tu esposo?

—Él sería el primero en decir: "Adelante, Elizabeth".

—¿Pero por qué? Apenas me conoces.

Elizabeth apretó un poco más el brazo de Roberta y enseguida lo aflojó.

—Sé lo suficiente. Y no voy a permitir que ellos se salgan con la suya.

El último acto de la pieza pasó inadvertido para Roberta. No podía dejar de pensar en las palabras de Elizabeth DuMoss y se preguntaba qué la había impulsado a pronunciarlas. Se preguntaba por la reunión del consejo de la escuela y si la citarían para que concurriera, o si sencillamente continuarían con los chismes sobre ella mientras ni siquiera estaba presente. En su opinión, lo único que harían sería murmurar, si lo que dijo Elizabeth era verdad y que ellos no tenían ninguna autoridad para amenazar con quitarle a sus hijas.

Cuando terminó la función, volvieron todos a casa en el automóvil de

Roberta. Como de costumbre, las niñas tenían hambre y Roberta les hizo palomitas de maíz.

—Estaremos en el patio trasero —les anunció con el evidente propósito de evitar el columpio del porche—. Vamos, Gabriel.

Afuera, el pasto estaba cargado de rocío y las luces de la cocina caían oblicuas sobre el césped. Oía las voces de las niñas alrededor de la mesa y olía las caléndulas que florecían cerca de la bomba de agua cuando pasaron junto a ellas y se encaminaron hacia las sombras profundas debajo de los olmos.

Gabe aferró la mano de Roberta e hizo que lo mirara a los ojos.

—Ahora dime qué te dijo Elizabeth.

—Dijo que no tengo que tener miedo, y que ella va a luchar conmigo contra el consejo de la escuela, y que ellos no tienen ningún derecho a hacer lo que pretenden, y que si eso significa que hay que contratar a un abogado, ella misma pagará los honorarios para detener a esa gente. Pero no me dijo por qué. Gabe, ella apenas me conoce.

—Elizabeth es una bella persona. Y su palabra tiene mucho peso en esta ciudad.

—¿Pero por qué querría hacer tal cosa?

—No sé.

Gabe le tiró de la mano y ella se apretó a él y le pasó los brazos por el cuello.

—¡Oh, Gabe, éste ha sido un día tan agitado! Durante todo el día, en el trabajo, no hice más que planear en lo que haría al llegar a casa, me bañaría y arreglaría como a ti te gusta y después iba a decirte que me casaré contigo... Pero cuando llegué a casa, esa mujer Quimby estaba en mi porche, y después no tuve ganas de bañarme ni de lavarme el pelo. Y ahora, esta conversación sobre el consejo de la escuela ha terminado por robarle toda la magia a esta noche.

Gabe la estrechó contra su cuerpo, con los brazos enlazados en la parte baja de su columna.

—Espera un momento. Retrocede a la parte en que pensabas que ibas a casarte conmigo. ¿Lo dijiste en serio?

—¡Oh, Gabe! ¿Cómo podría no casarme contigo? Por la manera en que las niñas pasan todo el tiempo juntas y por la forma en que nosotros vamos y venimos entre nuestras casas, en la práctica ya estamos casados. Aparte de eso, Rebecca me dijo esta mañana que estoy mucho más enamorada de ti de lo que creo y que para mi propio bien soy demasiado independiente.

—Entonces, ¿te casarás conmigo o no?

—Sí, me casaré contigo.

—¡Bueno...! —Soltó una bocanada de aire. —Vaya que te tomó mucho tiempo decirlo.

—Pero no quiero que ese maldito consejo de la escuela lo sepa. Si de todo esto resulta una batalla, quiero pelearla por mi propio mérito como madre, no arrastrándome ante ellos y pidiéndoles misericordia porque estoy casada y a partir de ahora tengo un hombre que cuide de mí.

—Rebecca tiene razón. Eres demasiado independiente.

—Primero derroto al consejo, después hacemos conocer la noticia. ¿De acuerdo?

—Roberta —dijo Gabe, frustrado—, ¿qué importa eso?

—Importa, Gabe. A estas alturas deberías conocerme lo suficiente para saber que a mí me importa.

—¿Pero por qué tienes que ser tan testaruda?

—Prometo que no lo seré en todas las cosas. Sólo en esto. Por favor, Gabriel.

—Está bien, Roberta —admitió él con un suspiro—. Lo haremos a tu manera.

Dejó caer las manos y ella sintió que se había perdido el espíritu romántico que debió haber acompañado los últimos minutos. Entonces le aferró una mano.

—Gabriel, lamento mucho haber arruinado el momento en que acepté tu proposición. Lo había planeado de manera muy diferente.

Él parecía malhumorado, así que Roberta llevó la mano de él a los labios y se la besó.

—Gabriel —susurró—. Vamos... no te enojes. ¿Ni siquiera vas a besarme?

—¡Bueno, qué quieres. No nos gustaría que el consejo de la escuela nos viera!

Roberta sonrió en la oscuridad por su chiquillada, y la tomó como un desafío. Tiró de su mano y ensayó un tonito burlón.

—¿Gabriel?

Él se dejó arrastrar hacia ella pero todavía no la tomó en sus brazos.

—¿Cuántas caras nos miran por las ventanas de la cocina? —preguntó, de espaldas a la casa.

—Ninguna. Pero si no quieres besarme, lo haré yo. Está bien... quédate parado allí, pasivo, y te mostraré.

Puso los labios sobre los de él, se apretó contra su cuerpo y lo abrazó con fuerza melodramática.

—Roberta —murmuró Gabe mientras luchaba por separar la boca—. Juro que...

—Jura más tarde —lo interrumpió ella, sin separar los labios de los de él—. En este momento quiero darle algo de qué hablar a ese maldito consejo.

Capítulo 17

Roberta no recibió ninguna citación para la reunión del consejo directivo de la escuela, pero, si se iba a hablar de ella, ahí iba a estar. Un espíritu frágil se habría acobardado, pero acobardarse habría sido una causa de vergüenza mucho mayor que ser interrogada en público por su conducta como madre, por la que Roberta no tenía ninguna razón para disculparse.

A las siete y media de ese lunes, cuando el consejo directivo de la escuela convocó a la última reunión antes del período escolar de otoño en el auditorio principal de la escuela secundaria, Roberta se hallaba presente. También estaban Gabriel y su hermano Seth, y Aurelia, la esposa de Seth, y la mayoría de los miembros de la Sociedad de Caridad y Benevolencia de las Damas de Camden, una cantidad de maestros, y Elizabeth y Aloysius DuMoss, cuyas contribuciones caritativas al consejo de la escuela habían ayudado a construir, en 1904, ese mismo edificio en que ahora se encontraban. También otros curiosos de la ciudad, que se habían enterado de las controversias entre el consejo y Roberta Jewett, acudieron con la esperanza de condimentar sus vidas con pasto adicional para los chismes.

Por alguna razón que Roberta no pudo desentrañar, Alda Quimby actuó como portavoz del consejo. Después de que el presidente, el señor Boynton, declaró constituida la asamblea y que el consejo discutió algunos asuntos sociales de la escuela, el presidente cedió en silencio la palabra a la señora Quimby, que juntó las manos sobre la mesa y miró un punto situado más allá de los hombros de Roberta, sin encontrarse jamás con sus ojos.

—Señora Jewett… Bien, si nos permite hacerle algunas preguntas respecto de los asuntos que varios miembros de la Sociedad de Benevolencia trajeron a nuestra consideración…

Alda se aclaró la garganta y Gabriel apretó la mano de Roberta.

—Pregunten lo que quieran —contestó Roberta desde la segunda fila—. ¿Quiere que suba al estrado y mire de frente a la galería, como si prestara testimonio en el tribunal?

Hubo una visible cantidad de movimientos incómodos en las sillas de arriba del estrado.

—No será necesario. Puede quedarse donde está.

En el fondo del auditorio, y a pesar de la prohibición expresa de sus padres de que asistieran a la reunión, un grupo de jovencitos abrió la puerta sin hacer ruido y se deslizó adentro para pararse a lo largo de la pared de atrás. Estaban allí las hijas de Roberta, y por supuesto Isobel, Shelby DuMoss y los muchachos Ogier, más una selección de otros que iban de los nueve a los dieciséis años, que en varias oportunidades habían jugado en el porche de las Jewett, o trepado con ellas al monte Battie, comido langostas hervidas en el patio del frente o representado piezas de teatro o salido a excavar almejas o cantado alrededor del piano mientras Roberta o una de las niñas golpeaba las teclas. Las últimas tres en entrar, más tarde que los demás, fueron Marcelyn, Trudy y Corinda Spear.

Alda Quimby advirtió su llegada y por un momento titubeó y miró a sus colegas del consejo, que muy convenientemente desviaron la mirada.

Alda frunció los labios y empezó a hablar otra vez.

—Señora Jewett, usted se mudó aquí, creo, en la primavera pasada.

—Correcto —contestó Roberta, fuerte y claro, para que todos pudieran oírla.

—Y usted vino de Boston, donde poco antes había obtenido su divorcio.

—Correcto. ¿Es eso un crimen en el estado de Maine?

La señora Quimby miró a sus mandantes, pero ninguno le ofreció la menor ayuda. Todos tenían los ojos clavados en la tapa de la mesa.

—No, no lo es. Entonces cuando se mudó aquí, usted compró la vieja casa de Breckenridge y la reparó con la ayuda del señor Farley.

—Sí.

—Y obtuvo un trabajo como enfermera viajera, empleada por el Estado.

—Correcto. Soy graduada del curso de enfermería de la Universidad Simmons de Boston.

—Y usted viaja por todo el distrito rural en un automóvil que...

—Que le compré al señor Boynton, aquí presente. Hola, señor Boynton, me da gusto verlo.

Boynton se puso tan colorado como una langosta hervida, y parecía que le iba a estallar el cuello de la camisa.

—De modo que su trabajo como enfermera pública la mantiene lejos de su casa desde la mañana hasta, a veces, bien tarde en la noche.

—Algunos días.

—Y durante ese tiempo sus hijas tienen que arreglárselas solas.

—Mis hijas tienen dieciséis, catorce y diez años y les he enseñado a valerse por sus propios medios. Sí, cuando es necesario tienen que arreglárselas solas.

—Su casa, señora Jewett, se ha convertido bastante en un lugar de reunión para otros jóvenes de Camden. ¿No es así?

—Supongo que se podría decir eso.

—Donde se les ha permitido quedarse después de la hora de la cena y hasta altas horas de la noche, ya hubiese alguien que los vigilara o no.

Desde el fondo del salón se oyó una voz joven.

—¿Por qué no nos hace esas preguntas a nosotros?

—¡Sí! —agregó otra voz—. ¿Por qué no nos pregunta qué hacemos allí?

—¡Y lo que la señora Jewett hace con nosotros!

—¡Y cuánto nos hemos divertido este verano en su porche, haciendo cosas que nadie en esta ciudad ha pensado jamás en enseñarnos!

La cabeza de Roberta había girado en redondo, lo mismo que la de Gabe y la de todos los presentes en el auditorio.

—Les dije que no debían venir aquí —susurró Roberta.

—Se trata también de sus vidas, Roberta —le respondió Gabe en voz baja.

—¿Pero qué pasa si surge el tema de Elfred?

—No sé. Tendremos que esperar y ver qué pasa.

Los niños bajaban a paso de marcha y con gesto airado por el ala central, entre las filas de sillas de madera plegables, encabezados por Rebecca.

—Tenemos algunas cosas que queremos decir antes de que esto vaya más lejos. Si ustedes, los adultos, pueden hablar, también nosotros.

—¡No se permiten niños en las reuniones del consejo de la escuela! —gritó la señora Quimby por encima del estruendo de pasos mientras los niños avanzaban.

—En nuestra casa se nos permite hablar. ¿Por qué no deberíamos hacerlo aquí, cuando es mi madre a quien están acusando?

Intrépida, Becky guiaba a su legión a la batalla y hablaba con la voz de una oradora que había adquirido sentido del drama por todas las obras que había representado desde su infancia.

—En este salón todos deberían disfrutar de la la suerte de tener una madre como la mía; entonces podríamos tener más mentes abiertas y menos intolerantes aquí mismo y en este mismo momento. No piensen que no sabemos qué clase de cosas murmuran detrás de ella sólo porque es divorciada. Bien, la mejor parte de nuestras vidas empezó cuando se libró de nuestro padre.

Lydia hizo sonar su campana.

—Lo único que hacía él siempre era desaparecer durante semanas a y semanas, y ni siquiera volvía a casa por las noches.

—Sólo volvía a casa cuando se quedaba sin dinero —agregó Susan—. Entonces se lo sacaba a mamá y se iba otra vez.

—Así que todas nos sentimos realmente felices cuando mi madre se divorció —proclamó Becky—. Y ella tiene un trabajo del que nos sentimos muy orgullosas también.

—Es enfermera y ayuda a la gente —dijo Lydia a todos los presentes.

—Y tiene su propio automóvil y lo maneja ella misma, cosa que a la mayoría de las mujeres les daría miedo de hacer —acotó Susan.

—Pero nuestra madre no tiene miedo de nada.

—Ni siquiera de ustedes. No tendría que haber venido aquí a contestar sus preguntas, y tampoco nosotros... —La mirada de Roberta abarcó a todo su séquito. —Pero pensamos que ustedes debían saber qué hacemos en nuestra casa.

Isobel dio un paso adelante.

—Antes de que la señora Jewett llegara a esta ciudad, yo era una niña muy solitaria; no tenía muchos amigos ni pasatiempos que me interesaran. Todos saben que mi madre ha muerto, así que no encontraba a nadie en casa al volver de la escuela y tampoco durante los días de verano. Entonces conocí a Susan y Becky y Lydia y su madre... y todo cambió. Creo que lo primero que hicimos juntas fue *Hiawatha*. Ella nos dejó usar el porche del frente y corrió el piano que está justo al lado de la puerta del frente...

—Y nos hizo todos los trajes que quisimos...

Shelby DuMoss encabezó una ronda de comentarios realizados por cada niño que quiso hablar. Hasta las tres niñas Spear hicieron oír su voz.

—Y decorados... ¡Jesús, nuestra madre nunca nos permitiría hacer ese lío en nuestro pórtico!

—Después nos permitió representar la obra para nuestros padres.

—Sólo que no vinieron muchos.

—Pero representamos la obra en la escuela. ¿No es así, señora Robertson?

Becky se dio vuelta para buscar a su maestra entre los asistentes.

En la cuarta fila, la señora Robertson se puso de pie.

—Sí, lo hicieron. A invitación mía y de la señorita Werm, para toda la escuela. Y fue una excelente realización, en verdad. Y si alguno de ustedes piensa que la representación se originó y ensayó en la escuela, se equivoca. Todo fue un producto del propio ingenio de las niñas. La señorita Werm y yo asistimos a la representación en el porche de la señora Jewett y enseguida nos dimos cuenta de que las niñas recibían mucho aliento allí para tomar parte en algunas actividades muy sanas. Por supuesto, también oímos sobre ellas en la escuela.

La señorita Werm se puso de pie.

—No sólo piezas de teatro, sino también música. Y creo haber oído algo sobre que ella conduce algunas caminatas en medio de la naturaleza.

—¡Ah, sí! Nos llevó a lo alto del monte Battie y nosotros identificamos árboles y coleccionamos insectos y ella nos recitó poesías.

—En la escuela nunca nos gustó la poesía, pero cuando la señora Jewett nos enseñó, fue sobre cosas que nosotros podíamos entender.

—Siempre es divertido estar en su casa, porque allí ríe todo el mundo.

—Y nadie nos ordena que nos quedemos quietas y calladas.

—Y allí siempre hay algo que hacer.

Estos comentarios fueron hechos por las niñas Spear.

—Y yo estoy leyendo un libro de Robert Louis Stevenson...

—Y a lo mejor es la próxima obra que representaremos.

—Si la señora Jewett nos permite...

El silencio reinaba en todo el salón, un silencio impresionante, memorable, durante el cual la reputación de Roberta Jewett empezaba a brillar. En medio de ese silencio, Gabriel soltó la mano de Roberta y se puso de pie con una expresión de serenidad en el rostro. Con su gorra en la mano, miró a los ojos de Alda Quimby y habló con una voz profunda y firme:

—Y yo he visto a mi hija florecer como un capullo y convertirse en una jovencita llena de vida durante este verano. Lo que ella dijo antes es verdad. Era una niña solitaria y aburrida hasta que las Jewett llegaron a la ciudad. Entonces la señora Jewett le abrió su corazón y las puertas de su casa y la admitió como si fuese una de sus propias hijas. —Miró a Roberta para concluir: —Y por eso le estaré eternamente agradecido.

Sin aparatosidad, Gabriel volvió a sentarse.

En la mesa del frente, Alda Quimby todavía intentaba evitar que la tomaran por tonta.

—Señor Farley —continuó—, ése es otro tema que no hemos tocado, y que es bastante... bueno, digamos que es un asunto delicado del cual usted parece ser un factor determinante. Pero en vista de la presencia de estos niños...

En el costado derecho del salón, Elizabeth DuMoss se puso de pie, vestida de punta en blanco e irradiando distinción.

—Creo saber de qué asunto se trata y, si el consejo quiere, creo que puedo echar un poco de luz al respecto. Todos ustedes me conocen y también a mi esposo, Aloysius. —Él asintió con la cabeza. —Y este señor es nuestro abogado de Bangor, el señor Harvey. Si los niños han terminado de decir su parte, una breve sesión en privado podría ser lo indicado en este momento. Señor presidente, señora Quimby, ¿les molestaría dirigirse con nosotros a otro salón, para que podamos solucionar todo esto lo más rápido posible?

—Por supuesto, señora DuMoss.

—Creo que la señora Jewett y el señor Farley deberían estar presentes también.

—Desde luego, señora DuMoss.

—Aloysius… —invitó a su esposo.

Cuando él se paró lo tomó del brazo.

—Señor Harvey…

Harvey se puso de pie y los siguió.

Cuando ya estaban reunidos en un salón de clases, al final del corredor, y la puerta se cerró detrás de ellos, Aloysius DuMoss presentó al señor Daniel Harvey. Harvey, un hombre alto, elegante, con un semblante afable, sugirió que todos se sentaran en los pupitres de la clase. Así lo hicieron. Los miembros del consejo escogieron la segunda y la tercera filas de pupitres, en tanto Roberta y sus defensores se sentaron en la fila de adelante, que consistía sólo en asientos, sin superficie para escribir.

El señor Harvey se paró delante de ellos como un maestro. Dejó vagar sus ojos sobre cada una de las personas presentes, antes de dirigirse a ellos con voz calculada calma:

—Miembros del consejo directivo de la escuela, señora Jewett, señor Farley… El señor y la señora DuMoss me han pedido que viniera esta noche para representarlos, y de ser necesario a usted, señora Jewett, en lo que ellos esperan será la retractación inmediata de estas acusaciones. Hablamos de las alegaciones relativas a una conducta licenciosa de parte de la señora Jewett, en la cual ha sido implicado el señor Farley. ¿Hablamos de eso, verdad?

Los miembros del consejo, intimidados por la inesperada presencia de un abogado de Bangor, se lanzaron miradas desconcertadas. Entonces tomó la palabra el señor Boynton.

—Sí, de eso hablamos —respondió.

—Gracias, señor Boynton. La señora DuMoss tiene alguna información que quisiera proporcionar sobre este asunto. Pero antes, los señores DuMoss han pedido que los miembros del consejo lean y firmen este acuerdo de confidencialidad, para cerciorarse de que todo lo que se diga en este salón deberá mantener su carácter confidencial *ad finem*.

El señor Harvey exhibió un papel mecanografiado y se lo entregó al presidente del consejo.

—Señor Harvey, esto es por completo irregular —protestó el señor Boynton—. Nuestra reunión no es más que una investigación informal.

—Sobre actitudes que parecen ser conductas muy ofensivas a la moral, que podrían dañar la reputación de cualquier persona acusada de ellas si fuesen ventiladas en público. La señora DuMoss me informa que las hijas de un cierto señor Spear estaban presentes en el salón de reunión esta noche. Dado que lo que ella tiene que decir involucra a dicho señor, considera que hay que preservar a toda costa a esas niñas actitudes que se enteren, sea de primera o de segunda mano. Con ese propósito ha pedido que todos los miembros del consejo firmen el acuerdo de confidencialidad, que yo protocolorizaré ante un notario y el señor DuMoss guardará bajo llave.

El señor Boynton echó una mirada al papel.

—Pero usted nos pide que firmemos un papel que nos deniega el derecho de defendernos en lo relativo a nuestra decisión en este asunto.

—Exactamente. A pesar de todo, la decisión será del consejo y, una vez que hayan escuchado lo que la señora DuMoss tiene que decir, entenderán sus razones.

El consejo nunca antes se había visto frente a una exigencia tan caprichosa. Sin embargo, dada la generosidad de Aloysius DuMoss para con el distrito escolar, y las pérdidas de fondos que tendrían que soportar en el futuro si lo desairaban en trance, al señor Boynton le quedaron pocas opciones.

—Está bien. Firmaremos y continuemos con esto.

El señor Harvey sacó una lapicera de plata y un frasco de tinta, mojó la pluma y se la entregó primero al señor Boynton. En el salón reinaba un silencio tan absoluto que el rasguño de seis firmas sonaba como el de los perros en una puerta.

—Gracias.

Una vez estampadas todas las firmas en el documento, el señor Harvey tapó el frasco de tinta y guardó la lapicera en una funda de cuero.

—Ahora le pediré a la señora DuMoss que continúe.

Elizabeth se levantó y, seguida por su esposo, ascendió al podio y apartó la silla del escritorio. El señor Harvey se sentó en una de las sillas que habían dejado vacías, en tanto Aloysius DuMoss se paraba detrás de su esposa mientras ella se sentaba. Entrelazó los dedos encima del escritorio y habló con un tono de voz discreto y refinado:

—Lo que tengo que decirles esta noche lo he mantenido dentro de mí durante mucho tiempo. Ha sido causa de terribles angustias para mí durante años y años. Todos ustedes me conocen... me han conocido de toda la vida y comprenderán que no tengo ninguna razón para mentir. Lo que voy a decirles es la pura verdad, y mi esposo responderá por ello, porque él también lo sabe desde hace muchos años.

"Desde que el teléfono llegó a Camden, todos hemos escuchado, a través de las líneas compartidas cosas que desearíamos no haber escuchado. Hay personas que divulgan las novedades que oyen como si tuvieran un derecho concedido por Dios para hacerlo. Yo no lo apruebo, pero es inevitable que se divulguen chismes, y yo oigo rumores como cualquier otro.

"Hace poco oí un rumor sobre una pelea feroz entre Gabe Farley y Elfred Spear. Cada uno de los que se encuentran en este salón sabe que es verdad que esa pelea tuvo lugar, porque todos ustedes han visto a Elfred con la cara destrozada y morada como una remolacha. La noche de esa pelea Gabe gritó algo, en el jardín de adelante de la casa de Elfred, que ninguno de los que están en este salón ha tenido el coraje de repetir y que yo creo que debo decir. La palabra es "violación" y yo sé sobre eso porque me pasó a mí.

Aloysius apretó el hombro de su esposa como si luchara por superar un desborde de emoción. A Elizabeth se le apretó la garganta y los nudillos de sus manos entrelazadas se pusieron blancos de tanto apretar.

—Cuando tenía diecisiete años, Elfred Spear me violó…

De pronto se le llenaron los ojos de lágrimas y perdió la capacidad de hablar. Su esposo inclinó la cabeza hacia la de ella y la fortaleció con una palabra susurrada al oído y la permanente presencia de su mano sobre el hombro.

—Está todo bien, querido —susurró ella, y le acarició la mano—. Puedo hacerlo. —Se aclaró la garganta y continuó. —Los detalles no son importantes; sólo lo es el hecho de que yo era una virgen inocente que iba camino a mi casa después de pasar una velada con mis amigas, cuando acepté que me llevara en su coche un joven al que creía conocer, un joven al que le tenía confianza. Las derivaciones de esa noche me han afectado por el resto de mi vida. Mi matrimonio con Aloysius empezó con miedo. Sólo su amor paciente me ha ayudado a superar las pesadillas que tardaron años en desaparecer. Y ahora, desde los ataques de la Sociedad de Benevolencia a la señora Jewett, mis pesadillas han vuelto.

Los ojos de Elizabeth buscaron y encontraron los de Roberta, y sus pasados emparentados hicieron centellear lágrimas en los ojos de las dos.

Entonces, con el tono más delicado y femenino, y para todo el salón en general, declaró:

—Maldigo una y otra vez a Elfred Spear por lo que me hizo. Yo no lo merecía. No hice nada para alentarlo… ¡nada! Yo era una mujer, y para Elfred eso era suficiente. Todos sabemos que para Elfred eso siempre ha sido suficiente. Sin embargo, ¿cuántos de ustedes, sobre todo los hombres, han festejado sus tropelías como si no fuesen más que travesuras infantiles, mientras que las mujeres que él atacaba estaban condenadas a guardar eterno silencio, porque si hubieran hablado las habrían acusado, igual que ahora han acusado a la señora Jewett? Y no digan que no lo han hecho, porque yo estuve en esa reunión de la Sociedad Benevolente cuando esas despreciables habladurías dieron pie a esta trama siniestra que han perpetrado en contra de esta mujer, cuyo único crimen fue volver a su ciudad natal como divorciada.

"Por eso la han estigmatizado, y ése es el tema central de estas averiguaciones. ¿No es así?

Elizabeth hizo un segundo de silencio para que el taladro de su acusación llegara hasta el fondo antes de continuar.

—Es mucho más fácil apuntar un dedo a una mujer divorciada que a un pilar de la sociedad de nuestra ciudad, ¿verdad? En especial si es alguien con quien todos ustedes hacen negocios todos los días. Bueno, ustedes también hacen negocios con mi esposo, y yo bendigo su bondadoso corazón por apoyarme en mi deseo de hacerles frente esta noche, con el ruego de que dejen de perseguir a Roberta Jewett. Si no lo hacen, deben saber que nuestra apreciable fortuna respaldará al señor Harvey para defender a la señora Jewett de todas las maneras que sean necesarias. Y que también habrá reporteros de los diarios aquí, que pondrán en tela de juicio sus motivos, ni qué decir de su derecho, para traerla ante este consejo y cuestionarla. Y en el proceso, la esposa y las hijas de Elfred Spear serán arrastradas por la estela que dejaron sus actos perversos. Yo soy madre de cuatro hijos. Y sencillamente no creo que los hijos deban padecer algo semejante. Por eso el acuerdo de confidencialidad que he pedido que firmaran. Caballeros… y damas… dejo a ustedes la decisión acerca de qué camino seguir a partir de aquí. —Hizo una breve pausa y agregó: —Sólo una cosa más. He renunciado a mi cargo como tesorera de la Sociedad Benevolente, porque no puedo, en buena conciencia, estar afiliada a un grupo que hace escarnio de su propio nombre. Gracias.

Elizabeth se echó hacia atrás en su silla y relajó las manos. Su esposo le palmeó el hombro cuando alzó los ojos hacia él. Para mérito de Elizabeth, en ningún momento había amenazado con un futuro retiro de los fondos de la escuela que fluían de las arcas de DuMoss, ni tampoco afirmado de manera inequívoca que Roberta Jewett había sido violada. Pero, por el ánimo que flotaba en el ambiente, resultaba evidente que el consejo escolar ya no tenía ninguna intención de quemarla en la hoguera.

—Si pudieran concedernos unos minutos para discutir esto… —pidió el señor Boynton.

Cinco personas abandonaron el salón: los DuMoss y su abogado, Roberta y Gabe. Afuera, en el vestíbulo, cuando la puerta del salón de clase se cerró detrás de ellos, las dos mujeres se quedaron paradas una frente a la otra durante unos segundos de silencio conmovedor, hasta que abrieron los brazos y se confundieron en un estrecho abrazo.

—¿Cómo podré agradecerte alguna vez por esto, Elizabeth?

—Tal vez ya lo has hecho. Por fin me saqué todo esto de encima y, al cabo de tantos años, me siento muy bien. No lo habría hecho de no ser por tu propio infortunio. —Elizabeth se apartó un poco y agregó: —Tenía miedo de divulgar cosas sobre ti para lo que no me asiste ningún derecho, pero pensé que al hacerles firmar ese acuerdo…

—No digas más, Elizabeth. Fuiste muy discreta, y además yo también quería que supieran quién es Elfred, así que hablaste por las dos.

—Te diré algo —comentó Elizabeth, con expresión más animada—, Alda Quimby pagará el precio por haberse puesto a la vanguardia de esta investigación. La volverá loca que no pueda contarle esto a cada una de las mujeres de esa Sociedad Benevolente.

Se abrió la puerta del salón de clases y el señor Boynton se paró adelante de la pandilla de miembros del consejo, que evitaron todo contacto visual con cada uno de los que se hallaban en el vestíbulo.

—La investigación queda sin efecto —manifestó el hombre, escueto—. Perdón, señora Jewett.

Los seis miembros del consejo escolar se alejaron en fila en completo silencio. Detrás quedaron cinco personas con muchas razones para sonreír.

Gabriel abrazó a Roberta, después a Elizabeth.

—Gracias, Elizabeth —le susurró al oído—. Gracias en nombre de nosotros dos.

—No hay de qué, Gabriel.

Y aceptó el primer abrazo que él le daba en su vida, antes de ocupar su lugar junto al esposo que la había amado tanto para ayudarla a superar esa prueba y muchas más.

Daniel Harvey le extendió la mano a Roberta.

—Señora Jewett, me da mucho gusto conocerla por fin. Debo decir que la admiro mucho después de escuchar a esos niños. Me trajeron aquí para defenderla, pero ellos hicieron un trabajo tan espléndido que ni en sueños se me hubiera ocurrido intervenir. Además, en los libros de leyes hay algo que se llama "difamación de personalidad", y pensé que si dejaba que ese consejo directivo atacara un poco más, podrían hacernos un favor si alguna vez tuviéramos que enfrentarlos en un tribunal. Me alegra mucho que no sea el caso.

—Gracias, señor Harvey.

Le dio las gracias también al señor DuMoss.

—¿Por qué no vamos todos a nuestra casa y tomamos una copa de licor para celebrar? —sugirió entonces Elizabeth—. Roberta, me gustaría conocerte mejor. ¿Tú qué dices, Gabriel?

Él cedió la respuesta a Roberta.

—Me parece magnífico —decidió ella—, ¿pero puedo tomarme el atrevimiento de dejar solas a mis hijas?

Todos reían a carcajadas aun antes de que Elizabeth respondiera.

—Es probable que el consejo escolar se entere e inicie una investigación.

Afuera, en la escalinata del edificio de la escuela, encontraron a las niñas.

Roberta abrió los brazos hacia las tres… más Isobel.

—Bueno, aquí están nuestras hijas obedientes que se quedaron en casa tal como se lo ordenamos.

Las niñas hablaron todas a la vez.

—¡Lo logramos!

—¡Te salvamos!

—¡Madre, me sentí tan orgullosa…!

—¡Oh, señora Jewett, ganamos! ¡Usted ganó!

En medio de la algarabía, hubo un instante más triste, cuando Roberta levantó los ojos y vio que sus tres sobrinas rondaban cerca de ellos. Entonces se acercó y las abrazó también.

—Marcy, Trudy, Corinda, gracias por lo que dijeron esta noche.

Se preguntó cuánto sabrían acerca de su padre, y alentó la esperanza de que ignoraran sus faltas más graves, porque la inocencia de ellas era de una importancia muchísimo mayor que la culpabilidad de él.

—¿Cómo está su madre? —preguntó.

—Muy bien.

—¿Quieren darle un beso de mi parte?

—Claro.

—¿Y decirle que pronto voy a casarme?

Los ojos de Corinda se agrandaron de entusiasmo.

—¿En serio, tía Birdy?

—Con el señor Farley. Pero… ¡silencio! No lo divulguen por todas partes esta noche. Esperen hasta mañana. Todavía no se lo hemos dicho a las niñas.

Corinda reía entre dientes mientras se separaban y la mano de Roberta se deslizaba muy lenta de los hombros de su sobrina con un dejo de melancolía. Gabriel se acercó por detrás y percibió su tristeza por la grieta irreparable que se había abierto entre ella y su hermana.

—Es doloroso no llevarse bien con la familia —confesó—. Yo lo sé porque mi madre se ha mantenido alejada durante todo el verano y la eché mucho de menos. Pero adivina qué…

Roberta vio por encima del hombro su sonrisa de satisfacción.

—Ayer fue a mi casa y llenó mi tarro de bizcochos mientras yo estaba en el trabajo.

—¡Oh, Gabriel! ¿En serio?

—Ajá.

—Me alegra mucho por ti.

—Yo también estoy muy contento. Creo que eso significa que está dispuesta a conocerte. A propósito, hay alguien más aquí a quien quiero que conozcas.

Era su cuñada, Aurelia, que junto con su esposo, Seth, estaba invitada a unirse al grupo que se dirigía a la casa de los DuMoss a tomar unas copas. De Aurelia y Seth, como también de los DuMoss, Roberta sólo recibía muestras de sincera amistad. "En esta noche en que mi vida da un giro importante —pensó—, qué bien me hace conocer al menos una parte de la familia de Gabriel."

Las niñas corrieron a unirse a un grupo de otros niños para caminar hasta sus respectivos hogares, mientras los adultos se dirigían en automóviles a la casa de los DuMoss.

Fue allí, en la sala de recibo de los DuMoss, después del primer brindis por la noche victoriosa de Roberta, donde Gabriel propuso un segundo brindis.

—¡Por mi futura esposa! —anunció, a la vez que chocaba el borde de su copa de cristal tallado contra la de Roberta—. Hace tres días, Roberta consintió en casarse conmigo.

Los demás se prodigaron en felicitaciones, acompañadas por abrazos y una pregunta bastante razonable de Seth:

—Entonces, ¿por qué no lo anunciaste antes, así se habrían ahorrado todo este infierno innecesario esta noche?

—Ella no me lo hubiera permitido —respondió Gabriel.

—Es propio de mi naturaleza ser obstinada —informó a todos Roberta.

—¿Puedes repetirlo? —dijo Gabriel, mirando su copa de licor.

Cuando las risas se apaciguaron, miró a Roberta a los ojos mientras hablaba a los otros.

—Verán, ella quería triunfar sobre el consejo de la escuela por sus propios méritos y no por tener a un hombre que cuide de ella y de las niñas en el futuro. Pero de todos modos lo va a tener.

—Yo puedo cuidar de mí misma, Gabriel Farley —declaró Roberta con toda claridad.

—Sé que puedes. Te he visto hacerlo durante todo el verano. Pero dos pueden hacerlo mejor.

—Te haré esa concesión —respondió ella con una sonrisa.

Entonces volvió a chocar su copa con la de él, mientras los demás presentes los miraban y se sentían como si estuviesen excluidos de los juegos internos de la relación entre Gabriel Farley y Roberta Jewett. La pareja tenía una camaradería que sobrepasaba los habituales corazones palpitantes y las palmas húmedas de la mayoría de los novios. Y en cuanto al esquema estricto ama de casa-proveedor que prevalecía en la mayoría los matrimonios... todos podían ver que ese matrimonio no iba a funcionar de esa manera.

Ella recorrería el distrito en todas direcciones en ese automóvil, vestida con su uniforme blanco. Y él, con mucha probabilidad, tendría que arreglarse solo en una casa que no se limpiaba con la frecuencia que debería, y comería cenas tardías preparadas por manos inexpertas, o aprendería él mismo a cocinar.

Elizabeth alzó su copa para hacer un brindis oficial.

—¡Por los futuros señor y señora Farley!

Y cuando se entrechocaron tantas copas, Roberta comprendió que tendría en Elizabeth DuMoss su primera amiga verdadera en Camden.

Capítulo 18

*E*ran las once y media cuando Roberta y Gabe llegaron a la casa aquella noche. La luz de la cocina estaba encendida y las cuatro niñas comían merengue con cuchara.

—Tratamos de hacerlo más espeso, pero se nos cansaron los brazos de tanto batir —explicó Isobel—. Pero está delicioso. ¿Quieren probar?

—¿Qué haces todavía aquí? —le preguntó Gabe.

Por esos días, cuando regañaba a Isobel lo hacía de una manera casi alegre.

—Vivo aquí, ¿no lo sabías? —le contestó la niña con descaro mientras lamía una cuchara.

Gabe sonrió y pasó un brazo alrededor del cuello de Roberta.

—¿Sabes una cosa? —preguntó a su hija—. Vamos a hacerlo. Cuéntales, Roberta.

Ella le apretó con suavidad la muñeca y dejó la mano apoyada sobre el hombro de él.

—Tu padre y yo vamos a casarnos.

—Vaya novedad. Nosotras ya lo sabíamos —contestó Isobel, sin dejar de chupar la cuchara.

—Seguro, que lo sabíamos —la secundó Becky.

—Sólo que no sabíamos cuándo —agregó Susan.

—¿Cuándo, madre? —preguntó Lydia.

Roberta le pasó la posta a Gabriel.

—¿Cuándo, Gabe?

—¿Cuándo quieres tú?

—¿Cuándo deberíamos?

—Cuanto antes mejor —respondió Isobel—, así podemos vivir todos juntos.

Roberta se volvió otra vez hacia Gabe.

—¿Dónde vamos a vivir?

—Aquí —contestó él, como si lo hubiera sabido desde siempre—. Voy a abrir un boquete en esa pared y agregaré un dormitorio para nosotros, y las niñas pueden compartir las dos habitaciones de arriba.

—¡Isobel viene a mi habitación! —declaró Susan.

—¿Madre, lo hará? —gimoteó Lydia—. Yo la quiero en la mía.

Rebecca sumergió dos cucharas en la pasta semilíquida y se la alcanzó a los adultos.

—Tengan, prueben un poco. Es mejor que se acostumbre a esto, señor Farley, porque a veces será lo único que encuentre para cenar aquí.

—¡Becky! —la regañó Roberta, divertida—. No le digas esas cosas. Te va a creer.

—Y no me llames más señor Farley. ¿Qué te parece Gabe?

—Está bien, Gabe. ¿Cómo está el merengue?

—Hummm… no está mal.

—¿Quién entregará tu mano, madre?

—¿Quién quiere hacerlo?

Tres manos se levantaron al mismo tiempo.

—¡Yo lo hago, yo lo hago, yo lo hago!

Susan desacreditó de inmediato a su hermana menor.

—¡No seas tonta, Lydia, eres demasiado chica para ser dama de honor!

—No, no lo es —la defendió Becky—. ¿Por qué no podría ser una dama de honor tan bien como tú?

—Ya sé. Echaremos la suerte con pajas cortadas —decidió Roberta.

—Tengo una idea mejor —propuso Susan—. Hagámoslo con cucharas. Cada una debe limpiar bien su cuchara con la lengua, y sólo una de nosotras hunde su cuchara en el cuenco. Después las ponemos todas en una cacerola limpia y tú, Gabe, la sostienes sobre la cabeza. La que saque la cuchara con merengue será la dama de honor, o madrina, o como quiera que se llame.

—¿Es así como va a ser siempre la vida con ustedes cuatro? —le preguntó Gabe a Roberta—. ¿Haciendo un juego de todo?

—Siempre un juego —contestó Roberta—. Siempre hay que buscar la alegría en la vida, así cuando entras en el sueño profundo lo haces con muchos buenos recuerdos. Bien. —Se dirigió ahora a las niñas. —Alguien que hunda esa cuchara.

Lydia hundió la suya. Gabe levantó la cacerola sobre su cabeza. Y todas tiraron hacia afuera.

Rebecca extrajo la cuchara con merengue y Roberta sintió un chispazo secreto de placer. Era justo que Becky fuese su dama de honor. Después de todo, ella había pronosticado y alentado aquella unión desde hacía algún tiempo. Sin embargo, todas recibieron un abrazo junto con una invitación de planear algo especial para la ceremonia de la boda y discutir dónde debía celebrarse. Le pareció la cosa más natural cuando las niñas preguntaron si Isobel podía quedarse a pasar la noche allí, para empezar con los planes.

Minutos más tarde, Gabe y Roberta estaban otra vez afuera, en la oscuridad del porche de adelante, despidiéndose.

—¿En serio vas a dejar que las niñas planeen nuestra boda?

—Bueno, sí… una parte, en todo caso. Nosotras hacemos todo juntas.

La tomó del brazo y la atrajo hacia él.

—Roberta, sí que eres especial —susurró e inclinó la cabeza.

Era diferente besarse como una pareja de prometidos. El compromiso eliminaba ciertas restricciones. Las manos de Gabe se deslizaban sobre ella como si fuese una pieza de madera que él había lijado y pulido y ahora quería comprobar su suavidad. Estaba parado entre ella y el patio, en las sombras más profundas del extremo opuesto al columpio del porche, y a medida que los segundos se estiraban a minutos se mostraba más y más atrevido. Mientras se apoderaba de sus labios con la boca abierta, la empujaba contra la pared con las caderas.

Ella tenía los brazos en alto y las manos sobre su nuca y su pelo, hasta que la respiración de los dos se volvió agitada y él empezó a hacer incursiones dentro de su vestido. Nunca lo había hecho antes.

Entonces Roberta lo apartó de un empujón con la boca y las manos.

—Detente, Gabe —susurró.

La soltó enseguida al percibir su temor creciente. Apenas podía adivinar sus facciones en la oscuridad que los rodeaba.

—Yo no soy Elfred, Roberta. No te haré daño.

—Lo sé… —murmuró ella. Enseguida, como para convencerse, repitió: —Lo sé.

—Pero él te ha dejado atemorizada, ¿no?

—Algo. Puede ser.

Gabe se quedó pensativo unos segundos, mientras maldecía a Elfred y temía por el germen pernicioso que podía haber dejado en su propio futuro y en el de Roberta.

Dio un paso atrás, la tomó de las manos y las mantuvo apretadas entre las suyas.

—Está bien. Tienes razón. Lo mejor que se puede hacer es esperar y demostrar la injusticia de la Sociedad Benevolente, ¿eh?

—Gracias, Gabe, por entender… —murmuró Roberta, y le dio un beso en el ángulo de la boca.

Aunque trataron de aparentar que no se había metido entre ellos una pequeña cuña, así era. Aunque trataron de simular que esa cuña no se interpondría aún más en su noche de bodas, sabían que era una clara posibilidad. Una cosa era hacerse arrumacos en el columpio del porche o en las sombras del patio trasero con todos los botones cerrados y otra muy diferente enfrentarse a una cama matrimonial. Gabe se preguntó si ella postergaría la boda hasta el infinito para evitar enfrentarse a sus propios miedos.

—Bien, ¿entonces cuándo nos casamos? —preguntó.

—Ah… —Soltó un prolongado suspiro. —No sé. ¿Cuánto tiempo te llevará agregar esa habitación a la casa?

—¿Está bien si lo hago? Ni siquiera lo hemos hablado.

—Por supuesto que está bien. Me encantaría quedarme aquí, y tu plan encaja a la perfección. Después de todo, Isobel ha pasado tanto tiempo aquí, y tú también, que en la práctica se podría decir que ya es nuestro hogar.

Gabe se detuvo a pensar por unos momentos en sus compromisos de trabajo.

—Seth y yo tenemos algunos trabajos pendientes que debemos realizar, de modo que no podré empezar aquí hasta dentro de un par de semanas.

—Bueno… —Roberta pensó unos segundos. —¿Qué te parece para mediados de noviembre? Podríamos fijar la fecha de la boda para entonces.

Parecía estar a años luz de distancia, pero Gabe disimuló su decepción.

—Supongo que está bien.

—Entonces será así. Mediados de noviembre.

—Roberta, me gustaría darte algo… un anillo de compromiso o un prendedor. Debería habértelo dado esta noche, pero pensé que tal vez te gustaría elegirlo tú misma.

Los dos se dieron cuenta de que esta segunda vez para ambos era muy diferente de la primera cuando en la emocionante expectativa no se interponía ninguna nube y la proposición formal de matrimonio se hacía con los regalos apropiados. Los dos se preguntaron qué había pasado con esa pareja despreocupada que había entrado en la casa para anunciar sus intenciones con tanta alegría menos de media hora antes.

Esa pareja reapareció el viernes, cuando fueron a elegir el anillo de compromiso —un sencillo brillante rodeado por cuatro cristales de diamante—, y volvieron a la casa de Roberta y por una vez la encontraron vacía. Él la llevó al sofá del living y empezó a besarla y acariciarla y la arrastró hasta el extremo del sofá y la tendió de espaldas contra un almohadón blando.

Esta vez Roberta interrumpió de inmediato, apartándole la mano en el momento en que se acercaba a sus pechos, y lo apretó en un abrazo tan fuerte que lo obligó a pasarle los brazos alrededor de su cuerpo, mientras ella rogaba que se apaciguara su propio deseo.

Así abrazados, como dos almas en peligro, contaron las semanas que faltaban hasta la boda, preguntándose si ella habría superado para entonces su aversión a que la tocaran.

Después, y en otras ocasiones entre esa noche y la boda, él siguió preguntándose qué daño ulterior había dejado Elfred para que ella llegara sólo hasta un instante antes de que la evidente tentación se convirtiera en profundo temor. A veces ese temor la estremecía cuando él menos lo esperaba y se dio cuenta de que, como novio, tomaría una segunda novia más delicada que la primera. Roberta iba a necesitar una excesiva cuota de paciencia y comprensión en la noche de bodas, y tal vez durante muchas noches más.

Las niñas tuvieron algo que decir en cuanto a la espera hasta mediados de noviembre. Querían que la boda se celebrara en el porche de adelante, y había bastantes probabilidades de que para mediados de noviembre estuviera cubierto de nieve.

Así que adelantaron la fecha al catorce de octubre, y Gabriel se mantuvo muy ocupado con el agregado de la habitación. El ala del dormitorio estaba protegida contra el mal tiempo pero todavía lejos de quedar terminada cuando llegó el día de la boda.

Roberta se despertó temprano y giró la cabeza hacia la ventana, donde un perfecto amanecer rosado se elevaba hacia un cielo de un azul intachable.

"Tenemos que pasarlo bien —pensó—. Va a ser un día perfecto para una boda." No obstante, con la mirada fija en los colores de afuera, se acurrucó más al fondo de su cama mientras tomaba conciencia de que esa noche compartiría el lecho con Gabe. Reprimió un estremecimiento ante la idea y apretó una mano contra su estómago tembloroso.

"Roberta Jewett, tú amas a Gabe, y él no es Elfred, y eres una tonta, así que aparta de tu mente esos ridículos temores y actúa como una novia anhelante.

¿Cómo podía una persona desear algo y temerle al mismo tiempo?

Por momentos, el día pareció marchar a paso de tortuga. En otros momentos pareció volar hacia las cuatro de la tarde. Cuando se estaba vistiendo, con las niñas que entraban y salían de su dormitorio, que preguntaban por los detalles de último momento, que expresaban admiración por su vestido y su peinado, que esperaban aprobación para sus propios vestidos, los nervios de Roberta se hallaban al límite, como si tuviese diecisiete años y fuese virgen.

Las tres niñas lucían vestidos nuevos y, aunque a todas se las veía adorables, Rebecca, con su elegante vestido de dama de honor, de raso rosado largo hasta los tobillos, casi quitaba el aliento. ¡Y tan adulta!, pensó Roberta.

Poco antes de las cuatro oyó el grito de Lydia.

—¡Han llegado Gabriel e Isobel!

Y oyó que llamaban a la puerta. Nunca hubiera creído que sentiría un nudo en el estómago al ir a recibir a un hombre a la puerta, pero en el día de su boda lo sintió.

Cuando lo vio parado en el porche, con su peinado impecable, su elegante traje nuevo de lana negra y las puntas de sus botas nuevas tan brillantes como ónix, pensó: "Qué va, lo amo más de lo que amé a George. Claro que a él lo conozco mejor. Nunca, ni en un millón de años, tendría nada que temer de él".

Pudo jurar al instante que él se hallaba lejos de sentir calma. Sus mejillas recién afeitadas lucían rosadas, y daba la impresión de que no sabía qué hacer con sus manos.

—Hola, Roberta —la saludó desde afuera.

—Hola, Gabriel —respondió ella, muy formal.

Entonces los dos se echaron a reír nerviosos mientras ella abría la puerta cancel de un empujón.

—¡Cielos, Roberta! —exclamó Isobel—. ¡Estás hermosa!

—Sí… sí… —reaccionó algo demorado—. En verdad estás muy hermosa.

Roberta llevaba un vestido largo color marfil, con drapeados que caían en pliegues desde abajo de sus pechos y mostraba sus zapatos de taco alto. Se había recogido el pelo en la nuca con un lazo de seda rosa, de manera muy parecida a como lo hacía cuando usaba su gorro de enfermera.

—Y tú estás muy elegante. Te compraste un traje nuevo.

Gabe se aclaró la garganta, apretó el mentón contra el cuello alto blanco y la corbata ancha negra y echó una mirada rápida a su traje.

—Ah… sí.

Ni siquiera la primera vez que se vieron se habían mostrado tan formales y ceremoniosos uno con el otro. Sin embargo, por ridículo que pudiera parecer, ninguno de los dos podía disimular los nervios, lo que hizo que las niñas murmuraran entre sí.

—Creo que deberíamos esperar en el porche —sugirió Roberta.

—¡Ah, claro!

Gabe respondió con un tono de disculpa, como si hubiera hecho algo malo al entrar en el living.

Empezaron a llegar algunos invitados. Seth, que sería el padrino de Gabe; Aurelia y sus hijos; la madre de Gabe, Maude, a quien Roberta había visto en dos ocasiones y sellado con ella una paz precaria; los DuMoss y sus hijos; la señora Robertson y la señorita Werm; Eleanor Balfour, de la oficina regional de enfermería, y Terrence Hall, el empleado de los hermanos Farley.

Y, por supuesto, Myra.

Fue llamativa la ausencia de Grace, aunque en realidad Roberta no esperaba que asistiera. Grace vivía encerrada en su mundo ficticio, simulando, como lo había hecho siempre, que el resto del mundo estaba equivocado y que su matrimonio era un don del cielo.

Por supuesto, Elfred tampoco asistió a la boda. En la ciudad corrían rumores de que sus negocios no andaban muy bien. Por casualidad, alguien le había oído decir que se iba a ver obligado a tomar una segunda hipoteca sobre su casa.

El ministro de la iglesia congregacional sugirió que podían empezar.

Como iba a ser una boda muy informal, no hubo marcha nupcial, sino sólo un sordo arrastre de pies mientras los invitados se ubicaban en el porche y las niñas se alineaban en los escalones.

Mientras las madres de la novia y el novio observaban cómo se ubicaban los invitados, Maude hizo un comentario:

—Hoy su hija luce encantadora.

Myra hizo un gesto de desaprobación.

—Le dije a Roberta que no se vistiera de blanco, pero ella nunca ha querido escucharme. Grace me dijo que eso era justo lo que Roberta iba a hacer. Y en efecto, ¡mírela! ¡Una mujer nunca se viste de blanco en su segunda boda!

—Yo diría que es marfil.

—¡Bueno, es lo bastante blanco para resultar vergonzoso!

Maude lanzó una mirada sorprendida a esa mujer que estaba a punto de convertirse en la suegra de su hijo, y pensó que Gabe iba a necesitar de toda la bondad y consideración que pudiera recibir de su propia madre, si tenía que cargar con Myra Halburton.

La ceremonia no se diferenció en nada de otras bodas, salvo por el hecho de que la novia acompañó a sus hijas al piano, que habían trasladado hasta la puerta del living, mientras el trío cantaba "Prométeme", y que Rebecca recitó una poesía india.

Cuando volvió junto a la baranda del porche, descubrió que sus primas Spear, a las que su madre había ordenado quedarse en casa, habían aparecido al otro lado de la calle y observaban las actuaciones desde allí. Rebecca se paró orgullosa y alta y dejó que su resonante voz de contralto llegara con toda claridad hasta donde se hallaban las chicas.

> *"Lo mismo que el arco para la cuerda,*
> *Así es el hombre para la mujer,*
> *Aunque ella lo doble, igual lo obedece,*
> *Aunque tire de él, igual lo sigue.*
> *¡Son inútiles el uno sin el otro!"*

Ethan Ogier, que había llegado hasta allí en su bicicleta, se paró junto a las niñas Spear y susurró con reverencia:

—¡Cielos! ¿Hoy Becky no está hermosa?

Y a su corazón de dieciséis años le juró: "Voy a casarme con ella algún día".

En el porche, el reverendo Davis le preguntó al novio: "¿Tomas a esta mujer?". Y cuando Gabe respondió "sí", cuatro niñas pronunciaron la palabra junto con él. Hicieron lo mismo cuando Roberta dio su respuesta. Y cuando Gabriel besó a la novia, las tres niñas menores se lanzaron amplias sonrisas de ida y vuelta unas a otras, mientras Becky dedicaba una mirada prolongada al otro lado de la calle, a Ethan.

El beso fue breve y falto de naturalidad de parte de Gabriel. Él ya se sentía algo más cómodo con las demostraciones de afecto, pero besar delante de todo un público lo inhibía. Cuando levantó la cabeza, Roberta vio que su cara estaba colorada como un tomate, y pensó qué singular era que tuvieran que sobrevivir a las primeras etapas del noviazgo con relativa facilidad, sólo para sentirse incómodos el uno con el otro en el día de su boda.

Todas las niñas los rodearon y los besaron en la mejilla lo cual agregó algunos grados de calor a la cara encendida de Gabe. Y los invitados se adelantaron también, con abrazos y felicitaciones, y separaron por un rato al novio y a la novia.

El banquete de bodas era toda comida que no necesitaba cubiertos y que pasaban en bandejas las cuatro nuevas hermanastras, que habían ayudado a su madre a prepararla. Entre los sándwiches fríos había caramelos de chocolate y merengues blancos como la nieve (esta vez no se necesitaban cucharas) y los pastelillos favoritos de Gabe, de crema ácida, que su madre se había ofrecido a hacer.

Roberta pudo hablar con Becky más o menos hacia la mitad de la velada.

—¿Por qué no tomas una bandeja de dulces y les ofreces a tus amigos al otro lado de la calle? —le sugirió—. De esa manera, no necesitarán quebrantar ninguna regla.

Becky alzó la mirada hacia su madre y se le llenaron de lágrimas los ojos.

—¿Sabe una cosa, señora Farley? Sin discusión, yo tengo la mejor madre del mundo.

Mientras Roberta besaba la mejilla de Becky, Gabe se acercó y se paró junto a ellas. Cuando Becky se alejó con la bandeja, se volvió hacia Roberta.

—¿A qué se deben todas esas lágrimas? —le preguntó en voz baja.

—¡Oh, Gabe, soy tan feliz! ¡Vamos a formar una familia maravillosa!

Roberta siguió con la mirada a Becky, él le pasó un brazo por los hombros y se quedaron parados uno junto al otro mientras Becky llegaba al grupo, del otro lado de la calle. Marcelyn miró y los vio... y los saludó con la mano.

Gabe y Roberta agitaron las manos en respuesta a su saludo.

—Pobre Grace —dijo Roberta—. Ella se quedará con ese hombre hasta que la muerte los separe, y nunca sabrá qué clase de felicidad se ha perdido.

A Gabe se le ocurrió una sola respuesta: besó con ternura la frente de su esposa.

Roberta lo miró sonriente, complacida por su beso tan recatado.

—¡Bueno, qué te parece! El hombre que tenía miedo de mostrar afecto.

—Desearía que ya fuese la noche —respondió él—. Podría mostrarte mucho más.

Ella miró rápido hacia otro lado y él se preguntó cuántas veces le había dicho "no" desde que se habían comprometido. Hasta había insistido en que no tuvieran luna de miel, con la excusa de que llevaba sólo seis meses en su empleo y no quería pedir días libres. Además, argumentó, no debían dejar solas a las niñas, aunque él no veía por qué Maude o Myra no podían quedarse con ellas una semana.

Y otra vez Roberta había dicho no.

Así que dejó que Seth atendiera el negocio y él hizo su mejor esfuerzo para tener terminado el dormitorio agregado para esa noche.

Y ésta era esa noche... eran apenas pasadas las seis de la tarde y los invitados se retiraban... y las niñas iban a dormir a la casa de la abuela Maude... y el nuevo dormitorio no estaba del todo terminado, pero tenía una cama nueva, y el baño tenía una bañera con patas como garras, y un auténtico calentador de agua operado por electricidad... y Gabe no tenía la menor idea de cómo acortar el par de horas siguientes.

El patio quedó vacío.

Gabe y Roberta se quedaron parados en los escalones del porche, escuchando el silencio del otoño. Más allá de los techos, el mar parecía una fuente infinita de esmalte azul cielo, quebrada por las islas distantes que emergían del agua como pequeños fuegos. Toda la vista era de un vibrante color anaranjado y azul, con algunas agujas de árboles siempre verdes que atravesaban el horizonte, y embarcaciones blancas que volvían a casa al final del día.

Más cerca, los helechos que rodeaba el ancla de Sebastian Breckenridge se habían vuelto amarillos y se doblaban hacia la tierra, en la dirección de donde habían venido. Las hojas de los lirios hacía mucho que estaban amarillas y las primeras heladas habían afectado a la corona de novia que rodeaba el patio, que ahora colgaba como una cascada anaranjada. Más abajo, una fila de gaviotas pensativas bordeaban la cumbrera de un tejado, y cuando Roberta y Gabe miraron, uno de los pájaros rompió fila y alzó vuelo, seguido por los otros, que se congregaron sobre el porche para erguir las cabezas y entregar sus graznidos monótonos al hombre y a la mujer parados en los escalones.

—Recuerdo cuando construiste este porche —murmuró Roberta.

—Hace seis meses.

—¿Eso es todo lo que recuerdas?

—Bueno, que me odiabas.

Roberta sofocó una risita.

—¡Y cómo te odiaba! ¿Verdad?

—¿Recuerdas el día que me viste por primera vez en tu casa? Ibas a entrar en el dormitorio y me oíste hacer bromas de tono subido sobre tu condición de mujer divorciada. ¡Cielos, qué equivocado estaba!

Él la observaba, a la espera de que volviera la cabeza para poder leerle los ojos. Ella lo miró y, si acaso había ansiedad en su interior, la ocultó muy bien.

Se quedaron allí hasta las últimas horas de la tarde. Gabriel, preguntándose qué pensaría ella sobre hacer el amor antes de que cayera la noche. Roberta, temerosa de que en el último momento pudiera arruinar la noche de boda por algo de lo cual él no tenía ninguna culpa.

—¿Estás cansada? —preguntó Gabe.

—Sí… un poco.

—¿Quieres que entremos?

Como respuesta, se dio vuelta y sus pasos resonaron sobre el piso del porche. La puerta de alambre tejido se abrió perezosa y se cerró detrás de ellos, seguida por la puerta interior con su marco tallado.

Cruzaron el living sin prisa y se detuvieron en la puerta de la cocina para echar una mirada. Las niñas la habían dejado más limpia de lo que jamás la habían visto. Sobre la mesa había una fuente de confituras y el filodendro de Caroline.

—¿Te molesta? —preguntó Gabe al ver que los ojos de Roberta se posaban en la planta.

—No, por supuesto que no. Isobel me preguntó si podía traerlo aquí. En verdad le da un toque elegante a este lugar… y tú sabes que no soy muy buena para eso. Hay muchas cosas que Isobel puede enseñarme.

Gabe nunca había conocido a otro ser humano como Roberta, tan inmune a los celos, tan abierta al cambio, a descubrir cosas nuevas. Ella no sólo había aceptado a Gabriel e Isobel, sino también a una tercera persona, porque Caroline era una parte integral del pasado de los dos y ella lo había entendido. Los celos eran por completo ajenos a Roberta, porque se sentía tan cómoda consigo misma que no los necesitaba en su vida. Veía sus defectos con la misma claridad que su fortaleza, y ni se denigraba por los unos ni se elogiaba por la otra. Sencillamente vivía la vida día por día según su propio código: "La felicidad primero".

—¿Roberta?

Apartó los ojos del filodendro para mirarlo a él.

—¿Humm…?

—Te amo. Parado aquí tomo verdadera conciencia de cuánto te amo.

Ella hubiera querido decir: "Yo también te amo", pero él la besó con una ternura tan exquisita que sintió una punzada en el corazón. La besó y mantuvo las manos sólo sobre su espalda. Cuando el beso terminó, la abrazó con tanta fuerza que le dolieron las costillas y la mantuvo apretada contra su cuerpo sin moverse, con el mentón hundido en sus hombros y los senos acojinados contra su pecho.

Gabe respiró hondo por la nariz, después exhaló el aire, nervioso, y ella supo que la esperaba el próximo paso.

Se echó hacia atrás, con las manos apoyadas en él.

—Si no te molesta, creo que voy a usar la nueva bañera.

—No me molesta —dijo él, y la dejó ir.

Mientras ella entraba y cerraba la puerta del baño, Gabe se quitó los zapatos, la corbata, el cuello duro y el saco.

Oyó correr el agua. Y pararse. Y un "blip", como si hubiera entrado un pie. Y un "blup" en un tono más bajo como si hubiera entrado un cuerpo.

Se sentó en una silla del nuevo dormitorio y empezó a mirar a su alrededor, el nuevo recubrimiento de madera que alcanzó a terminar pero no a barnizar, la cama que ella había tendido con ropa nueva, todo en blanco.

Oyó unos sonidos suaves de agua salpicada y enseguida la frotación de una toalla.

Se levantó y plegó la colcha de felpilla y las sábanas. Pensó en meterse en la cama, pero cambió de idea y volvió a la silla. Y esperó.

El agua empezó a drenar… Después, silencio.

Gabe esperó sin moverse.

Por fin se abrió la puerta y una oleada de aire húmedo y el aroma floral de talco invadió la habitación. Ella estaba parada en la puerta, con de algodón azul, ni recatado ni audaz. Tenía el pelo cepillado y estaba descalza. Y sus ojos se fijaron en los de él.

—Nunca antes tuve una bañera. Gracias, Gabriel.

—No hay de qué.

Ella le miró los pies desnudos y la camisa abierta. Era obvio que se había sentado allí a esperarla.

—¿Demoré mucho?

—¡No! No, en absoluto.

—¿Quieres…?

Señaló detrás de ella y dejó sin terminar la invitación.

—Sí… claro.

Entró en el baño, con toda premeditación dejó la puerta entreabierta, se cepilló los dientes, se lavó la cara y volvió a salir con una toalla en la mano y los tiradores caídos.

Ella estaba sentada en el borde, de frente a él. Gabe dio la vuelta hasta el otro lado de la cama y, con la espalda vuelta hacia ella, se quitó todo menos la ropa interior y se metió en la cama.

Se tendió de espalda, ella también, y se cubrieron hasta la cintura.

Todavía faltaba para las siete de la tarde y aún no estaba oscuro en el lado este de la casa.

Él le pasó el brazo derecho por debajo de la cabeza y la miró. Ella también lo miraba.

—Gabriel —dijo como al pasar—, yo no era virgen en mi primera noche de boda, así que esto me resulta muy embarazoso. Esta noche me siento como si lo fuera.

Giró para mirarla de frente y, con el codo todavía doblado debajo de la oreja de ella, dejó suficiente distancia entre los dos.

—Creí que en aquel entonces lo eras.

—No, no lo era. ¿Lo eras tú?

—Sí, era virgen cuando me casé.

—De alguna manera no me sorprende. Así que ya has pasado por esto antes.

Él se aclaró la garganta y después asintió con la cabeza en lugar de hablar.

—Todo esto es atípico en mí —continuó Roberta—. No soy una mojigata cobarde, nunca lo he sido.

Él la tomó de la mano y la retuvo sobre la sábana blanca, mientras se la frotaba con el pulgar y levantaba los ojos hacia ella.

—Roberta, dime qué es lo que te asusta más.

—Los recuerdos que vuelven. Apenas puedo alejarlos un poco y enseguida vuelven todos y es como si estuviera otra vez tendida en ese camino de grava, y sé muy bien que eres tú y no él quien está conmigo, pero sucede… me asusto y no puedo evitarlo. Yo no soy así, Gabe, en serio, ¡no lo soy! Pero no sé qué hacer… no sé cómo superarlo.

Él siguió frotándole la mano con el pulgar y dejó que ella empezara a acostumbrarse a verlo en la otra mitad de la cama. Con los ojos siempre fijos en los de Roberta, se preguntaba cómo debía proceder. Por fin tiró de la mano hacia él.

—Ven aquí —susurró. —Rodó sobre la espalda, tiró hasta que la mitad del cuerpo de Roberta quedó de frente a su pecho y le soltó las manos.

—Los dos hemos hecho esto antes —la tranquilizó—. Haz lo que desees.

Tendida encima de él, miró hacia abajo cuando él extendió los brazos sobre la almohada con las palmas vueltas hacia arriba. Lo miró a los ojos por un largo rato, mientras ninguno de los dos hacía el menor movimiento. Podía sentir los latidos de su corazón porque tenía la mano derecha sobre su pecho, en el mismo lugar en que él la había soltado.

Un mechón de pelo cayó desde atrás de la oreja sobre el mentón de Gabe. Él no se movió; le sostuvo la mirada y esperó. Roberta se acomodó el pelo detrás de la oreja y se inclinó lentamente para besarlo. Lo que negaba a sus manos, Gabe se lo concedía a su boca, que se abrió bajo la de ella y respondió ávida al beso. El pelo volvió a soltarse y al tirarlo hacia atrás le rozó la cara caliente. Entonces le cubrió la mejilla con la mano.

Terminó de besarlo y los dos abrieron los ojos, tan cerca que podían sentir el calor que irradiaba de la piel del otro, y la respiración agitada que brotaba de sus labios entreabiertos.

—Gabriel... —susurró.

Se puso de rodillas junto a él y lo tomó de las mejillas con las dos manos.

—Tus manos están calientes —murmuró él.

—También tu cara. Y tu corazón palpita acelerado. Lo siento debajo de mi brazo.

—¿Y el tuyo?

—Sí...

Lo besó otra vez, tan inclinada sobre él que los pechos le colgaban como péndulos debajo del camisón. Mientras lo besaba vio sus muñecas vueltas hacia arriba, las rodeó con sus manos y las apretó como si quisiera maniatarlo y evitar que se incorporara, cuando él seguía tendido como antes y no representaba la menor amenaza. Sintió los golpes del pulso contra sus manos y los pechos pesados cuando se inclinó sobre él. El deseo llegó como un regalo, libre de temores o recuerdos.

Le pasó una pierna por encima del vientre, se sentó a horcajadas sobre él y observó cómo se le oscurecían los ojos y se le dilataban las aletas de la nariz, todavía aferrándole las muñecas sobre la almohada. Entonces levantó esas manos fuertes, de venas azules, y las llevó a sus pechos y cerró los ojos cuando las palmas se llenaron con su carne. Se quedó sentada encima de él, la cabeza echada hacia atrás, las manos sobre las de él. Las manos unidas se flexionaban juntas, hasta que las de ella cayeron y las de él permanecieron sobre sus pechos, acompañadas por un balanceo hacia atrás y adelante a un cierto ritmo primitivo que oían en sus cabezas.

Minutos después, Roberta cayó hacia adelante, extendió las piernas a lo largo de las de él, susurró un mandato en su boca abierta, guió una vez más su mano, y expulsó la respiración contenida ante el regreso del placer cuando él cumplió.

Había ropa de cama entre ellos. La quitaron, se tendieron de costado, con las piernas abiertas, las rodillas levantadas, unidos por primera vez en el deseo, creando su propia y exquisita tortura de esperar. Se apartaron con las miradas encendidas y se desprendieron de la ropa. Primero ella, después él, y se tendieron bajo la luz mortecina del anochecer que echaba sombras sobre sus cuerpos, y aventuraron las primeras miradas a sus cuerpos desnudos.

Hablaron el idioma universal de los amantes, con sonidos guturales de alabanzas sin palabras, y se tocaron con total libertad.

Entonces se unieron, todavía de costado, cara a cara sobre una sola almohada, los ojos abiertos... después cerrados. Los puños flojos... después tensos. La respiración acompasada... después contenida.

Roberta abrió los ojos en el momento culminante y le vio una mueca cercana al éxtasis, y se maravilló de que ella hubiera podido llevarlo a semejante placer.

Sonrió, dejó que sus ojos se cerraran una vez más, y reclamó su victoria sobre Elfred Spear.

Ella vio a Elfred a intervalos irregulares en los años siguientes, al cruzarse con él en una calle o al verlo pasar en su automóvil. Pero nunca se hablaron. Tampoco Roberta y su hermana, Grace. Una vez, cuando Roberta entraba en el banco, Grace salía en ese mismo momento y casi chocaron.

—¡Oh, Birdy! —exclamó Grace sin pensar.

Con el pulso acelerado, Roberta sonrió.

—Hola, Grace —la saludó—. ¿Cómo estás?

Pero Grace se envolvió en su dignidad como si fuese una capa de armiño y siguió su camino sin decir una palabra más. Roberta la observó partir con el corazón lleno de piedad.

—Pobre Grace —murmuró, con la mano en su propio corazón.

Las niñas Spear, aunque lo tenían prohibido, encontraron la manera de ir a la casa de Roberta y participar en las piezas teatrales y musicales con sus primas.

Myra también iba, cuando la invitaban, pero nunca se quedaba mucho tiempo y siempre se marchaba enojada por algún desacuerdo con su hija menor, a la que nunca había podido doblegar a sus deseos como lo había hecho con la mayor. Roberta la miraba alejarse y suspiraba. Y susurraba una repetición de lo que su madre diría el día que corriera a ver a Grace.

—Pobre madre…

Entonces su esposo se acercaba en silencio por detrás, la tomaba de la cintura y la besaba en la frente. Y pronto estaban allí también las niñas y observaban a su abuela alejarse enojada, como si el mundo hubiera cometido con ella una grave injusticia… otra vez.

—¿Por qué la abuela es tan terca? —preguntaban las niñas.

—¿Quién sabe? —respondía Roberta.

Entonces, un día, le preguntaron a Gabriel.

—Celos —contestó él.

Roberta giró de golpe la cabeza y lo miró sorprendida.

—¿Qué?

—Está celosa de ti. ¿No te diste cuenta? También lo está Grace. Porque siempre fuiste feliz y construiste sola tu felicidad.

—¿En serio?

Él esbozó una media sonrisa y no agregó más.

Roberta reflexionó unos minutos sobre su opinión y luego le dio un beso en el mentón. Ahora se besaban con bastante regularidad delante de las niñas.

—¡Bueno, gracias, Gabriel! Nunca lo hubiera descubierto por mí misma.

—Porque tú no tienes ni una pizca de celos dentro de ti, así que no puedes verlos en los demás.

—Hummm… —balbuceó ella, pensativa.

Gabe cerró la puerta y los dos juntos caminaron hasta la cocina, donde los platos de la cena esperaban que alguien los lavara. Se paró en la puerta, con el brazo todavía rodeando la cintura de Roberta, giró la cabeza hacia atrás y gritó por encima del hombro:

—¿A quién le toca esta noche?

—¡A nosotras no! —respondió alguien.

—¡A nosotras no! —contestó alguna otra.

Era muy agradable tener equipos… cuando hacían su trabajo. ¡Pero siempre había tantas cosas más creativas para hacer!

Gabe miró a Roberta.

—¡Demonios! —exclamó—. ¿Debemos hacerlo nosotros?

—No, los dejamos así.

—Mañana van a estar todos pegoteados.

—Pero mañana le tocará a algún otro.

Gabe se echó a reír y arqueó una ceja, insinuante.

—¿Entonces qué otra cosa podríamos hacer en lugar de lavar los platos?

Ella se puso en puntas de pie y le susurró algo al oído.

—¡Señora Farley! —exclamó con fingido horror—. ¡A esta hora del día!

Entonces descolgaron sus sacos de las perchas junto a la puerta y se encaminaron hacia el frente de la casa.

—¡Eh, niñas! —gritaron pasar junto a la escalera—. ¡Enseguida volvemos! ¡Tenemos que ir rápido hasta el taller!

Y salieron al crepúsculo, riendo como niños traviesos.

Agradecimientos

Muchas personas nos dispensaron un recibimiento de honor, a mi esposo y a mí, cuando en setiembre de 1993 visitamos Camden, Maine, para la investigación de este libro. Muy pocas veces una bienvenida ha sido tan total y espontánea como la que recibimos en ese pueblo encantador a orillas del mar. No sólo nos enamoramos de la ciudad sino también de su gente.

Éstas son algunas de las personas que se aplicaron con ahinco a escudriñar en el pasado para ayudarnos:

John Fullerton, de la Cámara de Comercio de Camden
Elizabeth Moran, de la Biblioteca Pública de Camden
Pat Cokinis, agente de bienes raíces
Capitán Arthur Andrews, patrón del pesquero de langostas *Whistler*
Cheryl, la hija del capitán Andy
Dave Machiek y John Kincaid, del Museo Owls Head Transportation
John Evrard, de Merryspring Preserve

Gracias también a la revista *Victoria*, cuyo artículo de agosto de 1993 sobre Edna St. Vincent Millary inspiró mi historia, y a la autora Elisabeth Ogilvie, cuyos libros, con sus sublimes descripciones de Maine, fueron una referencia constante durante la escritura de mi libro.

Aquellos lectores versados en la historia de Camden encontrarán que me he tomado muchas libertades con las fechas reales en las que tuvieron lugar algunos hechos locales de importancia. Espero que mis lectores pasen por alto estas libertades y disfruten la historia por lo que es: una obra de ficción.

LaVyrle Spencer
Stillwater, Minnesota